光文社文庫

或るギリシア棺の謎

柄《つか》刀《とう》　一《はじめ》

光　文　社

或るギリシア棺の謎

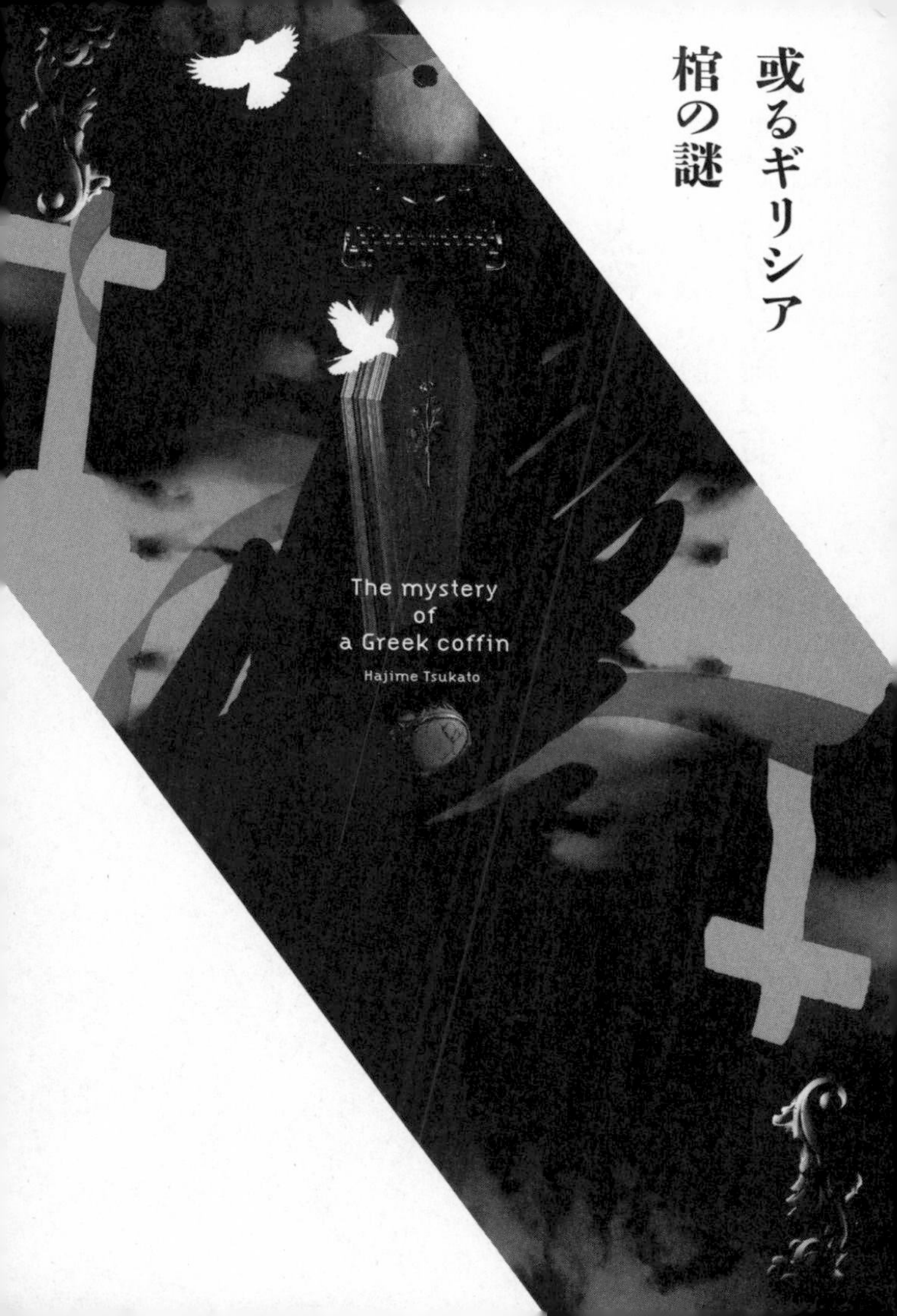

contents

安堂家家系図

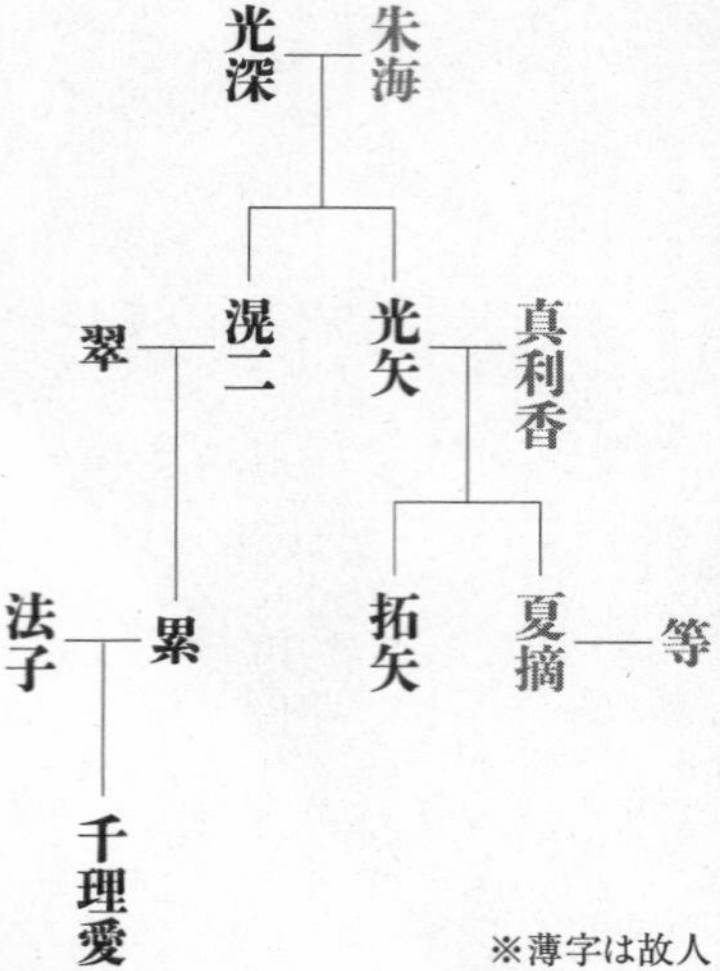

※薄字は故人

《賢明な懐疑主義は、よき批評家たる第一属性である》

（中略）

人間精神は、おそろしい。そして、ひねくれたものである。そのどこの一部にでも、ひずみができると――たとえ、それが近代の精神病理学のあらゆる手段をつくしても、察知し得ないほど、きわめて些少《さしょう》な、ひずみであっても――その結果は混乱を生じがちである。

『ギリシア棺の謎』エラリー・クイーン著（井上勇訳／東京創元社）より

プロローグ

ごく自然にレトロ化したと思われる小さな喫茶店で席に着き、南《みなみ》美希風《みきかぜ》は首からさがるネクタイを替えていた。黒無地のネクタイへと。

「なあ」

と、対面して座っているエリザベス・キッドリッジが呼びかけてくる。しかしすぐに考え込んだ。

「『なあ』という呼びかけは、適切ではなかったかな。『よう』か『おう』でも違うような気がするし……」

「違いますね」美希風はネクタイを結んでいく。

「……『ねえ』か？　もしかすると、『ねえ』ではないか？」

今さらこの女傑に、「ねえ」などと声をかけられたくはない。年齢は四十を超えていて、美希風よりはそれなりに年上。セミロングのアッシュブロンドに、淡いブラウンの瞳。女性にしては体格も顔立ちもしっかりしている。能力に自負を懐《いだ》いている専門職特有の光輝のようなものが、目元に顕著だ。話題によっては、前に座っている彼女が弁護士にも検察官にも見える。実際は法医学者であるが、改めてそれを思うと、自分は報告を受ける刑事か、解剖を待つ死者そのもののようにも思えてくる。

その彼女が、日本語ではずっと男言葉を使ってきた。来日前に集中的に日本語を学んだのだが、事情があって男言葉ばかりを身につけてしまったのだ。それがずいぶんと馴染《なじ》んでいる彼女から急に、「ねえ」などと呼びかけられると、女性らしさより甘ったるさが強調されるだろう。それほど親しい仲でもない。

エリザベスも、その呼びかけはなにか違うと感じているようで、戸惑いの瞬《まばた》きをしている。

「『ちょっと』はどうでしょう?」美希風は提案した。

「そうか。ちょっと、美希風くん」

台本のような入りだ。結び終えた、美希風のネクタイを見ている。

「わたしは、トーク帽をかぶらなくてもいいかな?」

——そんなにかぶりたいのか!

この話題が持ち出されたのは三度めだ。

トーク帽、トークハットは、正装時にかぶるもので、喪服としても着用する。黒が基本の縁《ふち》なしで、レースがさがっているあれだ。

「必要ないでしょう」三度めだ。「急なことなんですから、女性はその服装でなんの不都合もありませんよ」

白いブラウスに、裾が絞られている黒のパンツ。そのファッションでもう、シックな制服か礼服として通る。アクセサリーはしていない。

「それに日本では、あの帽子はフォーマルすぎます」二度めだ。「だいいち、望んだところで手に入りませんよ。そんな店はどこにもなかったでしょう」

「まあな。手袋《グローブ》とセットであるべきだし……」

エリザベスは、ゆっくりとこすり合わせる自分の手を見詰めおろしている。

――あの手の帽子をかぶり、手袋をはめる……。

急ぎの旅の途中で、それは無理だ。喪服にふさわしい黒いネクタイは、紳士服コーナーを見つければなんとかなるし、実際美希風もそうした。しかし、上等なレースあしらいの手袋や帽子は……。

「その服装で失礼にはなりません。トーク帽は上流すぎて場違いです。それ以前に購入不可能」

理詰めに伝え、それから柔らかな口調で言ってみた。

「ベスには似合いそうだから、見てみたくはありますけどね」

「うむ……」

口調を、もっと真面目《まじめ》なものにする。

「でも、装いどうのこうのではないでしょう、ベス。あの方を弔《とむら》う場ですよ」

「ああ……そうだな。もちろんだ」

彼女の表情も重たくなる。

その訃報が飛び込んできたのは何時間前か。

多くの木靴がかかわる事件に巻き込まれ、それが解決した直後だった。二人は現場であった大槻《おおつき》邸から外へ出て、野生のリスが横切るのどかな駐車場を歩いていた。その時、エリザベス・キッドリッジのスマートフォンに着信があった。

それが訃報だったのだ。

八十三歳の老嬢、安堂朱海《あんどうあけみ》。朝早くに亡くなっているのが発見されたという。

朱海は非営利団体を起ちあげ、長らく社会奉仕活動に励んできた人物で、難病の子供たちの支援も行なっていて、移植が必要なほどの心臓病であった美希風少年もそうした人々の世話になっていた。また、エリザベスの父、ロナルドも、安堂朱海の活動とは縁があった。

ロナルド・キッドリッジが役員を務めていた国際間移植ネットの推進団体が経済基盤を見失いかけていた時、多大な寄付をもって軌道に乗せてくれたのが安堂朱海らの篤志家だった。

今回の来日に当たって父親からの礼の言葉を伝えようと、エリザベスは面会リストに朱海をあげておいた。しかし朱海の体調が大変悪いという事情があり、面談が可能となれば連絡がくるという手はずになっていた。

それがまさかの訃報とは……。

人の死を身近に感じると、美希風はどうしても、自分の心臓の寿命を意識する。アメリカで移植された心臓だった。その手術を成功させたのがロナルド・キッドリッジで、いわば、エリザベスは恩人の娘に当たる。

多少の不自由さや生活の上での警戒事項は無論あるにしても、術後は大変良好である。しかしそれでもやはり、自前の臓器にはかなわない。休みなく精妙な動きを続けなければならない最重要のこの生体パーツが、さほど長く保《も》つという保証はなかった。

だが今現在は間違いなく、こうして自由意志での活動ができている。ただ、それを感謝と共に証明するために、エリザベスの日本旅行に付き合っているわけではない。いや、多少はそうした思いもあるのかもしれないが、同行するスケジュールが何度かあることには、当然ながら幾つかの具体的な理由がある。

札幌に居住しているフリーのカメラマンである美希風にとっては、エリザベスの通訳兼ポートレート撮影者として日本を巡るのは、滅多に足を運べない撮影ポイントと出合えるという得がたい機会でもあるのだ。美希風にとっては、間欠的な撮影キャラバンといえる。

他にも、法医学者であり検死官であるエリザベスとは、最初の顔合わせの折から犯罪捜査にかかわったが、それが生んだ奇縁に引き寄せられるようにして共に動かざるを得ないことが多いという側面もある。

今回、訃報を知った二人は、大槻邸を離れた後、レンタカーを駅前で返し、篠《しの》ノ井《い》線、中央本線、飯田《いいだ》線と列車を乗り継いで長野県を南下、愛知との県境近くまで来ていた。ここから先は、かなり郊外へとバスを利用する。共に、旅装としてコンパクトなボストンバッグを持参しているが、コインロッカーが見当たらないため、安堂家まで持って行くことにしていた。

エリザベスがスマホの画面を見始めていた。ようやく気持ちを切り替え、安堂家の近況などの情報を集めるようだ。

「お水のお代わりはいかがですか？」

素朴に笑いかける中年のウエイトレスに、エリザベスは、

「いらんよ」と返した。

面食らったような一瞬の間《ま》の後、ウエイトレスから同様に尋ねられ、美希風も遠慮すると、エリザベスが口をひらいた。

「コーヒー、うまいな。ありがとう」

「それは恐れ入ります。どうも」

笑顔になって頭をさげ、ウエイトレスは席を離れた。

エリザベスは丁寧な言葉づかいも身につけ始めているが、話の流れが乗っている時やなに

かに集中している時には、まだどうしても男言葉が自然に出ている。

引き続きスマホの画面に目をやったまま、エリザベスは、

「さすがにもう、朱海さんは福祉活動の前線からは退《しりぞ》いているようだな。……安堂という名字の由来は聞いているかい、美希風くん？」

「ルーツであるギリシア人夫妻の名字が基《もと》だと、耳にはしました。どういう名字なのかは知りませんけど」

「アンドレウだよ」

エリザベスが断片的に拾いあげる情報の助けも借りながら、美希風は記憶と知識の整理をした。

歴史は数百年の過去まで遡《さかのぼ》る。本能寺《ほんのうじ》の変《へん》の少し後の時代のことらしい。あるオランダ船にギリシア人一族が乗っていたが、その船が大嵐で日本に吹き寄せられて座礁。大破した。国情や造船レベルを知って簡単には故郷に帰れないことを覚《さと》った彼らは、せめてもの救いにと、船の部材を集め始めた。

言うまでもなく、その材料を削り直し、組み立てたところで船などできない。望郷の縁《よすが》でもあったろうか。船の部材は、いつか故国へと連れ帰ってくれる希望、その象徴となった。しかし彼ら一般の者が遠洋航海に臨む機会は訪れなかった。江戸幕府は港を閉じ、許可など望めない時代になっていく。安堂家の祖先たちは、望郷の念を抱えながら日本人に溶け込ん

でいったといわれる。

現在の、財閥とも呼べそうな安堂グループのメイン企業は、事務文具関連のものだろう。沖縄を除く全都道府県で、ほとんどが商業ビルなどとのテナント契約であるが、文具や事務機器の販売会社を展開している。会社名は〝あすなサンドロス〟で、由来の一部はギリシアがらみだった。古代ギリシアの時代、不敗ともされる戦績で大帝国を築きあげたアレクサンドロス三世にちなんでいる。〝あすな〟のほうは、全国展開前の母体であった〝あすなろ事務メーカー〟から残されたものだ。

また、アレクサンドロスのアラビア語読みがイスカンダルとなるため、ブランド名を〝イスカ〟とするオフィス家具の製造販売も手がけ、それも〝あすなサンドロス〟の人気部門になっていた。

安堂グループは他に、海洋汚染などにも対応する環境保全用新素材開発企業も運営している。どの業種でも大きな事業所が東京に置かれているが、本社はあくまでも、地元の近隣といえる愛知県の豊橋《とよはし》市に残されているようだ。

「ん？　なんだ、この〝黒《マヴロス》〟というのは？」

「なんですって？」耳慣れない言葉だった。

「黒い、という意味らしい。ギリシア語だ。〝白《アスプロス》〟というのもあって、こっちは白だ。……フォロワー数はごく少ない。ああ……、こういうジャンルに目がない者たちが限定的に盛りあがっているだけだな」

「『こういうジャンル』とは？」

エリザベスは少しの間、言葉を探した。

「一族の秘密やら宿命の血やら……、そうしたことを基《もと》に超現実的な伝奇を創作したがる」

「そうした見方が安堂家に関係あると？」

「安堂家には、〝黒《マヴロス》〟と呼ばれる伝承的な力によって、突出した悪が生まれるそうだ」エリザベスの面《おもて》には、冷めた苦笑が浮かんでいる。「同時に、正義の〝白《アスプロス》〟も。この両者が牽《けん》制《せい》し合う家系なんだそうだ。いやはや、とんでもなく勝手なフィクションだな」

同感だったが、美希風は、四年ほど前に安堂家で発生した悲劇を思い浮かべずにはいられなかった。しかし今はそれよりも、時間を気にするべきだろう。

「そろそろ出ましょうか、ベス」と、美希風は帽子を手に取った。

次のバスを逃すと、夏の日もさすがに暮れてしまう。

バッグを手にし、二人はレジカウンターに向かった。

支払いを済ませた時だ、正面のガラス扉で大きな音が炸裂《さくれつ》し、店内の皆を驚かせた。

その音の原因を視野の隅に捉えていた美希風が瞬間的に目を向けると、黒い影が地面に落ちるところだった。

小鳥だ。スズメよりは大きな野鳥と見える。

「まあ……！」

レジの女性が、ようやく息をする。

小鳥がガラス扉に衝突したのだ。地面の上で動かない小鳥が、ガラス越しに見えている。ガラスに鳥がぶつかることはままあるが、ショックで一瞬気を失っても、すぐに回復して飛び立つことが多いように美希風は思う。しかし今回の鳥は不運だったようだ。息をしていないらしい。

それに気づいた先ほどのウエイトレスが、ちり取りとホウキを手に小走りで玄関に向かう。

「素通しのガラスじゃないのにな」

美希風は呟《つぶや》いた。ガラスはきれいに磨かれて透明ではあるが、鳥がぶつかったのは店名が書かれている箇所だ。

エリザベスが言った。

「大型の外敵……飛ぶ外敵から逃げようと必死だったのかもしれないな」

猛禽《もうきん》だ。

「あるいは、すでに弱っていて視力が鈍かったか、ですね……」

美希風とエリザベスが玄関に向かうと、ウエイトレスが自分の落ち度でもないのに「すみません」と言いながら扉をあけてくれていた。

美希風の視線は、そこに二、三秒留《とど》まった。鳥が衝突した部分――。

COFFEEと書かれた赤い文字が、裏返しに見えている。その末尾に鳥はぶつかり、脂っぽい多少の汚れと、血の跡を残していた。最初の〝E〟の部分に、血の跡が縦についている。

そして、最後の〝E〟も読みにくく……。

COFFEEが、COFFINとしか読めなかった。

〝棺《コフィン》〟――。

他の誰も気づいていない。

ありふれた日常の景色に突然出現した、血で書き換えられたこの棺《ひつぎ》の存在。

目にしても、なにも気にしない者が多いかもしれない。

美希風もその点、さして違いはない。

不吉と奇遇を絡《から》める話題にはなるだろうか、と思いはするが。

それ以上の意味などあるはずもない。

そうではあるにしても……。

＊

一年前。二〇一八年、八月最後の赤口《しゃっこう》――。

後《のち》に安堂翠《みどり》と千理愛《ちりあ》が語ったところによると、葬列が進む間、奇妙に、言うに言いがたい緊張した空気があったという。

　悲しみに満ちた厳《おごそ》かな永別の儀式であるのだから、それも当然かもしれない。しかし、そうした悲嘆の重さからくるものではなく、形式を乱したりしないかとの気後れからくるものでもなく、それらとはまったく違う違和感であったことは間違いないらしい。

　当時十歳の千理愛はともかく、一般の例に漏れず、葬儀に出席した経験ぐらいは翠も何度となく持っている。その経験を踏まえてなお、周囲を窺《うかが》いたくなるような、別れの想《おも》いに没頭できないざわめきを体の芯に冷たく覚えて仕方なかったという。

　もっとも、棺を抱えて運ぶような葬列は、六十という年齢を重ねている翠にしても四度めの経験でしかなかったが。

　霧のように揺れるそぼ降る雨の中、二人の男に抱えられて棺は進んでいく。側面にアカンサスの葉模様が彫刻されている、淡い水浅黄《みずあさぎ》色の棺だ。

　やはりそれを中心に、じくじくと苛《いら》立《だ》つような緊張感は生まれているのだろうか。死の背景には許されざる犯罪があるだけに、それも当然なのだろうか。骸《むくろ》は、突然絶《た》たれた命であり、非業《ひごう》の最期《さいご》を暗い地中に長く隠されていた。

　すすり泣きの声には悔しそうな思いもこもる。それが、罪を探り合おうとする者たちの緊張感を誘うのだろうか。ある者の視線は、棺を探るように動いていた。別れの眼差《まなざ》しを装いながら、それは熱っぽい。ある者の無表情は、打算の奥行きを隠しているようでもある……。

それともあるいは、会葬者ではなく、この場そのものが、感情の細波《さざなみ》を集める特別な空間なのだろうか。

石造りの太い十字架や石版墓碑が低く立つ教会墓地が、霧雨のベールの向こうに見えてくる。そこからは少し距離を置く代々の墓地に、葬列を従えた棺は到着した。

すでに墓穴は丁寧に掘られている。

守り伝えられてきた手順のうちに、安堂夏摘《なつみ》の遺体を入れた棺は墓穴の底へとおろされた。

この時、どうしたことか、得体の知れない緊張を帯びた空気は消え失《う》せたという。

第一章　二枚が告げる

1

エリザベス・キッドリッジは、

「病死ではない？」と疑問を口にした。

南美希風は、

「自殺だというのですか⁉」と驚きを声に出した。

「自殺も疑えるようになった、というだけですけれど……」

玄関ホールで応対してくれているのは、安堂翠《みどり》だった。

亡くなった朱海《あけみ》の次男の嫁だという。年齢は五十代であろうか。ややふっくらとした体形で、髪は左右に分け、メガネの奥には、落ち着いた光を浮かべながらもよく動きそうな瞳があった。

美希風とエリザベスが名乗った時、素性はすっかり頭に入っている様子だった。それもそのはずと言おうか、二人と朱海の面会の話を進めてくれていたのも、訃報を知らせてくれたのも彼女だった。

玄関扉はあけられたままで、美希風とエリザベスの背後には、夕色《ゆうしょく》を帯び始めている外気があった。

緑豊かな丘陵地に建つ、一部二階建ての邸宅で、高級住宅街を見おろす立地にあるともいえた。その高級住宅街自体、鄙《ひな》びた田舎《いなか》に突如出現する、隔絶感を重視した別荘群といった趣《おもむき》である。そこにゆったりと佇《たたず》んで軒《のき》を競うそれら高級な戸建てとも、この邸宅は明らかに一線を画すものだった。広大な敷地面積は言うに及ばず、改装を重ねてきたとはいえ歴史的な建造物には、荘厳の気配が自《おの》ずと醸成されていた。その重厚さは、喪の気配を静かに受け入れている。

「では、ご遺体は？」

気持ちの乱れを抑えるように、胸元に手を置いて美希風はそっと尋ねた。

「警察に運ばれて、調べられているのです。ですけどどうぞ、おあがりに――」

そこで翠の視線が二人の背後へと流れた。

振り返ると、美希風と同年代、三十半ばの男が歩み寄っているところで、翠は「紺藤《こんどう》さん」と声をかけた。

背は低いががっしりとした体つきで、太い眉やくりっとした目元は、童話でよく描かれる金太郎か桃太郎のようでもあった。

「紺藤巡査部長さんでしたね」

翠が言い直した。

玄関口の脇の化粧タイルポーチに置いてある美希風たちのバッグに視線を投げてから、

「改めました領置調書、お渡しにあがりました」と、紺藤は翠に言った。「それと、今後についての連絡事項を少し」

美希風とエリザベスが広げた真ん中の空間を、紺藤刑事は抜けて翠の前に立った。

「ちょうどよかったですわ。このお二人を引き合わせようと、義父《ちち》を呼んだところですから」

紺藤刑事が二人に軽く会釈をした時、廊下の奥から電動車椅子に乗った男がゆっくりと姿を現わした。大変やせているのだが、言い知れぬ威風を帯びている。

八十すぎの年齢と思われ、ズボンも、ゆったりとしたシャツも喪の色だ。長さのある白髪《はくはつ》白髯《はくぜん》。顔色がかなり悪く、灰色とも土色とも青銅色《せいどうしょく》とも言え――一瞬、ブロンズ像が動いているのかとも見えた。

間違いなく、彼が安堂光深《みつふか》だろう。この家の最長老で、亡くなった朱海の夫。かなり以前の話になるが、判事を務めていたはずだ。その後は、複合的大企業の総帥であった。

電動車椅子を止めた老人に、来客三人は一礼した。

「喪主の光深です」と、美希風とエリザベスに紹介してから、翠は義父に伝えた。「紺藤さんが、領置調書を届けに来てくれました」

紺藤刑事は深々と一礼し、「初歩的な誤記などしてお恥ずかしい限りです。改めまして、どうぞ」

「ご苦労」

一枚の調書を受け取り、部下扱いの一言がしわがれた声で出てくる。

「伝達事項もあるそうです」

と付け加え終えてから、翠は、エリザベス・キッドリッジの紹介を始めた。

ロナルドと朱海との、医学や福祉活動で結びついた交流のあらましを伝え、「それぞれ、活動報告書や啓蒙《けいもう》サイトなどで、あちらは日本語、こちらは英語での正確な翻訳が必要になった時なども、協力し合っていましたよ」と、長く付き合いがあったことを要領よく言い足した。

「それは遠路はるばる、ありがたいことで」

小さく頭をさげる光深に、翠は紹介を続ける。

「こちらは南美希風さん。少年時代に、難病支援で施設を回っていたお義母《かあ》さんとご挨拶なさったことがあるそうです」

移植手術の寄付金集めでも関連団体に世話になったことを伝えながら、美希風は、紺藤刑事がなにかを窺うように視線を向けてきているのが気になっていた。

同じく会葬への礼を美希風に述べてから、光深は、

「キッドリッジさんも、ロナルド氏と同じく医師なのかな？」と問うた。

「わたしは法医学をおさめている。検死官……です」

この時、紺藤刑事が、

「やはり！」と声をあげた。「あなたたちは、あのお二人なんですね」

なんのことか判《わか》らず、二人は紺藤に視線を向けた。光深と翠も、驚きと問いの目を向けている。

「麻薬組織との癒着が発覚して、警視庁が大揺れしているじゃありませんか、光深さん」老当主に興奮の面持ちを向けた紺藤刑事は、ここで話の内容が外聞をはばかるものであることに気づいたかのように、やや口ごもった。「夢にも思わない不祥事ですが、まあ、この発覚をもって膿《うみ》を出し切ろうとしていますよね」

都内で発生したある殺人事件の解決を通して、刑事部の女性刑事と組織犯罪対策部の男性警部が麻薬組織に取り込まれていたことが発覚している。大スキャンダルであり、身内の逮捕、謝罪会見や情報公開論議などの騒動を経て、事態は懲戒処分が決定される段階へと進んでいるはずだ。

「事件を解決し、内通者である刑事を暴き出したのは、実は顧問的な立場にあった半民間人だと伝わってきていました」訛《なまり》も感じさせる紺藤刑事の声は、潜《ひそ》められている。「その二人の名前が、たしか、エリザベス・キッドリッジと南美希風」彼の視線は、美希風とエリザベスに注がれた。「違いますか？」

そこは特に秘匿《ひとく》事項ではなかった。しかし、華々しく名乗ることでもなかったから、二人は、否定はしないという態度で応《こた》えた。暴《あば》いたのは一人の正体だけだが。

「やはり……」紺藤刑事は、珍しい対象を眺めるような、複雑な目の色をしている。

ほう、と呟くような声を漏らして強い眼光を見せたのが安堂光深だった。元判事の、現役時代の名残《なごり》を感じさせる目の光だ。

白い髭《ひげ》と頭髪に囲まれた、灰色の皺深《しわぶか》い皮膚。肉が薄いために目立つ頬骨が際立たせる眼窩《がんか》の深み。そこに埋まっているかのような両眼《りょうがん》が、美希風たちを窺い、探っている。

「余計なことを言ったかもしれませんが……」

紺藤刑事は今になって、軽率ではなかったかと省みているようだ。

「いや」光深は断つように言う。「これは情報共有に価値がある。……解決に貢献したとはいっても、南さん」美希風に訊《き》いてくる。「あなたは逮捕劇に加勢したわけではないだろう」

さらに言葉は続きそうだったが、老いの息が間をあけた時、エリザベスが言った。

「体育会的な力や技で勝負するのは無理だな。もっぱら頭脳労働で冴《さ》えを見せる」

それが求めていた答えだと満足した面持ちになり、口元の皺を動かした程度の微笑を見せ、光深はまずエリザベスに、次いで美希風へと視線を巡らせた。

「まずとにかく、お二人とも一息つきなさるといい。通夜もなにも進められない状態なのでね。この私の膝元に、愚かで傲慢《ごうまん》な者が巣《す》くっているらしい」

それから光深は、紺藤刑事へと首を回した。

「君も奥へ通るか？」

「いえ。短い内容ですので、失礼でなければここで」

「では、翠。お二方の案内を」

翠が微笑《ほほえ》みを向けてくる。

「どうぞ、お手荷物を」

バッグ持参は覚られていたらしい。

スリッパの用意もしながら、翠は、「こちらの紺藤平吉《へいきち》さんは、近くにお住まいなのですよ。それで、多少懇意《こんい》です」と話してくれていた。

美希風は、白いスキンの中折れ帽を帽子掛けに掛けさせてもらい、エリザベスに続いて玄関をあがった。

廊下を進み始めて翠が口にしたのは、クリスマスカードの話題だった。ロナルドと朱海がやり取りしていた。

「途中からは自筆が無理になりまして、タイプで打ったものになっていたと思います」

「ええ」エリザベスは思い出している様子だ。

「そのうち、送ることすらできなくなりましたけれど……」

「父もちょうど、引退の時期だったからね」

会話しながらも、エリザベスはこの点をどうしても尋ねずにはいられなかったようだ。

「なぜ、あの朱海さんが自殺する？　どうしてそんなことが疑われることになったのだ？

遺書でも見つかったのか？」

「そうなのです」

「そうなんですか？」美希風は驚いた。「しかし――。いや、すると、遺書は見つけにくかったということに？」

「ええ。なにしろバラバラにちぎられていましたので」

――えっ？

次の言葉を探せずにいるうちに、美希風たちは応接間の長椅子に座らされていた。

部屋を出ようとしている翠に、美希風は確認のために尋ねた。

「朱海さんが亡くなって見つかったのは、今朝《けさ》なのですね？」

「朝の様子を見に行って、わたしが見つけたのです」

ノブにかけた手を止《と》めて、翠は、感情の起伏なく言う。

「お医者さんが死亡を確認しまして、病死の判断でした。義母《はは》はずいぶん長く患《わずら》っていましてね。体力が尽きての自然死、と誰もが受け止めていたのです。納棺の準備があり、〝列《れっ》棺《かん》の室《むろ》〟もあけましたが、その場で、とんでもなく不穏な物が見つかりまして、事態を調べ直すことになったのです。義母《はは》の死因や、身の回りのことを。その過程で、捨てられていた遺書らしき物が見つかったというわけですの」

聞き手の平静を奪うような内容をさらりと言い置いて、翠は出て行った。美希風とエリザベスは、自然と顔を見合わせざるを得ない。

「不穏な物……」エリザベスはその日本語を正確に咀嚼《そしゃく》するかのように口の中で繰り返し、「毒薬の空き瓶《びん》だろうか？　それとも、自殺の計画や暗示が書かれたペーパーか？」

「この段階では、雲をつかむような話ですよ」

「蜘蛛《くも》を!?」怖気《おぞけ》を震って仰天している。

「スパイダーではありません」

空の上のクラウドだと説明されてこの表現に感心した後、エリザベスは次の疑問を口にした。

「見つかった場所はどこだと言っていた？」

「れっかんのむろ、ですね。一般的な呼称ではありません。このお宅ならではの部屋なのでしょう。……れっかん。棺が並んでいる、列になっているという意味かもしれません。室《むろ》は、古さもある倉庫といったイメージです」

確かに、歴史ある独特の意匠《いしょう》の凝らされている邸宅かもしれないと、二人は室内を見回した。

正面の壁にあるのはエーゲ海を描いたと思われる油絵で、壁のレリーフの模様はギリシアの雷文《らいもん》と見受けられた。棚にある小さな一対の彫刻もギリシア神話の登場人物のようだった。

「そういえば」美希風は、記憶から拾い出して言う。「玄関ホールの柱も、ごく簡略なものですがコリント様式というやつじゃなかったですかね」

「ギリシアだな」

しばらくするとドアがあき、翠がトレーを胸の前に掲げて入って来た。丁寧な仕草で二人の前にカプチーノを置く。

飲み物を勧めて二人が一口含むと、

「光深から、事態が混乱してご迷惑をおかけした理由をお話ししろと申しつけられてきました」

と、対面に腰をおろして彼女は言ったが、

「光深さんは……」美希風のほうからまず、気になっていたことを口にした。「愚かで傲慢な者が身近にいる、とおっしゃっていました。〝列棺の室〟で見つかった物に、はっきりとそれが表われていたのでしょうかね？」

「そう申せましょうね。あれはなんと言いますか……」翠は、絆創膏《ばんそうこう》の巻かれている人差し指を顎の先に当てた。「脅迫状のような、悪意で心を掻《か》き回すようなもので……。お義父様《とう》にすれば、挑発的で挑戦的な行為に思えるでしょう。わたしたちにとっても、冒瀆《ぼうとく》的と言いますか、おぞましくさえある文言《もんごん》でした。そしてそれは——」

彼女はそこで一旦《いったん》、言葉を止めた。

「話は今日のことに留《とど》めておきましょう。義父《ちち》は妻が自殺したなどということも信じられずにいるはずなのです。そこにも、悪意と愚行が関係していると見ています」

これを前置きのようにして、安堂翠は詳細を話し始めた。

安堂朱海は、二、三日前からベッドの上から動けず、ほとんど意識もなかったという。在宅ケアの処置が取られていた。

そして今朝、いつもどおり、六時頃に翠が様子を見に行き、義母が息をしていないことに気がついた。この邸宅には、次男夫婦である滉二《こうじ》と翠が同居している。夫の光深はもちろん、妻の様子を何度も見に行くが、体力と優《すぐ》れない健康状態では介護などできず、朱海の面倒は翠と住み込みの家政婦がみるのが常だった。

最近はよく往診をしてくれていた個人病院の院長、若月《わかつき》が駆けつけて来たのが七時すぎだ。容態が心配なこの時期、熱心な若月は、自分が来られない時はチーフである最年長のナースを寄こすこともしていた。

若月は助手である看護師と共に、七時十七分に安堂朱海の臨終を確認。目立った所見はなにもなく、全身状態の低下に伴う心停止との診断になった。死後四、五時間が経《た》っていた。

「翠さん。朱海さんの急変に気がついた時、遺書などなかったのですね？」

美希風としてはその点がどうしても奇異に思えるので、改めて尋ねた。ベッドから動けない人物が遺書を用意するならば、手近な所に置くしかないだろう。

「そのような物は絶対にありませんでした。その点、後から駆けつけた家族や若月医師《せんせい》たちも同意見です」

疑問は解消されないが、話の順序は翠にまかせ、美希風はカップを手にした。

「ですので病死としか思えず、死亡診断書が作られたり、葬儀の準備が進んだりし始めました。そうした中で、光矢《みつや》さんや累《るい》が〝列棺の室〟に入りました」

光矢は、光深・朱海夫妻の長男。翠の義兄に当たる。累は翠の息子だ。

美希風は、家族関係をおさらいした。

光深・朱海夫妻の長男が光矢。次男が滉二。その妻が翠で、息子が累だ。

「〝列棺の室〟には、明治の頃に作られた棺が用意されています。代々の者が入る棺です。この家は大正期に造られましたから、棺などはその時に移したものです。母屋の北東の端、地下に〝列棺の室〟はあります。うちの夫が立会人になり、最終的には三人で棺を運び出しました。

時刻は九時頃でした。棺は、集会ホールに置かれるのです。そのうち葬儀社の方もみえ、納棺の準備が進められました。この時、棺の蓋《ふた》が少々軋《きし》むことに気づきまして、〝列棺の室〟にはもう一つだけ棺が残っておりますから、そちらの状態がよければそちらと取り替えようかということになりました。それで、男二人が〝列棺の室〟へ向かいました」

「最初と同じ顔ぶれですか？」美希風は訊いた。

「光矢さんが抜けて、わたしの夫と息子の累でした」

「女ではない、というところが目立って聞こえるが」エリザベスが言葉を挟んだ。「それとも、たまたまであって意味はない？」

「いえ……。〝列棺の室〟には男しか入ってはならないというしきたりがあるのです」

やはりな、という色で表情を曇らせ、エリザベスは、

「日本では、伝統行事ではそうしたことがまだまだ多く残っている、と伝わってくるな。宗教的な儀式や修行の場、そして歴史ある芸能でも。女の社会進出という言葉をわざわざ覚えなければならなかったのにも驚いたが。社会全体がそれを意識しなければならない段階なのだな」

「安堂家のしきたりは厳格なものではなく、まあ、守ったほうがいい形式といった程度ですけれど」同性でありながら、翠がやや取りなすように応じていた。「夫と累の二人が地下に

おり、廊下を進み始めますと、床に一枚の紙が落ちていることに夫が気がつきました。拾いあげてみますと、短い文章が書かれていたのです。

〝滾《たぎ》る憎悪。凍らせた時を動かす。棺に凍えて眠るのは一人にあらず。すみやかな二つめの死に踊らされ、もはや留まらぬ罪に怯《おび》えよ。聖勇毅《せいゆうき》は我らを憐《あわ》れめ〟という意味の文面でした」

「意味の……文面？」

微妙な言い回しに聞こえ、美希風は聞き返した。内容も内容で、もちろん気にはなるが。

「カナで書かれていたものですから。いえ、打たれていた、ですね。現物を見ますか？」

「現物があるのですか？」

驚く美希風に、少し慌てて翠は訂正する。

「写真でした。その紙を写した写真です。現物は警察が持って行きましたから。その前に、写真に撮っておいたのです」

「それは気が回りましたね」

「実は、法子《のりこ》さんの助言です。法子さんというのは、累の奥さんです。電話でこうした事情を話した折に、現物は警察に渡さなければならないから、写真に撮っておいたほうがいいと指示してきたのです」わずかにためらってから、翠は付け加えた。「法子さんは、元刑事さんなんです」

「遠方の仕事先にいるものですから、今、駆けつけて来ようとしているところです」

「ほう、そうですか」

そう説明しつつ、翠は操作したスマホを二人に差し出した。画面には一枚の横長の紙が映し出されており、つまんでいる指との比較では、文庫本サイズの一・五倍ぐらいだろうか。

幾つかの特徴がある。灰色に見える紙だ。罫線《けいせん》はない。最上部のセンターには、縦棒と横棒の長さが等しい十字架が控えめに刻印されている。ギリシア十字架だろう。カタカナによる印字で横書き。紙の右上隅が、斜めに破れて紛失している。直線的に切れている。

美希風はまず、色について尋ねた。

「薄い灰色に見えますが、これは光線の加減ではない?」

「この色の紙なのです」と、翠は説明する。「一般的な新聞紙より濃い程度でしょう。この家で、弔事の案内などに使う特製の用紙なのです。保管してある物を、今回も準備し始めていました」

「なるほど。その一枚を、これを書いた者は利用したのですね」ここで美希風はエリザベスに、ちょっとした知識を伝えた。「広く仏式では、葬儀に関連する文字を書く時、黒々とした色を使わず、薄墨《うすずみ》……灰色で書く習わしがあります」

エリザベスは、じっくりと理解の色を深め、

「黒い色を不吉と結びつける感覚は世界に多いが、灰色というのはそれを少し薄めて一種の

情感があるな。それでいて、非日常感も滲《にじ》み出る」

まさにそうした感覚に馴染む薄い灰色の用紙を、独自色ある家伝の作法として安堂家では使っているわけだ。

美希風は次に、プリントされている十字架のことに言及した。

「レターヘッドになっているこのギリシア十字架も、このお宅の儀式としての印象にふさわしいですね」

安堂家の歴史の始まりが、渡航がむずかしかった時代に起こった難破事故であることは承知していると、美希風は伝えた。

「その先祖たちは、ギリシア正教徒《せいきょうと》だったようです」翠は認めて言う。「ただ、うちの宗派はそれではないのですよ。形式として残っている部分はありますけど、今では仏教と習合しています。正教では、通夜に当たる前夜儀式をパニヒダと呼びますが、うちではずっと、通夜と言っていますし。折々ギリシア十字架を用いますのは、ルーツを忍びつつ、厳かに、完全なる仏式とは違う宗教観ですので、と伝えるためですね。〝あすなサンドロス〟はご存じかどうか——」

「もちろん存じてます」と、美希風は笑顔を向けた。「頻繁《ひんぱん》に利用させてもらっていますよ」

「それはありがとうございます。ビジネス的には、特徴的な企業イメージとしてギリシア風な意匠を用いることもできる、という側面がありますから」

なるほどと頷《うなず》いた後、美希風の問いは、事件性を匂わせる事柄へと移る。

「この手紙、右上の隅が欠けているのはなぜです？」

「はい、それは、別の場所で見つかったのです。その部分が破れて」

もう一枚写真があると思い出し、翠はスマホを再び操作した。呼び出された画面には、ちぎれた部分が、残りの本体に寄せる状態で写っている。それで一枚として完成だ。

「ちぎれた部分は、集会ホールに運ばれた棺の蓋に挟まっていたのです」

という翠の説明に、美希風とエリザベスは共に、「ほう」と声を漏らしそうになった。意外でもあり、意味ありげでもある。なかなかなさそうな状況だが、脅迫状の文面とは関連を持ちそうだ。

話す翠は不思議そうな様子になっていった。

「葬儀社の方々が、棺を確かめたり、蓋をあけて中も点検したりしている間に気づいたのです。でもあの間、こんな脅迫状を持って棺に近付けた者はいないはずなのですけどねえ」

「見つけたのは、葬儀社の方なのですね？」美希風は訊いた。

「二人の男性が来て、棺のチェックもしてくれていたのです」

「蓋をあけてから発見したのですよね。具体的には、紙片はどこにあったのでしょう？」

「蓋と接する、寝棺本体の縁ですね」翠は言葉を探しつつ、「そこに載っていました。横向きに安置してある棺の手前側、中に仰向《あおむ》けになった時の、右の肘《ひじ》あたりですね」

「よく判りました。まさに、蓋を閉める時に脅迫状の隅が挟まってしまい、そのまま千切れたという感じですね。しかし脅迫状の残りの本体は、集会ホールの床ではなく、〝列棺の室〟の床から見つかったのですね？」

「棺を運んだ男性は全員、蓋などあけていないと言っているのですけど……」

そちらが謎の中心点であろうが、美希風はまず、脅迫状のほうに集中した。

十字架の刻印のすぐ下から、カナ文字による本文が始まっている。

「カタカナが横に五行ですね。パソコンから打ち出したものではなさそうです」

「手動式のカナ文字タイプライターを使って打ったものですよ」

「カナ文字……」

「この家には何台かあります。先ほど話に出ましたクリスマスカードは、欧文タイプライターで打ったものです。安堂家は海運業で栄えておりましたが、並行して通信事業にも手を広げました。無線機器から始まり、それがそのうち初期のファックスなど事務機器も扱うようになり、和文タイプライターの開発に携わったりしたのです。カナ文字タイプライターはオリジナルの品を市場に出しました」

「それがご自宅にもある？」

「ちゃんと使えるのがあるのです、南さん。そして、家の者はほとんどそれを扱えます。亡くなった義母《はは》は特に、ここ半年ほどはカナ文字タイプライターをよく利用していました」

半年ほど、の理由は？　と、美希風は目で問いかけた。

「義母は長く関節リュウマチを患っておりまして、指で細かな作業をするのが苦手になっていました。そのうえ昨年ぐらいから、指先に震えも出るようになりまして、細かな文字は書けなくなりました。スマホもそうですが、テレビなどのリモコンのように小さなボタン操作が必要なものも、敬遠するしかなかったのが実状です。体調がずいぶん悪化してきたのです……。日頃は、ペンで書き込めるタブレットを利用しておりましたけれど、文章にして残したい時はタイプライターを使っていたのです。文字が書けないわけではないのですよ。ただ、時間がかかりますし、ふらふらとした、体裁のよくないものしか書けませんので、外の人に見せる文章ではやはり敬遠しましたね」

「パソコンの利用はどうなのだろう？」エリザベスが尋ねた。

「自分では使いません。クリックができませんから。印字しようとしたら、プリンターに出力するなど、何段階かの手間が必要になるでしょう？　タイプですと、気持ちを直接紙面に打ち出せて、好きなようでした。いつも使っていたタイプは親の代が作った愛機で、思い入れもあったのです」

美希風は、

「しかしもちろん、この脅迫めいた文書を作成したのが朱海さんとは考えにくいですね。数時間前に――」

と言いかけたところで、テーブルに置かれているスマホに目を向けながら確認した。

「それが発見されたのは何時頃ですか、翠さん？」

「十一時十分ぐらいでした。棺の縁《ふち》からちぎれた部分が見つかったのは、十時五十分ぐらいだったと思います」

三人の男が〝列棺の室〟を出入りしたのが九時頃。その床から不吉な紙片が発見されたのは、その二時間少々後ということになる。

「もちろん、義母《はは》があのようなものを書いたはずがありません」そう口にした後、翠は頭の回転の速さを見せた。「警察の話ですと、あの紙から発見された指紋は、見つけた時に拾った滉二のものだけだそうです。もし、動けなくなる前に義母がこの脅迫状を打ち出したのでしたら、指紋を付けずに作成し、後を託した人にもそうさせたということになりますよね。わたしたちに向かって脅迫状を突きつけた人は、義母であるはずがないのですから。このような回りくどいことを、犯罪者と手を組むようなことまでして義母がするはずがありません。それ以前に、義母がこのような文面を練ったりするはずがないのです。このような、人を不安に陥《おとしい》れるような残酷な言葉……」

確かにその文面は、翠が「とんでもなく不穏な物」と表現して当然のものだ。

タギルゾウオ……とカナ文字が横に並んでいるが、これは確かに、〝滾る憎悪〟と読むしかない。そして、カナであることが奇妙に禍々《まがまが》しい。人の言葉を覚え始めた魔物が、注意を凝らしながらポツポツと、懸命に文字を綴《つづ》っているかと思えてくる。たどたどしいが、それでも一心不乱に執着している呪詛《じゅそ》のようだ。悪意を一言一言《ひとことひとこと》、こちらが探りつつ読み取り、くみ取っていかなければならないその時間が、不快さをもって心を支配してくる。

以下、内容は行別に表記すればこうだ。

滾る憎悪。凍らせた時を動かす。
棺に凍えて眠るのは一人にあらず。
すみやかな二つめの死に踊らされ、
もはや留まらぬ罪に怯えよ。
聖勇毅は我らを憐れめ。

しかし、意味不明のところもあり、そこを美希風は尋ねた。

「セイユウキハ……というのはなんでしょう？」

「聖三祝文《せいさんしゅくぶん》という祈禱文《きとうぶん》の中にある言葉です。毎日の礼拝でも唱えます。葬儀の際にも聖歌隊が歌いますが、うちではそうしたことはやりません」

翠は漢字を伝えながら、聖三祝文を口にした。

聖天主《せいてんしゅ》、聖勇毅、聖常生《せいじょうせい》なる主《しゅ》、我らを憐れめよ。

「それをこの脅迫文では、聖勇毅は我らを憐れめ、としたのですね。……冒瀆的と感じて当然ですね」

「申しましたように、うちでは正式な儀式ばったことはほとんどしていません。ですから、聖三祝文ですら馴染んでいるものとは言えませんでした。ですが今回は、セイユウキというのがすぐにピンときました……」

「それはどうしてです？」と問いかけてから、美希風は思い当たった。「――脅迫状では、聖天主が飛ばされて、二つめの聖勇毅が使われている」

察しのよさに、翠は強く頷き、前屈み気味になった。

「そうなのです。第二ということで、わたしどもは嫌な恐れも味わって混乱しています」

「文面には二つめの死、とある」エリザベスは、美希風と翠に視線を巡らせた。「朱海さんの死が一つめという意味なのか？　続いて二つめの死が訪れるという予告だから恐怖も感じる？」

「そういう意味にも取れますが、違うような気がします」小考してから、美希風はそう答えた。「なぜなら、〝第一の死〟としてふさわしい、大きな悲劇がすぐに思い浮かんでくるからです。それは翠さんと今話していた聖天主の件とも関係します。最悪の犯罪でしたから、脅迫的な言辞とは呼応する。違いますか、翠さん？」

「おっしゃるとおりなのです、南さん。あの、信じたくない出来事は……」

重い記憶に打ちひしがれるかのように翠の言葉が絶えたので、美希風が声に出した。

「キッドリッジさん。〝第一の死〟は、殺人事件のことかもしれないのです。被害者は、安堂夏摘《なつみ》さん。朱海さんのお孫さんです。刺殺死体が去年発見されました」

夏摘は四年前、三十歳の時に突然行方《ゆくえ》を絶っていた。このことは全国的な報道にはならなかったが、去年の八月、他殺体で発見された時は無論別だ。失踪後間もなく殺害され、土中に葬られたらしい。事件を知り、美希風は、遠い北の地で胸を痛め、推移を見守った。

「翠さん。あの事件、犯人が見つかったとは聞いていないのですが」

「はい。未解決です」

――正体不明の殺害犯が、どこかにいる。

「その事件の詳細、訊いてもいいかな」

エリザベスに言われた翠は、美希風に目を合わせていた。

そこまでこの人たちに話してもいいのか、という迷いが一瞬だけ彼女の瞳の中を流れた。だがすぐに、老当主の意向に焦点を合わせるかのように表情が定まる。その後は、彼女自身の感情がめまぐるしく瞳を横切った。悲壮さ、心痛、不可解さに対する好奇心。

安堂家にとっても重く悲痛な過去を、美希風たちにカプチーノのお代わりを注いだ後、目の前の女性は語り始めた。

2

若くして夫を亡くし、独り身だった安堂夏摘は、当時この家で起居していた。安堂家の複合企業の一端、〝安堂グループ・インダストリー〟を光深から任《まか》され、資材管理副社長の地位にあった。行方が判らなくなったのは二〇一五年の十二月七日。前日夜に帰宅し、当日は朝食を食べていつもどおり家を出た。月曜日だ。仕事場に姿を見せるはずが、いつまで経《た》っても現われない。以降、携帯電話にも応答なく、夏摘は人々の前から消える。

彼女が、仕事場以外のどこへ行ったのか、心当たりのある者は、家人、同僚、数少ない友人たちの中にも誰もいなかった。当日中に行方不明者として届が出され、通勤ルートが捜索されたが、犯罪発生の痕跡や目撃情報はなかった。彼女自身、特に大きなトラブルも抱えてはいない。

なんの進展も見られず、月日を経て大きな決定的な悲報がもたらされたのが去年の八月五日である。安堂家から二十キロほど離れた、林を切りひらいていた宅地造成地区で、死後長時間経《た》った遺体が発見されたのだ。若い女性で、冬用の私服姿。凶器のナイフは心臓部に突き刺さったままだった。遺体の上には、腐敗臭を防ぐといわれる消石灰が撒《ま》かれていた。

コート以外の衣服はボロボロで、遺体は半ば白骨化しており、身元確認は慎重さを要した。

歯の治療痕や3D復顔でもまず間違いなかったが、DNA鑑定によって最終的に、遺体は安堂夏摘であると確認された。遺体の検案結果から変質者の関与は認められず、物取りの犯行が当初は疑われた。バッグ類、財布、スマートフォンなどがすべて見当たらないからだ。しかし確認された範囲では、大きな傷は胸部にしかなく、これは明確な殺意を示すと思われ、怨恨《えんこん》のセンも捜査された。

だが、安堂夏摘は恨《うら》みを買うようなタイプではなく、また、副社長というポストにありながらも、その死によって大きな利害が動くような関係性は認められなかった。動機から容疑者を絞り込むこともできず、通り魔も浮かびあがってこなかった。現場は人気《ひとけ》などまったくない所で目撃者はおらず、凶器も量産品で追跡は困難だった。

そうして、一年という時間が経過して現在に至る。

安堂翠は語るうちに、気持ちの振幅を見せ始め、表現には自身の印象もちりばめられるようになっていった。夏摘の死が確定した時の人々の悲しみの様《さま》はもちろん、埋葬される時の複雑な空気感も吐露《とろ》したという様子だった。被害者が完全に葬られる時に感じたらしい張り詰めた気配は、翠自身の猜疑《さいぎ》や恐れが乱反射したものだったとはいえないだろうか。身内に殺害犯がいるのではないかと、彼女は疑っていないか?

そんな美希風の内心の問いに応えるかのように、翠は、

「実は……」と、躊躇《ちゆうちよ》しつつ、わずかに告白の気配を覗《のぞ》かせた。「重要な事実があるので

す」

「それは？」

と、美希風とエリザベスが同時に声を返した。美希風は、よろしければ伺いたいという姿勢で。エリザベスは、話の先を積極的に促す語調で。

「夏摘さんと一緒に土の中から発見された物です。直径が十センチ少々、長さが七十センチほどの筒です。巻物を思わせるデザインになっています。それは、我が家で作らせた一点物なのです」

大きな事実だ。それを美希風が受け止めているうちに、翠は続けた。

「イコンに関係する物です。聖人の描かれ方は決まっていて、手をあげているのは神から恩恵をいただいている姿で、持っている巻物は神の啓示を明らかにする様《さま》を示しているとされています。その巻物を模した品を、光深・朱海の夫妻は象徴的な意味で祭壇に置いていました。南さんはお判りでしょうけれど、卒業証書を入れる筒のような実用的な品でもあったのです。昔は、験《げん》かつぎで、と申しますか神頼みで、子供たちの入学願書を入れたりもしていました。……義父《ちち》は判事の頃、下した判決に対して送られてきた心に留まる手紙などを、しばらく入れたりもしていたようでした。その品が確かに、夏摘さんが行方不明になった頃から見当たらなくなっていたのです」

フィート感覚が身に染みついているエリザベスに、七十センチの長さをだいたい示してから、美希風は翠に確認した。

「その巻物を模した筒が、夏摘さんの遺体と一緒に発見されたのですね」

「彼女の左腕の近くに置かれていたそうです。そして筒の中から、タイプ打ちされた一枚の紙が見つかりました。こんな文面です」


地の底より暗く天を覆うもの。

まずは墓地への先導者。贄《にえ》の歩み。

聖天主は我らを憐れめ。


「そこに、聖天主はすでに登場していたのですか……」

美希風は内心唸《うな》り、姿勢を正したエリザベスは、深刻そうに声を張った。

「それは大事《おおごと》ではないか」

「まさにそうですね」

頷き、ぬるくなっているカプチーノを渇《かわ》いた喉に流してから、美希風は事態を口に出してまとめた。

「まず、このお宅で大事に扱われていたオリジナルの品が、遺体と一緒に葬られていた。これはどう考えても、……残念ながら内部の者の犯行と見なければならない」

「はい……」翠はうつむき加減だ。「この事実をつかんでから、警察は、物取り説よりも身内犯行説に重点を置き始めました。……ずいぶん取り調べを受けたものです」

そうした背景があれば、安堂夏摘の葬儀や埋葬時に不穏な空気の乱れを感じたというのも気のせいとは言いがたいであろう。美希風はそう想像した。殺人容疑を受けて取り調べられれば気が立っていて当然だ。無実の人間でも悲しみに暮れているだけでは済まないだろう。取り調べ、そして世間の注目という騒然とした不快さに加えて、身近に殺人者がいるのではと、濃厚な猜疑が気持ちを乱す。

「しかし解決は見なかったのだな」と、エリザベスが話を継ぐ。「そして、夏摘殺しの時には、聖三祝文の内、第一の聖性を示す言葉、聖天主がメッセージに使われていた。さらに今回、朱海さんが亡くなった時には、第二の聖勇毅が用いられた。つまりこれはもう、連続殺人の様相ではないか」

「メッセージはどちらもタイプ打ちですしね」事態の深刻さが伝わってくる中、美希風は確認を取る。「筒に入っていた第一の脅迫状は、今回と同じ弔事用の紙に書かれていたのですか？」

「それは違うみたいです」

「そうですか。違いますか」

「わたしは実物を見ていませんが――警察以外、家の者はほとんどが目にしていないと思いますが、紙はごく一般的な事務用のものだったそうです。警察はそう言っていました。印字したタイプライターもこの家のものではないそうです」

「ほう、それも違いましたか」

「どこのタイプライターが使われたのかは突き止められていないはずです。犯人は、利用できるタイプライターをどこかで見つけて、脅迫状を打ち出すのに使ったのでしょうね」

「タイプを使うのが、犯人の長期的な計画なのだな」エリザベスの見解だ。「筆跡を残さない手段はなにか必要だ。そう考える犯人は安堂家に近い者で、タイプライターには馴染みがある。第二第三の犯行を計画していたなら、その時の脅迫状にはこの家のタイプライターを咄嗟《とっさ》にでも利用できる。そう踏んでいた」

「そうなのでしょうね」

翠は呟き、美希風も表情で同意する。

エリザベスは続けて、

「現時点で朱海さんは自殺が疑われているということだったが、今のような事態であるなら、それどころじゃないだろう。〝第一の死〟が夏摘さん殺しであるなら、朱海さんの死が第二。彼女の死も他殺という可能性が生じないか？」

「……その恐れもないではありませんでした」翠の表情が、曇りつつ張り詰める。「それで、警察に届けるのと同時に、義母《はは》の寝室やその周辺をみんなで調べてみたのです。するとそのうち、破り捨てられた遺書らしき物が見つかりました。ダイニングのゴミ箱にあったのです」

自筆の遺書――と言いかけて、美希風は、朱海の指の機能のことを思い出した。

「タイプで打たれた遺書だったのですね？」

「はい。インクで、義母の拇印《ぼいん》が捺《お》してありました。幾つか指紋があり、すべて義母のものだったそうです」

それにしても、疑わしいといえば疑わしい。しかもそれを処分しようとした者がいる……？

「その遺書も撮影してあります」と、翠はスマホを手に取って操作した。

見ると、三十ほどのピースに引きちぎられている紙が、復元するように寄せた状態で写っていた。灰色で、ギリシア十字架のレターヘッドがある。

「〝列棺の室〟で発見された脅迫状と同じ用紙ですね」

「大きさは通常の一枚のままで、A4サイズになります。打ったタイプライターも同種だそうです」

カナが並ぶので読むのがむずかしいが、文面は以下のようなものと思われた。

今度こそ神の足元に行きましょう。いえ、

地の底ですね。罪深き暗闇。でも、汚れた手に屈する気はありません。裁きは自ら。世話をかけます。


「罪の告白状と読めますね」そう感じたが、美希風はまず観察を試みた。「右下隅に拇印。朱海さんの右手親指ですか？」

「そうだという話でした」

「真ん中に折れ目……」

横に走る折れ目がかろうじて判る。二つに折られていたのが戻され、細かくちぎられた。

「しかし、自殺するといっても――」

美希風の言葉の途中で、軽くノックの音がした。

「はい」と翠が応じると、ドアがあけられ、五十代半ばすぎの年齢と見える男が顔を出した。顔立ちが似ているわけではなかったが、光深と同じく、頭髪も髭も長くのばしているのが嫌でも目立つ風貌だ。

「あなた」という翠の声と、「ここだったたか」という男の声が重なった。

翠は、「夫の滉二です」と、二人を滉二に引き合わせた。

光深の次男である滉二は、やや小柄。怒り肩だが温顔《おんがん》の持ち主だ。長い髪や髭は、アーチストならばともかく、勤め人ではなかなかできるものではないだろう。

美希風たちが改めて述べた悔やみに礼で応じる夫の顔を、立ちあがった翠は見やる。

「お義父《とう》さんから、自殺も疑われだしたいきさつを説明して差しあげるように言いつかって……」

「らしいね」

「遺書が見つかったところまで話したわ。夏摘さんの事件のあらましも」

「ふーん、そんなことまでね」

ぶしつけにならない程度に、滉二は美希風とエリザベスを素早く観察し、それから妻に目をやった。

「いや、世話役の女性陣が、夕食のことなどを話したいそうなんだが」

「そうですか……」

美希風はすかさず伝えた。

「こちらのことはおかまいなく。大事な準備をお進めください」

それでも躊躇を示す妻に、滉二が言った。

「じゃあ、役を代わろう。お二人には、私から話して差しあげるよ」

結局そういうことになり、滉二は、脅迫状が見つかった〝列棺の室〟まで案内しようと申し出た。そこの扉の鍵を、翠が持って来るという。

美希風たちの前に座った滉二は、両膝をポンと叩《たた》いた。

「さて、なにか訊いておきたいことがありますか？」

さっそく美希風が口にする。

「奥様に、朱海さんの発見時の様子を伺おうと思っていたのです。自殺が疑われる様子だったのでしょうか？　ここ二、三日、ベッドからほとんど動けなかったとお聞きしましたが」

そうなのです、と応じるように頭を小刻みに揺する滉二の顔色は、さすがに曇っている。

「母が自力で自殺が可能か、ということですね……。お医者さんや警察の見方では、可能かもしれないということでした。発見した時、母は半ばうつぶせだったそうです。私も、駆けつけた時に見ています。ベッドから少しずり落ちそうな、そういう姿勢でした。母は顔をシーツに押しつけての窒息を決行したのかもしれない。本能的に姿勢を変えて窒息を回避するようなことは、体力不足でできなかった……と見ることはできます。まだ死因は確定していないのですが」

この辺の医学的な知識については、エリザベスの力を借りるまでもない。こうしたケースでの乳幼児の痛ましい窒息死は、割と起こっている。

だが同時に、死因が窒息死であるなら、偽装も可能だろう。何者かが安堂朱海の顔をシーツに押しつけても、被害者は抵抗する力も残っていないはずだ。殺人者にはさして力はいらず、したがって、抵抗した跡も被害者の肉体には残らないに違いない。

しかし、瀕死《ひんし》の病床にいる者を、なぜ殺さなければならないのか？

本当に自殺であることも否定はできないが。

「自殺とした場合」エリザベスが言う。「こちらの家の宗教観に則《のっと》っても、それは罪深いことではないのかな？」

滉二の目つきは厳しくなる。

「そうです。とても罪深い。許されざることです。遺書には――」滉二は言い換えた。「遺書のように見える物には、自ら罰を下し、神の足元へ行きたいといった望みが書かれていましたが、そのようなことは叶《かな》えられません。大きな禁を犯している」

一呼吸あけて、滉二は疑問も呟いた。

「しかし、病没しようとしている者が、あえて禁忌となる暴挙に死力を振るうでしょうか」

大いなる矛盾だった。

その疑問に同意して、美希風が沈思していると、ドアがスッとあいた。その隙間から覗いた顔は、翠のものにも見えた。しかし見えた場所が低く、顔そのものも小さかった。翠が縮んだわけでもないだろう。

かすかなドアの音に気づいてもいたらしく、美希風の視線を追って滉二もそちらに目をやった。そのタイミングで、ドアが閉まる。

あれ？　という表情を見せてから、滉二の目元は少しほぐれた。

「千理愛《ちりあ》かな。孫娘ですよ。すみません、行儀が悪くて」

ふふっ、とエリザベスは笑った。

「いいではないか。覗き見と盗み聞きは、活発な少女の特権だ」

「盗み聞きは、人聞きが悪いですよ、ベス。語感がよくない」

「それは失礼した」

エリザベスは謝罪をしたが、「かまいませんよ」と滉二は鷹揚《おうよう》に笑っている。

日常の柔らかな雰囲気が多少差し込んだ場の空気の中でも、美希風は、自殺の動機について思案していた。

意識も薄れ、病没することを覚悟している者が自死するとしたら……。そうさせる動機は罪の意識だろうか。遺書とされる物の文面にもそれは記されている。沈黙したまま病で息を引き取ることを自ら許さず、告白し、地獄へ堕《お》ちる罰を与えた。

「しかし……」

美希風の思考の続きは声になって出てきた。

「遺書とされる文面には、〝汚れた手に屈する気はありません〟と書かれています。朱海さんに、悪意ある圧力をかけた者がいると見られる表記です。そしてこれは、〝列棺の室〟で発見された脅迫状の文面と関連づけられますね。〝罪に怯えよ〟とありますから。この脅迫状は、殺人の予告と見えつつも、脅迫者からの、脅しとしての告発とも受け取れます」

　滉二の背中が少し丸くなった。

「母は脅迫されていたが、それに屈したくはなかった……。誇りを持って自ら裁きを得た、ということですかね……」

　すぐにエリザベスが、確固とした口調で言った。

「一連の流れからすると、朱海さんには、夏摘さん殺しにおいてなんらかの罪があったように窺える。しかしどのようなかかわりにしろ、あの朱海さんが人殺しに関係したとは思えない」

「脅迫を受けるような人ではないと、私も思います」

　それは美希風の本心であったが、同時に、外部からの印象にすぎないことも充分理解していた。福祉活動に励む者や、慈善的な寄付をし続ける者の全員が、正しき者とは限らない。作られた社会的な仮面というのはよくある話だ。

　大昔に二、三言葉を交わした経験があるだけで、美希風は、安堂朱海の人となりをまったく知らない。

　その一方で、強くこうも思う。

「もし、朱海さんは罪もなく病没しただけなら、そこに自殺や犯罪の疑いを偽装するなんて、絶対に許せませんよ」

「まったくだ」エリザベスは鼻息すら感じさせた。「安らかであるべき死を冒瀆するにも程がある。……そもそも、ベッドを離れられないほどの状態だった朱海さんが遺書を書いたという点は、どう理解されるのだ？」

「こういうことじゃないでしょうか」滉二が応じた。「三、四日前でしたら、母もベッドを離れることができました。その時にタイプライターを使ったのです。みんなで話して、それしかないだろうということになりました」

その先は美希風が言った。

「その遺書を、朱海さんは病床の近くに置いておいたのですね。隠すように。そして最期の時、朱海さんには意識が戻り、いよいよと感じて遺書を目につく場所に出した」

「それに最初に気づいた者が、破り捨てたということか」

エリザベスの言葉が終わったところで、ドアがあき、翠が姿を見せた。

廊下へ出て〝列棺の室〟の鍵を受け取った一同は、翠と別れ、玄関ホールのほうへと向かった。

鍵は大小二つ、古めかしい印象の棒鍵だ。それに目をやってから、エリザベスが滉二に尋ねた。

「〝列棺の室〟のどこまでなら、女のわたしは近付けるのかな？」

「え？　ああ。中に入らなければいいでしょう。別に、こっそり入ったってかまいませんけど」

と、滉二の返答には屈託がない。

玄関ホールまで来た時、ちょうど、一人の男が外から入って来た。

「累。お疲れさん」

息子です、と滉二が紹介する。

メガネをかけた三十代半ば。身内の不幸のためか、疲労のせいか、挨拶を交わしている最中にも肌の色艶《いろつや》や表情が明るさを感じさせない。髪形が目を引くが、父親のような長髪とは違う。美希風は、記録映像で見た覚えのあるビートルズを思い出した。男性一般に比べれば長いほうの髪だろう。ただ、特徴的なのは前髪だ。ふわりと膨らみ、眉の近くまで額を包む。

丁寧に靴を脱ぐ累に、滉二は声をかけた。

「皆さん、宿は決まったんだな？」

「ぎりぎりで、なんとか」

今日の通夜は延期になったので、累は、一泊することになった客たちを案内して宿の手配を済ませて来たところだそうだ。

「こちらのお二人を〝列棺の室〟にご案内するところなんだ。今日の事件――と言っていいと思うが、その事情を知ってもらうことを父さんが望んでいるようなのでね」

「そうなんだ。じゃあ、僕も、おじいちゃんに報告してからそっちに行こうかな。観察し直しながら、自分でもちょっと考えたい」

いったん累と別れて、三人は北側の裏庭に向かって廊下を進んだ。

「累さんもここに同居しているのですか？」

昨夜から今朝にかけて、誰が邸内にいたのか、美希風は確認しておくことにした。

「同居はしていませんが、昨日、土曜日から来ています。いよいよ、母が危ないということで……」

累にとっては祖母の危篤だ。

「私の兄、光矢も同じく昨日から。もちろん見舞いですが、ビジネス上の大きな決裁を父から得るためでもあります。うちの基幹企業の、事業部ごとの分社化計画です。名誉会長の席にあるあの父が、今でも実質的な、意思決定の最終機関ですよ」

初めて、微妙な屈託を滉二の口振りから嗅《か》ぎ取った美希風だが、なにかの気配を感じた背後に咄嗟《とっさ》に首を回していた。

廊下の曲がり角で、サッと身を隠した者がいる。小さな影だ。

それにはエリザベスと滉二も気づき、立ち止まってから、

「すみません。また千理愛ですよ」と、滉二が苦笑を浮かべる。「あなたたちがずいぶんと気になるらしい。山猫の嗅覚でしょう」

自分の孫娘にしても、山猫は言いすぎではないかと美希風は思ったが、滉二は笑みを大き

くし、

「ギリシア神話のリュンケウスです。千里眼の持ち主とされている」

「ああ」と、エリザベス。「ラテン語でリュンクス。山猫のことだな」

「ヨーロッパでは古くから、遮《さえぎ》るものなくすべてのものを見通してしまう、鋭い眼力を持った者の喩《たと》えです。千理愛は、『リュンクスと呼んで』と自分で言っているのです。特別なものが見えているつもりなのですよ。十一歳。まだ子供ですからね」

そこから滉二は話を元へと軌道修正した。

「千理愛ももちろん、累に連れられて昨日から来ています」

滉二に確認を取りながら、美希風は、家族構成と今朝この安堂邸にいた顔ぶれを頭に入れた。

この家の居住者は、最長老の光深と、故人となった朱海夫妻。彼らの次男である滉二とその妻・翠。この夫妻は、夏摘が姿を消してしまってから、老父母の面倒をみる必要もあってこの実家で暮らすことになったそうだ。後は、酒田《さかた》チカという名の、住み込みの家政婦がいる。

昨日からは、長男の光矢も来ていた。自宅である新宿区のマンションから、黒のセルシオを飛ばして来たらしい。彼の妻の真利香《まりか》は、六年前に癌《がん》で他界している。殺害された夏摘の父であり、光矢はまだ独身を通している。

滉二と翠に子供は一人で、それが累。累は一人娘の千理愛を連れてやはり昨日から訪れている。累の妻、法子は、駆けつけて来る最中だ。

累たち家族の自宅は、ここから百キロ少々離れた、三河《みかわ》湾に臨む豊橋市にあるという。安堂グループ企業の本社が集まっている都市だ。危篤状態が週末と重なったため、安堂朱海の最期に六人の近親者が朝から立ち会えたことになる。

滉二が再び案内を始め、可愛《かわい》い山猫のことが気になりつつも、美希風はまた後に従った。

一度外に出る必要があるといい、三人は裏口のドアをあけた。長靴からサンダル類まで、庭を歩くシューズは用意されている。

「棺を出す時には、それぞれ、玄関から靴を持ってきましたけどね」

気をきかせて滉二は説明を加えた。葬儀の段取りを進めていたのだから、履き物にも厳粛さは自然と要求されるだろう。

まだ暑さを残す屋外。広々とした裏庭だ。

安堂家の家屋が視野の左半分を遮っていたが、正面から右手にかけて見える林は、迫る夕闇に静かに沈んでいる。

その北東の方角に、滉二は指を向けた。

「あちらに、我が家代々の墓地があります」

第二章　列棺の室の〝船〟

1

東へ十メートルほど進み、南に向き直ると大きな扉があった。母屋側にもう一つ簡素な扉があるが、これは物置倉庫のものだという。この一角は平屋であった。物置の入口からは距離をあけて設置されている金属製の重厚な扉が、三人を出迎えている。

「お二人は、私たちの遠い先祖が海難事故で日本にたどり着いたのをご存じですか？」

問いかける滉二《こうじ》の声は、薄闇に溶け込んで広がるようだった。

知っていると美希風は答え、おおよその知識を伝えた。船の部材さえ集めた望郷の念。

大きいほうの鍵を、滉二は鍵穴に入れようとしている。

「先祖はギリシア正教を信奉していたのですが、キリスト教禁教の時代、同じく宗教的には潜伏しているしかなかった。彼らが自由に動き始めたのは、その禁が解かれた明治になってからです。宗教的な遺物であるかのように保ち続けてきた船の材料で、棺を作ったのもその一つです」

「船の……」

美希風は思わず、息を呑《の》んでいた。思いもかけなかった棺の来歴だった。

「そういう棺だったとは」

と、エリザベスも、感慨と興味の思いを声に込めた。

鍵が回った時、実際は小さな音しかしなかったのだろうが、地下に広がる空間にその音が反響したような印象を、美希風は受けた。かすかな音を立てて、扉が手前にひらく。

「棺は二十個ほど作られたとか。もちろん、航路を使ってギリシアに帰れるようにはなっていくわけですが、一族の夢を託し続けてきた船の一部に、新たな意味を与えたということです」

エリザベスが言う。「簡単に帰国できるようになったからといって、希望を込めて何百年も向き合ってきた物を、不要だとして捨てる気にはならないだろうからな」

「まったくそのとおりです。肉体が新時代の船に乗れるのなら、魂はこの棺に、ということになりますか。ただ、簡単にギリシアに渡れるわけでもなかったのですけどね……」

そのような言葉を残し、明かりのスイッチを押した滉二は、五段ある下りの階段をおりて行った。やや下り傾斜の薄暗い通路が、奥へとのびている。その長さは十数メートルほどで、左側の壁の中程に扉があった。モルタル打ちっぱなしの、他はなにもない殺風景な地下空間である。

少しひんやりとしており、湿気も感じられるが、かび臭さなどの饐《す》えた印象はなかった。

「最初は九時頃でした」

その時のことを語る滉二が、一つだけある扉を目で示す。

「累《るい》と光矢《みつや》で、棺を出しにあの中へ入りました。私が立会人です」

その行動を再現するかのように、滉二を先頭にして三人は通路へとおり、進んだ。

すると奥に、人工的な灰色の光景とは違うものが見えてきた。右手の突き当たりだ。

「あれは……！」

走り寄りたかった美希風の足は、逆にそこで止まってしまった。奇観とも呼べる、魅力的な光景がそこにあるのだ。その一角は天然の洞窟《どうくつ》としての姿を残していて、畳四枚ほどの広さで水が湛《たた》えられている。

天井からは太い鍾乳石《しょうにゅうせき》を思わせる岩が、三本四本とさがっている。暗い水面《みなも》は、通路からのごくささやかな明かりを受けて、神秘的だ。

美希風はいよいよ足を進めた。

エリザベスも続き、この時になって改めて、彼女も〝列棺の室〟に入って来たことを意識したらしい滉二は、ほんのかすかに気持ちを乱したように見えた。しかしもちろん、前言を撤回することなく、かまわないさという顔になった。

地下にある静謐《せいひつ》の水面を覗き込み、エリザベスは感嘆気味に呟いた。

「自然というのは予想を超えるな。奇妙に美しいが、ミステリアスとも感じる……」

「我が家では、地底湖ならぬ〝地底泉《ちていせん》〟と呼んでいます。こんなに小さなものですからね」

滉二は、声が反響するのを控えようとしているかのように、小声で説明をしていた。

「ここに越してきたのは、大正十二年なのです。土葬を続けられそうな土地を探していたそうですが、その折、この地下の洞窟にも気がついたのでしょう。ここだ、と即決したのだとか」

これを目にすればそれも当然だろうと、美希風も納得する。水深はごく浅いものだが、透明度がある。

「つまり、棺の船が出航する港なのですね」

「そういうことです、南さん！」

「江戸時代の皆さんのご先祖にとっては、船の部材は大海での自由を思い起こさせる祈りの対象」

「はい。そうした、日本の国土に囚《とら》われてずっと故郷を思い続けるしかなかった先祖の魂に報いるためにも、棺というのは意味があると考えたのでしょうね。自分たちの魂も同じく、この棺で先祖の元々の生まれ故郷に――そして、幸福の中で解放される楽土に運ばれる。そんな思いです」

「遠い故郷へとつながる橋桁《はしげた》、港……」

それがここか、との思いで、美希風は暗闇へと続く洞窟に目を凝らしていた。

「これはぜひ、写真撮影しておきたいな。──あっ、すみません。神聖な場所なのに勝手なことを……」

「いやあ、かまわないのじゃないですか。宗教施設の聖堂じゃない。我々も真面目に拝んだりする対象ではないですから。実際、ここに入れない家族のために、写真や動画を撮ったことがあります。父に許可を取ればかまわんでしょう」

それから、暗闇の中で滉二の長い髭が揺れた。苦笑したらしい。

「地底の港といっても、物理的にどこかへ通じているわけではありませんよ。暗くて見えなくなっている辺《あた》りで行き止まりです。水面下も同じ。先祖が調べましたし、累も大学時代に、友人たちとのグループで調べました。幾つかの細かな穴から水が湧《わ》き出して、この泉を作っているのですよ」

もう一度、滉二の髭は揺れた。

「ありがちな、こうした言い伝えも生まれましたよ。この〝地底泉〟が涸《か》れない限り、安堂家は代々安泰だ、と」

ただこの後、彼の声は、心痛さえ感じさせる硬い調子を帯びていった。

「言い伝えといえば言い伝え、空想的なタブーとも見なせることが、実はもう一つあります。迷信にすぎないと言う人もいるでしょう……。でも私はこれは、現実的に無視できない出来事だと思っていますけれどね。安堂家の者は、ギリシアへ行こうとすると災難に遭うのですよ。何人かは死亡している」

――えっ⁉

美希風とエリザベスは腰をのばし、滉二に顔を振り向けた。

彼は自分の表情を、可能な限り平静に見せようとしている。

「明治期も成熟して、一般庶民も洋行できるようになってきた時、先祖はやはり故国を見てみたくなったのですね。船旅に出ました。しかしその船は、予想外のハリケーンで難破して数十名の死者を出した。先祖もその中にいたのです」

「………」

言葉をなくすとはこのことだろう。

「一族のショックは筆舌に尽くしがたいものだったでしょう」滉二はそう推し量る。「日本でのルーツの悲劇を思えばなおさら。いや、思わざるを得ない」

「それはそうですね……」

偶然で済ますには、悲惨さの重さがありすぎると、美希風も感じていた。

「しばらくは、先祖たちも海外へ目を向けようとはしなかったようです。何十年も。しかし昭和三十五年、一九六〇年ですね、この年、ヨーロッパへハネムーンに出かけようとする新婚夫妻が分家筋にいたのです。この時の旅客機はエンジントラブルでベトナムに不時着。戦禍による混乱、猛暑、マラリアの恐怖などの中、足止めされ、夫婦は二週間後にかろうじて日本へ戻って来ます。何年間も、ハネムーンをやり直す気にもなれなかったようですね。

そして、最後で最大の悲劇は、一九八九年に起こりました。母の兄です。因縁めいた過去の事故など忘れて、ギリシアへ行ってみようとする男が現われました。陸路を選び、まずは無事に船は大陸に到着しましたが、当時のソ連を横断していた列車にとんでもない事故が起こりました。ウファの鉄道事故として知られるものです」

エリザベスがハッとした。

「記録を見たことがあるぞ。ガスだ……、自然のガスを精製して送るパイプが……」

「液化天然ガスでしょうかね」と、美希風。

「それです」滉二が受ける。「液化天然ガスを送っていたパイプラインが爆発し、列車が巻き込まれたのです。死者五百人以上。ソ連史上最悪の鉄道事故だったはずです」

洞窟を背にした地下の暗闇で聞くそれは、感覚的な不気味さを頭上から押しかぶせてくるかのようだった。

「伯父《おじ》も帰らぬ人となりましたよ。それ以来、海外へ出向こうとする気運は安堂家からはなくなりました。戦争に取られた時以外、安堂家の直系で海外へ行った者はいないのです」

滉二は肩をすくめた。

「運命的などという言葉を蔑視《べっし》する人もいるでしょう。すべては偶然だと解釈する。大きな事故だから被害者数も多く、その中の一人であったということにすぎない、と。しかし、自分の命が懸《か》かっている時でもそのように冷笑できるでしょうか？　まして、自分の災難だけではない、他の人たちの命にもかかわるかもしれないという事態を前にして……」

偶然という要素は当然計算に入れる。しかし生理的な冷笑などはしない。そんな美希風の感覚と同じような表情を見せていたエリザベスが、

「すると……」と、口を切った。「時代的にせっかく国外ルートがひらいても、安堂家の者は、本物の船でも飛行機でも、ギリシアに帰ることはできていないということなのだな」

「そうなのですが、それ自体に重たい意味を見いだす者は少ないでしょう。歴史も長く、私たちはもうすっかり日本人ですからね。ギリシアの記憶なんてもちろんない。現実的な感覚では、強き望郷の念などといったものはないのです。遠い生まれ故郷を思って異国で何代も過ごした先祖のことは意識しますけれど。命を懸けてまで帰郷する意味は薄い。意味などゼロと考えている身内もいるでしょう。ただ……」

滉二は首を巡らせ、棺をおさめている扉へ目を向けた。

「あなたは、その船にぜひとも乗りたいのだね、滉二さん？」エリザベスが尋ねた。

「そうですね。ただ、これもまあ、死後などなにもないと考える人たちにとっては論じるに

値しないことでしょうが。息子はどうなのかなあ……」滉二は少し微笑んでいる。「千理愛《ちりあ》はどうなのか……。ああ、息子の嫁の法子《のりこ》さんは、なんとしても入りたがるでしょうね。うちの誰よりも、ギリシア的なものに傾倒しているので。棺もギリシア仕様ですから。でも、彼女は残念ながら入れません。直系ではないのでね」

元刑事だという安堂法子。千理愛の母親。彼女もどこか、少々ユニークなのかもしれない。

さて、という感じで足を扉に向けた滉二に、美希風も頭の中を切り替えて尋ねた。

「脅迫状は、この通路で見つかったのですか？」

立ち止まった滉二が、「ちょうどあの辺りです」と指差したのは、三人が通りすぎて来た場所だった。下りの階段と、扉のほぼ中間である。

「通路の真ん中辺《あた》りでした。文章が打たれたほうを上にして。……しかし、九時の時点ではもちろん、なにもなかったのですよ。それなのに、次にここへ戻って来た時には忽然《こつぜん》とあったのです。不思議な話で――。いや、まずは、九時の出棺の様子を話しますか」

不思議、謎と聞けば、美希風としてはなにか挑まれているような高揚を感じる。脅迫状があった場所の周辺を観察してみるが、なにも目立つものはなかった。

堅牢《けんろう》そうな扉に、今度は小さな鍵が使われた。扉は右びらきで、内側へとひらく。

「あの時もこうして、私が解錠してあけました」

美希風とエリザベスは、出入り口の際《きわ》に立って室内を見渡した。階段の上にあるスイッチを押せば、ここの明かりも灯《とも》るようだ。控えめな照明のもと、通路と同じようにやや黒ずみかけている壁や床が目に入る。横に長い、蔵《くら》の内部のような収納空間……。

正面の壁は、棚のような仕切りで上下二段に分かれている。下段の中央に、奥に頭を向けて一つだけ棺があった。乏しい照明の下では、薄く鈍い水色に見える。植物の葉模様が側面を巡っていた。

広い地下空間には闇がわだかまり、棺の隅々にもそれは張りついていると感じられる。

「もとは二十ほどあった棺……」滉二の声がやや虚《うつ》ろに響く。「もう、最後の一つになりました」

空っぽの土蔵のようになろうとしている空間に一つだけ存在している棺が、静かにじわじわと、感覚の中に押し入り、迫ってくるかのようだった。エリザベスも、ことさら室内に入ろうとはしていない。

「今回運び出した棺は、どこにあったのですか？」

美希風は滉二に尋ねた。

「しきたりどおり、あの棺の右側です」滉二の声が小さくなり、「夏摘《なつみ》さんの時は、そのまた右側でした……」

気持ちは平淡《へいたん》に保って、美希風は次の質問を口にした。

「今朝ここへ入られたのは、累さんと光矢さんの二人なのですね？」

「立会人は通路で待機しているのが習わしですので、私は入りませんでした」

滉二はそのまま、棺を運ぶ動きの説明を続ける。

「棺は、足のほうから通路へ出されます。そちらの端は光矢が持っていました」

「持ち方は？」エリザベスがそこを尋ねた。「肩の上に担《かつ》ぎあげるのかな？」

「いえ。こう、腹の下で抱え持つ感じですね。棺を持った二人は、通路の奥へと、いったん進み、そこで止まります」

もう閉めていいか二人に確認してから、滉二は扉を閉じた。

「立会人の私が、あの時もこうして鍵を掛けました。そして先頭になり、三人で地上への出口へ進みます」

広くはない通路で棺をうまくさばけるようにさすがに動きが練られており、美希風は少なからず感心し、納得した。細道で車を切り返す要領といえる。

離れることになる〝地底泉〟を一瞥《いちべつ》した美希風は、ふと、黄泉《よみ》という漢字を思い出した。

「ベス。日本には、人が亡くなった時の言い方に、他界するとか、鬼籍に入るとかいろいろありますが、黄泉《こうせん》に赴《おもむ》く、や、黄泉へ下る、といった言い方もあります。黄色の泉と書きますが」

エリザベスは目を少し閉じ気味にして、記憶を探る様子だった。

「それは、ヨミとも読むやつか？」

「それです。いろいろな意味が重なっていますが、地の底や、死者の世界のことですね」

滉二を先頭に、三人は出口へと進んでいる。

「この黄泉《こうせん》は、漢語では地下の泉の意味なんですよ。まさに〝地底泉〟です」

「なるほど。ここは、死者が赴く場所としては似つかわしすぎるほどだな」

その言葉に重なるかのように、「ん？」と声を漏らした滉二が足を止めた。美希風とエリザベスも立ち止まり、彼の視線の先を追う。

階段の上に、人影が立っていた。夕闇を背にそれより黒く、こちらを見おろしている様子だった。


両者しばらく身動きしなかったが……やがて声がする。

「特になにか、気がついたことはありますか？」

それは安堂累のものだった。

四人は地上で合流し、それから美希風は累の問いに答えた。

「地下の構造や様子、皆さんの動きは判りました。ところで、累さんはどのような姿勢で棺を抱えていましたか？　完全に前を向いて、両腕を後ろに、といったやり方ですか？」

「そうではなく、半身《はんみ》といった形でしょうか。こう……棺の角の所を持って、前方も見つつ、といった運び方です。……それがなにか？」

「今のところ、状況確認です」

「状況が不可解ですからねえ」累は眉をひそめてそう言う。「記憶をどう探っても、九時にここを出る時、手紙めいた奇妙な紙片などどこにもなかったと私は思うのですよ……」

「棺の蓋には脅迫状の隅が挟まってちぎれていましたね。地下で棺を持ちあげようとしていた時、蓋を動かしましたか？」

「いえいえ、まさか。そんなことはしていません。光矢伯父さんも同じですよ。なるべく無駄なく慎重に、棺を運び出す動きだけをしました」

「くどいようですが、棺の側面にも目に入る範囲にも、脅迫状はなかったのですね？」

「絶対にありませんでした」

同意するように頷きながら、滉二は扉の鍵を閉めた。

「そうだとしても、単純な方法があるだろう」エリザベスが言いだす。「十一時すぎに脅迫状が発見される前に、鍵をこっそり持ち出した者が通路に置いてくればいい」

「それはできないのですよ、キッドリッジさん」累が答えた。

「ああ、鍵は厳重に管理されていた、とかいうことかな。聖域を守る厳重さだ」

「残念ながら、厳重さはないですね。一族の永別の儀式にかかわってはいますが、〝列棺の室〟をあかずの間のように捉えるのはちょっと違います。折を見て、点検に入ったりするのですよ。最近は災害も多いでしょう。地震や洪水。その度に、地下に異変が生じていないか見に行きます」

「男が、だな」

「え？　ええ」累はちょっと女性っぽく首を傾《かし》げる。

「鍵を持ち出すのはむずかしくないということなんですね？」美希風はそこを確認し、改めて尋ねた。「それでも、誰かが人の目を盗んでここへ入ったことはないと断言できるのですか？」

「防犯カメラがあるのですよ」と、累。

「ああ！」

「ここも当然、映っています。警察も調べました。それによると、九時に私たち三人が出た後、十一時すぎに今度は私たち二人が引き返して来るまで、ここには誰一人近付いてもいないのです」

吹き始めた風に長髪を揺らされながら、累が続ける。

「それなのに、二度めのあの時には、脅迫状が置かれていた。見つけたのは父ですけど」

すかさずエリザベスが、

「あくまでも確認なのだが」

と口に出し、滉二に向かっては、気にしないでくれと伝えるような身振りを見せた。

「累さん。あなたの気づかぬところで、滉二さんがそれを拾いあげたのかな？」

美希風の見るところ、ある仮説が彼女の頭に浮かんでいるのは明らかだった。見つけたのはただのふりであって、隠し持っていた脅迫状を滉二が取り出しただけ、という簡単な手口だ。

だが累の返答は、「いえ」とこれを否定する。「通路の前方にあったのですよ。私は見過ごすところだったのですが、『あれはなんだ？』と、父が指差しました。二メートルほど前でしたでしょうか。二人で近付き、父が拾いあげました」

エリザベスは黙り込み、

「判りました」と、美希風が声を出す。「それでその時、棺のある部屋には入ったのですね？」

「入りましたよ」滉二が答えた。「得体の知れない文章は不気味でしたし、首をひねりましたが、やることはやらないと。あの最後の棺も、蓋の開け閉めでは多少軋《きし》みました。すでに運んであったものとさして変わらなかった。作られてから百数十年も経っているのですから、それも当然でしょうね。むしろ驚異的に保《も》っているほうだと思います。待っていたみんなには、代える意味はないと伝えました。もっとも、悪意あるような手紙の発見でそれどころではなくなりましたけれどね」

歩き始めた滉二に合わせて、皆も移動を始めた。

「集会ホールに運んだ棺の蓋が軋むと気づき、口に出したのは誰でしょう？」

美希風が尋ねると、記憶を確かめ合うように目を見交わし、

「あれは葬儀屋さんだったはずですよ」と父親のほうが答えた。

「そう。彼が遠慮がちに教えてくれたのです」累も請け合う。

「棺を取り替えては、と提案したのは？」

美希風がそれを尋ね、累が、もちろんという口調で答えた。

「誰ともなく意見は形になっていきましたが、決定したのは祖父です」

その声の響きからは、老当主が持つ決定権の絶対性が嗅《か》ぎ取れるようだった。

2

〝列棺の室〟から出された棺の動きを追うかのように、美希風とエリザベスは集会ホールに入った。案内役は引き続き安堂滉二だ。

「素晴らしいホールだな」

感嘆の吐息《といき》混じりのエリザベスの感想には、美希風も完全に同感だった。手元にカメラがほしい。

ここがもう充分に、葬祭会館のセレモニーホールといえる。

椅子が百ほども並べられているが、窮屈さなど感じない広さがあった。周囲の壁の、明る

い色の木材が縦に張り合わされているモダンなデザインによって、高い天井は上昇感のようなものを感じさせる。正面には、やや高い位置に、銀色のギリシア十字架があしらわれていた。子供が両手を広げたぐらいの大きさがあるのではないか。

十字架を真ん中にして幅数メートルの壁面は、少しだけ手前にせり出して天井まで続く。その左右の縁《へり》は、上にいくほど幅が狭くなり、これがまた上下方向の遠近感を生んで上昇を誘うイメージだ。

その両サイドには、淡く光の滲む琥珀《こはく》色の壁面装飾もあり、どこまでもしゃれていながらスマートな厳粛感があった。祭壇の両側には、高さのある一対の燭台《しょくだい》が立っているが、ロウソクにはまだ火が点《とも》っていなかった。それは、左右の壁に飾られているどのロウソクも同じだった。

正面左側のやや手前には、グランドピアノが置かれている。それは葬祭のために用意されたものではなく、日頃からそこにあるものなのだろう。家族の中に演奏をよくする者がおり、時間があれば弾いているか、友人や客人を招いてお披露目することもあるのではないか。

右手後方奥には、石造りの暖炉もある。ホールの中にあってもそこでは個人的な時間に浸《ひた》れそうで、読書や瞑想《めいそう》にふさわしいかもしれない。

「空《から》の棺だな……」

エリザベスが言った。

正面の壇上に、頭部を左に向けた横向きで、棺はあった。左右には丈高《たけたか》く葬儀用の花が供えられている。それ以外の場を埋めようとするかのように供花の数も大変多く、しかも送り主の肩書きや企業名は大物揃《ぞろ》いだった。

これだけの規模になる通夜を中止にしたのであるから、事態収拾の困難さは想像に難くない。

「滉二さん」美希風としては自然にこれが口を突いて出てくる。「お忙しいでしょうから、私たちにかまわなくてよろしいですよ」

現に、スマートフォンの着信に出た累は、忙しそうに離れて行っていた。しかもその時に、辛辣《しんらつ》とも聞こえる人物評を残していった。光矢についてのことだ。ただの仮説だとしても、伯父さんも重要容疑者になるなんてことは耳に入れないほうがいいですよ、と言うのだ。顔色がさほど変わらない人物かと思っていたが、この時ばかりは累も、戯《ざ》れ言《ごと》を皮肉に楽しむような表情を露《あら》わにし、ある意味子供っぽいまでの調子で囁《ささや》きかけてきた。光矢は攻撃性を浅く冬眠させている蛇だという。名誉を傷つけられただけでも、立場をわきまえない者からの重大な攻撃と受け取ることがあり、それを容易に忘れない。報復は狡猾《こうかつ》に静かに行なわれたりするから気をつけたほうがいい……。普段はまずまず紳士的ですけど、と累は安心させるように笑った。

「いえ、こちらこそお気づかいなく、南さん」滉二は軽く返してきた。「葬儀の変更などに対応する山は越えています。それに、お二人と歩いていて、父の光深《みつふか》がなぜあなたたちに事態を細かく知らせたかったのか、それが判ってきた気がしています」

「そうですか……？」

美希風は首をひねるばかりだが、エリザベスが抑えた声で、

「滉二さん」と尋ねていた。「弔いのポーズは、十字を切ればいいのかな？」

「うちの宗教の基本はギリシア正教だとよく言われますが、独自の習合といいますか、緩やかな変化があります。日本正教会にも属していませんし、そもそも、私たちは洗礼も受けていないのです。もう、安堂家正教と言っていいものでしょうね」

彼は少し、内緒めかせて声を潜めた。

「私など、世間で広く接する仏式のほうに、感覚はずっと馴染んでいますよ。ですからここでの作法も、宗教的な形式を家族以外に厳格に求めることはありません。十字の切り方はカトリックとは違いますが、会葬者は気にすることもないでしょう。お気持ちがあれば、仏式で両手を合わせてもいいのです」

それでも一応、十字の切り方を滉二に教わり、エリザベスは空の棺に対して礼を示すかのようにそれをし、美希風も倣《なら》った。

棺の蓋は、上半身の部分がひらくわけでも覗き窓があるわけでもなく、シンプルなものだった。今は、それは閉じられている。

「色も、一部の装飾的なデザインも、〝列棺の室〟にある物と同じだな」

エリザベスの観察になにか応えようとした滉二は、口の動きを止めて廊下へ目をやった。

美希風たちも、足音に気がついた。軽やかで、勢いがある。

その響きだけで、相手の正体が判ったらしく、滉二は、

「そうしたことの解説には一番ふさわしい者が、ちょうどやって来たようです」と微笑した。

飛び込んで来るようにして現われたのは、四十代手前であろうと見受けられる女性だった。喪服ではなく平服、それも、細かなチェック柄や生地の厚み、サイズなどからして男物と思われるジャケットを着ている。栗色に染めた髪を後ろで縛っていた。シャープな面差しの中で、高ぶる感情を漲《みなぎ》らせているかのように両目が輝いている。輝きすぎていて、追悼の場にふさわしいとは思えないのだが。

そしてもう一人。彼女のすぐ後から小走りで来た少女が、女性の右側に体を密着させた。ウエストに腕を回す。

少女の髪は、赤い珊瑚《さんご》のような丸い髪留めを通って、両側でまとめられている。白い長袖《ながそで》ブラウスに黒いベスト。茶色い縦縞《たてじま》の、細いズボンを穿《は》いている。白蠟《はくろう》のような、秀でた額。目元や眉はくっきりとしている。しかしその反面、夢見がちのような、やや神経が細く内省的な性格も感じられる。まさに、女性の身に密着している今の様子がその表われだろう。

その少女は、女性と一緒に棺の前に移動する間も、美希風とエリザベスから目を離そうと

しなかった。

彼女こそ、千里眼の山猫、千理愛だろう。顔立ちも、祖母である翠《みどり》にそっくりだった。

美希風は微笑みかけたが、少女の表情に変化なし。

「法子さん」

と、滉二に呼ばれた女性は、それに応じないどころか、三人に目もくれず、ひたすら棺を凝視している。奇妙なことに、それは熱愛を感じさせる視線だった。

満足そうな息を漏らすと法子はようやく、「あっ、お義父《とう》さん」と、滉二に顔を向けた。身振りで美希風たちのことを示された法子は、「失礼しました」と、二人に頭をさげて挨拶をした。そして、「これは娘の千理愛」と紹介する。

十一歳のはずだ。それにしては小柄だろう。ほっそりとしている。

「キッドリッジさんと南さんはね」滉二が具体的な紹介に入った。「父さんが単なる会葬者扱いしていないんだよ。事件のことを聞いてもらっている、ゲストアドバイザーかな」

へえ？　と興味の光を瞳に灯す法子に、エリザベスが言う。

「以前は刑事さんだったらしいね。わたしたちも最近、刑事とは――」

「そう、刑事さん」と、千理愛がエリザベスを真っ直《ます》ぐに見ながら言う。「今は、出張料理人」

四つの笑顔が少女に向けて集まる。

「ええ。キッチンカーで出向いてケータリングサービスみたいなことをしてるんですよ。今日は県の北のほうで、どうしてもキャンセルできない仕事の途中だったのでね。……そちらさんは、刑事となにか顔を合わせることでも？」

言いかけていたことをエリザベスは口にした。

「この半月ほど、刑事とはちょくちょく一緒に行動しているのだよ」

それから彼女は、世界法医学交流シンポジウムが来日のきっかけになってからの、捜査にかかわって犯人も突き止めた体験をかいつまんで伝えた。

「ふ〜ん。すごい。思考の飛躍と柔軟性が活《い》きたのでしょうね。すると光深おじいさんは、それを直観で察したのか。元判事の目で。お堅い組織である警察とは違うアプローチをあなたたちに期待している」

これには滉二が意見を加えた。

「法子さん。あなたとこちらのお二人が協力するとベストの布陣になると、父は考えたのじゃないかな」

「わたしは、刑事であった頃も、取り立てて有能だったわけではないよ。むしろ平凡だった。かつての捜査能力の蓄えなど、今では探したくても見つからないし」

「そうは思えませんが」美希風は反射的に口をひらいていた。「例の脅迫状など、警察に押収される前に撮影しておくようにといった適切な指示を、幾つか出したそうですし」

「それは、ごく初歩ですよ」

「法子さん。『かつての』なんて大昔のことのように言ってるが、警察を辞めてからまだ一年も経っていないだろう」

「大昔、大昔。過去はどんどん忘れる性質《たち》だから」

目を逸《そ》らしているのか、それとも興味の赴《おもむ》くままなのか、法子は、千理愛の頭を撫《な》でながら棺に視線を向けている。そしてそのまま、

「去年の秋ですよ、わたしが警察を退職したのは。このとおり、粗忽者《そこつもの》ですから、書類管理で失態を演じましてね。慰留《いりゅう》してくれる人たちもいましたが、あの空気の中にはちょっといられませんでしたワ」

かなり踏み込んだところまで、あっけらかんと、訊かれる前に自ら明かしている。口調もさばさばしており、エリザベスと波長が合うかもしれないと美希風は感じた。

当のエリザベスの目は、粗忽者の意味を知りたそうな動きを見せたが、そう自己評価した当人を前にしては細かな説明などできない。エリザベスにも語意はだいたいイメージできているはずで、それで大きく違ってはいないという意図を、美希風は表情で返した。

「あけるよ」

誰にともなく断った時には、法子はもう棺の蓋をあげていた。少しきつそうな箇所もあり、スムーズには動かなかった。

それでも、

「中はこうか……」と、また生き生きとなった表情で彼女は観察を始めている。「まあ、実用的で簡素だね。……蓋の内側も、装飾はなし。でもしっかりとした作りだ」

芸術家か指物師《さしものし》のような目の光だ。

ゆっくりと蓋を閉じながら、法子はしゃべり続ける。

「わたしはどうもタイミングが悪くてねえ。夏摘さんの納棺の時も間に合わず、埋葬にようやく立ち会えただけだった。棺は距離をおいて眺めるだけ」

その先の、

「今回も、自殺騒動がなければ、納棺前にじっくりと観察できなかったろうな」

という言葉はほとんど独り言だったが、美希風たちの耳には届く。

「なにか、特別な棺なのか？」エリザベスは興味を持ったように訊いた。

「わたしにとってはね。ギリシアがどうしようもなく大好きでして、ギリシアものの愛好家です。ギリシア様式と言っていい棺桶《かんおけ》など、大変珍しいですよ」

「その模様が独特ですよね」

美希風が感想めいて言うと、側面のレリーフに触れながら、

「そうです、そうです」と、法子は楽しそうに大きく頷く。「ギリシア的でしょう？　アカンサスの葉模様です。アザミの仲間だったかな。ギリシア彫刻や建造物に使われて有名なデ

ザインですね。古代ではこの葉は止血剤としても使われたから、悪魔から身を守る植物とも考えられ――」

「わお」母の横で、棺に顔を寄せていた千理愛が声を出す。「悪魔退治のアイテムなのね」

そこからは法子は、娘に教えるように、

「まあそうだな。退治というか、魔除《まよ》けとしても用いられる図案になったわけ。死者を守る器にはふさわしいか」

「色も独特だ」

「そうでしょう、南さん。棺にこの色を使うセンス。興味を惹《ひ》かれずにはいられませんよ」

彼女の両眼は、この部屋に飛び込んで来た時と同様の輝きを見せ始めている。「時代を経てさすがにくすんでいるようですが、淡く美しい。浅瀬の海水の色かな。乳白色を帯びた青磁《せいじ》みたいなこの色調は、秘密の色、〝秘色〟と書いて、ひそくと呼ぶ色だと思います。ひしょくとも言うようですが」

その時不意に、思いついたとばかりにエリザベスが声をあげた。

「滉二氏。その長い髪と髭、それはあれか……」言葉を探している。「ギリシア正教の聖職者が髪や髭をのばしているからなのか。彼らがそうするのは、そこが神秘的な力にとっては大事と考えるからだ」

「知識としてはそのとおりです、キッドリッジさん。特に中近東では、髪や髭に神秘的な力が宿ると考えられていましたからね。イスラム教にも残っていますが、初期のキリスト教でも髪と髭は信仰を守るためのもので、髪を切るのが異教徒の印でした。しかし……」

滉二は、素っ気ない仕草で髭をしごいた。

「もちろん私は、神秘的な力を呼び集めたいとか、幸運を呼べればなどと思ってこうしているわけではありませんよ。聖職者たちには敬意を表しますが」

「あやかりたいということかな？」エリザベスは、なかなかむずかしい言葉もこなした。

「あやかる、ですか……。そこまで真剣でもないでしょうね。スタイルとしてこれでもいいかと思っている、といったところでしょう。安堂家の男のシンボルとして見てもらってもいいか、と」滉二は表情を緩めた。「すぐ覚えてもらえるでしょう？」

「禁止もされないしね」

と、法子が一言《ひとこと》添えると、義父の笑みは増した。

「これでも会社のトップなものですから。好きにしていられる。この髭長《ひげなが》ルックスも、一種のブランドですよ」

シンボルやブランドと言われれば、美希風も腑《ふ》には落ちた。しかし、それが本音のすべてとも認めづらい。宗教とは無関係で、主義主張でもないとの意識でいるのは間違いないのだろう。ただ、女人禁制とされている〝列棺の室〟にエリザベスが入った時にもそうだったが、判断の基準とは別に、気持ちが反射的に揺さぶられてしまう心情の蓄積が安堂滉二にもあるのではないか。

日頃は端《はな》から、占いや験《げん》かつぎをバカにしている者が、子供が生まれると名前の字画調整に真剣になるようなもので……。

恐らく誰でもそうだ。心は、制御しづらいモザイク状態だろう。自覚以上に、感情と認識の有様《ありさま》は複雑に絡まり合い、混沌《こんとん》としている。

「さてそろそろ……」法子の口調が、低めに抑えられたものになった。「ギリシア熱を冷ましそうか。不謹慎だと、お義父《とう》さんにも怒られそうだからね」

棺に目を向けた彼女は、声を潜めた。

「死因はまだはっきりしていないのですかねえ、お義父《とう》さん？」

「警察からの報告はまだないな」

「〝列棺の室〟にあった脅迫状の一部が、棺の蓋に挟まっていたのですよね。どんな状態だったのです？」

棺に近付き、滉二は指差した。

「この辺りだった。蓋と接する部分、下の縁《へり》の上に載っていたらしい」

翠の話とも一致している。遺体が横になっていれば、右肘の近くになる。

「らしい、ということは、お義父《とう》さんは直接見てはいない？」

「葬儀社の男がつまみあげるところを見たんだ。岸《きし》という人だ。少し背が高い、四十すぎぐらいの人だな」

「岸さんだよね」千理愛も言い、棺の足元に移動すると、壁際のほうに向けた指先をグルグルと回した。「ここに、ゴミ袋が用意してあったの。不思議そうにしてから岸さんは、『これはもちろん必要ない物ですよね』って断ってから、ゴミ袋の中に紙を捨てた」

娘に礼を言ってから、法子は順序立てた説明を求めた。滉二、そして時々は千理愛の口から出てきた話は、すでに翠から聞いていた内容と差異はなかった。

九時十分頃に、運び込まれた棺は安置された。この時、棺に関しては外装がチェックされただけだ。設置の安定具合の確認、花飾りの配置やライティングなどが決められていき、その後、式次第の確認に移る。これはこの集会ホールの、やや後ろのほうで行なわれていた。この時ならばもしかすると、相談に集中している他の者の注意を引かずに棺に近付けた者がいるかもしれないとのことだった。しかし誰の記憶にも、実際にそうした者の姿は残っていない。

途中、埋葬許可証などを若月《わかつき》医師が持参してくれている。

棺の蓋があけられたのは、十時四十五分頃から。葬儀社の男性二人が担当。棺の内部にも問題のないことを確認。ただ、蓋がきつく、開け閉めの時にかすかに軋み音がするのには気がついたと、岸は警察に供述している。そして、もう一度あけた時に紙片を発見。この時に岸は、蓋が軋みますがどうします？　と遺族に尋ねている。

残っている棺のほうを確認することにし、別室にある遺体の移動はひとまず待つことになった。そして十一時十分ごろに、〝列棺の室〟で脅迫状が見つかる。

「確認すると、こういうことだよね」

聞き終わると法子は言った。

「一度めに蓋をあけた時には、葬儀社の人も紙片には気がつかなかった。恐らく、その時からそこにあったのだろうけれど」

「そう言っていたね、当人も。警察もその見方だし、私もそう思うね。あの紙片は小さな物だし、色も似ているといえる」

――色は確かに。

美希風も観察していた。灰色の紙片と、渋く薄い水色。床には絨毯《じゅうたん》が厚く敷かれているので、足音が人の注意を引くことはないだろう。

「棺の蓋の開け閉めを始めた時、近くにいたのは誰？」

法子の問いに義父は答える。

「ほぼ全員だね。父もいた。若月医師はすでに帰っていたが。酒田《さかた》さんはちょっと顔を見せただけだ。この子も」と、千理愛に目を向け、「近くにいたよ」

「脅迫状の文面の不穏さは無視できず、警察に届けることにしたんだね。悪戯《いたずら》では済ませられない、と」

「葬儀社の方《かた》も手控えたい様子になったしね。なにより、母の死が病死でないなら、大変な事態だ。そんな恐れが生じたのだからね。そうそう、ちぎれていた紙片にあった指紋は、岸さんのものだけだ。見つかった脅迫状は一部がちぎれていたから、さっきのあれではないかと、ゴミ袋から岸さんがつまみあげた。指紋に気をつけるようになったのは、その後からだな」

法子は、一つ一つ、確認のステップを踏むように、

「警察沙汰だと認識して遺体の周辺などに目を配っていくと、そのうち、捨てられていた遺書と思われる物が見つかった。時刻は？」

「本来なら昼食の時刻だった。警察が来る少し前。正午の十分すぎだったかな。酒田さんが、ダイニングのゴミ箱から見つけた」

「じゃあ次は……」

法子の言葉の途中で、電動車椅子の男が入って来た。安堂光深だ。

すかさず法子は近寄り、「大丈夫？」と声をかける。

二つの意味だろう。妻を喪《うしな》った心痛。それと、健康状態。

白い眉の下の光深の目は、法子を見ていない。

「覚悟はしていたからな。お前は万が一を考えることもできなかったから、週末に仕事を入れたようだが」

この場合、嫌みという表現では軽すぎた。声も表情も冷え冷えとしている。敵対的な通告とさえ聞こえそうだ。

苦笑も許さない語感であるが、慣れてもいるのだろう、法子は表情を少し冷めさせただけだった。

「不徳の致すところだね」

「それを反省し、真っ先にこのホールへ駆けつけたとでも？」

「まずは、魂《たましい》収納前のお棺《かん》にさえ挨拶をしに。というのは嘘《うそ》だ。機会を逃さず、好奇心の赴くまま」

「道は険しいな、法子。率直さを美徳にする道のりは」

老妻を喪うことを覚悟していたというのは少なからず本音であるのか、悲嘆と動揺で力を失っているとは見えなかった。しかし、光深の健康状態には、見ているだけで気を揉《も》んでしまう。

息すら楽ではなさそうだった。不健康な顔色。細い腕をようやく動かしているが、指の震えが見える時もある。

エリザベスも心配そうに、医学知識をもって観察しているようだ。

光深が、美希風たち二人に目を向けてきた。

「お二人にお伝えしようと思ってね。今夜は家《うち》に泊まっていかれるとよろしい。翠にも伝えできた」

美希風とエリザベスが目を見交わしている間にも、光深は続けた。

「荷物持参ということは、旅館も決めていないのでは？　決めていたとしても、キャンセルするとよろしい」

「決めてはいないのですが……」

応じた美希風は、実のところ今夜の宿を心配していたのだ。謎に引きつけられて時間を忘れながらも、暗くなっていく野外を見ると、この田舎《いなか》で急遽《きゅうきょ》宿を見つけることなどできるのか……と。

「累の報告では、駅前に戻ったところで、もう泊まれる場所はないそうだ。こちらで引き止める形でこうなったのだからね。ここで荷を解くといい。そして明日《あす》、会葬してくれればいいではないか」

千理愛が、お客さんを迎えることを楽しむような目を向けてきている。

「実のところ」さらに老当主は言った。「途中で帰すのは残念だ。あなたたちの意見を聞きたいのでね」

それもいいのではないか、と気持ちを決めたらしいエリザベスの目の色を読んで、美希風は返事をした。

「このような時に、ご迷惑ではないかと――」

「いらぬ気づかいだ」

「でしたら、ご厄介になりましょうか。ご厚意に甘えます」

「いいね」

と法子は軽く笑み、滉二も頷いている。

頬を少し上気させてニッコリする千理愛に、光深は意味不明のことを尋ねた。

「どうだ、千理愛。このお二人には、なにか視《み》えるのか？」

少女は首を振り、「視《み》える人は少ないもの」

「そうか。そうだな」

ところで、と、光深は滉二と法子に目を移した。

「遺書の発見状況を話していたように聞こえたが。穢《けが》れた手につかまらぬために死を決断したかのような内容も伝えたのか？」

美希風が答えた。

「翠さんに、ちぎれた遺書の写真も見せてもらっています」

「あれが本物の遺書とは思えんがな。文面も……」

そこでエリザベスが思いを口にした。

「わたしどもの印象でも、朱海《あけみ》さんが、脅迫者に付け入られる方とは思えないな」

「でも……」

意外なことに、そうした声を出したのは十一歳の少女、千理愛だった。

「朱海おばあちゃん、『もうこんなことはやめなさい！』って、誰かに叫んでたよ。『いつまでも罪を……』とかって」

大人たちの身動きが止まる中、千理愛は迷うように視線をさげる。

「でもそれって、脅迫なんかと関係する？」

3

——関係するか？

無関係とは言い切れない。むしろ……。

薄い胸の奥から息を押し出すようにして、光深が言った。

「それはいつのことだ、千理愛？　どこで？」

「一ヶ月……も経ってないね。七月七日だもの。七夕《たなばた》の日。奥のギャラリーで」

「七月七日。最近だ。……あれが大声をあげるなど、普通は有り得ないな。もう何年も……」

少し青ざめている滉二が、「想像できない」と同意する。

いつもそばにいる身内のこの印象は大きな意味を持つだろう。安堂朱海は、なにかと誰かを叱責《しっせき》したり詰問したりする人間ではなかったようだ。何年もそのような言動をしていないというのであるなら……。

『誰かに』ってことは、相手のことは判らないんだね？」法子が娘に訊く。

「うん。判らない。気配はあったけど、声は聞こえなかったから。……なんか近寄れなくて、引き返したの」

もちろん、姿も見ていないということだろう。

「正確にはなんと言っていたか、思い出せる？」

そう尋ねる母親に応えようと、千理愛はじっと集中する様子だった。

「『もうこんなことはやめなさい！　やめるの！』。それと、『いつまでも罪を続けるなんて……』って、そんな感じだった」

――罪。

脅迫状にも、そして遺書とされる文章にも出てきた言葉だ。

大人たちに訊かれて、千理愛は何点か明らかにした。声は朱海のものに間違いなかった。時刻は午後二時半頃。

千理愛は不安そうになってきている。

気を逸らせるように、美希風は、「幻が半分だけ姿を現わしてきましたかね」と大人たちだけを見回して言った。「いえ、半分の半分かもしれません。朱海さんは脅迫者と対面していたのではなく、罪ある者を止めようとしていただけかもしれませんから」

相手の正体はどちらなのか。半々の確率だ。

「脅されてなどいなかったほうが自然だな」滉二が頷く。「完全に正義の立場での糾弾を母はしていた」

表情の曇っていた千理愛だが、今の意見で多少目元を和《やわ》らげ、そして、しっかりとなにかを見詰めようとするような目つきにもなっている。

ここで戸口に、四十すぎの年齢と思われる女性が静かに現われた。髪を後ろでまとめ、おとなしそうな顔立ちだ。両手を軽く体の前で重ねている。翠もそうだが、まだ家着であっても黒のサマーカーディガンなどを重ねて喪中の装いとしている。

美希風たち、そして法子にも気づいて軽く一礼すると、斜め後ろから光深に声をかけた。

「葬儀社から光矢さんに、遺影の確認など何点か、問い合わせの連絡が入っています。大旦那様も加わっていただきたいとのことです」

女性は、酒田という住み込みの家政婦なのだろう。

小さく頷いてから、光深は美希風たちに言った。

「証拠では防犯カメラ映像が残っている。足場の確かなところから話を進めてもらうのもいいと思うがな。私も後から行く」

「了解」

法子が応じると、電動車椅子が戸口のほうへ向きを変えた。

滉二が潜められた声で、美希風たちに囁いた。

「喪主は父なのですが、あの体調ですから、実務は兄が引き受けているのですよ」

そこから彼は普通の声になり、

「じゃあ、法子さん。後は任《まか》せようかな」そう告げてから千理愛の背に手を当てた。「パパのところへ行こう。ママたちはまだ、することがある」

千理愛はおとなしく従い、二人は光深を追った。

白髪白髯の狷介《けんかい》ともいえる老当主と、同じように頭髪と髭をのばしている次男、そして幾分謎めいた言葉を光深と交わしていた少女が廊下へと姿を消した。

法子が身じろいだ。体ごと視線を巡らし、葬送の場の全体像を改めて目に入れてから、祖母への弔意を新たにしたようだった。

最後には、沈んだ面持ちで棺を見詰める。

「ギリシア様式への興味以外に……」エリザベスが語りかけた。「この棺へはどのような意識を向けている？　魂の船であるそうだが」

「ああ、それも聞いているのですね」

法子は目尻に笑みを浮かべ、柔らかく息を吐いた。

「永遠の園《その》へ出航する感覚、わたしにはよく判ります。少女時代から、補陀落渡海《ふだらくとかい》という宗教観にとても同調できていたので」

ああ、と言葉を挟み、エリザベスのためにだろう、彼女は注釈を加えた。

「捨て身の行《ぎょう》という意味のほうではなくて、菩薩《ぼさつ》の住まう、南洋の彼方《かなた》にある補陀落という浄土を思う思想のほうです。そしてわたしは、ギリシアがなぜかとても好き。今まで二度、ギリシアへ行っていますが――未婚の頃と、結婚してからで、夫は置いていきました。彼ははっきりとは言いませんが、日本から出たくはないようですね。わたしはいずれの時も、そのままあちらに住みたいほどでした。安堂家の人たちは、遠い祖先がギリシア人ですが、わたしは前世がギリシア人なんじゃないかな」

悪戯《いたずら》でもするかのように、法子は可笑《おか》しそうに微笑む。

「娘時代、わたしは、安堂累がギリシア色の濃い家庭にいると知って付き合い始めたのです。それに加えて、補陀落渡海を思わせる、この棺にまつわる一族の思想。これを知った時、累と結婚しようと決めましたね」

「ちょっと、ちょっと」さすがに美希風は止《と》めた。「旦那さんたちに聞かれたらどうします」

「大丈夫。みんな知ってます。結婚する前から公言していたので。ギリシア目当ての結婚だってね」法子は、からっと笑った。

「その目当ての最終目標は、〝列棺の室〟におさめられている棺で――」

エリザベスの言葉の途中で、法子はこれもからっと言う。

「〝伝家の宝刀〟ならぬ〝伝家の宝棺《ほうかん》〟とわたしは呼んでいますよ」

「その宝棺で永眠することかな？」エリザベスが本気で尋ねたかったのは次のことのようだった。「旦那の累さんはどうなのだろう？　無関心かな？　それとも、この棺で埋葬されることが信仰なのか？」

「どちらでもいいという感じですがね。でも、安堂家の直系として、そのように弔われるのが当然だと思っているのかもしれません。言葉にするまでもない、と。わたしは嫁いできた人間なので、残念ながら入れません。その点夏摘さんは——」

棺に入れてうらやましい、との言葉が発せられそうで、美希風は一瞬ひやりとした。いかに他意のなさそうな法子の言にしても、犯罪被害者に対して穏当を欠くだろう。

法子は出口に向けて足を進め始め、そっと声を出した。

「彼女はこれに入れてよかったな。魂よ、解き放たれて安らかなれ」

二人が出て来るのを廊下で待っていた法子は、建物の左を指差した。

「娘の話に出てきた奥のギャラリーというのが、その部屋です」

確かに、邸宅の奥といえる。母屋と呼ばれている主要区画から北に廊下がのび、その一角に美希風たちはいたが、ここの北東の角にその部屋はある。

半ば書斎で半ば陳列ルームだという。安堂家の過去から今につながる記念の品が並んでいるそうだ。ここに、朱海がよく使うようになっていたタイプライターもある。つまり、脅迫状や遺書めいた文章が書かれた機種だ。

玄関ホール近くには、ゲスト用ギャラリーと呼ばれる部屋もあるという。ここは客間の一つで、〝あすなサンドロス〟の歴代の人気商品が並んでいるそうだ。

今いる一角から母屋につながる廊下はガラス張りで、見通しがよく、美希風は南東方向に目を向けた。

「あそこに見えているのが〝列棺の室〟ですよね？」

建物にほぼ三方を囲まれるような庭の一隅《いちぐう》越しに、それが見えている。もうすっかり闇に沈んでいるが。

「そうです」法子は答えた。「防犯カメラはちょうどこの近くの軒《のき》の下にあって、向こうを映しているんですよ。その映像、見に行きましょう」

歩き始めると、エリザベスが最前の話題を持ち出した。

「千理愛という少女の話が本当であるなら……、もちろん、嘘を警戒しているわけではない。壁越しに聞いただけの情報ではあるが、という意味だ」

盗み聞き、と言わなかったのは進歩であろうか。

「正確な情報だと受け止めるのなら、脅迫状の意味は決定的に重たくなるな。朱海夫人が激高するほどの事態だったのだ。単なる嫌がらせや、思いつきの虚言というレベルではないという傍証になる。消せない長期間の恨みから出た脅しであり、本気で思い詰めた殺人の予告かもしれない」

左手のガラス壁越しに闇の庭が見える廊下を進みながら、それぞれが脅迫状の文面を思い浮かべていたのではないか。

滾る憎悪。凍らせた時を動かす。
棺に凍えて眠るのは一人にあらず。
すみやかな二つめの死に踊らされ、
もはや留まらぬ罪に怯えよ。
聖勇毅は我らを憐れめ。

「少なくとも、何週間か前からその脅威は実在していて、朱海夫人が懸命に対処していた」

「あの祖母が声を荒らげるなんてよほどのことですよ。容易ならぬことを言い合っていたのでしょう。それはもう……、夏摘さんの殺人事件のこととしか思えない。少なくとも、それに端を発するなにかです」

同感ではあったが、美希風には疑問も生じる。なぜそれほどの脅威を、安堂朱海は誰にも相談しなかったのか。相手に情をかけているから、胸の内に秘め、独力で解決しようとしていたというのは有り得るだろう。しかし、彼女は重い病が進行していたのだ。

回復の見込みがないことは覚悟しなければならなかったろう。予断を許さない病状であることは、当人が誰よりも承知していたはず。それにもかかわらず、なにも手を打たなかった？　誰にも事後を託さなかったのか？

——まさか本当に、脅迫されるほど大きな罪を彼女は抱えていたのか？

その罪悪は、誰にも漏らせるものではなかった……。

感傷にすぎないかもしれないが、それは信じたくなかった。少年時代の記憶がまだ残っている。やせっぽちだった美希風を含め、難病の子供たちに活力ある笑顔を向けていた彼女。それでもかすかに、瞳は涙の潤《うる》みを秘めているようでもあった。

恐喝者との暗闘を隠していたとするよりも、彼女は誰かに善処を託し、秘密厳守を願ったと推測したほうがしっくりくる。

ここまで事態が進んでいても、今のところ、安堂朱海から伝えられたことがあると名乗り出る者は一人もいない。現われたのは、彼女がタイプで打ったとされる遺書らしき文章だけだ。彼女はなんらかの罪を一人で背負い、それで禍根《かこん》を一切《いっさい》絶てたつもりなのか……。

それを望みたかった。

彼女の死が、凶事に幕をおろした、と。

しかしその楽観は許されないだろう。安堂朱海が死の淵《ふち》に立ってから暗躍した者がいる。

母屋の中へ歩を進めると、法子が抑えた声で話し始めた。

「夏摘さんの事件が、わたしが扱った最後の殺人事件でしたよ。扱ったといっても、遺体発見現場に臨場《りんじょう》しただけで、捜査からは外されましたがね」

「身内が被害者で、法子さんは事件の当事者と見なされるから」と、美希風。

「そう。……わたしが飯田《いいだ》警察署で生活安全課から捜査課に異動になったのが二年前の春。殺人事件など滅多に起きないからね。二件めが夏摘さんのだった。去年の八月五日。宅地開発の造成地から、遺体が発見されたという通報があった。工事の手が入らなければ、本当にただの林といった土地だったよ。発見者は、重機で造成地を均《なら》そうとしていた業者。駆けつけ、すっかり土を取り除くと……」

　静かな声音からは、法子の感情は読み取れない。

「茶色いシープスキンの冬用コートが、多少傷んだ程度で遺体には残っていてね。一目で判った。夏摘がいつも着ていた物だと……。ＤＮＡ鑑定で身元が確定した時点で、わたしは捜査に直接かかわれなくなった。さっきも話したとおり、先年の秋、とがめられる内規違反を犯して、身を処したんですよ。期待を裏切られた祖父光深の失望と不満は大きいわけです」

「判事としての光深氏の期待という意味もあったのでしょうね」美希風は慮《おもんぱか》った。

「もう十五年も前に判事は辞めていましたがね。だからこそ、身内に刑事がいてほしかったのかもしれません。わたしは不肖の孫であることを認めますが、それでもまあ、最大級の無頼漢といえる拓矢《たくや》にはかなわない。彼がもう少し早く生まれていたら、祖父は裁判官の職をまっとうできなかったでしょう。あの犯歴で、今もしばらくは刑務所から出られない――」

「えっ⁉」

異口同音とはこのことだ。

美希風とエリザベスの反応に驚いて、法子は足を止めた。

「……これはまだ聞いていませんでしたか」

拓矢という名も初耳だ。安堂家の一員であるその男は、服役しているというのか。

犯歴、とは穏やかでない。

4

防犯カメラ映像を再生できるその部屋は、玄関までもう少しという場所にあり、現役だった頃の光深の書斎だということだ。判事としての現役。企業グループのトップにいて直《じか》に辣《らつ》腕《わん》を振るった現役。安堂光深は、判事であった頃から、表には立たないながら安堂ビジネスの指導者であったということだ。

部屋はさほど広いものではなかったが、重厚感のある家具が配置されている。

木目の艶《つや》がいいデスクの上には、パソコンや、ビデオデッキのような筐体《きょうたい》、ルーター類といった現代的なツールが載っていた。

そのデスクにあった椅子に座った法子は、脇の椅子にそれぞれ掛けた美希風とエリザベスに体の正面を向けた。

「拓矢というのは、累の伯父、光矢の一人息子になります」

光深の長男の息子だ。

「夏摘さんの弟ですよ。独身で、たしか三十二歳。最初の悪さは未成年の頃だから補導の扱いだったが、なかなかの悪質性だった。危険ドラッグを売っていて、その縄張り争いで敵対グループの何人かに暴行を加えた。祖父が六十五歳で地方裁判所判事を定年退官した翌年だったね」

「その罪が皮切りなのだな？」確かめるようにエリザベスが訊く。

「次は、彼が二十四歳の時。殺人未遂でも裁かれそうだったけどね、業務上過失致死で起訴。二年の実刑判決で、一年半ほどで出てきた」

「殺人未遂とは……」美希風は思わず呟いていた。

「被害者は、拓矢の当時のライバル会社の社長。動機があるとしたら実に単純明快な図式で、かえって嘘くさいほどだった。拓矢はまだ二十三歳という若さで会社を任《まか》されていてね。光深じい様の一声《ひとこえ》だ。まっとうな達成感や社会性を仕事場で培《つちか》わせるつもりだったのだな。でも、人に使われる立場では長続きするはずがない。それで、狂犬を番犬にするのではなく、群れのリーダーにしたってところだ。無論、祖父たちがリードを握っているつもりだった」

「握り切れてはいなかったか」と、エリザベス。

「まさに。被害者は、平林《ひらばやし》という男で、この人物もなかなか癖《くせ》が強かった。業界を牛耳《ぎゅうじ》っているつもりで、自分にこびを売らない新興会社にはえげつないほど容赦がなかった。ああ、業界というのは土木建築だ。拓矢は、建材・施工・配管などを手がける会社を一応運営していた。安堂グループの一角で、健康被害の出ない建材を広く扱っていこうとしていたのでね。そのスタートを任されていたようなものだった。ところが、平林社長が拓矢の会社を訪れてさんざん大口を叩いた帰りだ。鉄パイプなどの資材が雪崩《なだれ》のように被害者に崩れかかった。社長は死亡、連れの者も大怪我《けが》を負った」

「殺人未遂も疑われたということは、事故とは思えない節《ふし》もあったのですね？」美希風は尋ねてみた。

「目撃証言で浮かんできた。まず、平林社長と拓矢の様子だね。力を誇示する相手から、小者をあしらうような態度を取られ続けて、拓矢は今にも爆発しそうだったということだ。聞いた限りだが、あれは被害者のほうもどうかしている。いや、加害者を擁護するものではまったくないがね。

他にもう一つ目撃情報があった。資材が倒れた時、その場所の陰のほうで拓矢を見た気がすると言う出入り業者がいてね」

「拓矢さんが、資材を故意に倒したとも疑えたのですね」

「そのとおり。だが確証は出なかった。無論、拓矢は否定したしね。目撃証言は、見たかもしれないという程度で、公判に出す意味もなく、資材に指紋等の痕跡もない。故意の立証は困難だから、業務上過失致死罪で裁かれた」

「その時、あなたは刑事だったのか？」エリザベスが尋ねた。

「交番勤務でしたね」

エリザベスは美希風に顔を向けた。

「親族が大きな罪で有罪となった時、刑事は職を辞さなければならないといった罰則は、日本ではないのかな？」

「ないはずですよ。息子が殺人で有罪になっても、凄絶《せいぜつ》な覚悟をもって警察官を続けた人もいたはずです。実行力を伴った処罰規定はない。ただ、居づらくなるでしょうね。でも、拓矢さんの場合、法的には過失致死ですから、あくまでもアクシデントです。事故ですからね。積極的犯罪行為とは見方が違うのではないですか。家族といっても、四親等と離れていますし」

「直接血もつながっていないしね」法子は自ら言った。「ほとんど問題はないという空気だったよ。わたしは、分不相応に周囲から期待されていた。実の父親が、ここの県警の刑事であったし……」

言葉を休め、彼女は懐《ふところ》へ手をのばした。

「タバコを喫《す》ってもいいだろうか？」

かまいませんよ、と美希風は頷き、エリザベスは、

「あなたの自宅も同然だろう。ご自由に」と、当然といった顔をしている。「妊娠していれば お薦《すす》めはできないが」

軽く笑いながら、法子はタバコのパッケージと携帯灰皿を出した。

「お父さんも刑事だったのですね」

この話題は先へ続けていいのか不明ながら、美希風は興味のままに口にした。

「それも、名刑事と評判でね」タバコに火を点《つ》けると、法子はパッケージとライターを仕舞った。「もう退職しているが。両親や周囲から、わたしも刑事になるだろうという空気が醸《かも》し出されていた。わたしも、父を尊敬していたしね。学生時代の成績は悪くなかったし、目端《めはし》が利くところもあったと思う。それでね……」

「名刑事の娘で、判事の義理の孫ですね。それなりの期待度だ」

それもプレッシャーではあるだろうと、美希風は想像する。

「伝説的な鬼判事のね。刑事の職務はそこそここなしてこられたとは思うが、このとおりがさつな人間だ。組織にも合わなかった。そこが基本的な問題だったろう」

法子は煙を静かに吐き、肩をすくめた。

「料理を提供する仕事をしていながら、タバコをやめられないんだ。いい加減で緩い人間だ

よ」

「自己評価が厳しすぎるのではないかな。それで……」エリザベスは、興味ありげに、「拓矢という男は今、どのような罪で逮捕されているのだ？」

法子は紫煙を吐いた。

「殺人未遂罪。被害者は、安堂グループの基幹企業の顧問弁護士にして役員。輿塚一郎《こしづかいちろう》。当時五十一歳。犯罪者傾向のある拓矢をグループにかかわらせるのは絶対に間違いだと主張していた。万が一の時、イメージ低下だけでは済まず、長期的な損害に結びつく、と。拓矢は事件当時、グループ内で輸出入を担当する会社で渉外担当重役だった。拓矢を完全に切り離すべきだと、輿塚は祖父にも諫言《かんげん》していた。同族経営の業務対象は自らの好みに偏りがちだが、それ故《ゆえ》に余計な資産を持たないという傾向を最大限の利点にするべきだ、とまで表現していた」

「安堂拓矢は、不良資産か」エリザベスは半ば納得の面持ちだ。

「タイマーの壊れた時限爆弾でもあるな、あれは。不起訴になったり示談になったりしたが、酔って他人の家に不法侵入したり、あおり運転をしたりしていた。……そして決定的なのが、輿塚一郎弁護士への殺人未遂だ」

煙が喉に絡《から》んだかのように咳払《せきばら》いをし、法子は携帯灰皿に灰を落とした。

「輿塚弁護士のバイクに細工したんだよ。輿塚さんはバイク愛好家でね。日常的に使っていた。それが去年の四月のある週末、長野自動車道の松本《まつもと》インターチェンジ近くで大事故を起こした。交通量が多いが渋滞はさほどではない時間帯で、そこまで拓矢が計算していたのかは明らかになっていなかったと思うけどね。あの交通量で命にかかわらなかったのは奇跡的だった。後続車がかろうじてかわしてくれて、バイクから投げ出された輿塚さんの体は車と車の隙間を通過できたんだな。それでも右足を轢《ひ》かれて複雑骨折。右の肩も折れていたし、胸部の打撲も激しくて重傷だった」

「転倒を仕組まれた、ということですね？」美希風は合いの手のようにして確認する。

「そう。バイクは四百ccだそうだからなかなか大きいクラスなんじゃない？　装備が義務づけられていた、アンチロックブレーキなど二種類の安全装置が搭載されていたけど、どちらのワイヤーも無効にされていた。でもブレーキは通常どおり働くから、輿塚さんは気づかずに運転していたんだ。ところが、すぐ前を走っていた乗用車に急ブレーキを踏まれた時に、輿塚さんも咄嗟に強くブレーキをかけてしまい、ロッキングが起こり、コントロールを失った。この時、前の乗用車とぶつかったそうなんだ。その衝撃があったはずだし、事故に気づかないはずがないのに、その車は走り去った」

「まさか……」美希風は言った。「その車に乗っていたのは、拓矢さんかその仲間だったとか？」

「またまたそのとおり、南さん。拓矢としてはこう目論《もくろ》んでいたのだろう。安全装置を壊したバイクの乗り手に高速道路上でパニックを引き起こさせれば、死亡は確実。バイクも大破するし、事故の印象に沿った捜査しか行なわれず、真相は浮かびづらい。それに、監視カメラでは拾っていない区間だった。しかし現在は、車載カメラがかなり有効に証拠能力を発揮する。事故現場を通りかかった二台の車のカメラがその瞬間を捉えていた。輿塚さんの前を走っていた車は、なんの問題もなさそうなのに急ブレーキを確かにかけていたし、接触後も躊躇《ちゅうちょ》なくスピードをあげて走り去っている。そのナンバーまで判明したのも大きい」

「犯人にすれば二つの大きな誤算があったのですね」美希風は言った。「輿塚さんが助かって証言できたことと、カメラに記録されてしまったこと」

「それがなければ、バイクを解体するぐらいまでしての内部メカ調べはなかったかもしれない。そうした調査結果と映像の傍証によって捜査方針が定まり、放置されている車が数日後に見つかった。盗難車で、接触痕には輿塚さんのバイクの痕跡あり。廃村に乗り捨てられていた。指紋は拭き取られていたが、車内から拓矢の毛髪が一本発見された。これを証拠に、事故直前に輿塚さんのバイクを点検修理していた整備会社の主任が問い詰められ、自供した。拓矢のことを反社会的組織の人間だと思い込まされていたようだ。それと多額の報酬をもらって、言われたとおりの細工をしたんだな。取り調べの終盤で拓矢は事実を大筋で認め、起訴された」

聞いて、美希風は安堂拓矢への印象を改めた。粗暴なだけの男ではないらしい。完成度はともかく、偽装を凝らした計画も練ってくるようだ。いずれにせよ、感心できる話ではないが。

そしてふと、何気なく聞いていた情報が意識の底から突きあげてきた。バスに乗る前に喫茶店でエリザベスが気に留めた情報だ。安堂家には、〝白《アスプロス》〟と〝黒《マヴロス》〟がいるという色分け。元判事や元刑事を、正義の〝白《アスプロス》〟と見ればどうだろう。犯罪者気質の持ち主としか思えない拓矢は〝黒《マヴロス》〟だ。一つの家族の中に、両極端の正邪が併存している……。

こうしたことを、伝奇フィクションか因縁話のように色づけして噂《うわさ》している者たちがいるのではないか。

——白の人間性というなら……。

美希風は、安堂朱海の生涯を思わずにはいられない。慈善活動、福祉活動に時間を捧《ささ》げてきたようだ。彼女らのような活動をしてくれている人たち、団体がなければ、自分は多額の費用を調達して移植手術のために渡米することができたろうか。それができなければもしかすると、今自分はここにいないだろう。

こうしたことは常に感じてきたが、今ふと、それが言語化できたような気がした。

この鼓動に懸《か》けて——という思いだ。

心臓は生かされ、それ以外の美希風の体も生かされている。その両方を無意味としないために、なにができるのか……。鼓動や呼吸のように当たり前のなにかが乱された時、それを尊い当たり前に戻すような……。

法子が、殺人未遂事件の顚末《てんまつ》を語った。

「輿塚さんは二ヶ月間入院して、その間にうちの仕事を辞めた。今は国際弁護士として海外にいる。拓矢は五月十三日に起訴。九月に入って懲役四年の判決を受けた。実刑の量刑としては最も短いものといえるし、敗残者扱いされて、裁判所でこれ以上小突《こづ》き回されるのはごめんだと、拓矢は控訴しなかった」

「そうして刑が確定したのが九月……」

時期的な重なりが、美希風の頭をかすめた。

「法子さんは、夏摘さんの事件の捜査から外された後、程なく警察を辞められたのですよね。遺体発見が八月。拓矢さんの有罪確定が九月。先の過失致死事件とは違い、人を殺そうとした人間が身内から出たという確定的な事実が、進退にかかわったのではありませんか？」

タバコを口から離したけれど法子は言葉を発せず、声を出したのはエリザベスだった。

「五月に、安堂拓矢が殺人未遂罪で逮捕起訴された段階で、今度こそは、身を処すことを要求する組織的な空気感が生まれたのではないか？」

「一つの有罪判決というより、この先まだなにをしでかすか判らないような姻族がいるという点を、組織としては危ぶんだかな。ありがたくないのは確かだ。ただ、わたしに内規違反があったのは事実だよ。署外持ち出し禁止のメモリーを持ち出した。二、三回ね。そのほうが仕事が楽だった」

法子は、拓矢の有罪判決を、自分への処分の言い訳にはしたくないようだ。

さて、という言葉が実際に聞こえそうなほどの身振りをしてから、彼女はパソコンに向き直った。

「準備が終わっていないと、お小言《こごと》をくらうだろうからな」

爪楊枝《つまようじ》のようにタバコを斜め咥《くわ》えした法子は、男物のジャケットの袖《そで》をまくりあげてから操作を始める。

「この防犯カメラは、二年前の暮れに設置したものでね。下の住宅街で、車庫荒らしなどが複数発生した時だ。この地区では初めて、防犯警戒通達が出された。それに酒田さんが、夜の庭をうろついている人影を見たと言って怯えた、というのもある。広い敷地に塀を巡らすのは現実的ではないからね。防犯カメラと警報装置が設置された」

興味ありそうに、椅子を立ったエリザベスが法子の肩越しに画面を覗き込んでいる。

「カメラの数は全部で八台」

美希風の位置からも、パソコン画面は見えている。一度に呼び出せるのは半数らしく、画面は四分割されて違う場面を映し出していた。その中の一つへと、すぐに切り替えられる。

〝列棺の室〟の出入りを監視することができるカメラのカラー映像だ。建物からの明かりにぼんやり照らし出されている〝列棺の室〟と物置倉庫。その壁と扉。それらの右端にある裏口も視野に入っていた。これらが画面の右半分を占め、他は、庭とそこからつながる林が映し出されている。

「長年なにも起こらなかったからね」法子は述懐口調だ。「うちの者はみんな、防犯カメラがあることも忘れていたのじゃないかと思うよ。ほぼ毎日の映像確認と、メンテナンスみたいなたまのチェックは、結局翠さんにやってもらっていた」

「男ってのは機械的なことに理屈はこねるが、地道な作業にはすぐに飽きる。その作業がよほど好みなら別だが」

「まったくだね」法子の口角があがり、タバコの先端も少し上を向いた。「好みの範囲が狭いから、マニアにはなる。が、実用的ではない」

「細やかな観察眼も、女のほうが優れている」

「それもあるから、翠さんは適役だったと思うよ」

法子はタバコを揉み消し、携帯灰皿を仕舞った。煙を追い払う仕草をし、「空腹は紛れたかな」と、ぽつりと漏らす。

「腹は減ってきたね」と、エリザベス。

「ここが仕事場なら、なにか作ってあげるが」

「スモーク料理？」

「得意料理がよくお判り」法子もジョークで返す。「あなたとは馬が合いそうだ」

この表現はまだ理解できないようなので、美希風はエリザベスに〝馬が合う〟の解説をした。

しゃべりながらも法子のほうは、過去のカメラ映像を呼び出す手順の確認を終えていた。

椅子に戻ってエリザベスが言いだす。

「七月七日に朱海さんがきつい言葉で諫《いさ》めていた相手は、拓矢ではないわけだな」

これから脅迫状出現現場の映像を見ること、そして朱海が脅されていたのかもしれないことなどから連想したのだろう。

「刑務所の中だからね。電話も無理だ」

七月七日に、この屋敷には誰がいたのか、それを知る意味は大きいのではないかと美希風が思っていると、エリザベスがさらに言っていた。

「拓矢という男は、あなたたち家族にも危害を加えられる男かな？」

「できるだろうなあ……。冷酷なまでに自分の欲得に忠実だ」

「では、夏摘さん殺害犯の最有力候補ではないのか？」

「それはいえる。だが、彼には完璧なアリバイがあるのでね」

ほんの軽く、美希風とエリザベスは目を見交わした。

「今の気配……」それを敏感に察したようで、法子は、「注意喚起の反応かな。鵜呑《うの》みにはできない、と。いや、かえって怪しいとの見方さえ持ってしまうか。でもそれは、ミステリー小説的な深読みがすぎないか。……でもまあ、拓矢の犯歴や殺人計画を聞いた直後ではそれも当然かもね。しかし、あの事件でのアリバイ成立は間違いない」

「どのような状況だったのです？」美希風は、訊かないわけにはいかなかった。

法子は、二人に完全に向き直った。

「夏摘さんが行方不明になる前日だ。四年前の十二月六日だな。拓矢はこの家に来ていた。わたしも来ていたが。で、夜。父親の光矢と大げんかを始めた。場所は、集会ホール近くの廊下だ。原因は、仕事上での拓矢の勝手な行動だったよ。翌年春に予定されていた北欧の文具販売フェスティバルの予定を、うまく進んでいないからって、窓口を任《まか》されていた拓矢が勝手に秋の開催へと変えていたんだ」

「すごい独断だな」エリザベスが呆《あき》れる。「反乱にさえ思える」

「そう。容認できるはずもない独断専行だ。影響は計り知れず、春と秋では季節感における戦略もまるで違う。光矢さんは激高したけど、拓矢は言い訳を返すだけ。あんただって、去年の似たような大事業をしくじったろう、とか言っててね。これはやむを得なかったのよ。原油価格の大変動で長期的な円安になって、輸入は不利になったりしたからね。ま、そんな調子で、相手は反抗的にさげすみさえしてくるだけだったから光矢さんも我慢ならず、大げんかになっていったわけ。殴り合いの暴行だね」

「その大げんかが、アリバイにどう結びつく？」エリザベスが促した。

「二人は病院に運ばれ、光矢さんが息子を傷害罪で訴えたものだから、拓矢の身柄はそのまま警察の監視下に置かれたんだ」

「また深読みかもしれず、恐縮だが、アリバイのために父と息子で芝居をしたという可能性はないのかな？」

「芝居でできるけんかではなかったね。ちょくちょく争いはある二人だったけど、あれはひどかった。両者が出血する激しい暴行だったんだ。光矢さんは顔面骨折を負い、鼻の骨も歪《ゆが》んでいた。手術と入院治療が必要だったほどさ。あれは相手が息子といえど怒りがおさまらず、訴えたとしても無理はなかった。見逃さずに罰しなければ、息子には矯正《きょうせい》の余地がないとも思ったのだろうし」

骨折すらさせる暴行傷害。しかしそれすら偽装として有り得るのではないかという疑念が、美希風からは消えてなくならなかった。数分話に聞いただけの印象にすぎないが、安堂拓矢という男ならそこまでもやりそうだった。しかし大変な被害を受けたのは父親のほうだという。そんな役を引き受けるだろうか。

この父と子の、関係性が問題だろう。過激な手段も講じられるほどの共犯関係を結べるのか。まさか父親のほうが主導して拓矢を動かしたということはないのだろうな……。累の人物評によれば、光矢は狡猾でもあるようだ。

——いかん。

美希風は自省した。

先入観が強すぎる。根拠なく疑いを広げるのは公正ではないし、危険だ。

「けんかの時、そばに夏摘さんはいたのかな？」

エリザベスが問うていた。

「いなかった。夏摘さんの帰宅前だったんだ。午後六時十五分から数分間ぐらいのことだった。拓矢だって相当の怪我を負っていたから、わたしが車で二人を病院へ運んだ。診察した医師が、これは傷害事件だから警察に届けると告げて、光矢さんはそうしてくれと息巻いた。警官が呼ばれ、診断書を書かせた光矢さんが被害届を提出。拓矢のほうは、父親を訴えようとはしなかったね。被害は自分のほうが圧倒的に少ないということもあったかもしれない。でももちろん、父親や警察に悪態をつきまくっていたけど。……わたしは途中で、もう夏摘さんも帰宅しただろうと思って電話したんだ。置いてきた娘のことが気になったし、祖母の容態も心配だったから」

「容態？」美希風は訊いた。

「あの時も、祖母の朱海は、今夜が山か、明日が山かといった病状だったんだ」

「長い間……病と闘っておられたのですね」

「あの時は奇跡的に持ち直したよ。その後はずいぶんと元気になった。……あの時は本当に奇跡的に回復したから、今回もと希望を持っていたんだけど……」

悲しみの色が、法子の面《おもて》をかすめていく。

しかしすぐに口調を戻すようにし、

「光矢さんたちを緊急受け入れしてくれた病院とは違う、江南市《こうなん》の総合病院に祖母は入院していたの。そういう病態だったから、わたしと千理愛は見舞いに来ていたってこと。光矢と拓矢親子も、一応はそういうことでやって来ていた。それなのに……まったく。夏摘さんに電話したのが八時四十分ぐらいだったかな。こんなことから傷害事件といっていい親子げんかになったと知らせると、彼女も絶句するくらい啞然《あぜん》としていたよ。そうそう、彼女は病室の祖母を見舞ってから、祖父を車で拾って帰宅することになっていたの。それで頃合いを見て電話してみたのよ」

多少不思議に感じ、美希風は訊いてみた。

「光深さんも病院にいたということですか?」

「祖父は当時、杖《つえ》を突けば歩けていたから、祖母に付き添っていたの」

「ああ、そうでしたか」

「祖父と夏摘さんが帰宅したのが八時すぎぐらいだったとか。わたしは、親子での傷害事件は祖父には翌日にゆっくり伝えようかと思ってた。重病の妻を抱えてそれどころではないだろうから。余計な心労を増やすだけ。でも、家政婦の酒田さんが夜に顔を合わせた時に話したみたいね。当時七歳の千理愛は、ダイニングなどで酒田さんと過ごしていたようだ」

それでアリバイの詳細に関しては、と、法子は言葉を継いだ。

「病院で夜を明かしてから、二人――光矢さんと拓矢は長野市内の警察病院へ移されたの。拓矢はそこで治療を受けながら取り調べを受け始める。光矢さんのほうは夕方ぐらいに病院を出てから、ここへいったん戻った。その後で、東京の自宅近くで手術と継続治療を受けられる病院を探した。それで肝心の夏摘さんの動きだけど、朝食をいつもどおりに食べて、七時前に車で家を出た。駐車場に車を置いて定時の列車に乗れたであろうことは、その最寄《もよ》り駅のカメラで確認されている。豊橋駅に着いたのだろうけれど、それ以降の足取りが不明になる」

法子の細い眉が、辛《つら》そうな色を滲ませてひそめられた。

「まず……、夏摘さんが長時間監禁されてから命を奪われたというのは実情にそぐわないという事実がある。遺体の状態が許す範囲での鑑定になるけれど、拘束された形跡や薬物の残留成分は発見されなかったから。拉致《らち》後それほど時間をおかず……一日とはあけずに殺害され、埋められたはずだ。したがって、拓矢のアリバイは確実になるね。夏摘さんが行方を絶った七日どころか、その翌日も、長野市内で取り調べを受けていて移動していない。その後、釈放されるまでの数日間は同様だ」

「なるほど。アリバイ成立だ」と、エリザベス。

「……しかし思えば」法子は、考え込むようにうつむいた。「今回の一連の事態の流れは、あの時の出来事の再起動って感じもするな。悲劇的な合わせ鏡というかリフレインというか。既視感のように繰り返す……。祖母が命の瀬戸際にいて、表や裏で犯罪が進行する。四年前は、目立った傷害事件の陰で殺人が行なわれていた。今回は、祖母の死に脅迫や自殺の疑いが浮上した。まさか、さらにその陰でとか……」

不穏な気配を美希風も予感する。そして同時に、知りたいことがいろいろと生じた。迷宮入りとなっている安堂夏摘殺しの謎は堅牢なのだろうか。

ただ一つ、はっきりしたこともある。夏摘殺しに関して、朱海にも完璧なアリバイがあるということだ。その点、美希風は法子に確認してみた。当時、朱海が意識を取り戻したのは夏摘失踪の二日後であり、その二日後から流動食を摂《と》れるようになった。退院できたのはさらにその五日後。自宅に戻っても、何週間も外出はままならなかった。

こうした客観的な事実も加わって、朱海が夏摘の死になんらかかわっていないことは明らかだ。脅されるような罪などない。自ら命を絶つ理由などないだろう。

ではまったく別のことで罪が生じたのか、とも推理は広がるが、むやみに仮説の枝を繁茂させても仕方がない。

まずは、具体的なこと。安堂夏摘殺害時の、他の家族のアリバイはどうなのか？

美希風がそのような意識を懐《いだ》いた時、ドアがあき、電動車椅子のかすかな音と共に安堂光深が入って来た。

第三章　不意の死角の陰

1

背が高い安楽椅子は、座った光深《みつふか》の姿勢が保ちやすくなっているのだろう。

車椅子からそちらに移動しようとする時、法子《のりこ》は手を貸そうとしたが、光深は拒んで独力で着席した。

息が乱れて言葉を途切らせながらも、老当主は美希風たちに説明した。

「部屋では……自力で歩くぐらいは……しているのです」

それから法子に目を向ける。

「お前は、脅迫状や怪しい遺書の……写真は見ているのか？」

「旦那から送られてきたので。翠《みどり》お義母《かあ》さんからも」

それぞれが、パソコンを囲むように腰掛けた。美希風とエリザベスは右側から。光深は

——やや距離はあるが左側から。

スリープ画面を解除して、今度は法子のほうから義理の祖父に問いかけた。

「あの〝ドラブレイト〟式タイプライターで打たれた文字であることは、断言できるのよね」

「警察はもちろん、印字の特徴を照合した。もとより、あの手の印字ができるのは、うちでもあのタイプだけだ」

「そうだね」

「インクリボンにも、同文を打った形跡は残っていた」

「タイピングの癖は？」

「それはつかめなかった。意見を求められ、私も目を通したが、打った人間を特定することなどできないな。あれは、指一本でキー打ちをしている」

「まあそうだろうね。筆跡を残さないのと同様だ」

そうした点、美希風たちはもう少し説明をしてもらった。

録画画面を呼び出して巻き戻し作業をしながら、法子が教えてくれる。

流れるようにキーを打てる人間は、その打ち方に癖が出るという。キーへの力の入り具合などが判りやすい。問題のタイプライターは旧式のもので、力加減がそのまま紙面への圧迫痕として反映される。こうした個人としての特徴を消すのが、一つ一つキーを押していくやり方だ。これだと当人でさえ力加減をコントロールできず、一回一回にばらつきが生じる。しっかりとした〈筆跡鑑定〉は望めない。

朱海《あけみ》の遺書とされるものも同じ打ち方がされているが、これは不自然ではないという。元々、朱海自身がそうした打ち方をしているからだ。指はさほど自由に動かなかった。

「さあ、巻き戻しできた。いよいよだ」と、法子が画面再生の開始を告げた。

右上に表示される日時は今日のもので、午前九時六分。中央よりやや右側に〝列棺の室〟の扉。ほぼ正面からのカメラアングルだ。

右側からやって来た三人の男。二番めが累《るい》。三番めが滉二《こうじ》だ。

先頭の男は初めて目にするので、美希風は、「この方が光矢《みつや》さんですね？」と尋ねて確認を取った。

さすがに長男というべきか、光深とよく似ており、今の光深を健康体にして二回りがっちりさせれば光矢となるのではないか。顔つきには光深より力感があり、バタ臭くて眉が太く、ギリシア的といえるかもしれない。平均的な長さの髪は、整髪料でまとめられている。

――異教徒。

滉二の言葉を思い出していた。髪や髭に神秘的な力が宿るとする宗教観を話していた時の言葉。累の表現では、攻撃性を浅く冬眠させている蛇、になる。

髭もなく髪も短い、父親似の長男が先頭で、最後尾は、風貌は似ていないが髪や髭は父親を踏襲している次男が務めている。

前の二人が立ち止まった後、進み出た滉二が扉を解錠する。そして、光矢と累が中に消えた後、扉をあけたまま階段をおりて行く。その六分後、厳《おごそ》かな表情で再び滉二が現われ、すぐ後ろから棺を抱えた二人も姿を見せた。頭のほうを持っている累は、話のとおり斜めの体勢だ。光矢は腹の前で抱えており、地面まで出て来ると、そのまま累と二人で母屋のほうへと進んで行く。

扉を施錠した滉二が二人の後を追った時の時刻表示は九時十三分で、ここで法子は映像を止めた。

まず口をひらいたのは光深である。

「この時点で脅迫状は通路に置かれていたと考えるしかあるまいな。十一時すぎの発見時まで、誰も近付かないのだから。カメラの巻き戻し映像でも、見ていてそれは判ったろう」

「この三人のうちの誰かがそれをやったはず……だけど」

その三人が赤の他人ではないことがやはりを気を重くする、といった法子の口調だが、続けて美希風は言った。

「単独犯であるなら――まずそこは間違いないと思いますが、他の二人の目を盗んで素早くコトを済ませたのでしょう。それしか手がありません。だからあの脅迫状には灰色の用紙が使われたと推察されます。少しでも目立たなくするために」

「はあ」法子がすぐに反応する。「灰色の通路ということだね。入ったことはないけど、〝地《ち》底泉《ていせん》〟の写真は見たことがあるし、全体像も目に浮かぶ。明かりの乏しい、古びてくすんだ通路」

「そのとおりで、通路の床は灰色です。あの場に脅迫状を投げておくためには、灰色の小さな紙のほうが、真っ白な紙よりもずっと目につきにくい」

「手段に利するための色か」光深は納得の声音だった。「喪のための特製用紙に凶の意味を込めたというよりも、実利として有効だった」

「不吉を演出する意味もあると思いますよ。両方を満たすのですから、犯人にしてみればあの用紙以外で脅迫状を作ることは考えられなかったのでしょうね」

「うむ。紙のサイズも小さなほうがいいわけだ。扱いやすく、目立ちにくい。……そして、そんな脅迫状をあの場で素早く出現させられるのは、光矢になるだろうな」

美希風は、少なからず感心した。方法論の根底は、光深もある程度構築していたのだろう。そしてその結果導かれる結論も受け止めている。自分の長男が――。

こうした胸中すら、光深は察したようだ。

「私は判事だったのだ。人々の多くの罪を裁いてきた。感情や情味を徹底して排するのが私のやり方だった。説論も、一度たりとしなかった」

高齢ゆえだろう、白目部分にも濁りのある目が、じっと美希風を見据えていた。腕が持ちあがり、枯れ枝のような指がこめかみをゆっくりと打つ。

「この人の世で真実などを探ろうとしたら、一得一失《いっとくいっしつ》。痛手も負う気構えの前提ぐらいは持つべきだろう、南さん？」

「……それは、こうして推理によって口を出す人間の側にもいえることのように思えます」

「あなたには、対価の話などを持ち出さない。あなたがどのような選択をしても気になさるな、という当然の自由を、それの代わりにしておこう。依頼をしたわけではないということだ。こちらの直観的な、そして身勝手な希望に付き合う必要はない。お気持ちのまま、いつでも立ち去ってけっこう。お連れの方も。ただ……」

しわがれた声が途切れたところで、エリザベスが口をひらいた。美希風は、どっちが〝お連れの方〟なのかに彼女は一言《ひとこと》申すのではないかと危ぶんだが、そうではなかった。

「言うに言われぬものを、こちらでも感じているとは言えるだろう。こういうのを……、日本では、奇縁と言うのかな。奇遇なシンパシーか」

光深が、ふと改まったような目でエリザベスを見詰めていることに、美希風は気がついた。そして、奇妙な発想が浮かぶ。彼女の瞳の色、頭髪の色を、光深はエリザベスと対面した時にある象徴として捉えたのではないか、と。

言ってしまえば外国人だ。海の外の者。

光深は、自身の寿命を身近に意識しているだろう。そして今まさに、泉下《せんか》へ向かう〝船〟

で妻を送り出そうとしている。加えて、一族の長い歴史が底流にあるのかもしれない犯罪がらみの混乱が起き、気を重く塞ぐ状況だ。そのような時に、海外から訪ねて来た者がいる。意味などないだろう。だが見過ごすと、なにかを失するような気もするのではないか。

エリザベスが続けて言った。

「わたしは、検死官としてご遺体の解剖を手がけてきた。感情をコントロールし続けて。しかし完全には無理だった。まして、そこにあるのが、家族や愛する者だったとしたら……。あなたたちは、夏摘《なつみ》さんの殺害事件とその捜査を通じて、感情と理性を混沌《こんとん》とさせない、大きな試練を一度は体験してきていると言えるだろう」

光深は、ああ、と咳が絡《から》んだような息を漏らし、

「殺害犯は内部にいるとしか思えず、容疑者は限定的だったな。今回も、それぞれの局面で何人かを疑っていかねばならぬだろう。それをしなければならない。ところが、容疑者が極めて限られているはずのあの事件は解決にたどり着けなかった」

彼はややうつむき、白髯《はくぜん》に細い指を絡めた。

「だからこそ――知りたいのだ。夏摘の身になにが起きたのか。誰がなにをしたのか。さすがに、あの事件の解決への光明が今回すぐに差すということはないだろう。とにかく、一筋でも光が差せば……。今回の事件は、あの事件に端を発しているはずだ」

エリザベスは話を戻し、

「安堂光矢が、脅迫状を地下通路に持ち込んだ第一容疑者になるのか?」と、美希風に顔を向けて訊いた。

「行列の最後尾ですからね。単純な見方ですが、それだけに現実味がある」

「そうか。脅迫状をこっそり投げ捨てるのであれば……」

「脅迫状は、ポケットに入る大きさではありませんから、上着の内側にでも用意しておく。棺を持つ時に、それを手に隠し持つ。通路に出てから、それを床に放る。ですが皆さん――」

言いかけた言葉を、美希風は呑んだ。法子の前では話しにくい。光深ほどさばけた物言いはできなかった。

だが法子は、言葉の先を察した。

「わたしの夫にも、犯人の可能性があると言いたいのかな? それはぜひとも検証しておきたいね」

「二番めを歩いていた累にも、その可能性があると?」光深は目を小さく動かして美希風を見た。

「あの方も、棺の下で脅迫状を放ることができます。光矢さんより前方で脅迫状は床に落ちることになりますが、光矢さんの下向きの視界は棺によって完全に塞がれていますからね。まず気づかない。脅迫状を通りすぎてから振り返って見なければ、この時の発見には至りませんね。ただ、光矢さんが脅迫状を踏んで靴跡を残した場合は、累さんにとって不利な証拠ができてしまいますが」

「なるほど」光深の反応は早い。「光矢より前を歩いていた者が脅迫状を床に投げたことになるのだからな」

「わたしの夫か、先導役のお義父《とう》さん。でも、お義父さんとは考えにくい。そうだろう、南さん？」

答えるのは待ってもらい、美希風は老当主に尋ねた。

「光深さん。棺の持ち方には決まりがあるのでしょうか？」

「いや。そこに作法はない。担《かつ》ぎあげはしないが、決まりはない」

「ですと、累さんがどのような持ち方をするのか、先導役の滉二さんには知る術《すべ》がありませんね。今回のように斜めに持つというのは充分に有り得ることで、そうなると、二人の三、四メートル先を歩いている滉二さんが床に放った脅迫状を累さんたちが見逃すとは到底思えません。その危険は滉二さんも常識的に判断できるということです。もし仮に、累さんが後ろ向きに棺を持ったとしても、何度も前方を見ながら歩くのは間違いありません。この累さんが床へと落とされた脅迫状を見逃し、また、光矢さんもそれを見落とすという二重の好運を見越して計画を立てるというのは、考えられないでしょう。ですから、法子さんの推定に同意します」

「累が犯人なら、彼が期待するのは二つだけ」法子が言う。「光矢さんが脅迫状を踏まないことと、後ろを振り向かないこと。これぐらいなら期待は持てる」

頷いた美希風だが、一つ思いついたことがあった。最後尾の光矢が犯人の場合、脅迫状にあらかじめ自分の靴跡を付けておくというのはなかなかの上策ではないだろうか。この痕跡によって、脅迫状は自分が歩く前から床にあったとの主張が成立する。無実の証《あかし》だ。

無用とも思える着想に気を奪われていると、光深の声がした。

「しかしな。そうした手段の具体性は、しょせん小知《しょうち》なのだ。誰にでもいろいろなことが思いつける。そのどれかが行なわれたというだけで、取るに足りない要素であり、事の本質には結びつかない場合が多い。肝心なのは、その奥にある意図だ。知るべきなのは、犯意の全体像なのだ」

美希風が応えた。

「例えば、犯人はなぜ、容疑者が三人と限定される場で犯行を行なったのか、とか。しかしこれには、心理的に説明がつかないこともないですね。例えば、〝列棺の室〟かその近くで脅迫状が発見されることに効果的な意味があると、犯人が思い詰めている場合です。そこで発見させる必要があった。その場合、他に二人の容疑者がいる時にトリックを弄してそれを実行することは、充分に合理的です。なにしろ、この犯人が夏摘さん殺害犯であるなら、捜査対象でありながら逃げ切ったという成功体験がすでにあるからです」

「秩序型の心理を有する犯罪者は、自己愛と優越感に酔い、増長してゆく」

エリザベスが意見し、美希風は、「ただ」とつなげた。

「現時点では、俯瞰《ふかん》的に見ようとしても、様々な思いつきを並べるだけになるのは同じかと思いますが」

「それにだね」エリザベスは言った。「小さな方法論でも、真相を突き止めれば、それを実現できたただ一人の人物が明らかになる場合もある」

同意する、との表明か、光深の頭部は縦に揺れた。

疲れた様子も窺えた。目を閉じ、額に手を当ててじっとしている。

「大丈夫ですか？」

問う美希風に、問題ないと光深は手を揺らし、

「ちょっとした貧血だ。慣れている」

「とはいえ、気をつけてよ」そう案じてから法子は、論点を戻し、「推測をまとめるとやはり、最も疑わしいのは光矢さんになるのかなぁ」と嚙《か》み締めるように言う。「累にも疑念は残り、完全に白なのはお義父《とう》さんぐらいだ」

「……いえ」美希風は、慎重を期すために口をひらいた。「滉二さんを無実とは決め切れません」

「どうして？」法子は驚いている。「ああ、十一時すぎのこと？　累と二人で戻って来て脅

迫状を見つけた時に、なにか細工ができるということ？」

ここで光深が指示を出した。

「二人が戻って来た時の映像も見てみるか、法子」

十倍速で早送りされ、その場面がやって来た。

ほぼ並ぶようにして、滉二と息子の累が現われる。滉二が扉を解錠し、累より少しだけ早く中へ入って行く。二分ほどして、二人は戻って来る。手にしている一枚の紙に、滉二は深刻そうに視線を走らせていた。

供述どおりで怪しい点などはなにもなく、その場面は終了した。

「問題はなさそうだな」エリザベスが最初に声を出した。「聞いた限りだが、あの時の発見状況に不審な点はまったくないだろう、美希風くん？　累と滉二が地下へとおりて、階段の下、二、三メートル先にある脅迫状を滉二が見つけたという。ごく自然な発見シーンだな」

「ええ。あの状況で機能しそうなトリックは私も思いつきません。でも、光深さんがおっしゃったとおり、人の発想など無限で、三人が出入りした九時の時点で使えるトリックなら、まだ幾らでも別パターンがあるかもしれません」

聞き手の三人は少なからず驚き、光深の目はそこに懐疑の色も滲ませた。

「幾らでも、かね」

「小知ですが」

微妙に笑いつつ、光深は背筋を立てた。

「具体的に話せるものもあるのかね？」

「それにお答えする前に、確認事項です。葬儀の過程では、棺を運び出してからまた〝列棺の室〟へ誰かが戻ることは決まり事なのでしょうか、光深さん？」

「時間を定めたような決まり事はない。しかし、点検には行く。鍵を使って〝列棺の室〟を出入りしているのだから、また何ヶ月もそのまま封鎖しておいて問題ないか検《あらた》めておく必要があるからな。葬儀の間に時間を見つけた者が、二、三時間して見に行くこともあるし、葬儀がすべて終わって翌日に目を通しに行くこともある」

「それでしたら、思いついた一つの方法も、理論上は可能かもしれません」

美希風は録画画面を巻き戻してもらい、棺を持ち出す時のある場面で止めてもらった。棺を運ぶ二人が立ち去り、まだ閉められていない扉の前で安堂滉二が一人になったところだ。明かりのスイッチを切ろうとしている滉二の後ろ姿が映っている。

「このタイミングでしたら、滉二さんは人目を気にせず、トリックを施せます。体の前はこうして、カメラの死角に入っていますしね」

「待って、南さん」法子は疑いと反論の思いを声に響かせる。「義父が、脅迫状をここから投げたとでも言うつもり？　でも、それは無理でしょう。一枚の紙は、そんなに遠くへは飛ばないもの」

「そうだな」光深も言う。「脅迫状は丸められてもいないし、紙飛行機のように折られてもいないのだ。それでも数メートル以上先まで放り出せると言うのかね、南さん？」

「ええ」

ほんの刹那《せつな》、美希風は、ボストンバッグの中にある趣味の道具、マジック用品からカードを一枚取り出し、空を切って飛ばすシーンを思い描いていた。

「脅迫状を軽く凍らせておいたらどうでしょう。厚紙の硬さといった程度に。指に挟んでスナップをきかせて投げれば――」美希風は、それをして見せた。「そこそこ飛ぶのではないでしょうか。数メートル先まで飛距離が出たのなら、練習の成果が最も発揮されたのかもしれませんね。通路に着地してから幾分かは滑ったとも思えますし」

「小知だが、ユニークだな」光深は言葉以上に興味を懐《いだ》いている様子で、法子は、「飛ぶっちゃあ飛ぶか」と、吟味と感嘆が半ばする面持ちだった。

「凍ったままで発見されない公算も高かった」美希風は、仮説の補足をする。「通路へ投げ出してから最低でも二、三時間は人の目に触れないはずなのですから。場合によっては、あの場に再び人が入るのは翌日になってからということもあるのですよね。今回は棺のちょっとした不備が目に留まり、最短ともいえる二時間ほどでの発見になったわけですが。そして、あの地下通路の環境もこのトリックには都合がいい。湿度です。通路の床は、掃除が行き届いているとはいえない状態で湿気《しけ》っている。そこで発見された一枚の紙が湿《しめ》っていても、不自然さを感じさせるほどではない。何時間もあの床の上にあったのであれば当然だ、と」

「なるほど」法子は目をパッチリとひらき、納得顔だ。「そういうことか」

「あの脅迫状の色は、ここでも役立ったのかもしれません」美希風は、もう一点加えた。「氷が水となれば、床の汚れと混ざることも考えられます。それが脅迫状に染みる危険もある。その染み、汚れを少しでも目立たなくさせる効果をあの灰色に期待したのかもしれませんね」

エリザベスが言った。「床の上にずっとあったのだから、まあ、多少汚れているのは当然であろうけれどな」

「そして、棺の蓋の縁から見つかったちぎれていた一部は、心理的な効果を狙ったと見ることもできます」

「ほう？」エリザベスと光深は、同じような声を美希風に向けた。

「ちぎれた一部のほうは当然、普通に乾いている状態です。残りの大きなほうだけが凍っていたとはイメージしにくい。しかし……」美希風はこの点、不明な部分に対して慎重になるべきだと、改めて意識した。「破れていたあの一片をどう見るか、まだまだ早計は避けるべきでしょうね。犯人は計画的にあれをセットしたのか。それとも、思わぬ拍子に起こっていたミスだったのか。それも判りませんから」

「しかしそれにしても、今の滑空投げトリックなどを使えば確かに、義父にも容疑は及ぶことになるな」

そう法子が言ったので、美希風は意味合いを急いで正した。

「今の仮定では、人知の自在な幅を言っただけですからね。滉二氏が疑わしいと指摘したのではありません」

法子は、判っているという顔だ。「細かな策略を、人は幾つも考案できるということを示す一例だろう」

「ほんの一例です」

「ほんの、ね」法子は苦笑する。

「誰にでも可能性はあるということです。もしかすると、三人以外にも……」


幾ばくか生じた間の後、エリザベスが口をひらいた。

「逆にこちらから、お二人に尋ねよう。まず、夏摘さんの遺体と一緒に発見された、犯罪声明文のようなもの。そして今回の脅迫状と、朱海さんの遺書らしきもの。これらの文面などに、なにか思い当たることはないのかね？」

それぞれ、再考するような沈黙の後、まず法子が答えた。

「今回の脅迫状は、犯行声明文とも読める内容だと思う。そして両者に共通するのは、聖三祝文が使われているってこと。でも、これは犯人の内面の噴出というより、奴《やつ》の計画に必要な装飾じゃないのか。一種の狂気すら、仮面のような気がする。少なくとも、こんなこだわりを持っている家人はいないと思うね」

「同感だ」と、光深。「誰かの匂いがするというものではない。この犯人が、声明を出したがるような自己陶酔者にしても、すぐに勘づかれるような真似《まね》はさすがにしないだろう。声明文を半ば仮面とするなら……」老身は、酸素を懸命に取り入れようとするかのように、深くゆっくりと呼吸している。「妻の遺書とされるものは、全面が作り物だな。あれもなかなか、業《ごう》の深さを芯の強さでねじ伏せているような女だったが、さすがに、あのような文面を残すような生涯は過ごしていない。汚れた手には屈せず自ら裁き、罪深き闇へ行く、だと？　偽造だ。架空のストーリーだよ。真相は逆だろう。罪ある者に気づいて、あれは糾弾していたのではないか。表《おもて》に晒《さら》すのは待ち、最善の道を相手に奨《すす》めようとしていた。それを犯人は、恥知らずにも、正反対の構図にした……」

この時インスピレーションを得た美希風は、思わず口にしていた。

「脅迫状の類いは、奥のギャラリーに置かれているタイプライターで打たれたのですよね。そして、七月七日。その同じ部屋で、朱海さんは誰かを止めようとして声をあげていた」

「それが……？」

光深はそう声に出し、二人の女性は視線で美希風に尋ねる。

「あの時朱海さんは、〝列棺の室〟で発見されることになる脅迫状を奥のギャラリーで見つけていたのではないでしょうか。それを打っている現場を押さえたとか」

法子はハッとした表情になり、

「まさに物証を得た瞬間だったのか。いや、その瞬間ではなかったとしても、見つけた脅迫状を相手に突きつけ、責め立てていた」

「犯人には、その時の脅迫状をどうしても使う事情があった……とします。朱海さんが亡くなったタイミングで急遽《きゅうきょ》使わなければならなくなったのかもしれませんが。ところが、その脅迫状には、隠したい痕跡も残されていた。触れていた朱海さんの指紋や、特定されたくない染みなど。その部分を切り離す必要があったから、あの紙は小さくなっているのかもしれません」

「ほう！」法子は、眉をあげる。「七夕の日、両者の間にあった脅迫状のサイズは、普通どおりA４だったってことか」

「面白い推理だが……」

短い検討時間の後、光深は言う。

「それは違うな、南さん。あの弔事用のオリジナル用紙は、私の私室の事務用金庫から、私が出したものだ。五日前に。七夕の日には存在し得ない」

「ああ、そうでしたか……」

「金庫から出した後は、奥のギャラリーと談話室に、数十枚ずつ置いておいた。……回復を願いつつ、その時の準備をしなければならないというのは……」

慮《おもんぱか》るように、エリザベスが、相当に気持ちを込めて言う。

「社会が求める儀式を尊重しようとすれば、誰でもそうならざるを得ないな」

喪服を用意し、式事の段取りを整え、告知の準備をする……。

複雑な時間の中、犯人の意識はどのようなものだったのか。それは美希風にとってもまだ想像の埒外《らちがい》だ。

「例えばだが……」エリザベスは提案口調だった。「その七夕の日の、奥のギャラリー近くの映像は保存されたりしていないのか？」

「それは無理」法子が即答する。「このカメラの映像は、三日経ったら自動的に上書きされるの」

「そもそも、あの部屋近くを映せるカメラなどないだろう」

「そんなこともないよ、おじいちゃん。あの区画は映っているといえる」

もう少し記憶を探ってから、光深はようやく、

「ああ」と声にした。「廊下ということか」

法子がパソコンに向かって操作を始めたところで、エリザベスが、「先ほど、巻き戻しの途中で、裏口付近に人影が見えたような気がしたが、見間違いか？」と言いだした。

見間違いではなかった。美希風含め、他の者の目にも留まっており、その場面に法子は画

面を合わせた。

裏口から光矢が姿を現わしたのだった。時刻は、正午の一分すぎ。足を止めて〝列棺の室〟のほうを見やり、数秒思案してから屋内に引き返して行った。

この場面については、光深が説明した。

「脅迫状が見つかり、それぞれが辺りを調べて回った。光矢はまず、奥のギャラリーを見に行き、その後で〝列棺の室〟も調べようかと思ったらしい。しかし向かった途中で、一人だけで現場に近付いては余計な疑いをかけられかねないなと、思い直したらしい。今のはまさに、そのシーンなのだろう」

賢明な判断といえる。

法子が防犯カメラ機能を切り替えた。画面が四つに区切られ、ライブ映像が映し出されている。どれもが暗く、窓明かりや庭園灯などで部分的に明るいだけだった。

「もうすぐ、赤外線撮影にオートで切り替わる時刻だよ。奥のギャラリーへ通じる廊下を映すカメラは別の……」

法子が操作を加えると、同じく四分割されているが違う影像が呼び出された。その途端、「ん？」と声を出しそうな四つの気配が重なった。皆が同時にそれに気づいたといえる。

左下の画面だ。それは完全に真っ暗なのだった。それだけではない、右上にあるはずの時刻表示も消えている。

「なんだこれ？　どうしたんだ？」

法子が素早くマウスを動かす。左下の真っ暗な画面をフルに拡大し、巻き戻し操作へと切り替える。

「これ。このカメラなんだよ、奥のギャラリーにつながる廊下が映っているのは」

巻き戻される画面は真っ暗なままだ。しかし、息を止めるようにして見守るうち、不意に映像が映し出された。昼間の光景だ。

映像を止め、通常再生に戻す。

その数秒後、今度は室内に、「あっ！」という声となって響きそうな四つの気配が満ちた。真っ暗になる直前。カメラは右方向に急に振られたのだ。暴力を感じさせる瞬間と重なって、カメラは機能を停止した。

もう一度、映像は戻される。表示されている日時は、今日の十一時四十六分。画面の右側は広く敷地を映し出していて、左側が家屋だった。先ほど、美希風たちも歩いた廊下が見えている。

母屋から集会ホールへと向かう廊下が左端にあり、奥へとのびている。それは右手へと回る。これらの廊下の庭に面する側はほぼガラス張りで、見通しがいい。

右手へとのびる廊下は、大きな集会ホールの南向きの壁に沿っていることになる。そしてその廊下は左、北側へと折れ、東向きにある集会ホールの出入り口へとつながる。そのまま北に向かって廊下を進むと、奥のギャラリーの戸口に着く。その一角はもう死角だが、東西に長いその部屋の東側の端はかろうじて見えていた。この一角にあるのは、奥のギャラリーと集会ホールだけである。

そうした光景を記録している映像は、そこからコマ送りにされた。

その瞬間――右側にブレた画面が大きくひび割れ、一部が欠損した。

「レンズが割れたんだ」法子が愕然《がくぜん》とした声を出す。

それからほとんど間を置かず、次の激しい振動と共に画面は黒く沈黙する。

「内部機能も壊された……」

法子が呟き、エリザベスが言う。

「今も壊れている……?」

光深を除く三人が立ちあがっていた。

2

建物の角である。美希風たちがいるのは、集会ホールのある北側エリアへ向かう廊下だ。三人は東側の庭のほうに向いている。

廊下と直角を成しているのは、母屋の北向きの壁で、そこに窓はない。その壁の屋根の庇《ひさし》部分に防犯カメラが設置されている。黒く、特にこうした闇の中ではまったく目立たない。

　侵入者を対象とした時、防犯カメラの見せ方には二とおりの選択があるだろう。一つは、撮っているぞとアピールして抑止効果とする方法。ダミーカメラでもこれは有効だ。

　もう一つは、気づかれないようにこっそりと撮影して情報を得る方法。

　ここのカメラの設置意図は、後者ということだ。

「久しぶりに見るよ」

　法子が声をこぼす。

　先ほど通った美希風たちは無論のこと、法子もなにも気に留めなかったということだ。すでに壊されていたこの防犯カメラに。

　十数分前に法子自身が言っていたが、管理している者以外、これらのカメラは誰も意識していない存在だったのかもしれない。

　カメラまでの距離は三メートルほど。廊下からの明かりは、その少し先まで届いている。本来は、北東方向に向いているカメラだという。今はその向きが、ほぼ東側へとねじ曲げられていた。廊下側から力を加えればそうなるだろう。

「おりてみますね」

　美希風は告げた。

この一角で唯一《ゆいいつ》外とつながる空間である引き戸は、美希風たちの手ですでにあけられていた。庭は黒土で、廊下から一メートルほどまでは、やや大ぶりの砕石が疎《まば》らに撒《ま》かれていた。ただ、踏み石としてちょうど使いやすいようにだろう、大きな庭石が二つ配置されている。スリッパを脱ぎソックスのまま、美希風はそこに足をおろした。

二つの石を使って前へ進む。

前方は柔らかな黒土であり、美希風はしゃがみ込んで目を凝らしたが、足跡はおろか、不自然な様子はまったくなかった。左手には菊が植えられ、少しだけ花びらが散っていた。防犯カメラから向こうも、デイジーのような小花が敷き詰められるように咲いている。

仮に地面に立って腕をのばしても、美希風のように百七十センチ少々の身長では、防犯カメラまでは届かない。カメラを殴りつけるためには、精一杯ジャンプしてバレーボールのアタックの要領が必要になるだろう。もちろん、そんなことをした痕跡は地面には一切ないが。それに、カメラを叩き壊すためには鈍器が必要だ。

観察して、美希風はそれに気がついた。

茎がかなり長い菊を支える緑色のポールの一本が、不自然だった。他のポールをまとめている紐《ひも》からは外れて、花々に寄りかかっているだけに見える。なにか、別の用途に使われたのではないか。地面を見ると、それが明らかになった。

ポールが本来刺さっていたのであろう場所には穴が残っている。その近くに、そのポールは浅く差し込まれているだけなのだった。ポールの一番下には、元の土がまだかすかに残っている。そして……。

「どうやら、この園芸用の支柱、ポールでカメラを壊したようですね」

「見せてみて」

法子に言われ、美希風はハンカチを巻いた手でポールを持ちあげた。つい、現役の捜査官に依頼されたような反応をしてしまってから、美希風は、法子が刑事ではないのを思い出した。

――しかし。

仕方がない。差し障《さわ》りのあることでもないだろう。

「ちょうど二ヶ所、傷がついています」

二人の女性の前に、美希風は、二メートルほどのポールを差し出した。土が残っているほうの先端だ。緑色の塗装も剝がれ、へこみとなっている部分が見て取れる。

エリザベスと法子は、得心の色を浮かべ、

「何者かは、その棒の土のないきれいな側を持って防犯カメラに叩きつけたわけだ」と法子が言った。

美希風がそのようにしてみると、ちょうどうまいこと防犯カメラまで届き、叩く役にも立つことが判った。

「細心だな」エリザベスが言った。「その意味するところは、これも犯罪行為の一部だということだろう。脅迫状の送り主と同一犯だな」

「まず、間違いなく」

応えつつ、美希風は、ポールを発見時の状態に戻した。

ここでの犯人の動きは、合理的で自然だ。足跡を残してカメラの下まで行くことはしなかった。そうしたところで破壊するための道具は必要なのだから、辺りを見回してみる。樹脂製の、手頃な太さと長さのポールは目に入る。それを使えば、庭石の上にいるままでカメラに届くのだから、足跡を残す必要がない。足跡を均《なら》すために土まみれになることもないわけだ。

冷静であれば誰でも取る行動だろう。

感じ取れるのは、咄嗟《とっさ》の行動だったようであることと、犯人には時間的余裕がなかったのだろうということ。……これもまた当然だ。家人が複数いる邸宅で、犯人は真っ昼間に行動していたのだから。

廊下に戻った美希風に、法子は声をかけた。

「動機だな。犯人はなぜ、ここの防犯カメラを壊したのか」

奥のギャラリーとの間を往復する姿を映像に留《とど》めたくなかったから、としか美希風には思えなかった。

タイプライターが置かれている部屋へ往復する姿を。

「十一時四十分頃？　ああ、私はこの廊下を歩きましたよ」

安堂光矢は、美希風、エリザベスと共に集会ホールのほうへと廊下を進んでいた。防犯カメラをチェックする時に利用した引き戸は、すでに通りすぎている。もっと手前には、母屋の西側につながる廊下もある。

「この先のギャラリーに行ったのです」と答える声は、あっさりとさえしていた。

身長は美希風とさほど変わらないながら、体付きがどっしりしている。年齢は六十前後のはずだが、そんな歳《とし》には見えない。黒々とした眉の下の両眼《りょうがん》は、圧するような決断力の輝きや、酷薄なほどの専横《せんおう》の威光すらすぐに浮かべることができそうだった。言葉づかいは礼儀に適《かな》っているが、声質が重々しい。常に、立場が上の者のような響きを持っている。

美希風はつい、光矢の鼻を意識して見てしまった。曲がってはいなかったし、古傷もなく、きれいなものだった。

壊されていた防犯カメラを調べてから、美希風たちは、脅迫状出現後の皆の動きを光深から聞き取った。その内容を、残っていた映像と照合しながら。

時刻は十一時十五分。集会ホールや奥のギャラリーがある北側の一角から歩いて来る一同の姿が映っている。累を先頭に、翠、千理愛《ちりあ》、光矢と続き、少し遅れて葬儀会社の二人と光深が現われる。捜査が始まるはずなので、式の進行は中止し、葬儀社の男たちは社へ引きあげることが光深との間で話し合われたのだ。この数分後に、スマートフォンを仕舞いながら滉二も現われる。警察への通報、報告をしていたのだ。脅迫状を見つけた当人だということでその役を任《まか》された。家政婦の酒田はこの時間帯、キッチンかダイニングにいたらしい。

次に人の姿が映るのが、安堂光矢。十一時四十分に、北側エリアに向かう廊下を進んで行く。その六分後、カメラは破壊され、録画機能を失う。

現在時刻は十九時五十九分。光深は、防犯カメラの映像を記録しているＨＤ《ハードディスク》そのものも警察に渡して精査してもらおうと判断していた。そのため、今は、翠と法子で映像記録のコピーを取っているところだった。警察への通報は済ませてある。

酒田は、夕食はいつでもお出しできますがと、何人かに声をかけていたが、警察が到着するまでにも慌ただしい時間になるので食事どころではないと、光深が待ったをかけている。美希風たちが奥のギャラリーへ急いでいるのも、警察によって立入禁止にされることも危ぶんでの行動だった。

ただ、千理愛だけは、酒田がついてなにかを食べさせてやることになっている。

「光矢さん。こちらのギャラリーに行かれた理由をお伺いしてよろしいですか？」

「そっちが捜査する側にいるような訊かれ方だが、まあいいでしょう。そちらの女性は検死官だそうだから、場数を踏んでいるのでしょうしね。……脅迫状発見後、母が息を引き取った部屋などを検《あらた》めてみたのは知っているのですね？」

「はい」

美希風たちは、集会ホールの扉前を通りすぎていた。東西方向に長いホール。戸口の反対である西側に祭壇がある。

廊下をそのまま北に進むと、正面に、奥のギャラリーの入口が待っている。

「私も気を配ってみたが、特に気づくこともなかった。それで、皆に言い置いて、このギャラリーを見に行くことにしたのですよ。ここに置かれているタイプライターが脅迫文を打つのに使われたのは、まず間違いなかったのですから」

光矢がドアをあけ、美希風とエリザベスは中に入った。

扉から見て右側、東側に長い洋間だった。広さは十畳を超えるほどだろうか。ギャラリーと呼ばれているだけあって、博物館めいた展示室の趣がある。

美希風がすぐに目を引かれたのは、北側の壁に並ぶ船舶模型だった。一抱《ひとかか》えある大きさの物が、それぞれアクリルケースにおさまっている。

「これは……、安堂家の海運業の……？」

「そうですよ、南さん。所有していた船です。右にいくに従って新しくなります。最初のは、荷役装置もない初期の貨物船ですね」

大型の漁船をさらに細長くしたような船形だ。甲板《かんぱん》の面積は広い。

「次は、コンテナ船の前のタイプ。パレットに載せた荷物を上げ下ろしするパレット船です」

船上のクレーンで、荷を積んだパレットを移動させている場面が再現されている。

「しかし安堂の海運部門の活況は、昭和五十年代に減速していきました。今では、海洋環境整備や漁場開発セクションにその名残がある程度ですね」

精密なプラモデルがあれば食指《しょくし》が動きそうだな、などと空想も働く美希風だが、今はとにかくタイプライターだ。

体を反転させた。

「それに代わってと言いますか、文具や事務機器で成長を遂げていくのですよね」

南側の壁にタイプライターが並んでいる。

見たこともない大きな機種が、すぐに目に留まった。タイプライターというより、ミシンや編み機を美希風は連想した。灰色のボディが奥にあり、手前には、何千とも思える活字が密集していると見えた。

「和文タイプライターですよ」光矢が解説する。「キーを打てば迅速に文章が打てるというものではありません。キー操作で活字を選び出すといった装置です」

エリザベスも興味を示していた。

「ひらがなに漢字……。日本語として使う文字のすべてを揃えなければならないわけか。揃えようとしている」

「アルファベットを揃えればいい欧文タイプライターと同じ構造は、日本語では無理ですね」

光矢はそう説明しつつ、隣の欧文タイプライターを指差していた。これはもう、美希風がイメージする、クラシックな手動式タイプライターそのものだった。ワープロ程度の大きさ。黒いボディ。円盤形のキーが並んでいる。

美希風は言った。

「和文タイプライターというのは、写植現場で使う機械でしょうかね」

「専門職としての印刷になるでしょう。どう見ても、個人向きではないですね。ワードプロセッサが登場すると、急速に駆逐されていきました。それで……」口調を改め、光矢は隣へ移動した。「これが渦中のタイプライターですよ」

それは、欧文タイプライターとよく似ている。一目で判る違いは、色だった。薄く緑色の入った、明るいグレーである。

脅迫状や、遺書とされる文章を打ったタイプ。

「祖父母の代が製造したカナ文字タイプライターで、〝ドラブレイト〟式と名付けられています。ドラブレイトとは、植物のあすなろの学名の一部を活《い》かしたものですよ」

美希風は、キーに注目した。横に十と少々の円盤形のキーが並び、それが縦に四列ある。

一番上の列は、主に数字のキーのようだ。左から、２、３、４……と並んでいる。しかし一つのキーで二文字に対応するようで、２のすぐ下にはフ、３にはアと印されている。

光矢が察して言う。

「どちらの文字を印字するかは、シフトさせて選ぶのです。キーの配列は、標準的なQWERTY《クワーティ》配列と変わりありません。この機種で特色としたのは、まずはフォントですね。カタカナに、ひらがなをイメージさせるような柔らかみを与えたのです。それと、もちろんこの色。この時代、タイプライターといえばボディは黒でした。しかし、タイピストといえば女性のイメージでしょう。早打ちのタイピストは女性の憧れであり、有能な秘書の象徴でもあった。その誇りを満たし、女性を引き寄せるためにも、こうしたカラーもいいだろうという発想だったらしい」

「なるほど」と、エリザベスは感想を口にした。「黒一色より可愛らしさがあるな。当時なら、ずいぶんとおしゃれだろう」

「残念ながらそれほどは売れなかった。タイプライターの市場そのものが拡大しなかったので」

「警察は、これを調べていったのですね？」

肝心の点へと美希風は話を進めた。

「指紋は検出されなかったということです。使い方を教わって、刑事が実際に文字を打ち出し、印字の一致を確かめましたね。脅迫状や遺書は、これで打たれたものです。先ほど言ったように、フォントが特徴的ですから、見分けはすぐにつく。さらに言えば、カナを打てるタイプライターは、うちではこれだけですよ。同機種は他に、東京のタイプライター協会の資料館に保管されている物だけになります」

「使い方を教えていただけますか」

美希風は集中力のギアをあげた。

「印字したい紙は、ローラーの向こうに上から差し込みます」

脇にあった、ごく普通のプリント用紙を手にして、光矢は差し入れる真似だけをする。

「このハンドルを回して紙を送る」

回転するローラーのこちら側に、用紙がせりあがってくることになるようだ。

「書き出したい場所で固定し、キーを打つ。するとこのアームが梃子《てこ》の原理で跳ね、先端にある活字部分、ヘッドが紙に当たる」

アームは概《おおむ》ね見えている。扇形に広がるようにセットされ、その中心点が、打刻される場所になる。

「ヘッドと紙の間には、インクリボンが左右に渡されていて、そのインクを紙に打ちつけることになる。一字ごとにリボンも移動し、新しいインク面で打てるわけだ」

「今は、インクリボンは外されているようだね」エリザベスは、タイプライターに馴染みがあるようだ。

「それは警察が回収しましたよ」

「待ってください」美希風は、理解できたところで次の着眼点を得た。「すると、インクリボンには、打った文字が残りますね？　そういえば、光深さんが、インクリボンに同文が残っていたとおっしゃってました。このことですね……」

「インクリボンはカーボン紙と同じと考えていいでしょう」光矢は言う。「リボンのほうでは、打たれた文字の跡が薄くなっています。これを知って警察も様子を知りたがったので、我々がリボン部分を取り出しました。ちょっとした手順とコツが必要なので。それで、使用した部分のリボンを巻き出した」

昔の、録音用オープンリールテープを知っているか、と問われ、美希風が見たことはあると答えると、

「ああいう感じをイメージしてほしい。円盤状のリールの軸に、インクリボンが巻き取られて移動していくわけです。左右の円盤部分をスプールと言います」

ここで光矢は思い出したらしい。

「そうだ。現物があったのだった。あるはずだ……」

一番上の抽斗《ひきだし》に、それが二箱あった。その一つを手に取って少しあけ、光矢は中身を見せ

てくれる。録音用リールよりはもちろん小さいが、思っていたよりも大きな一対の円盤——スプールがあった。

「これを左右にセットするわけです」

用紙の前に、長さ数センチでインクリボンが渡ることになるようだ。

「まあそうしたわけで、巻き取られていたリボンを引き出してみた。そこには、遺書と見られている文面だけが残されていたのですよ」

「ほう、そうですか。あれだけが……」

美希風は、頭を高速で回転させた。

「すると、常識的に考えれば大きく二つのケースが想定できるのですね。まず、遺書が本物の場合。三、四日前、まだ動けた朱海さんはここへ来た。インクリボンはちょうど使い切っていたのか、新しいのをセットした。そして遺書を打つ。その後で、タイプライターをきれいに拭いた」

「母は、屋内でもほぼ常時、手袋をしていましたがね」

「そうでしたか」

「指を保護し、まあ、関節の変形を隠す意味もあったろう。入浴以外では就寝時にもしていたよ。黒い手袋をね」

「ご丁寧な説明、ありがとうございます。ちなみに、この三、四日の間、このタイプライターを使ったと申し出る人はいたのですか？」

「いませんね。父も、もうしばらく使っていないということでした。酒田——家政婦ですが、彼女も、この部屋やタイプの掃除は、ここ数日はしていないと言ってました」

「するともう一つは、犯人が使ったケース。ここ数日のうちの出来事になります。脅迫状を打った段階で最初のインクリボンは捨て去った。そして新しいインクリボンで偽造遺書を書きあげた。そしてタイプライターから指紋を拭い去る。手袋はしていたかもしれませんが」

ここで、エリザベスが指摘をする。

「どちらのケースでも、使い終わったインクリボンが残っているはずだが。捨てられて」

「警察もそれは調べました」光矢はそう応じた。「しかしインクリボンはなかった」

示されたゴミ箱を、美希風とエリザベスは覗いたが、なにもないきれいな状態だった。

「おかしいですね」美希風は、もう一度呟いた。「おかしい……」

「かなり変か？」エリザベスが美希風に訊いた。

「不可解にはなりますよ。朱海さんがインクリボンを使い切ったのなら、それは普通に捨てられているはず。……光矢さん。お母様は、インクリボンはそのゴミ箱に捨てていたのですよね？」

「そのはずですよ。分別は酒田がするので」

「それなのに今回だけ、目につかないような処分の仕方をするというのは解《げ》せない。普通じやない」

「つまりそれは、遺書の文面を書いたのは朱海さんではないということだろう」エリザベスの口調には確信がある。「タイプを使った画策をしていた犯人が、不都合があったのでインクリボンを消し去ったのさ」

「僕もそう思います。しかしそうなると、次の疑問が持ちあがる。なぜ、処分する必要があったのか？　朱海さんが遺書作成にタイプライターを使っていないのなら、最近これを使ったのは犯人だけのはず。偽造遺書の前に書いたのは、脅迫状でしょう。しかし、今回の脅迫状は複数の相手に見せつけるものだし、事実そうなっている。文章の内容を隠す必要も、このタイプライターが使われたことを隠す理由もない。それなのに……？　まったく別の理由があったのですかね？　物理的な痕跡とか……」

「そこまで突き詰めて思案したわけではないですが、私も、インクリボンがないのは不自然と感じた」光矢はそう説明する。「それで、十一時四十分頃に、ここをもう一度見に来たのです。ゴミ箱以外にも、使用済みの消耗品をついどこかに置いたりしていないか、とね。どこからも見つからなかったですよ」

「わたしたちも、点検してみていいかな？」

秘めた眼光を向けるエリザベスに、光矢は薄く微笑して見せた。

「慎重で、いい姿勢ですな。ご存分に」

抽斗をあけたりして観察し始めるエリザベスの傍ら、美希風も、辺りを広く見回した。

〝ドラブレイト〟式タイプライターの左側には、ごく平均的なA４のプリント用紙が十枚ほど用意されている。さらにその左には、ギリシア十字架が印された弔事用の紙が数十枚。その隣が、プリンターに接続されているパソコンだ。

安堂朱海が最近愛用していたのが、〝ドラブレイト〟式タイプライターであることは見て判った。椅子の置かれている席の周辺には、三つの写真立てがある。写っているのは、娘や孫。他には、なにかのグループ仲間であろう婦人たち。薬用のハンドクリームがあり、老眼鏡より大きく見るためだろう、おしゃれなデザインの拡大鏡もある。

安堂家オリジナルの弔事用紙に目を留めていると、光矢が日常語りの口振りで、

「それにプリントするような文面はまだ決まっていないので、誰もいじっていないはずですよ。パソコンもね。しかし、この紙をタイプに使うという発想はなかったな」

「タイプライターにカバーはないのですか？」思いついて美希風は尋ねた。

「ああ……、あることはあるね。しかし、使うことはほぼないよ。何ヶ月も使わない時でも、カバーをしようとはしない。デスクトップパソコンと同じような感覚だな」

「なるほど」美希風は、追加の質問を思いついた。「インクリボンですが、未使用の品が二つありました。在庫数を照合できるリストなどありますかね？」

「それは無理だな」光矢は躊躇《ちゅうちょ》なく断じた。「母がどれぐらいのペースでインクリボンを消

耗していたのか、何個使ったのかは母しか知らないはずですよ。何ヶ月も前のレシートが見つかったとしても意味はない。もちろん、他の者に訊いてみるのもいいでしょうが」

「判りました。……それで、光矢さんは、ここを見回って何分後ぐらいに出たのですか？」

「時間は気にしていなかったのでね。十分か十五分程度だろうと答えられるだけです。カメラは十一時四十六分で止まっていて、廊下を引き返す私の姿は映っていないのですね？」

逆に尋ねてきた。

そうですと応じると、考え深げになり、

「犯人とはぎりぎり接触しなかったわけか。しかしそいつは確実に動いている」それを改めて実感したという重苦しさが表情を覆った。「そいつに、母はやはり殺されたのかな……？」

3

どこか、身の程知らずの敵を見据える眼光にもなっている光矢に、美希風は尋ねた。

「引き返される時、もちろん、防犯カメラの異変には気づかれませんでしたね？　私たちもそうですし」

「ああ。まったくの盲点ですね。意識に浮かばなかった。こんな事件が起こっていても。……しかしいったい、犯人はなぜカメラを壊した？　自分の姿を映したくなかったわけではないでしょう。廊下を歩いていても問題などない人間しか、ここにはいないのですから。すると、行動を映したくなかったということになるのでしょうね。見られるとまずい、なにかをしようとしていた」

「なんだと思う、あなたは？」エリザベスが訊いた。

「う……ん。タイプライターを使う必要があり、それを隠したかったのかもしれないですが、室内が映し出されるわけではない。このギャラリーへの出入りすら知られたくなかったのか？」

どう思う？　という目を向けられた美希風は、まずは彼に確認した。北側エリアも捉えているあの防犯カメラがどこまで映しているのかは、光矢はうろ覚えだという。カメラを設置した当初、一、二回見た記憶があるだけだからだ。

「まず画面右側には、庭とその奥の林が映っていますが、こちらにはなんの異変も映っていませんでした」

美希風は、建物のそちらに足を進めていた。東側だけに窓がある。そのすぐ外には大きめの池があり、多少の涼しさを演出している。

「まず常識的に判断して、屋外ではなく、建物の中の行動が、犯人にとっては問題だったのでしょう」

「でしょうな」と、光矢。

室内の探索を終えていたエリザベスも、美希風の話に注意を向けている。

「東西方向の廊下は、集会ホールのある北側へと曲がる所までは映っています。そこから先は死角です。すると、奥へ向かった者がギャラリーへ行ったのか集会ホールへ行ったのかは特定できません。それは、ギャラリーには入ってもいないと証言しても、否定されないということです」

エリザベスが言った。

「集会ホールへ行っただけだと供述すればいいのだな」

「はい。今日は葬儀の最中なのですから、集会ホールへ出向くことにはなんの不思議もありません。理由はなんとでもつけることができ、不自然さはどこにもない。まして、脅迫状の出現で、自分たちで調べようという動きまであるのですから。何人もが北側エリアへ行くでしょう。その中に紛れるのですから、犯人の容疑が特に濃くなるわけではないのです。そして仮に、このギャラリーに出入りした人が疑われることになっても、すでに二人の容疑者がいる」

「その一人はもしかすると……」光矢の目は、微妙に窄《すぼ》められた。「私ですかね」

「そうなります」

「もう一人は？」

「滉二さんですね」

「……ん？」光矢は考えが追いつかないようだった。

「脅迫状への対応を協議して皆さんが集会ホールを後にした時、数分遅れて最後尾になったようです」

「ああ……。その数分間で実はこのギャラリーに来ていて、なにかを……偽造遺書をタイプしていたとも見えてしまう」

「そのように、すでに容疑は散っていますから、犯人の姿が映っていても特に際立つものではないはずです」

「まさにそうだ。私の少し後にも、酒田が集会ホールへ行ったはずですよ」

「そうなのでしょうね。それも当然有り得るでしょう。そうして複数の人が行き来しているのに、無理をしてでも自分だけの姿はカメラに記憶させせないという理由があるでしょうか？」

「いや……。単純に、とにかく映らないほうがいいと判断したのではないかな。小心なまでの安全策ですよ。映っていなければ、『私は奥のギャラリーにはまったく近付いていない』という主張をでき、偽りとも実証できないのだから」

「そうした慎重派の人が、カメラを壊す行動のほうを選択するでしょうか？」

光矢は言葉に詰まった。

「昼間の庭に出て、棒を振るってカメラを壊す。しかもその場所は、人の行き来が当然予想される、北側エリアとつながる廊下の脇なのです。目撃される危険は低くはなく、そうなったら言い訳のしようもありません。比べれば、他の人々と同様に平然と廊下を歩く姿を見せるほうが、リスクは回避されると思いますが」

「平然と歩けないのではないか？」エリザベスの発想が出された。「隠しようもないなにかを持っているか、そうした姿になっている」

「それです」美希風は結論めくように言った。「現段階では、犯人が急遽動いて隠そうとしているのは偽造遺書に関することだと、私は推測しています。破られて発見された遺書は、二つに折られていました。二つ折りにしたA４の紙でしたら、服の内側のどこにでも隠せます。これだけなら、平然と歩けますね。とすると、それとは違うなにかなのだろうか……。大きな物。まさか、そのタイプライターとか……」

光矢は、喉に絡むような失笑をこぼし、首を大きく横に振る。

「仮定の例示にしても、それはあまりにも不合理ですな、南さん。タイプライターというのはけっこう重たいのですよ。これを移動させる？　しかも、持ち帰って来ていることになるのだから長い廊下を往復です。絶対に発覚しそうですね。移動させるならば紙のほうでしょう。百パーセントの常識だ」

「それはそうですね」美希風は、柔らかく苦笑している。「それ以外に、この部屋からなくなっている物はありませんか、光矢さん？」

光矢はちょっと驚いた気配を見せた。新たな集中力が必要だったとでもいえようか。今までとはまったく違う目になり、室内を見回し始めている。

「なにかがなくなっているという印象はないですね。しかし私は、ここへはほとんど出入りしない。父か酒田に尋ねるのがいいでしょう」

「後は、集会ホール」美希風は言う。「あちらからも、紛失している物がないかどうかを……」

「なるほど」と、光矢は頷く。「それも、全員の記憶を突き合わせてみるのがよさそうですな」

ドアへ向かっていた彼は、安堂家がかつて抱えていた貨物船のモデルへ目を向けていた。

「海運業を営んでいた一族と言いながら、海外へ渡った者がいないというのは、ある意味、情けない過去かと時々思います」

「奇妙な悲運のことは聞いている」エリザベスがそう声をかけた。「あなたには、ギリシアへの渡航意欲はないのかな、光矢さん。ビジネスでも海外には出ないのか？」

光矢は足を止めた。

「ギリシア……。観光にはいいかもしれませんね。老後に時間があれば行くかもしれません。しかしそれは、時を隔てた望郷の念などとは無縁です。海外との仕事は、部下を行かせるかテレワークで済みますよ。……先祖たちが、渡航を阻むかのような危難に見舞われたり命を落としたりしたことは、気にならないわけではありません。それが自分の弱さなのかどうか、認めたくないところですが……。しかし我々のような立場に生まれついた者には、無駄な危険を回避する義務がある」

「それを簡潔に言い表わす日本語のことわざを知っている。君子危うきに近寄らず、だ。そうだろう？」

「的確です、キッドリッジさん」

褒《ほ》めた言葉とは裏腹に、光矢の目には奇妙な底光りがあった。

「しかしながら、そのことわざの君子に備わっている徳の高さなどは、私の言う意味には含まれません。むしろ、徳などなくていいのです。徳に反してもいい。欲することをしていい特性を持っているということです。勝者の階層として力を振るうのは義務であり、強者たちが特権的に恩恵を相互活用するのは権利なのです。それが先進性の土台なのですよ。人は、その役目にふさわしく生まれつくのです」

美希風が、朱海の席の写真立てに視線を注いでいることに、光矢は気がついたのかもしれない。

「徳というのなら、社会貢献活動をよくしていた母にそれを見る者は多いかもしれませんね。しかし、そのような活動は間違っている。思い違いをさせるし、義務を忘れさせますから。……ああ、キッドリッジさんは、母の福祉活動となにか付き合いがあるのでしたか？」

「後年の父が、少し」

「南さんは、臓器移植の支援に、母が……？」

「お母様を中心とした活動に助けられました」

「そうした医療はまた別でしょうが、支援の名のもとに、金を与えたり仕事を見繕ったりするのは――」

「それは誤りだ、と？」エリザベスは簡潔に尋ねる。

「そのこと自体ではなく、彼らを勘違いさせることが大きな罪なのです。その手の活動をしている者はこの表現を極端に嫌いますが、やっていることは〈施し〉です。現実を直視させなければ、あまりにも多くの庶民が馬力を発揮しない。施しは、社会機構の底辺を支える義務を放棄する怠惰につながる」

光矢はそれでも、寛容なところを見せるような表情を作る。

「支援をチャンスにして世に出た者もいる、と？　稀《まれ》にいて、目立つかもしれません。偶発的な成り上がり、とでも言うのでしょうか。そうした者は、生得的に役割分担されたカテゴリーの中、たまさかのチャンスを得てランクアップした気になっている。しかし結局、大きな反動で大変な傷を受け、ふさわしい枠組みに戻るだけです。それが、社会秩序の浸透圧です。そこを無視して俗世の仕組みを混乱させ、無駄な流動に可能性の幻を見るようなそんな愚行に、安堂家が生み出している資産を投じていいものでしょうか」

「総資産は、膨大なのだろうな」と、エリザベス。

「ええ。大変なものです」

通常の笑い以上に光矢の目は細められており、その隙間からは、なにを読み取ればいいのか判らないほどだった。

「その莫大《ばくだい》な資産を、親父《おやじ》一人の背《せ》が堰き止めています。老いさらばえて、あの青銅色めいた顔色ですが、彼は、安堂グループというオリンポス山に今なお君臨する、ブロンズのゼウスなんですよ。その父の判断基準も、私と同じはずです。母がいなくなった今、社会貢献活動に注《つ》ぎ込まれていた一族の利益は、順次引きあげられて、正常な姿に復するでしょう」

表情の見当たらない顔で、目がまた細められた。

「もちろん、複数の福祉活動からのあからさまな撤退は、世間の批判を浴びて得策でないのは明らかです。それこそ、君子危うきに近寄らず、ですよ。そうした危うさこそ、避けるべきなのです。注目を浴びないように、活動組織は徐々に閉鎖されていくでしょうね」

光矢は戸口に向かって歩き始め、美希風はその背中に言った。

「支援組織の世話になった身としては、残念ですね。私のように、命を助けられる被支援者も大勢いるでしょうから」

「命はねえ……」

先頭で廊下を歩きながら、光矢は、気詰まりそうな、苦い覚悟を味わうような声になる。

「倫理的な話では埒が明かないので、本音を言ってしまいましょう。お二人の知性の、懐《ふところ》の深さを信じましてね。人命は地球よりも重い、などという建前を黄金律のようにするから駄目なのですよ。どの生命体の命も同じ、全体が未来へ進むために、個は減殺《げんさい》していくのです。機敏さがなく、群れからはぐれ、天敵に喰《く》われる周辺部の命がある。名もない貢献で命を捨てて巣を守る雑兵《ぞうひょう》がいる。人も同じ。ふさわしい役目のうちに減殺する命のほうが多いのです」

そうでしょう？　と同意を求めるような間《ま》があく。

「こうした実相を理解していながら器用ではない政治家は、よく失言をしていますね。弱者とされる階層の人々を敵に回す。不器用ですが、彼らは正しい。不用の用に冷淡にならなければ、国の舵《かじ》は取れませんよ」

エリザベスは、遺体を解剖する時のような、冷静で無感情な観察眼で光矢という男を眺めているようだった。

集会ホールの扉の前を三人は通りすぎていた。

そして美希風の頭には、奇妙な連想が浮かんできていた。安堂家オリジナルのタイプライター本体の色は、もう少し薄くなれば、代々の棺の色に似るだろう……。

美希風は口をひらいた。

「光矢さん。殺人などの罪にも軽重《けいちょう》は生じるのでしょうか、社会機構的に見た、雑兵と勝者の命によって？」この先を尋ねるのはさすがに酷かと思ったが、光矢の率直さが美希風の気持ちを押した。「娘さん……、夏摘さんの死や、そうした犯人に対する評価はどのようなものになります？」

「……人の命を故意に奪った者に対して、日本の法律はほぼ公平でしょう。裁きはそれに任《まか》せればいい。しかし詰まるところ、法律が扱う命の軽重も、国情や歴史的背景次第ではないですか。実情、実感として、女の命が男より何倍も軽い国もある。違いますか？　日本ではたまたま、万人に一律のようだ。ですので、相応に罰せられればいい。……しかし、罰せられないのは理不尽だ」

「ええ」

「夏摘はまだまだ未熟でもどかしかったが、将来には期待していましたよ。……若かった。私には拓矢《たくや》という息子がいますが、これは私以上に血気に逸《はや》る奴でして、重罪で無様《ぶざま》なことになっているのです。子供たちが揃って表舞台から消えてしまうとは、想像もしていなかった。どう嘆いていいのかも判らない。……殺人計画においては、犯人も命がけの闘争をしているはずです。息子と娘は、その加害者と被害者だ。そして、どちらも敗者なのだから情けない」

どんな手段を使ってでも勝ち残るというのが安堂光矢の人生訓であろうことは、訊くまでもないようだった。

4

玄関ホールに近付くと、複数の人間の動きを感じさせるざわめきがあった。廊下を曲がると、もう一人の私服と共に、紺藤平吉《こんどうへいきち》巡査部長の顔が見えた。すでに警察が到着していたようだ。

美希風は会釈を送ったが、紺藤の、素朴な少年っぽさすら残る顔には、ちょっと気まずそうな色が見え隠れしていた。その原因は、部屋の中から響いてくる怒鳴り声にあるようだ。ドアが半ばひらいているのは、防犯カメラのハードディスクがある部屋だった。怒鳴っているとはいっても、その主は高齢の光深なので、声量があるわけではない。しかし、背中を這《は》いのぼる濃い霧のような、冷え冷えとした迫力がある。

「私に法律を説くのかね、この私に法律を。大藤《おおふじ》くん？」

「そうではありません」

毅然《きぜん》としてはいるが、堅苦しさが喉に詰まりそうな声だった。紺藤の上役である刑事なのだろう。

「遺族の協力を得るためにも」興奮が体にいいわけもなく、光深は言葉を途切らせながら肺を動かしている様子だ。「強権的な融通のなさは、捨てたほうがよい」

「元々、そのような――」

「杓子定規《しゃくしじょうぎ》で非効率的。令状がない以上は、招くゲストを選ぶ権利が、この安堂家にはある。ここは安堂家だ。君たちは今、半ばゲストであり、こちらからの要請で動いた。私はこうしているのも息が切れる。長々と付き合っておれんのだ。鳴沢《なるさわ》くんたちと一度に……まとめて動きたまえ」

「光深氏が常にお相手くださらなくても……」

「一日の内に、同じことを言わなければならない相手というのは、聡明《そうめい》なのかね？　君たちが無能でなければ、夏摘の事件は、未解決ではないのではないか？」

美希風は、光矢にそっと希望を伝えた。

「破られた遺書が見つかったゴミ箱とその周辺も、見ておきたいのですが」

警察によって行動制限がかかる前に、動けるだけは動きたい。

ではこちらに、という手振りをして光矢が足を進める。部屋の前を通りすぎることになるが、その時エリザベスが、やや軽い調子で室内に声を投げかけた。

「光深さん。興奮は控えたほうがいい。本職としてわたしは働きたくないのでね。いずれにしろ、管轄外だが」

驚いた大藤がゆっくりと振り返っていた。体つきも顔の輪郭も四角い、四十代半ばの男だが、まなじりの鋭さはキャリア組を連想させた。

エリザベスのほうは、犬も食わないものをあしらう剽軽《ひょうきん》なオバサンめいた態度だった。美希風の見間違いでなければ、室内の男二人に、ウインクとは表現したくない、なだめつつ割り込みを謝罪する茶目っ気ある目配せをしたようである。

歩き始めると、光矢が小声で事情を説明しだした。

「脅迫状が見つかった時もそうだったのですよ。滉二が所轄署へ連絡したのですが、そんな手ぬるいことでは駄目だと、父が県警捜査一課に電話をかけ直したのです。一課を待って所轄も動け、と」

——それは無理だろう。

「捜査一課は、いわば殺人課」美希風は反射的に言っていた。「他殺体も出ていないのに動けないでしょう」

「その無理を、父は通そうとした。それで、警察の到着まではかなり時間がかかったのです。向こうも、検討、調整と大変だったでしょう。結局、組織ではなく、一課の警部鳴沢が個人でやって来ましたよ、所轄署と同行して。彼は、若い頃から父と面識があるのです。一課が今は事件を抱えていなかったからできたことでもあるでしょうけれどね」

捜査一課の出動要件など、元判事である光深は百も承知しているはずだ。それでも要望を突きつけるし、それを一部でも通してしまうのが安堂の家なのだろう。

真っ白なテーブルクロスが掛けられた大きな食卓をおさめたダイニングは、リビングルームと開放的につながっていた。キッチン側に近い席に、千理愛と家政婦の酒田がいた。すでに二人分の夕食の食器は片付けられていて、それなりに仲良くやっていたようだ。

酒田はすぐに立ちあがり、食事の準備ですね、という気配を見せるが、その動きを光矢は視線で制した。

「こちらの二人に、遺書発見の経緯を話してやってくれ。他にも、訊かれたことには正確に答えて、協力するように」

光矢は、警官たちの様子を見てこようと言ってその場を離れた。

酒田チカは、実際は四十をすぎた程度の年齢だろう。しかしもっと年かさに見える。家事の疲労がそこに表われているかのように、顔の皮膚は乾き、目尻の皺も現われ始めている。とはいえ、倦怠《けんたい》感などは見えない。動きには無駄がなくスムーズで、家事は充分見事にこなしそうだった。

「このゴミ箱です」

ダイニングの隅にあるそれを、美希風たちと一緒に千理愛も覗き込んでいる。顎をさすって、「ふ〜む」と言いだしそうだった。

四角いゴミ箱で、内側がレジ袋で覆われ、一番上には丸められた紙くずが二つ三つ見えている。

「遺書を見つけた時のままです。警察の人も一応検《あらた》めたので、中身は多少動きましたけど」

語り口は控えめだった。よくできた女執事というよりは、前に出すぎない使用人としての挙措《きよそ》が骨の髄《ずい》まで染み込んでいると感じられた。やや封建的なほどに年季のある、職場に強いられた地味さともいえる。

「まずは、脅迫状ですが」美希風は切りだした。「そんなものが見つかって驚かれたでしょうね。それから、家族での調査が始まった」

「驚きました。文章の中身が、夏摘さんの遺体と一緒に犯人が残したものと関連づけられますよね？　犯罪が終わっていないと感じられて、ぞっとしました。恐ろしかったものですから、大奥様が亡くなった部屋を皆さんが調べている時、わたしは後ろのほうでうろうろしているだけでした。そのうち、滉二さんにコーヒーを頼まれたりしてお世話をしました。それでキッチンへ戻った後です。警察の人たちにあれこれ探られて見回られる前に、きれいにしておいたほうがいいこともあるかもしれないと、このゴミ箱にも目をやったのです。すると、変な感じがしました」

「と言うと？」エリザベスが促す。

「一番上に載っているその紙くずはそのままという印象だったのですけれど、それが少し上のほうまできている……つまり、嵩《かさ》が増えているみたいだったのです。それで中を見てみますと、紙くずのすぐ下に、覚えのないちぎれた紙片が幾つもありました。それも、タイプ打ちされているものでしたから、光矢さんたちにお知らせしました」

「つまりこういうことだな」エリザベスが、聞き取った内容をまとめる。「犯人は一応、破いた遺書は見つからないように処分しようとした。それで、二、三ある紙くずを一度出して、破いた遺書を捨てた。そしてその上に紙くずを戻し、目につかないようにしたつもりだった。その時に、紙くずを元どおり押し込むことを疎《おろそ》かにした」

小さく、

「そのとおりだと思います」

と言って頷く酒田に、美希風は気になったことを尋ねた。

「覚えのない、とおっしゃいましたが、ここのゴミの内容を把握していたのですか？」

「たまたまです。朝、九時半ぐらいに、会葬者様たちへのお返しの品のサンプルを包んでいた紙を、わたしがこのゴミ箱に捨てたのです。それから十分ほどして、一緒にいた翠さんが、不用の送り状や挨拶状をまるめて、ゴミ箱へ捨てました」

「なるほど……」挨拶状などの紙くずを少し動かして、下の包装紙を見てからエリザベスは言った。「薄い茶色の包装紙の上に、ちぎられた白っぽい紙が載っていれば、そんなはずはないと気がつくな」

美希風は、時刻のほうに言及した。

「すると、破られた遺書がここへ捨てられたのは、九時四十分以降であるのは確かなようですね」

「ああ……そうなりますわね」

「発見なさった時刻は？」

「はっきりとはしないのですが、正午を五分か十分すぎていたと思います。皆さんで対応していると、間もなく警察の方々が到着しました」

「しかし……」懐疑的なエリザベスは、耳たぶをこするように引っ張った。「この犯人、本気で隠蔽しようとしたのか？　一見すれば、隠そうとした意図は持っていたように思える。だが、雑な仕事というか、間に合わせのというか……」

目を合わせてきたので、美希風は勘に従って応じた。

「やっつけ仕事、という言い回しはあります」

「それか。それだな。取りあえずの行動に思える。誰の目にも触れさせたくないのであれば、燃やせばいいだろうしな」

「でも、それは無理だったのかも」と声にしたのは千理愛で、美希風とエリザベスの視線を集めた。

問われる前に、少女は胸を張るようにして言った。

「お葬式が済むまでは、この家で火を使ってはいけないの」

続けて酒田が、しきたりになっていますね、と言及した。集会ホールのロウソクに火が点されないのはそのためだ。

「ですけど、厳格なものではないようです。光矢さんなど、喫煙しますから、ライターを使います」

――法子さんもそうだな。

それを美希風が口にすると、酒田はさらに、

「昔は、火を使わない不便さを強いて、身を以《もつ》て死者を悼《いた》んだのかもしれませんね。ですけど今は……」彼女はキッチンに、手を振り向けた。「電気のＩＨですから、煮炊きに不便はしません」

それでなおさら、形骸化しつつあるしきたりということなのだろう。

次に美希風は、早朝に朱海の死亡に気づいた時の皆の反応や行動を酒田から訊こうとしたが、千理愛の前で事細かくそれを話すことに躊躇を覚えた。

その少女と目を合わせた時、ふと、まったく違う言葉が浮かんできた。

「どうです、千理愛さん。私たちに、なにか見え始めましたか？　なにが見えるのです？」

「背中のほうにある、色のある空気よ」ごく普通に、少女は言う。「オーラだって言う友達もいる。でも、わたしの場合、色はなくて、白黒で視《み》えるの」

美希風の反応にも、半拍《はんぱく》の間があいた。

「絶対に視えるものじゃないんだね？」

「そうそう。本当は、視える人のほうがずっと少ないの」残念そうな、不思議そうな様子だ。

「それにずっと視えているのじゃなくて、波長が合った時に受信できる感じね。最初から視える人と、途中から視えてくる人がいるけど……」

「家族でもそうなのかな？」

エリザベスが尋ねたところで、ダイニングの戸口に光深と光矢の親子が姿を見せた。

光深は、報告しておこうという口振りで、

「壊された防犯カメラについての事情説明や、映像の受け渡しは、法子がやってくれている。所轄刑事は、あの場でしばらく留まるだろう」

まずひ孫に目をやり、老当主は一同を見回した。

「千理愛が視る、〝白《アスプロス》〟と〝黒《マヴロス》〟の話をしていたのか？」

美希風とエリザベスは、軽く息を止めた。光深からこの単語が出てくるとは意外な気がした。

「ご家庭の中でも使っている言葉だったのですか……」

「以前からだ、南さん。知っているようだが、マヴロスというのは黒を意味する。ただ、うちの家系での解釈には幅があるな。悪に染まりやすい気質とも言えるし、明確な敵と味方を作りやすく、そして敵には容赦しない独善的な才能の持ち主、とも言えるだろう。安堂の先代は私にそれを見いだし、この本家の血にそれが必要だと感じたのだ」

今さらながら、美希風は気がついた。〝列棺の室〟に保管されてきた棺には、直系の家族しか入れないという。配偶者は排除される。安堂朱海には棺が用意されているのだから、光深のほうが籍を入れたということになる。

訊いてみると、光深の親の代が、血縁としてはやや遠い分家筋であったという。

「朱海の父親は、娘以降の家系には〝黒《マヴロス》〟の素質が必要だと見なしていたのだ。元々、両者の気質が揃ってこそ、繁栄があると言い継がれていたのでね。義父の見立ては正しかったのかどうか……」

応えるでもなく、光矢が口にした。

「母の好きにはさせないよほどの対抗力がいなければ、安堂の富はどうなっていたかな。水清ければ魚棲《す》まず、だったかもしれない」

判事であった光深が自ら黒の素質と認めることに、美希風は、驚きと惑いを覚えていた。社会的な正義とされる職をまっとうしたという自負があるから口にできることなのかもしれない。

「私のその素質は、息子や孫に色濃く受け継がれたな」

「光矢大伯父《おじ》さんなんて、ほとんど真っ黒だよ」

評価の矢を遠慮なく放つ千理愛に、酒田は息を呑む。

「千理愛さん……！」

光矢当人は、細めた目に苦笑の陰を見せるだけだ。時々は言われていることなのだろう。また、マイナス評価や悪口《あっこう》とも感じていないのかもしれなかった。

「夏摘ちゃんは〝白《アスプロス》〟だった」千理愛は回顧口調になっている。「初めて見た白……。ほっとするし、綺麗《きれい》だった。でも時々、灰色っぽくなったり、天国へ行ってしまう前には黒いものが紛れ込んだりしていた。光深おじいちゃんたちが、仕事を押しつけてすごく疲れさせたり、いじめたりしたからよ」

酒田は一歩後ずさった。

「千理愛さん……!!」

光深と光矢はなにも言わない。

夏摘の家族関係を見ていたのは、千理愛がまだ六、七歳の頃までだろう。

エリザベスが興味を向けた。

「朱海さんには、白いのが見えたのかな?」

「朱海おばあ様は、よく見えないの。灰色って感じかもしれない」

「そうか。複雑なんだね」

千理愛は自分のペースと感じてきたようで、少し顎をあげた。

「変な脅迫状が出た時、〝黒《マヴロス》〟の動きだと思ったから、みんなが朱海おばあ様のご遺体の近くなんかを調べたりした後、わたし、SNSにアップしたの。〝黒《マヴロス》〟が勝ったからおばあ様が死んだわけではないと信じたい、って」

「千理愛さんが発信元だったのか」

美希風は意表を突かれ、それはエリザベスも同様で、微苦笑して目を合わせてくる。

「見る人は見てくれるよ」

そこへ、翠と累がやって来た。すぐに、美希風とエリザベスに向かって、メガネが落ちそうなほど深々と、翠は頭をさげた。

「ぜひお泊まりくださいなどとお誘いしながら、お食事も遅くなってしまい、申し訳ありません」

「事情が事情ですからかまいませんよ」

美希風が意に介さずに応じている傍らで、累が娘のことで酒田に尋ねていた。

「千理愛は、もう食べたのだね？」

「はい。残さず食べて、お皿洗いまで手伝ってくださいました」

「最後まで一緒にしたよ」

千理愛は満面の笑みだったが、それを霧消させるかのように、光深のしわがれた声がする。

「使用人と一緒にすることではない。家事の教育は母親がする」

「申し訳ありません……」酒田は表情を消して低頭する。

「母親が頼りなく見えるのかもしれないがな」

老当主をにらむようにした千理愛が、祖母へと視線を移した。話題を変えようとしたのか、自分の能力の話をまだしたかったのか。

「翠おばあちゃんは、白黒を視ることはできないけど、勘がとてもよくて、千理愛と似てるよね。普通と違う空気に敏感なの」

「そう？」軽く首を傾げて、翠は微笑みかける。

「お母さんは、そういう点、鈍感。でも、一生懸命お仕事して、家《うち》にいる時はすごく楽しい」

「そうね」

「普通と違う空気に敏感というと……」エリザベスが、翠と千理愛に話しかけた。「夏摘さんの埋葬の時、奇妙に張り詰めた空気を感じていたというのもそうか？　千理愛さんはその時なにか――」

言葉の途中で、千理愛は、

「あの時、わたしも感じてた。もやもやって、変に流れる空気。怒っているのか、悲しんでいるのか、焦っているのか……息が詰まるような気配よ。ほら、導火線っていうのに火が点いているのに、声を出せないような感じ。翠おばあちゃんと話して、同じだからびっくりしたけど、やっぱりそうだったんだって、答え合わせできたみたいで安心した」

それは、祖母から聞いたその手の話を、多感で想像力豊かな少女が自分のこととして再構築した記憶ではないのか。美希風はそんな風に想像した。だが、そのような分析をしても意味あることではないだろう。

だからこう尋ねた。

「今度の事件では、そのような異質な空気を感じる場面がありましたか？」

それはないと、翠は答えた。千理愛は首を横に倒して考えた後、残念そうに頭《かぶり》を振った。

ここで、少しやきもきしていた翠が光深に提案する。

「警察への対応もあるでしょうけど、交代で食事を摂《と》ってはどうでしょう」

「そうだな。さっそく、キッドリッジさんと南さんには席に着いてもらおう」

しかし美希風は辞退した。

「私は後にさせていただきたいです。警察に規制される前に、見て回りたい場所もありますので。キッドリッジさんはお好きなほうを」

しかし結局、どちらも選択できなかった。

警察本隊がやって来たのだ。鳴沢警部たち捜査一課と鑑識課のメンバーであり、捜索差押許可状と共に、安堂朱海は毒殺されていたという知らせをもたらした。

第四章　毒殺直後の夕《ゆう》べ

1

間違いなく各自の胸中を掻き乱したであろう事態の流れの中で、美希風にはこの言葉がなによりも強く記憶に残った。

喉の皮が震えるような乾いた笑い声を漏らしたのは光深《みつふか》だった。

「なんにしろ、あいつの死因が毒物というのだけは有り得んな、鳴沢くん。それにもしそうなら、犯人は私しかおらん。他の者にはできんよ」

その一言が発せられたのは、鳴沢たちが到着して十分も経たないうちだったろう。

彼らは、渦となった水流が動くかのように、すでにいた所轄の刑事や他の家族、法子《のりこ》たちも引き寄せつつ一気にダイニングに押し寄せていた。邸内の全員が、ダイニングとその外の廊下に詰め寄せた感があった。

鳴沢警部は高身長で、相当に大柄な男だった。肉付きもよく、顔にも丸みがある。人のいい営業マンにふさわしそうな面相だが、反面、気難しい柔道家の貌《かお》にもなれそうだった。

「防犯カメラに関してのお知らせ、ありがとうございました、光深さん。こちらへ駆けつける途中で聞きましたよ。壊されたカメラの現場には三人ほど回しました」

そう切りだしてから、彼は、捜索令状を提示しながら検死解剖の結果を告げたのだ。長期的に毒を盛られていた、と。死因は、毒による多臓器不全。

「ですので、このダイニングやキッチンの捜査に入ります。皆さんにはご不便をおかけしますが、しばらくは使用できません」

この後、光深の一言が飛び出したのだ。

「それはどういう意味でしょう、光深さん？」

鳴沢警部は冷静に返していた。

美希風も表面上は同じだったが、「毒殺犯なら自分しか有り得ない」という意の発言には、当然驚いていた。しかしさらに意外だったのは、家族が発言内容に一応の納得をしている点だった。

「鳴沢くん。あれと私は、この間《ま》では食事をしないのだ。調理も専用の場所でさせている。しっかり管理されていて、我々夫妻の食事に手を出せる者はいない」

「そのようなことをどうして？――立ち入ったことではあるでしょうが、ことは殺人の捜査ですので」

「いや、待ってくださいよ」と割って入ったのは滉二《こうじ》だった。「殺人とは穏やかでない。服毒にしても、自殺のセンは残るでしょう」

「長期にわたって毒を呑むという自殺は聞いたことがありませんな。それに、遺書とされていた文章は偽造と判断しました」

滉二は無言になったが、それが鳴沢警部を促した。

「破られて捨てられていた、タイプ打ちの遺書。拇印に使われたインクは、ご家族に教えていただいた三ヶ所——奥のギャラリー、談話室、滉二さんの書斎のどれかのものです。どれも同じメーカーのインクパッドで、同じ種類のものでした。そして拇印は、安堂朱海《あけみ》さんの右手親指のものと確認されました。この過程で被害者の親指を調べたわけですが、すると、指紋の稜線《りようせん》の隙間に、ごく微量ながらインクが見つかりました。さて、もしあれが本物の遺書であるなら、このように作成されたと仮定されますね」

鳴沢警部は、皆も何度か口に出した想定へと話を進める。

「被害者は、多少は動くことができた三日ほど前に、遺書を打ちあげた。それを枕元に隠したまま危篤状態に陥った。ですと当然、拇印を捺したのも三日以上前です。しかしこれが有り得ないことになったのです。被害者がいかに手袋をしたままで、ほとんど寝台の上にいるだけになったとしても、三日以上前のインクがあのように残り続けることはありません。インクは新しいものでしたしね。危篤状態だった病人が突然立ちあがり、死の数時間前に拇印つきの遺書を書きあげない限り、あのような痕跡にはならないのです。……そもそも、死の床にあった人が、息を引き取る直前に、隠してあった遺書を引っ張り出したという状況自体、医学的にかなり無理があるものでしたからね」

「医学的に同意する」そう発言したのは、無論、エリザベスだった。「わたしは法医学者だが、もちろん基礎医学はマスターしているからね」

「法医学者……？」

鳴沢警部の戸惑いに応えたのは法子だ。

「エリザベス・キッドリッジさんはアメリカの検死官で、検察庁と警察庁が合同で企画した国際シンポジウムに参加してから日本を回っているのです。そちらの南美希風さんと一緒に、日本各地で捜査協力しているそうですよ」

警部の顔には、二つの感情が混在した。ますますうさん臭そうに眉はひそめられたが、硬かった口元は、余計な容疑者ではないと判断したかのように多少の緩みを見せた。

「確認させて……いただきたいが、警部」エリザベスはここで、丁寧語をなんとか繰り出した。「偽装遺書を仕込んだ犯人の行動はこうなるのだろうか。遺書の文面をタイプした。それから、意識のない朱海さんの指を使って拇印を捺《お》した」

「意識がない、というより、死後でしょうな。偽造遺書からは、朱海さんの右手の指紋が十個ほど検出されました。偽装のベースとしては、これは正しいでしょう。拇印を捺すために、朱海さんは右手の手袋だけを脱ぎ、その時に、紙にも多少触れたという設定です。しかし、どの指紋も極めて薄いものでしかなかったのです。監察医と鑑識は、これは死後の指を接触させたからだと結論しました。死後数時間。明け方以降でしょうね」

エリザベスは同意と納得の面持ちで、今度は美希風が声にした。

「朱海さんが亡くなってから、犯人は遺書を偽装する必要に迫られたことになりますか。文面を打ち、家族の目を盗んで朱海さんの指紋を捺す。しかしそれをそのまま置いておくことはできなかった。なぜなら、朱海さんが亡くなっているのを確認した家族たち何人かがすでに、ベッド周辺を見ているからです。その時に遺書はなかった。そこで犯人は、遺書は用意されていたか、枕元に出されていたが、第一発見者が来る前にそれを何者かが隠し、破棄したのだ……と見せかけようとした」

これにエリザベスが付言した。

「ゴミ箱に捨てたように見せて、あれは見つけてもらいたがっている。本気の処分ではないと、皆で話し合ったよ」

「卓見に満ちた話し合いですな。そのとおり。遺書を、つまり自殺を隠蔽しようと画策した者がいるのだから、自殺は真実なのだとの強調を犯人は狙ったのでしょう」

鳴沢警部は、一同に視線を巡らせた。

「もう一つ鑑識結果を付け加えるなら、拇印のインクがかすかに、反対側にも転写していました。二つ折りにした時に重なる場所です。これはつまり、拇印を捺してから程なく、あの紙を二つ折りにしたということです。本物の遺書であれば、これもないでしょう。朱海夫人ご当人が、慌ててそのようなことをする理由はないからです。これは事実として、犯人が拇印を捺した後、急いで隠し持つために半分に折らなければならなかったことを示しているのです。このように、あれこれと策を弄して、自殺に見せかけようとした者がいるのは確実です。殺人としての捜査を進めなければなりません。脅迫状を見せつけ、防犯カメラを壊したりしているのは毒殺犯なのです。よろしいでしょうか、皆さん」

同意を得るというより押し黙らせる効果を生み出す語感の後、警部は、

「さて」と聴取を続けた。「そこで、先ほどの話です。光深さんと朱海さんご夫妻の食事は、他の皆さんとは別なのですか？」

次々と来る訪問者との長い対応で光深が疲労していると見たのか、翠《みどり》が答えた。

「昔からそうなのです。当主夫妻の別棟があるのです。小さなものですが。調理場も別になります。別棟というのも変なのですが、廊下でつながっている、この家屋の一部です。そこに、義父《ちち》の書斎や、義父母《ふぼ》の寝室などもあります。……義母《はは》は、長く病弱でしたから、病人食とわたしたち若い者の食事を区別しやすいこの慣習を、思いのほか有意義なものと考えているようでした」

「そちらのダイニングとキッチンこそ、重要な捜査対象かもしれませんな」鳴沢警部は当然の判断をくだした。「こちらも、無論調べさせてもらいますが。……その別棟というのはどちらに？」

ここで紺藤《こんどう》刑事が進み出る。

「そちらでの調理も家政婦の酒田さんがなさっていますし、案内してもらいながら聴取もできると思います」

よし、とその提言を受け入れた後、鳴沢警部は、

「光深さん。奥様は薬も服用なさっていましたね。それも提出していただきますので。では、皆様、ダイニングから出ていただきましょうか」

恐怖に似た緊迫感や不快さなど、それぞれの表情を見せながら全員がそれに従うと、鳴沢警部の指示のもと、鑑識課員の半数が、まさにリードを外された猟犬さながらに室内とキッチンに散っていった。残り半数と二、三名の私服は、酒田に案内されて廊下を離れて行く。

殺人の捜査活動に日常性を乱されながらも、一同の間では、どうにかして夕食を摂《と》るべきだという現実的な相談事も生じていた。キッチンが使えなくては、用意してあった料理も出せない。

ダイニングのすぐ隣のリビングも使用は遠慮してもらいたいという警察の要望もあった。こうなると、安堂邸とはいえ、この人数で会食できる場所は——集会ホールを除けば——談

話室しかないということになった。食事に関しては光矢《みつや》の判断で、通夜が中止になってキャンセルした仕出し屋から取ってやれ、ということになった。

累《るい》は、こめかみをさすりながらぼやいていた。

「昼食もばたばただったけど、今日は満足な食事にありつけないらしい……。葬儀じゃ仕方もないだろうけど、まさかこんなことまで……」

談話室は、リビングなどよりは玄関ホールに近く、朱海が息を引き取った部屋の隣室だった。

洋間には大きな机が置かれ、革張りの椅子が七脚で取り囲んでいる。まさに、ここで重要な来客と談話してもいいグレードの、一種の応接間であった。しかし奥には、パソコンや事務用品が載ったデスクもあり、実務的な一面も有している。

酒田も戻って来て全員揃ったので、食事の到着を待つ間に美希風は、改めての紹介と、脅迫状が出現して以来の各人の行動をまとめて聞かせてもらうことにした。

まずは、累。総じて表情や言動は控えめだが、メガネの奥の目は、リスクが最小の時に動けるタイミングを窺うことに長《た》けていそうだった。鋭い動きではなかったが、小雨の時に作動させているワイパーのように、目は右に左にと休みなくこまめに動いている。光深の孫。三十六歳。社長を務める新素材を扱う会社、〝安堂グループ・インダストリー〟の業務を語る時には、声も生き生きしていた。

「海上に流出したオイルを中和させるバクテリアも共同開発しました。地中で自然に分解する、自然に優しい生分解性《せいぶんかいせい》プラスチックなどは早くから扱っていて、今はもう、ストローまで脱プラスチックのご時世でしょう？　需要の拡大を充分見込めますよ」

社屋のある豊橋市内に自宅はある。

「廃棄プラスチックから航空機燃料が作り出せそうで、マーケットの大きさと特殊さ、プラント規模などを勘案して、独立会社にするべきなのかどうかを検討中ですね」

「陸海空を網羅《もうら》するお仕事になっているのですね」

美希風の言で改めてそのことに気がついた様子で、「面白い」とばかりに累は眉をあげた。

「そうなりますね。やり甲斐《がい》のあるスケールではあるでしょう。私は微力で、苦労の連続ですが」

「社長が、微力だなどと自己評価をくだすな」光深の声が刺さり込む。「実際そうだがな。いつまでも、手綱をコントロールしなければならない」

こうした高圧的な苦言などなかったかのように、法子が言葉の橋を架けていた。夫へ打ち寄せようとする悪い空気をさらりと通りすごさせるように。

「元は、夏摘《なつみ》さんが若いながら、副社長として引っ張っていた会社なんだ」

「実際、若すぎたよ」

と評したのは光矢だ。この際だとばかりに、若い時分から責任を負わせて叩きあげようとする光深のスパルタ的な子育てと経営哲学に対して、不服や疑念を投げつけた。

　空気が険しくなりかけたここでも、法子が、捜査会議の流れを正す中立的で気が利く刑事のように話を戻した。自己紹介によると、夫と同年齢の三十六歳。自分の前夜からのアリバイを率先して述べてくれた。

　彼女は、屋台としても即応できるワンボックスカーを所有して、料理のデリバリーやケータリングサービスをする仕事を軌道に乗せつつあった。彼女より少し若い女性一人を助手として使っている。昨夜は、長野市の南西に位置する大町《おおまち》市での仕事だった。引退した市議会議員である大口スポンサーの家で、創作料理を提供したのだ。駅前のビジネスホテルで一泊。翌朝は前夜の客の紹介で、地方の文化人たちを相手にした、パワーランチ風のちょっとしたパーティーである。下準備を終えた頃に、朱海の訃報が伝えられた。しかし仕事を投げ出すわけにはいかず、正午すぎまでかかって済ませると、車を飛ばした。途中、助手を家まで送り、帰宅したという流れである。

　礼を言ってから美希風は、〝列棺の室〟での動きなどを全員で再確認してもらった。脅迫状を発見した二人、滉二と累には、追加する情報はなかった。脅迫状は、集会ホールに持ち込まれ、酒田を除く全員が目を通した。葬儀社の職員が持参していた保管用ポリ袋に脅迫状はおさめられる。十一時十五分頃、集会ホールに最後まで残る形になって滉二が警察への通報をする。

「その時、奥のギャラリーへ行ったりはしませんでしたか？」

この美希風の問いは意味不明だったらしく、滉二は口を半ばひらいて、長い顎髭をだらんと垂らした。

「いえ、わざわざあっちに行く必要はないでしょう？　大事で慎重さを求められる通報なんですからね、集会ホールでじっくりと腰を据えましたよ」

「ありがとうございます。状況の整理のためです」

葬儀社の者を帰した一同は朱海の周りに集まり、触れないようにはしたが、遺体に不審な痕跡がないかなどを調べた。滉二が所轄に連絡したことを知った光深は、自ら捜査一課に連絡を取り始める。二十分すぎから、しばらくやり取りが続く。

朱海の私室などを調べるように言われた翠が、まず酒田に声をかけに行き、事態を知らせる。ここからは一同に酒田も合流。

ちなみに、光矢、滉二の兄弟は、それぞれ五十九歳、五十七歳で、翠は六十一歳とのことだった。しかし翠は年齢よりずっと若く見え、千理愛とは、祖母と孫だといわれても信じられないほどだった。

話し合った一同は、通夜は中止したほうがいいと判断する。光矢は奥のギャラリーも見て来るつもりで皆にそう伝えたが、しばらくは、中止に対応する準備に時間を取られる。滉二は、葬儀で流す自前のビデオ映像の内容を変更する必要――例えば、「本日、安らかに召された」などの音声メッセージなど——を感じ、書斎へと出向く。この時に、酒田は、コーヒーでも淹《い》れてくれと頼まれる。

「防犯カメラが壊されたのが、十一時四十六分です」

その時の各自の所在を明確にすることの重要性は、誰にでも理解できた。

千理愛が、はきはきと告げる。彼女は一人で、ゲスト用ギャラリーにこもっていたそうだ。玄関ホールの右手、東に位置する部屋で、〝あすなサンドロス〟の歴代の人気商品が陳列されている。週末の何度かに一回はこの家へ遊びに来る千理愛は、このゲスト用ギャラリーを使うことも少なくないという。勉強部屋代わりであり、文房具が好きな彼女は陳列品を眺めれば気分転換にもなる。ゲームをしている時もあるという。

問題の時間帯は、〝黒《マヴロス》〟が犯罪者として姿を現わしたのか、といった内容をグループサイト等に書き込んでいた。

光深と累は、光深が捜査一課と話をつけた後、この談話室で、通夜の中止をウェブや電話を使って主要関係者に周知させていった。その最中に、妻の法子から累に電話が入った。このやり取りの中で、脅迫状の写真を撮ったほうがいいとの意見が法子から出され、累がそれを実行する。〝列棺の室〟への出入りが記録されているはずの映像も、警察用にコピーしてはどうかとも、法子は言った。この通話時刻が、四十五分からの数分間だという。防犯カメラが壊された時刻と見事に重なることになる。

この点、もちろん法子も事実だと供述したし、各々《おのおの》がスマートフォンの通話履歴を見せもした。今のところ不動の事実であるようだし、娘の千理愛は、安心したというより当然でしょうという顔をしている。

「私はそれほど明確にはできないだろうなあ……」そう自己申告したのは滉二だった。「十一時五十分くらいの時は、コーヒーを持って来てくれた酒田さんが証人かもしれないけれど」

酒田は、滉二の書斎へコーヒー類を運ぶことはよくあるという。入ってすぐの場所に小卓があり、声をかけてそこへ置き、立ち去る。

「今回、お姿は見えませんでしたけれど、ちょうど、お礼を言われた滉二さんが一度窓をあけられたところでしたから、お部屋にいたことは間違いありません」と、酒田は証言した。

情報を追加したのは翠だ。朱海の私室などを調べに出向いた時、往復で二度、夫の書斎の前を通る。どちらの時も、調整中のビデオ映像の音声が漏れ聞こえていたという。

しかし一方、翠のアリバイは不成立の様相だった。

「四十分すぎぐらいの時に、婦人会代表の杉谷《すぎや》さんから電話はありましたけれどね。中止になったからいらっしゃらなくてもいいとお伝えしたのですが、脅迫状が見つかったからなどと理由をはっきり申せなかったものですから、結局押し切られてしまいました。あの方たちが来られることは、皆に伝えました」

翠はその後、五十分すぎぐらいに光深から電話を受け、防犯カメラ映像のコピーを取るために、装置のある部屋へ向かった。誰かに長時間姿を見られていたというようなアリバイはないわけだ。

光矢が、奥のギャラリーから戻って、〝列棺の室〟へ至る裏口まで足を運んだことは、当人の口から確認を取った。彼が他の人間の前に姿を現わすのは、正午の数分すぎである。これから程なく、酒田チカによって、ゴミ箱での発見が皆に伝えられる。

美希風は、次の確認事項に移った。

奥のギャラリーや集会ホールから、なにかなくなっている物がないか、移動された物がないか。この点、一同の記憶を検《あらた》めてもらった。

「あの、わたし……」酒田がおずおずと言い出した。「滉二さんにコーヒーをお出しした後、キッチンなどで少し時間を過ごしまして、それから集会ホールへ行きました」

「そのようですね」美希風は応じた。「そのようにお聞きしています。なにか理由があって？」

「いえ……特に理由というほどのものは……。脅迫状のようなものが見つかったりして、祭壇の前で気持ちを落ち着かせたかったのです」

しかしもちろん、ホールのなににも手をつけていないし、異変も感じなかったということである。

他の者も全員、奥のギャラリーや集会ホール、またはその廊下などで気になったものはなにもないという。

そうした事実確認がちょうど終わった頃に、仕出し弁当が届けられたが、一息ついて日常的な空気が戻った、とはならなかった。先送りされていたような話題が、食事を前にすれば再浮上してきてしまう。毒殺、だ。

2

確かにかなり空腹だった、美希風も。しかし〝毒〟という言葉が脳裏に張りついているので、その食欲の割には手を出すことに躊躇《ためらい》が生じた。

——だがここでそれを心配するのは神経質すぎる。

美希風は自身にそう言い聞かせた。

食べるのはデリバリーされた弁当だ。未開封でそれが手元にきている。

さすがに法子というべきか、「論理的に考えて、毒物投入の可能性は極めて低いよ」と軽く口にする。「ほぼゼロだ」

「可能性五十パーセントでも食べたい食欲だよ」

エリザベスのこれはジョークだろうが、何人かは表情を解いてこの流れに乗る言葉を漏らした。

見た目は典型的な弁当ではあるが、さすがに高級そうだ。天ぷらには、香味塩が添えられている。箸と一緒にフォークもついていた。

透明な上蓋を取るのを手伝おうと手を出した酒田を、光深は無言で振り払った。

――可愛くないな。

咄嗟にそう美希風は思ってしまった。横柄さや邪険な態度は、人の自然な好意の前では特に、スパークを発するかのように際立ってしまう。

恐縮したように身を引いた酒田は、「お味噌汁《みそしる》もお茶もお出しできず、申し訳ありません」と皆に頭をさげてから、部屋の隅にある椅子に腰をおろした。美希風や女性陣は、「とんでもない」、「そんなの仕方ないでしょう」と、気にすることはないという態度で応じた。

談話室に元々あった椅子は、全部で八脚。一人分たりなかったので、すでに千理愛と食事を済ませている酒田は立っていますと言ったが、来訪して最初の時に通された応接間から、美希風が椅子を一脚持って来ていた。それに腰掛けている酒田が、先程からずっと美希風は気になっていた。

なにか思い詰めすぎているようで、顔色が悪い。朱海が長期間毒を盛られていたということで、調理担当の自分が疑われるのではないかと心配しているのだろうか。あるいはもう、刑事から厳しい追及を受けたのかもしれなかった。

指に力を入れてどうにか動きをコントロールし、光深は苦労して蓋をあけた。

その姿を横目に見て、光矢が言った。

「俺たちと同席しているだけで、親父《おやじ》は気が休まらないのか、まだ?」

「気を抜けるほど、私は不用心ではない」

「用心というか、被害妄想としか思えない。一昔《ひとむかし》も前のことを」

「八年と九ヶ月前だ。だがそもそも——」

「食卓で毎日蒸し返してるつもりなのかい?」滉二は半ば声を荒らげていた。「どうして、事故だと納得できないんだ?」

エリザベスが端的に切り込んだ。

「八年と九ヶ月前になにがあったのかな?」

左利きの彼女は、利き手で器用に箸を扱っている。日本語を学んでいた時期に、箸の使い方もマスターしたという。これは正しい使い方を身につけている。ただ先ほど、「キッドリッジさん、箸の使い方上手だね」と千理愛に褒められると、たちどころにやにさがるところがおかしい。

「関連企業の幹部たちを招き、会食の場を私がセッティングしたんですよ」箸を止めた滉二は、そこに過去の遺恨があるかのように、ブロッコリーをにらみつけている。「そこで食中毒が発生したのです。父もいた。兄は、歯が痛いとかで欠席でしたがね。重症者が出るほどではなかったけれど、二名が入院しました。父はそこまでの症状ではなかった。私も軽いほうでしたね。幹事として落ち着かなく、しっかりとした量は食べていなかったからのようです。原因は海老《えび》のマリネだと保健所が調べあげた。それは明白な事実なのに、父は——あきれたことに、レジオネラ菌を使った中毒死計画だったのではないかと、猜疑に凝り固まったのです」

「それ以来、飲食には警戒感を持つようになった？」

「キッドリッジさん。うちのはなかなか元気のいい子供たちでね。いつ寝首を掻かれるか判らないのだよ」

「いいかげんにしてくれないか！」

光深の言葉は誇張がどこまである冗談なのか美希風は聞き取ろうとしたが、滉二の反応からすると本気度は高いようだ。

滉二の腕に翠が手を乗せ、夫の気を静めようとしている。

「慎重さは不要だったと、言い切れるのか？」光深はごくわずかなごはんをゆっくりと嚙んでいる。「事実、朱海は毒殺されたと、警察は言っておるぞ」

部屋の空気は一気に冷えた。滉二の顔は強張《こわば》る。全員がほぼ同じような様子だが。

頭上にあった暗雲が、黒い粉末となって食事に降りかかってきたかと思える。

美希風は、千理愛に目を向けた。

恐れというより、悲しみと戸惑いを重く感じた様子で視線をさげ、口を結んでいる。しかしすぐに、体を揺するように一度動かすと、日頃ある楽しみのリズムを呼び覚ます顔になって母親のおかずをつまみ食いした。

「同一犯なのかな……」累の言葉が、ぽつりとまずやって来た。「夏摘にあんなことをして、今度は毒だ。手口が違う印象だね。手段を選ばないということか……」

滉二がむずかしげに眉を寄せ、

「脅迫状には、第二の死と書いて怯えを誘うようなメッセージがある。聖三祝文が引用されていて、それも二つめ。第三の犯行をにおわせているとしたら、これは不気味だ。どう仕掛けてくるのか、いつなのか……」

「誰なのか知らないが、当然、私は黙っていないからな」光矢の声は、獰猛《どうもう》にさえ聞こえた。「返り討ちは当然のこと、防衛に限っても容赦はしない」

大仰な感情表現は見られなかったが、ナイフが手近にあればテーブルに突き立てそうな気配が瞬間あった。

唐揚げの一つを飲み込んでから、美希風は尋ねた。

「光深さん。朱海さんの食事も安全性は高かったということなのですね？」

「一般家庭では、これ以上ないほどだ」

時々箸を口へ運び、それで息を整えるようにしながら光深は語った。

「毒を云々《うんぬん》というのは、最終的な気構えをそう言っているのにすぎないので、誤解なきように。元々は、子供時代から内臓が弱かったことに遠因がある。それで食べ物には神経質になった。些細《ささい》な原因で何度も苦しんだが、食中毒事件はその最たるものだ」

そこまで重い症状ではなかったと滉二は言ったが、不快さと痛みに満ちた苦々しい日々だったと、病状やその時期の心理を光深は吐露した。

「食事の栄養面だけではなく、衛生面でもさらに万全を期すようになっていった。他界するまでは、そこのチカの母親が調理をしていたが、栄養士免許だけではなく、第二種衛生管理者の勉強もしてもらっていた。今では、そこの酒田が専属だ。朱海の体が弱り、家事をできなくなってからはね」

「でも、その酒田さえ信じていないんだよな、父さんは」

挟まれた光矢の言葉にも、老父は平静だった。

「最終的な責任は自身が負うべきだからな」

「時には毒味もさせているって、本当なのかい？」

「味見だ」

「ダイニングまで運ばせてからは、近付かせないっていうのは？」

「食べる直前に味付けが必要な時や、配膳などは朱海がする。だが、最後の最後にどの皿を選ぶかは、私が決める」

「え？」エリザベスが顔をあげた。「それは……、奥さんも信用していなかったということか？」

「信用……そう言われると、あまりにも不人情に聞こえるな。言ってしまえば、いつも同じ安心感を得るためのルーティンなのだ。そして、そうしていると周りに伝えることが予防線になる。事前に毒を投じても私の口に届く確率は高くないと誰もが知る。酒田にしても、私をピンポイントでは狙えないのだ」

「そんなこと考える人なんているわけないでしょう」

溜息《ためいき》と共に翠が小声で言ったが、直後には表情が冷えた。先ほども光深が言ったが、実際、安堂朱海は毒殺されている。

「私の食事に毒を盛れないのと同じく、朱海の食事も狙ったりはできない。料理人ですらな」

酒田チカは、なにも聞こえていないかのように、じっと身を固くしている。

「では、服用していた薬はどうでしょう？」美希風は尋ねた。

「常用が三種類で、症状が出れば呑むのが一種類だった。手元に正規の薬がきているのは間違いない。若月の所で出された処方箋を持って、薬局で調剤してもらうのだからな。薬局が毒を渡してきているはずがない。すると、家でのすり替えもむずかしいだろうな。長年服用している薬と見た目が寸分違《たが》わない偽物を用意しなければならないのだから。専門的な知識と高度な技術が必要だろう」

「薬を呑む水はどうです？」

「お茶を淹れるための水などもそうだが、それらは私が自分で用意していた。もっぱら、市販のミネラルウォーターだな。それを小さなピッチャーに入れ替えて、食卓に置く。大きな水差しは、重く、私も朱海も扱いにくくなってきていたのでな……」

「食事の時、朱海さんはフォークを使っていたのではないですか？」

「ほう！」狷介《けんかい》な目が鈍い光を見せ、美希風に向けられた。「さすがに目端が利くな、南さん。口へ運ぶそうした食器具では、確かに、朱海を選別できるな。私はまだ箸を使える。犯人はフォークに毒を塗り続けたのかもしれない、と？」

「お二人のダイニング――居住空間に、足を踏み込むのも困難ということではないのでしょう？　食事以外の時間に、お二人の目を逃れてこっそり出入りすることはできる」

「それは可能だが、フォークや茶碗に毒を仕込んでおくというのも無理なのだ。そうした点にもぼんやりしてはいない。腹を壊す雑菌などは寄せつけたくないのでね。調理の前に、使用する調理道具や食器は洗わせている。食器乾燥機を使うので、清潔で温かなものを使える」

　ほとんどの者が食事を終えかけていた。樹脂製の蓋をかぶせる音、輪ゴムを掛ける音などが交錯している。酒田が立って、空《から》の弁当箱を集め始めた。

光深はまだかかるだろう。どうにか箸を進める様は、まさに病人だった。彼がこうした姿を家族にも見せたくないであろうことは想像に難くない。そうした意味では——代々の慣習だそうだが——食事の場所が離れているというのは光深の心に適《かな》うものなのではないか。そう美希風は思った。

しかしそれにしても、配膳を人の手に任《まか》せないとか、食事の前に食器類も洗わせるというのは、さすがに強迫神経症的である。

だが美希風にはまた、こんな考えも浮かんだ。

飲食への強迫観念めいた心理を、判事という職業が助長した面はないのだろうか。刑事とはまったく違うが、判事もまた犯罪者と向き合い続けている。執拗《しつよう》で卑劣な犯罪の手口や、冷酷な犯意と直面してきた。逆恨みで暴走しそうな凶悪な者もいるだろう。「とてもそんな人とは思えなかった」と見られていた人物の劣悪な人間性とも、相まみえる。

時には、警察の捜査にも疑義を呈せざるを得ず、腐敗のにおいを嗅ぐ時もあるのではないか。

手のつけられない醜悪な人心を前に、最低限なにを信じれば、自分は害を免れるのか……。

食中毒事件も、判事や検事の集まりで発生していたら、また意味合いが違っていたろう。身辺の安全に気を張り詰めるようになった姿勢を、笑うことなどできない。

光矢ならこうも言うかもしれない。君子には自らを守る大いなる責務がある、と。

美希風は、テーブルを見回して皆に問いかけた。

「朱海さんが、自分たちの——ご夫婦の居室がある一角から……。どうも、持って回った感じになりますね。皆さんは、その一角をどう呼んでいるのですか？」

そういえば……と、首をひねる動きが見られる。

「朱海おばあちゃんたちのほうとか……」千理愛はそう言い、翠も、「朱海お義母《かあ》さんの部屋とか、あちらのダイニングとか、個別に呼ぶだけですね」と、はっきりさせられない。

「別棟と呼ぶのはどうしても違和感がありましてねぇ、キッチンや寝室を全部まとめてうまくというのは……」

「マナーハウスとでも呼んだらどうだい？」累が、さして愉快そうでもなく微笑して提案した。

「領主荘ですね」

美希風が日本語を当てはめると、エリザベスは、そのように訳すのか、と記憶に留める顔になっている。

「では、その〝マナーハウス〟エリアから出て来て、こちらのダイニングで朱海さんが飲食することもあったのでしょう？」

美希風が確かめると、まず翠が、「お茶を飲むぐらいはしました」と答え、法子も続けて言った。「千理愛が来た時には、一緒におやつを食べたりしていたよ」

「来客があれば、応接間でコーヒーを飲んだりも、普通にするよ」

累も付け加えたが、

「それらは単発に行なわれることだな」

とまとめた光深の見解には、美希風も同感だった。長期的、計画的に、毒を蓄積させることはできないだろう。しかしこれ以上のことは、毒の種類や摂取方法がはっきりしてから詰めたほうがよさそうだった。

ただこの場での最後に、美希風は、この点だけは訊いておいた。朱海さんだけが愛飲している薬湯のようなものや、寝酒の類いはないのか、と。習慣的に口に入れている物はないというのが、全員の共通意見だった。

多少残して光深も食事を終え、全部の弁当箱を片付けに酒田が部屋を出て行った。部屋の隅にある彼女の椅子に移動して座ると、光矢がタバコを喫《す》い始める。

光深は刑事を呼んで、食後の薬を持って来てもらいたいと依頼した。美希風も免役抑制剤などの薬を服《の》むが、一回分はポケットに入れてある。長期野外撮影でのアクシデントや、今回のように予想外の事態に巻き込まれることも多く、身近に用意する習慣になっている。光深の分と一緒に、薬を服む水は頼んだ。

「もう少し、確かめたいことがあるのですが」

そう切りだして、美希風は、手掛かりとなるかもしれない情報を求めた。

まず、破壊されていた防犯カメラだが、無論、自分が壊しましたと名乗り出る者はいなかった。壊れたのに気づいたという者もいない。

朱海夫人は遺言書を残したりしていないのですか、との質問は、安堂の者たちにとっては想定外だったらしい。

「遺言書？」光深は、その単語を初めて聞いたかのような顔になっている。「……いや、それは作らない。その選択は頭に浮かばないはずだ」

「なにかを残そうとしている様子はまったくありませんでした」

じっくり振り返ったという確たる口調で、翠もそう請け合った。

「遺書は偽装、と……」それを改めて意識し直したように、法子が言う。「でもこれで、朱海おばあちゃんが棺《はい》に入れることは、まず確定だな」

「……確定していなかったのですか？」

美希風が顔を向けると、法子は肩をすくめた。

「自殺が疑われたのだからね。神から与えられた命を冒瀆《ぼうとく》する者は、棺に入ることは許されない……って、昔からね」

「そうでしたか」

そうですよ、という声があちらこちらから起こる。

自殺ではなく、殺人による被害者だとなれば、通常どおりに弔われることになる。

「自殺者でも、伝来の墓地には葬られますけれどね」

そう教えてくれる累に、美希風は尋ねた。

「葬られないケースもありますか？」

「埋葬を拒まれるという禁忌はありませんよ。ただ、自殺の他に、身内を殺《あや》めた者も伝来の棺には入れない。……そんな要件がタブーと定められるほどの実例があるのかと思われるかもしれませんが、実際にあったそうなんです。江戸幕府が倒れる騒乱の時代や、血なまぐさいクーデターなどもあった大戦前夜などにね」

――〝黒《マヴロス》〟の因子か。

ふとそんなことを思った美希風は、さらに尋ねた。

「喪中における、一般とは違うしきたりなど、他にはありますか？　火を使ってはならないというのはお聞きしましたが」

皆の反応は、他にはないな、というものだった。

「一年を通して安堂家宗派的なものといえば……」滉二が天井を見ながら髭をしごいた。

「世間が騒ぐクリスマスよりも、復活祭のほうを重んじるといった傾向か。昔は断食もしていたようですがね」

「今でも光矢さんはしているんじゃなかった？」

翠に目を向けられた光矢は、紫煙が目に染みたかのように眉間を狭めている。「ダイエットの契機にしているだけだ。健康管理だよ」

滉二が続ける。

「夫婦で飛行機旅行をする場合、子供が小さな時期には別々の便に乗れ、というのもありますが、これはもちろん、宗教的背景があるものではありません。しているところではどこでもしている、安全対策としてのちょっとした家訓でしょう」

――別々に。

そうした安全策の意識で〝マナーハウス〟という分割された生活空間を理解することもできそうだ。

調理場も食事の場も別であるなら、全員が食中毒に倒れるという危険も回避できるかもしれない。さらに、クーデターなどが安堂家の先祖に見せた血風《けつぷう》の時代も無縁ではないのではないか。その時代に安堂家でも殺傷事件があったというのだから、関連づけられた衝撃力は並のものではなく、身近な教訓も生まれるだろう。当時のクーデターでは、暗殺対象が寝所《しんじょ》や書斎などにいる時間帯に凶行があったはず。つまり、真にプライベートな場所で、油断しているところを狙われている。

安堂家の当主にとって、真にプライベートな場所はどこか。寝室、食事の場、書斎がある〝マナーハウス〟エリアだ。その一角は、邸宅の最深部といえる北西の奥にある。その手前には、若い世代が生活している間《ま》や建物の構造が幾層にも重なっているということだ。〝列棺の室〟の〝地底泉〟を含め、歴史ある建造物には当然のように、先祖の思いが根のように張り巡らされているものなのだろう。

酒田が戻って来たので、美希風は、タイプライターのインクリボンのことを尋ねてみた。最後に処分した記憶があるのはいつなのか？

「それはしばらく前になりますね……」質問内容に戸惑いつつも、記憶を探っている様子だ。「先月の下旬ぐらいだったのではないでしょうか。使い切ったインクリボンは大奥様がご自分で処分することも多かったですから。キッチンの分別ゴミ箱に捨てておられたはずです」

それら溜《た》まった分別ゴミは、四日前の朝に回収済みであるという。

酒田以外にも、ここ数日タイプライターを操作したり、インクリボンに手をつけたりしたと名乗り出る者はいなかった。

「すると、インクリボンの状態からはこんな推理ができるわけか」

思案をまとめつつ言い出したのは、エリザベスだった。

「安堂朱海さんは毒殺された。遺書は偽造。これらは事実として決定だから、あのタイプライターを最後に使ったのは犯人であり、最後に打たれた文章が偽造遺書である、となる。〝列棺の室〟で見つかった脅迫状はそれ以前に作られている。ここで、この美希風くん流に、持って回って考えれば、次のような動きも臆測できるだろう。犯人は偽造遺書を作成した後《のち》、そのインクリボンを外す。そして新しいインクリボンで脅迫状を書きあげる。そのインクリボンは処分して、先ほどの、偽造遺書の時に使ったインクリボンを再セットしておく」

　エリザベスは、大きく肩をすくめた。

「こんなバカげたことをする者はいまい。回りくどすぎる。そこまで手間暇かけることに見合う意味など、まったくないだろうしな」

「そうでしょうね」美希風は応じるように言った。「邸内のどこにも、脅迫状を打ったインクリボンがないことは、警察が捜査して明らかにしてくれるかもしれません」

　セットされていたインクリボンには、偽造遺書の文面だけが残されていたことは全員が知っていることが改めて確認され、耳を傾けていた光深が話しだした。

「誰にも気づかれずに出現した脅迫状の不可解さ。あれを論じている時もそうだったが……」

　疲労のような、かすれが滲む声だった。

　薄闇で目を凝らそうとしているような眼差しが、美希風に向けられている。

「合理だな。揺るぎない論理性だ。無論、それを基本とした思考方法は肝要だ。捜査や公判においても、それが根幹を成す。だが、それがすべてではないぞ、南さん。この地上すべてを覆うロジックは存在しない」

「ええ、それは……」

「人間が介在した上での普遍的理論などは、ないといえる。人の世を解体し、裁く時、向き合うのは人知のロジックを超えた、この世のロジックだ。論理的な真相に達するためには、人為では左右されない、数学での公理のような盤石的基本があって初めて可能だ。しかし人の行為の明暗を判断する時に役立つ、このような都合のいい公理は、まずあった例《ため》しがない。理屈や経験則が、人が蠢《うごめ》かす世相という実態の前にまったく用を成さないことは多々起こる」

「そうでしょうがしかし、万人が承知している常識に基づき、科学や物理の普遍的原理を土台とした、ロジックにおける定理は存在しています。距離と時間が規定するアリバイとか、知らない事実を基《もと》に行動できない、などですね」

「法医学的に確定している知見もそうだ」と、エリザベス。

「光深さん。否定不可能な事実という範囲の中で、人知の限りを尽くして、するべきことをしようと思うだけです、私は」

「探偵的な活動としてはそのとおりだろう。私もそれは認めたはずだ。口にしたのは、判事的な助言だよ、南さん。長い法曹界の歴史が培《つちか》って定めた知見や理屈が、どうしても通用しない犯罪者——人間というのが日々現われたものだ……。動機の酌量の基準など当てはめようがない。当たり前、がないのだ。どのような情理の交わりも、彼らとの間に結べない。あれはもはや、彼らの中にある信仰だ」

それは、報道を通して知るだけでも美希風も感じるところだ。導かれるような推理の旅を通して出会ったこともある……。

「ああした意味の狂信者は、実にありふれた顔をして隣にいるな。また、そうした性質とは別に、その瞬間にしか生まれ得ないような、新奇な特異性に満ちた事例もある。それら、判例を超えたところのものを裁くのは、これもまた宗教的な行為と断じざるを得ない。常々そう感じてきたのだよ。そして宗教に、論理は触れ得ない」

「そうした領域の門を押しひらいた時、たじろぐな、というご指摘ですね」

「……硬く捉えればそうだ」

光深はまだ言葉を探す気配だったが、玄関チャイムの音が聞こえてきた。

酒田が立って行くと、エリザベスが光深に言った。甥《おい》っ子のことを「この子」と呼んで軽く紹介する叔母のような佇まいだ。

「南というこの男は、論理的な推理で行ける場所まで行こうとするだけだ。やまれぬ性分、というやつかな。もしかすると、宇宙の他の文化圏まで行けるかもしれないだろう？」

「んっ……？」光深は、ピクリとまぶたをあげた。

「宇宙的な共通言語は数学ではないか。それに匹敵する論理があれば、それも共通理解の土台となる。宇宙言語学者だな。少なくともこの男は、社会的な判事になろうとはしていない」

ドアがあき、紺藤刑事が入って来た。「薬はこれで間違いありませんね？」と確認して光深に渡し、美希風にも水の入ったコップを渡してくれる。

美希風の礼を聞きながら刑事が退室して少しすると、またドアがあいた。

メガネをかけた初老の男を伴って酒田が戻って来たのだ。

「あら、若月さん」

翠が言う。

彼と、美希風たち客人が、手短に紹介された。長年にわたる、安堂家のかかりつけの医師。若月純夫《すみお》。平均より身長は低く、やせ型。背中は少し丸まっており、血色は良くなくて肌もざらついていそうだ。医師その人が、あまり健康的に見えない。ジャケットが、地味どころか多少みすぼらしくも見えてしまうようだ……。

自殺が疑われている朱海の死がどう判断されたのかを知ろうとして立ち寄ったとのことだった。

彼に席を譲る意味もあるのだろう、「この子はそろそろ眠る準備を」と口にした法子が、立たせた千理愛の背を押して出口へ向かう。

張り詰めた表情のまま立っている若月医師に、光深が感情の窺えない目を向けている。

「自殺ではなかったよ、若月。他殺だった」

「たさつ……」

区切るように言う言葉の合間に、意味を受け入れようとしているようだった。

「毒殺で、長期的に盛られていたようだ」

若月医師は完全に絶句した。

その背後から、法子たちと入れ替わるようにして、大藤刑事が入って来た。

3

「若月医師が来られたようなので、お話を伺いに」

医師と並ぶと、大藤が一際大柄になったように見えた。目鼻立ちの厳《いか》めしさと相まって、刑事の真意とは別に多少の威圧感さえ滲む。

「病院での事情聴取への協力、ありがとうございました、医師《せんせい》。それで、これなのですが……」

証拠袋におさまった錠剤などを、大藤刑事は目の前にかざす。

「被害者の部屋で見つかった物です。四種類の薬。これらは、あなたが処方なさった薬に間違いありませんか？　どういった薬でしょう？」

袋に顔を近付けて目を凝らし、若月医師は慎重――というより緊張の息づかいで確認していく。

「これは、そう……、抗てんかん薬のレベチラセタムですね。でしょう。見た限りではそうです」

他には、関節リュウマチ用のステロイド剤。血流改善薬。薬包紙に入っているのは、胃の調子が特に悪い時に服用する薬だという。

「……と、私の薬剤知識ではそう見えます。正確なところは、調剤した薬局に問い合わせてください」

「そうですね。ありがとうございます。で、これらの薬の中で、光深氏と共通の薬もあるようですが？」

「神経炎用の抗てんかん薬と、血流改善薬がそうです」

ここから、大藤刑事は光深に顔を向けた。

「拝見したところ、一日に呑む分を奥様はご自分の部屋でケースに分けておき、それをダイニングに持って行って服用なさっていたようですね。間違いないでしょうか？」

「そのとおりだ。私もそうだな」

このやり取りの間に、翠や累に勧められて、若月医師は椅子に座っていた。

ドアのそばの廊下には、紺藤刑事が控えているようだ。どうやら、千理愛も、自分の部屋に戻ろうとせずに近くでぐずぐずしているらしい。

目の前に置いてある薬が入っていたシートを見ながら、光深が、大藤刑事に逆に問いかけていた。

「薬の服用に、怪しい点があるのか？」

「そうではありません。確認段階で、整理中です」

「なにか発見は？」

「今のところはまだ」

「では、毒だ。毒の種類を訊いてもかまわんだろうな？」
一、二秒、考慮の間をあけてから大藤刑事は答えた。
「ヒ素です。正式な名称は……たしか、三酸化二ヒ素だそうです。それがまず――」

毒物の具体的な名前に、場がざわついた。

「ヒ素が……。どうやって？」

若月医師の口から発せられた言葉は、気持ちは判るが当を得ているとは言いがたかった。

「それを捜査しているのです」と、大藤刑事が当然の返答を素っ気なく返す。「そこで、若月医師《せんせい》。朱海夫人の血液検査をしたのはいつになりますかな？」

「あれは……、来院してもらって……三週間ほど前になりますか……」

「その時に、ヒ素中毒の兆候などは？」

「無理ですよ。毒物検査をするわけではありません。通常の検査項目の血中成分が数値化されるだけです」

ここで、光深が割り込んだ。

「そもそもだ、若月。あれをずっと検診してきていて、中毒症状に気づけなかったのか？　ヒ素を疑えなかったのか？」

「お待ちください、それは……」医師は、息苦しさを和らげようとするかのように細い喉をさすり、汗が目に染みたかのように忙《せわ》しなく瞬きをする。「ヒ素……。確かに、その中毒症状として説明のつくことはありますが、もっとこう……、朱海夫人の容態は、全身症状です。以前から患《わずら》っておられた関節リュウマチに、末梢《まつしよう》神経障害、そして血管や肝機能の低下といった老化が加わった病状として特に――いえ、違和感のあるものではありませんでした。毒などと……」

他の客観的な意見も加えたほうが、若月医師もひとまず落ち着き、平静な息をつけるのではないかと美希風は考えた。

「キッドリッジさん。法医学者としてのご意見は？　ヒ素中毒はどう理解しておけばいいですかね？」

「ヒ素。三酸化二ヒ素と言ったな？」

母国語での知識と日本語を正しくすり合わせようとしている。出だしで取り違えては、混乱を招くだけだ。スマートフォンも取り出し、専門用語の確認もしようとしている。

「化学式では As_2O_3 だな？」

無謀な問いだと思われたが、意外なことに、「そうです」と累が応じた。

仕事では様々な化学物質も扱うので、いつの間にか知識が増えているという。

「ヒ素の場合、急性と慢性では症状が異なる」

語るエリザベスを、刑事たちも注視する構えだ。

「長期にわたって摂取した場合、末梢神経障害や多発性の神経炎を発症する。そちらの医師の言ったとおりだ。関節リュウマチに加えて、老化による多臓器の機能低下が進行すれば、両者は似た所見を呈すると言えるだろう。皮膚に色素沈着が起きたり、白い斑点が出るケースもあるが、どれも老人性の染みといった皮膚変性に紛れてしまう。疑いをもって狙い撃ちの検査をしなければ突き止められないことも有り得るな。場合によっては爪に白い線が現れたり、爪の周辺に色素沈着が見られたりもするが、若月医師、その点は？」

「目に留まる所見はありませんでした。……もっとも、夫人は、関節リュウマチの症状が最終的に固定してしまってからは、手袋をしたままで指をあまり見せてはくれなくなりましたしね」

「刑事さん」

エリザベスは、今度は大藤のほうに向いた。

「被害者がどれほどの期間、ヒ素を摂取していたのかは突き止めたのかな？」

「毛髪を検査したみたいですね。一ヶ月ほどだろうとの鑑定です」

「う……ん。一ヶ月間、見逃されたか……。ないことはないな。何ヶ月もではない。有り得ることだ。残念で不運でもあるが、呆れるような落ち度と責めることもできまい」

「ヒ素は、無味無臭なのですよね？」

「そのとおりだ、美希風くん」

次の発言は、思いがけない風のように室内の空気を揺すった。

「あのぅ……、ヒ素というのは……」

酒田チカだった。光矢が自分の席に戻っていたので、また部屋の隅の椅子に小さく腰かけていたのだ。

一人、二人と、視線が彼女に向けられていく。

「ヒ素というのは、白い……」緊張のためか、顔色が白いほどだ。目元は強張《こわば》り、息か唾《つば》を飲みくだした。「白い粉末ではなかったですか？」

全員の視線が彼女に集まっている。

大藤刑事が答えた。

「そうですね。白い粉です。それがなにか？」

伏し目がちの酒田の体は、一度ふらりと揺れたようだった。なにか、重大な決意をしたらしく、ためらいながらも顔をあげる。

「わたし、ちょっと不思議なところで白い粉末を見たのです。朱海大奥様に捨てるように指示された封筒の中でした」

　あらゆる言葉が消えたような一拍の間の後、様々な声が重なり合って怒号同然になった。

「確かなのか？」「いつのことなの？」「封筒？」「どういうことだ？」「いい加減な話はするなよ」――。

　紺藤刑事も室内に踏み込んで来ている。

「まあまあ、皆さん」自身興奮を隠し切れないながら、大藤刑事が場を静める身振りをする。

「落ち着いて。お互い冷静に事実確認をしましょう」

　大藤刑事は足を運び、酒田の三メートルほど前で立ち止まった。

「さて、酒田さん。あなたは、封筒を処分するようにと安堂朱海さんに頼まれたと言うのですね？」

　酒田がどうにか頷くのを待ち、

「それはいつのことです？　その様子を詳しく」

「……四日前、二十四日の夕刻でした」手を握り合わせている酒田は、指の震えをこらえているようだった。声の震えは隠しようもない。「寝ておられたお部屋で二人切りになりました時に、言われたのです。頼みがある、と。誰にも言わずにやってほしい、と。幾つかの物を捨ててほしいということでした。その中に古い手紙もあったのですが――」

　――古い手紙とは？　それが入っていた封筒と白い粉が関係するのか？

美希風のこうした疑問や興味は誰しも同じように持ち、声もあがったが、それを大藤刑事は手振りで封じた。

それで、と促され、酒田は、

「封筒の一つは、変わった場所にありました。朱海大奥様のお部屋の——いつも生活でお使いの私室のほうです」

「はい、あそこね。判ります」

「アンティークの飾り食器などが並んでいますキャビネットの棚の縁《へり》に、立て掛けるようにしてありました。普通の茶封筒で、もちろん封は切られています。持ってみますと、少々重たいのです。それに、膨らみ方も、便せんのような紙が入っているという感じではありませんでした。ですから——中身がお手紙でしたら、覗いて見ようともしませんよ。他のはすべてそうしました。中は見ていないのです。当然です。でもこの封筒だけは様子が違いました。それで心配になったのです。大奥様はこの封筒に大切な品を保管していたのに、それを忘れているのではないか、と。それを確かめるために、覗いて見ました」

大藤刑事としても、この合いの手は入れざるを得なかったようだ。

「そこに、白い粉末があった、と？」

「はい……。三分の一近く入っていました。なんだろうと、不思議でした。思い出の砂浜の砂とか……。砂というより、塩みたいな細かな粉でしたけど。でも、貴重品でないのは明らかでしたから、捨てていいものだろうと思いまして……」

「白かったのですね。他の色の粉末は？」

「明かりは充分ではありませんでしたけれど、白かったと思います。他の色は見えませんでした」

酒田の話の信憑《しんぴょう》性と重要性を、大藤刑事は感じ始めている気配だった。

美希風としても異論はない。安堂朱海が毒殺されたと知ってからの酒田チカの様子が思い出された。急に思い詰めたようになり、硬い表情に終始していたではないか。こっそりと捨てさせられたあれは、毒とは関係ないのだろうかと悩み続けていたのだろう。

「それで、酒田さん。中身ごと、その封筒は捨てたのですか？」

「翌日の朝が可燃ゴミの収集日でしたから、その折に」

くそっと吐き出しそうに口元を歪めた大藤刑事は残念そうだった。

紺藤刑事も、「ああ……」と失望の吐息を漏らした。

「では、お立ちください、酒田さん」

大藤刑事が、身振りも加えて指示を出した。

「来ていただきましょう。警部たちに詳しく話していただきたいので」

部屋の外へ向かう大藤に、酒田は、まさに蹌踉《そうろう》とした足取りで従う。

その彼女に、光深と翠から質問が飛んだ。

「捨てさせられた手紙とはなんなのだ？　他にもなにか捨てたのか？」

「誰から誰に宛てた封書なの？」

答えるべきか迷ったのか、言いづらいのか、酒田は唇を動かしつつも、言葉は発しなかった。

そんな彼女を、大藤刑事は強く促す。

爆弾発言をしたともいえる家政婦は、引き立てられる容疑者さながらの様子で部屋を後にした。

再び、数秒の沈黙の後で混沌とした人声の重なりがわき起こった。

「母さんがヒ素を隠し持っていたということは、自殺も再検討しなければならないだろう」

滉二の髭は震える。

「早まるなよ」表に感情は見せていない光矢だが、ぴしりと言った。「白い粉末がヒ素と決まったわけじゃない」

「もっと基本的なことも疑わしい」冷ややかに発言するのは光深だ。「あの女の話が、そもそも信じられるのか？」

これには翠が、

「でもお義父《とう》さん。あんな嘘を言う理由がありますか？　酒田さんは嘘をつく人ではありませんし、こんな大事な時に、作り話をするなんて——」

「嘘をつかない？　理由？」光深は、老いた病人が見せられる最も激しい、猜疑と怒りの形相になっていた。「朱海を狙って最も毒を投じやすいのはあの料理人だ。疑いの目を逸らそうとしているのだ。罪から逃れるためならなんでもする。それが、あの手の労働階層の者が持つ卑しさだ」

「お義父《とう》さん——」

「五体バラバラにしてでも徹底して調べるべきだ」興奮は、息苦しそうなほどだった。「朱海は、恩を仇《あだ》で返されたのではないか？　情をかけて優遇していたがな、あの、うまいものは作れない料理人に。俗流から一歩も脱せない労働力に」

「そんなことはありません。酒田さんは立派に家事をこなしています」翠は言い返す。「きちんとした人ですし、お義母《かあ》さんの目は確かでした」

弾丸のように交わされる意見の隙間を縫って、美希風は、酒田チカと朱海とがどのような関係にあったのかを聞き出した。

チカとその母、吉美《よしみ》。この二人と朱海との顔合わせは、十九年も前であったらしい。母子は当時、ＤＶ——家庭内暴力の被害者だった。朱海は、そうした被害者の支援活動を始めており、両者は出会う。親子は当時、かなり悲惨な状態であった。暴力的な夫となんとか離婚にこぎ着けていたが、相手の執着は病的だった。吉美の職場にも押しかけ、それが理由で彼女は職を失う。接近禁止命令が出され、身を隠すように母子は住処《すみか》を見つけたが、行政の手違いで元夫にこの情報が流れた。

手ひどい暴力を逃れた親子だったが、職も明日から住む場所もなく、不安と恐怖と、頼るべきものはないのかという不信の念で身を震わせていた。これを見かねた朱海は、シェルターを与えるかのように親子を住み込みのお手伝いとして雇い、仕事と住居を与えたのだ。元々、吉美が家事に工夫を凝らす、骨惜しみしない女性であることに朱海は目を留めていたようだ。

期待に違わず、また当然、恩義に報いるように、吉美はよく働いた。この一年半後には、元夫は深酒からくる肝機能障害で入院。やがて帰らぬ人となる。しかしそうした事情とはもはや別に、酒田親子は住み込みのハウスキーパーとして安堂家に定着していたのだ。

七年前に吉美は病没したが、その後をチカが引き継いでいる。

「お父さん」滉二が思い切ったように言った。「チカさんが、母さんに毒を盛ったり、不利になることを画策したりするはずがないよ。お父さんになら別だけどね」

そこでまたちょっとした言葉の応酬があり、美希風は、あいたままのドアから廊下に目をやった。なにか動きがあると思ったら、千理愛だった。この部屋での大声が気になったらしい。それで戻って来たのか、まだここを離れていなかったのか。法子と、同じくまだここにいた紺藤刑事が、「聞くな。見るな」とばかりに引き止めている。

酒田チカの話が事実とした場合を、美希風は考えていた。朱海の行動に不審点はないだろう。四日前の夕刻ならば、朱海はもう、ほとんど動けない体だったはずだ。息を引き取ることも覚悟する。同時に、死後に残しておきたくない品も意識する。

密《ひそ》かに処分したい品が何ヶ所かにあるならば、自分には荷が重い作業と思う。だから、信頼している使用人に頼むことにした。ゴミを捨てて、と頼むことは日常的である相手に。

「あの女が私を殺そうとしたというのは有り得る」そこは平然と認める光深の目は、底光りしている。「だがなんらかの手違いがあり、朱海を殺してしまった。そこで、永遠に口のきけない朱海に罪を転嫁しようとしている、との推測はできるな」

「はっきりしてるのは、チカさんは重要な捜査対象になったってこと」同情的な累がメガネをつまむ。「部屋もひっくり返されるだろうな」

「そこだけに留まれば、小さな池の泥が掻き回された程度のことだ」光矢は、半ば他人事《ひとごと》の口調だ。「屋敷に影響が広がらなければいい」

「家族以外の使用人が犯人であることを望んでいるように感じられるのだがね」

エリザベスが探るように言った。

「分《ぶん》に見合った役割というのがあるでしょう、キッドリッジさん。物事には相応の姿があります。先ほど、南さんも含めてお二人にお伝えしたと思いますが、使用人体質の者や底辺の生活者などは、それぞれ定められたカテゴリーという池で生きており、そこから出ようとしても身の不幸を招くだけです。酒田は恐らく――」

「たしか、差別主義と呼ばれる思想ですな?」

「そんなことではない」

いかにも幻滅したという身振りだった。呆れたのを抑えて根気よく教えてやろう。そんな態度を光矢は見せる。

「人種やら性別やら、そのような差ではないのです。身体条件や身分ではない。生まれた瞬間にもう、一義的に備わっている階層なのです。それは、馬と人間ほども違っている。いいですか、馬は馬で、頑張ればいい。成功者のような輝きを放つことも可能でしょう。農耕馬がいれば、何万人もの賞賛を浴びるサラブレッドの名馬もいる。だが、自分は馬であり、使役される動物だということを忘れてはならない。そこです。そこをわきまえもしない、最初から見失っている者が多いから、目先のことに目がくらんだつまらぬ悲劇が尽きないのです。馬が知性を持ったつもりになって人間の振る舞いを真似、『馬の惑星』を作るなどというのは、SFにもならない、こっけいで醜悪な心得違いですよ」

「相変わらずだなあ」累が、視線もあげず、ぼそぼそと言う。「伯父さんのその哲理に従うと、馬は主《あるじ》の罪を着せられて殺されることも受け入れなけりゃならないのかな」

「それも当然あるだろう……と、そこを人間社会にそのまま反映するわけにはいかないな、さすがに。しかし、主家《しゅか》のために身を挺《てい》するご奉公を誉れとするぐらいの存在であっていいだろう」

この時、腰を浮かせて、若月医師が心配そうな声を出した。

「光深さん。大丈夫ですか？」

見ると老当主は、額に手を当ててぐったりとしている。

「心配ない。いつもの貧血だ。……いい。立つな」

彼が相当に興奮していたのは明らかだ。体調に悪影響が出ても当然かもしれない。エリザベスも懸念するような視線を注いでいる。

ドアが広くあけられた。

高身長で体重もありそうな鳴沢警部の体が入って来て、空間を占める。

言いたいことを幾つも持っている顔だった。

4

鳴沢警部もまた光深を気づかい、それからおもむろに口を切った。

「さっそくですが、皆さんにお訊きしたいことができましてね」

どの表情の変化も見逃したくないとばかりに、彼は一同を見回した。

「この母屋のキッチンの流し台から、ある物が見つかりました。ゴミ受けを外して現われる、排水口《はいすいこう》の奥に残っていたのです。いつ流されてしまってもおかしくないほどで、このタイミングで捜査に入った甲斐がありましたよ。極めて小さくちぎられた紙片です。それが七つ。そのうちの二つに、タイプライターの印字がありました。そして一つには、インクで捺された指紋のごくごく一部。拇印でしょうな。つまり、これも〝遺書〟だったのではないでしょうか」

場が、少なからずざわめいた。

何人もが言葉を交わし、美希風もまたエリザベスに声をかけた。

「二枚めの遺書？」

「本物……ということはないのだから、偽装された遺書が二枚とも破棄されたと？」

「ゴミ箱のほうは発見させるための仮の廃棄で、こちらはもしかすると……」

真に消滅させたかった文書なのか……。

光矢が問いかけた。

「文章の再生は無理なのかな、鳴沢警部？」

「まったくの不可能事ですね。排水パイプを取り外して、ようやく七片を見つけたのです。それ以外の紙片は見つかりませんでしたから」

「紙の質はどうでしょう？　安堂家オリジナルの弔事用紙ですか？」

美希風が尋ねると、ほとんど反射的に鳴沢警部は答えていた。

「まだはっきりとは。当然濡《ぬ》れているし、排水口内部の汚れが付着しているので、見極めにくい。印象では、一般的なプリント用紙だがね。……皆さん。まず基本的なお伺いを、こちらからさせていただかなければ。あの流しに、タイプ打ちした紛らわしい紙を破って流したという人はおられますか？」

多少視線が交わされ、だが、その行為を認める者は出なかった。

「では、関連しそうなことを目撃した方は？　日頃キッチンに出入りしない者を見かけたとか、キッチンでこそこそしていたのを目にしたとか」

否定的な沈黙を埋めるように、翠が尋ねた。

「酒田さんはどう言っているのでしょう？　なににも心当たりはないと？」

「一切関係ないとのことですよ。紙をちぎって捨てることなどしていない。キッチン周辺で気になることをしていた人も目にしていない」

彼女の部屋からも、今のところ怪しい物は見つかっていないということだった。

光深が、重たそうに顔をあげた。

「封筒がどうしたとかいう、あの話の信憑性は？」

「話の内容にブレは生じません。また、話に出た棚を調べたところ、ごく微量ながら白い粉末が発見されましてね。採取しました」

再び場はざわめいた。誰もが思わず声を出してしまっている。

——それが果たしてヒ素なのかどうか。

美希風にとっても当然注視するべきところだ。間違いなく、推理の重要な起点である。

「鉛の痕跡は肉眼では見当たりませんでしたが、さてどうなのか……」

——鉛？

鳴沢警部の何気ない発言は、奇妙な沈黙をもたらした。

「鉛って？」ぐるりと顔を向けて滉二が声にした。

反応が一瞬止まった鳴沢警部が廊下に目を向けると、待機している紺藤刑事から合図を受けたようだ。

「鉛の件はまだ聞いていませんでしたか」鳴沢警部は室内に向き直っていた。「朱海夫人のご遺体からは、二種類の毒の成分が検出されていたのです。ヒ素と鉛です」

動揺と困惑が広がる中、美希風は、最前の大藤刑事の言葉の断片を思い出していた。最初に毒の成分を告げた時、ヒ素と言った後に「それがまず」と続けようとしていた。もう一つ、封筒の中身の粉末は白かったと言った酒田チカに、「他の色の粉末は？」とも訊いていた。あれらは、鉛のことも念頭にあったからなのだ。

「混合毒……？」

呟いた後、エリザベスは、皆に聞こえるように声にした。

「これはある意味、巧妙なのかもしれない。特に老人に用いる場合は。毒による症状が出てきた時、ヒ素ならヒ素単品であった場合、症状の特徴からストレートにヒ素の摂取が疑われることは普通に起こる。ところが、毒による症状も複合的であるなら、老化による多発的な不調に紛れることになるだろう」

「発覚しにくいか……」

光矢は感心した口調だった。

毒物を見抜けなかった自分にも理《り》があることが論証されたと安堵《あんど》するかのように、若月医師は小刻みに頷いていた。だが不意に、その表情が一変した。唐突に思い当たったことがあるかのように。

そしてそれは、エリザベスも同様だった。続けようとしていた言葉を不意に止《と》め、大きな懸念に襲われたような顔つきになる。その顔を、老当主に向けた。

「光深さん。あなた……。貧血が日常的なのだな？　それに、その顔色」

「……なにかな？」

「あなたは酒田家政婦の料理の腕が不満らしいが、あなた自身に味覚障害が発生しているのではないか？　それらはすべて、鉛中毒の症状だ」

「そうですよ、光深さん」

若月医師の言葉は、混乱めいて発せられた多くの声に掻き消された。

そうした席にあっても、エリザベスは声をはっきりと響かせた。

「あなたも朱海夫人と同じく、ヒ素と鉛の混合毒を呑まされ続けていたのではないか。夫人にはヒ素中毒のほうの症状が、一方あなたには鉛中毒のほうの症状がより強く現われているんだ」

夫婦二人に毒を盛っていたのなら、犯人はもう酒田チカしかいない。光深とその息子たちを中心に、そんな見方が醸成され、確定しつつあった。

女性二人はもっぱら、光深の容態を心配した。

「お義父《とう》さんも、毒の蓄積が致死量に近いってことじゃないの？」

「すぐにでも調べてはっきりさせるべきだ」

翠は顔色《がんしょく》を失って声をかけ、エリザベスは進言する。

さして積極的な様子を見せない義父に、翠はさらに声を高めた。

「病院嫌いもたいがいにしてよ。診断がくだれば、解毒処置だってできるでしょう」

「診断はこちらでも強くお願いしますね」鳴沢警部も言った。「捜査にとって重要な情報だからです」

「その結果を待つまでもない」光矢は、苛立ちや断罪の思いをかろうじて抑えている様子だった。「酒田から自供を引き出せばいいだけだろう」

「酒田さんは自ら、封筒の白い粉末のことを明らかにしましたけど」

美希風の指摘にも、光矢は取り合わない。

「そんな封筒があったなど、作り事だ。遺体から毒が検出されたと聞いて、自分が少しでも疑われないように手を打とうとしたのさ。ほとんど役に立たない愚策だが」

ベテランの間《ま》の取り方というべきか、鳴沢警部は、鷹揚な身振りで場を落ち着かせた。

「酒田さんには、参考人として同行してもらいますよ。このお宅での捜索はもうしばらく──」

「同行？」

光深がここで言葉を挟んだ。黙考していた様子だったが、今は目つきが鋭かった。

「参考人ということは、任意だな？　こんな時刻になってから連れて行く気か？」

「あ、それは確かに」ふと時刻を思い出したかのように、鳴沢警部は腕時計に視線を落とした。

「あの家政婦を調べあげれば毒殺の件は方《かた》がつくだろう。だが、あれの権利と捜査の正当性を無視することはできない。弁護士のような口をきく気はないが、今からの任意同行は褒《ほ》められないな」

「おっしゃるとおりですね。気が急《せ》きました。明日《あす》を期しましょう」

明日といえば、と続けて、鳴沢警部は若月医師に視線を投げた。

「そちらの病院は休診日ではないですね？」

「やっております」

「末期の朱海夫人に付き添っておられた看護師の方がいましたね？」

「音無《おとなし》です」

彼女は五十代後半の、看護師長だという。完全看護をしていたわけではないらしい。来るのは昼間だけ。朝方容態をチェックしたり、翠たちの昼食時に一、二時間、交代するような看護態勢だったということだ。

「お二人揃ったところで、明日、病院でまた改めてお訊きすることとさせていただきます」

やや不安を滲ませた渋い顔で、若月医師は了承している。

「では、こうしよう」

低くがさつく声で、光深が思いを口にし始める。

「明日の朝食は外で食べる。その足で、診断を受ける病院へ向かう。どうかな、鳴沢くん？」

「けっこうですね。病院へは若いのを……ああ、この紺藤刑事を同行させましょう」

独り言めいた累の言葉が、美希風の耳に届いた。

「酒田が犯人なら、毒殺の件は明日で決着か……」

それほど簡単なことだろうかと、美希風は、危ぶみつつ思案する。どこかで同じような危惧を懐《いだ》いているから、光深も朝食をこの家では口にしないことにしたのではないか。

それに少なくとも、脅迫状の送り主は、酒田チカとは思えなかった。

第五章　生者《せいじゃ》も静かに眠る

1

真夜中を迎えようとする頃、美希風とエリザベスは、最初に通された来客用の部屋で一息ついた。

バスルームと洗面所、そして二階に割り当てられたそれぞれの部屋へは翠《みどり》に案内されていたが、「お荷物は最初の部屋に置いたままです。すみません」と頭をさげられた。「勝手に触れてもどうかと思ったものですから」ということだった。

無論、まったくかまわなかった。ホテルではないのだから、むしろ当然の配慮ともいえる。

それぞれ、自分のボストンバッグのそばに腰をおろすと、まずエリザベスが言った。

「朱海《あけみ》さんが酒田家政婦に捨てるように命じた物には、なかなかのロマンスを感じるな」

二人は、意見交換の〝捜査会議〟をしなければ、眠る気にもなれなかった。

「酒田さんの供述が真実であれば、ですね」

「まったく耳を貸さない者も多いな」

白い粉が入っていた封筒以外に捨てた物に関しては、警察の事情聴取から解放された酒田自身の口から語られた。安堂家の男たちは近寄らせないようにして、翠と法子《のりこ》が聞き役になった。例外は累《るい》で、妻の隣に座っていた。無論、美希風とエリザベスも同席させてもらった。

捨てる物があった場所は二ヶ所。奥のギャラリーと、〝マナーハウス〟エリアにある朱海の私室だ。

ギャラリーにあったのは、写真。朱海の親しい者たちが写っている写真の入った写真立てが幾つかあったが、その裏に、隠されている写真があったという。白黒の、相当に古い物だ。合計三枚。

酒田はしげしげと見る気はなかったが、写っているものはどうしても目に入る。どれにも若い男女が写っており、女のほうは、若い頃の朱海であろうということだった。それは間違いないだろう。他人である女の写真を、後生大事に抱えているとは考えられない。

この家に来て十九年が経っている酒田にしても、相手の男に心当たりなどあるはずもなかった。ただ、処分するように指示された封筒の送り主の名前が目に入った時には、おおよそのことが推察された。

「もしかしたら、その男性は……」と、追想するように呟いたのは翠だ。

青沼誠一郎《あおぬませいいちろう》。

娘時代の恋物語として、翠は義母から聞いていた。当時とすればかなり積極的な恋愛模様であったらしいが、それでもやはり、富豪の一人娘としては自由な結婚は望めなかった。両親が勧める光深を夫として迎えることになるのだ。

送り主の名前は青沼誠一郎で、宛名はもちろん安堂朱海でした、と酒田は認め、朱海の指示どおりに見つけた封筒のことを具体的に話し始めた。

十通近くの古びた封筒が、たぶん中身の便箋ごと、朱海の私室の書棚にあった。クラシックなガラス扉つきの棚で、アルバムなどの隙間におさめられていたものだ。一通だけが離れて、未使用のアンティーク食器も並べられている飾り棚的なキャビネットの隅にあった。これに白い粉が入っていたというのが酒田の申し立てだ。

脅迫状が発見されたと知った時、その白い粉や捨てさせられた過去の思い出の品が、酒田は気になりだしたという。捜査のためには口に出すべきかもしれないが、秘密にしてほしいというのが朱海の最後の希望だともいえる。彼女の中には激しい葛藤が生じた。それで、混二にコーヒーを運んだ後、集会ホールに足を運んだのだという。祭壇の前で自問するためだ。迷いは晴れなかったが、彼女はしばらく口をつぐむことにする。

写真や封筒の件が申し立てどおりならば、酒田はすべて安堂朱海の指示に従っただけであり、朱海はかつての恋愛の記録を密かに持ち続けていたというにすぎないが、白い粉の説明はつかない。いずれにせよ、それら証拠ともなったであろう物品は消え失せた。

「しかし……、六十年も前の品を持ち続けているというのは、女性にしては珍しいのでは？」その辺のエリザベスの見解を、美希風は尋ねてみた。「そういう点、女性はさっぱりあっさりしているとか」

ボストンバッグにゆったり腕を乗せているエリザベスは、若干憐れむような目を斜めに向けた。

「そんな女しかいないと？　複雑なフェミニニティ《女性性》を画一化するな、美希風くん」

「まあ、もちろん個人差が——」

「それほどシンプルなら、世の中の厄介事の三分の二はなくなっているだろう。そしてそんなシンプルさを信じるなら、君の異性関係は厄介事の山になるぞ」

「……論理的に対処できませんか？」

苦笑した後、エリザベスの口調はからかいの気配を消した。

「安堂朱海という個人の思いなど推し量る術《すべ》もないが、彼女はそうしたということだ。それを選択する女だった。……恋愛面の切り替えが早いというのは、男に比べればそうかもしれないが、前提として、その手の経験を何度もする者が身につける心理的な処世術だろう。昔の大恋愛であれば、社会的にも、一つの経験の重さがまったく違うのではないか？」

「ええ」想像に難くない。

「古い時代の日本の恋愛事情に対しては、多分に想像が混じるが……。ま、当人同士の自由意思など通せるものではなかったのだろう。そして、結婚前のものであっても男女間の恋慕は、はしたないものとして目を逸らし、あるはずのない不純として黙殺するのではないか。だが……本当に想像でしかないが、朱海は、青沼との記憶や関係をはしたないなどとせず、誇っていたのではないかな。同時に結婚も、押しつけられた結果ではなく、自身の選択として大事にしていた」

「なぜか、その想像はしやすいですね」

「世間や家庭内の常識から、手紙類を隠さなければならなかったのはまったく本意ではなく、意に添うものではなかったろう。だが、若い頃の思いを呼び覚ます手掛かり……？　材料？　なにか美しい表現がなかったかな？」

「縁《よすが》というのがありますね。縁結びの縁と書きます」

「ああ、それか。昔の熱情に触れる縁を持ち続けることに、多少の後ろめたさがあったとしても、それは、こそこそじめじめした感情とは無縁であったはずだ。もっとこう、堂々と振り返られるものだったのではないかな。意地であったのかもしれない」

「捨てないという意志……」

「強い意志から発した意地だ。考えてもみたまえよ、美希風くん。恐らく夫も含め、家族の男たちからは批判され続けていた社会的な貢献活動を、彼女は生涯通してやり抜いたのだぞ。かなりの意地と、強硬な行動力の持ち主だ」

　美希風は、青沼誠一郎についての話の続きを思い出していた。

「その意地が、あの運命を引き寄せたのですかね」

安堂朱海と青沼誠一郎の人生がまたクロスした時のことを、翠は語った。この時の様子は法子も知っている。ある程度は、酒田チカも。

朱海の孫娘、夏摘《なつみ》と、誠一郎の孫に、思いがけず縁が生じたのだ。誠一郎の孫は、等《ひとし》。娘の子供であったため、名字は山田《やまだ》だった。

　この山田等と夏摘は、互いの素性も知らずにたまたま、ある長距離バスで隣同士となった。ところがこのバスが、豪雨のために田舎道で六時間も立ち往生。

「運命の六時間だな」法子は半ば目を閉じ、微笑していた。「不安な時間だから、なおさら濃密な六時間だったろう」

　危機的な状況下では相手の本性が窺えるものだが、そんな経験の中で二人は相手にひとかたならぬ好感を懐《いだ》いた。そして交際が始まる。

　山田等の出自が明らかになった時、朱海の驚きと歓喜は尋常なものではなかった。この縁は、幸運の約束に思えた。朱海は孫娘の夏摘を愛しており、その幸福を誰よりも願っていた。

幸福をもたらす伴侶が、あの青沼誠一郎の子孫であるのなら……。

「お義母《かあ》さんによると、顔立ちはそれほど誠一郎さんには似ていないみたいだったわね」翠が記憶を口にした。「でも、気立てが素晴らしいって。大らかで柔らかく、真っ直ぐ。そこはまさに誠一郎さんだわねって、目尻をさげていた」

朱海は二人の交際を熱心に見守る。それも功を奏したか、交際して一年ほどで二人は結婚した。等は婿として入り、安堂等となった。

「でも、あんな悲劇が……」酒田は表情を曇らせた。

まだ新婚といえる、結婚一周年をすぎた頃のことだった。その一年、力を振り絞って仕事の成果を出そうとしていた夏摘の補佐として、等は申し分ない伴侶であったが、夏の昼下がり、交通事故で呆気《あっけ》なく他界してしまうのだ。

傍目《はため》にも悲嘆が深刻だった夏摘は言うに及ばず、朱海のショックも大きかった。

「珍しく、おばあちゃんは、変に因縁めいた悲しみ方をしてたよね。自責の念っていうか」法子は述懐した。

安堂の家系の者とかかわると青沼家の人間は不幸になるのでは、と朱海は嘆き、力を落としていたという。誠一郎の時も、朱海と光深との家庭生活が順調に進むのと反比例するように、青沼家の家督は傾いていったらしい。病身を押して家を立て直そうとしていた誠一郎は、困窮と疲弊のうちに若くして亡くなる。

「別れた後のことまで気にしすぎだよね」法子は軽く言ったが、ふと、しみじみと思う表情になった。「……それほど思っていたから、手紙や写真が残されていたか」

組んでいた脚を解き、美希風は言った。

「ベスは、ロマンスと言いましたね。まあ、それはそうなのですが、ロマンも殺人事件の構図に組み込まれると、感情の歪みにつながる時がある」

「そんな昔話が、殺人の動機になると？」

「直接にはないかもしれません。しかし、なんらかの影が落とされ、波紋を生む」

「ま、妻のそうした隠された思いを知れば、光深氏は愉快ではないだろうな」

ボストンバッグを手に、エリザベスは腰をあげた。

「しかし美希風くん。我々は距離を置いてしか知らなかったわけだが、あの安堂朱海が自殺したと知らされただけでも、信じがたい思いで困惑した。それが、殺人？　あの人が、毒を盛られ続けるような執拗な殺意の対象になるとは、いささかショックではないか」

「信じがたいですよね。でもまだ、なにを信じればいいかは決定していません」

美希風も立って、ドアに向かった。

「ふん。信じられるものを見つけるべきだ、か。ところで、宿の心配をせずに一泊できるのはありがたいが、これは賢明だったのかな？　脅迫状はただの脅しではなく、実際人が殺されていた。そしてあの内容は、三つのうちの二つめの死までの達成を謳《うた》っているかのようだ」

「三つめは、いつどこで……ですか」

「一つめは刺殺。二つめは毒殺。さて……」

「それも気になってはいるのですが――」

「深く気にしてくれよ、今夜の安全。本体を警察に渡しているから防犯カメラは機能を失っているのだしな」

「ですからそのために……」

明かりを消してドアをあけると、抑えられた男女の声が廊下から聞こえてきた。

2

小声で話していたのは、法子と紺藤平吉《こんどうへいきち》刑事だった。

美希風は、二人に笑顔を向けつつ、エリザベスに言った。

「ですからそのためにこうして、刑事さんが夜警に残ってくれたのではないですか」

すぐ応じたのは、法子だ。ゆったりと腕を組んで壁に寄りかかり、実に鷹揚な様子で、それが似合っている。

「役に立つかな、これ？　最初にぶっ倒されないか」

「言い方がひどいな、先輩」

「だから、先輩はやめろって。とっくの昔に、わたしは刑事を辞めている」

「でもですよ、安堂という名字だらけの中でなんと呼べばいいんです？　法子さん、ですか？　そんなの、変に照れるじゃないですか」

「照れるなよ」

犯人の動きを牽制する警備として、警察官に残ってもらうのがいいのではないかとの要望が誰からともなく出され、それが実行されていた。その役に、互いに交流が図りやすい紺藤刑事が選ばれた。明日は多少の睡眠を取る時間が彼には設けられ、病院へ出向く光深の同行役は別の刑事に回された。

法子は、トイレに来た千理愛《ちりあ》の付き添いだという。

〝マナーハウス〟エリアを除けば、トイレはこの一ケ所だ。玄関ホールのすぐそばだが、玄関自体、邸宅の正面にはなく、ほとんど東の端に位置している。

そして、トイレの向かい側のすぐ近くには、朱海が息を引き取った部屋がある。簡素な小部屋だが、そこに、レンタルした介護用ベッドを運び込んだものだった。往診する若月医師や看護師が出入りしやすいし、奥まった〝マナーハウス〟エリアの寝室にいるより、他の家族も家事や日常生活の合間に顔を出しやすい。

その部屋や、談話室、かつての光深の仕事部屋などがある一角の右側には、北側奥へとのびる廊下があり、集会ホールや奥のギャラリーへとつながっている。

キッチンやダイニング、リビングなどは、母屋の西側の一角にまとまっている。こちらで北側の奥へとのびる廊下を進むと、翠夫妻の居室や滉二の書斎などがあり、さらにその奥に位置するのが〝マナーハウス〟エリアだ。

美希風は、朱海が最期を迎えた部屋を夕食後に見させてもらった時のことを反芻《はんすう》した。

家具の少ないすっきりした様子と、手頃な広さとが、病院の個室を連想させた。

ベッドは左側奥に近い場所で、頭部を左の壁につけていた。奥の壁とベッドの間に、木製のワゴンがあり、薬や水差しなどが置かれていた。鑑識はもちろん、これらも調べたようだ。

ベッドの手前には、ガラステーブルと二脚の椅子。テーブルの上には、朱海夫人が日常的に身につけていた黒い手袋と、見舞いの手紙、封書類が多数置かれていた。千理愛が折っていたという祈りの折り鶴もたくさん見えた。

他に家具らしい家具といえば、右手の壁に接して置かれている小型のチェストぐらいだ。

このチェストもガラス戸が多く、旅行の土産品が並んでいるのがよく見える。

これだと確かに、朱海の死亡が確認された後で遺書が発見されるという状況は作りにくい。

遺書とされていた文章が偽物であることはもはや明らかだが、犯人の思考はたどれるし、その必要はある。まず犯人は、朱海の死亡前後に、遺書を作る必要に駆られた。しかし、偽造したそれを置く場所に苦慮したのだ。

その人物が朱海の死を最初に発見したのであれば、偽造遺書を枕元にでも置いておけばいい。だが、犯人はそのタイミングを逸していた。何人もが、あの部屋を訪れて遺体と対面していたのだ。その誰もが、どこにも遺書などなかったと証言する。隠せる場所など少ないし──見舞いの封書類と一緒にするのも非常識だ──自殺者がそのようなことをする理由もない。

そこで犯人は苦しいストーリーを作り出した。危篤状態にあった朱海が死の間際に意識を取り戻し、マットレスの下にでも隠してあった遺書を目のつく場所に出していたが、それを不都合と感じた犯人が遺棄した。あるいは、遺書を探した犯人がすでにそれを見つけ、処分していたという筋だ。

これならば、最期の部屋ではなく、皆の注意の集まっていない場所に遺書を仕込んでおけばいい。そして犯人は、まさにそうしたわけだ。

この読みは間違いではないはずだ。ただここで美希風が気になるのは、キッチンで流された紙との関連だった。あちらの場合、紙片を本気で破棄しようとした様子が窺える。かなり細かく裂いて、ゴミ受けを外して排水パイプに流したのだから。そしてそれを、タイプ打ちされた偽造遺書と仮定する。するとこちらが、第一の偽造遺書だったのではないだろうか。

それを差し替える必要が犯人には生じたのだ。よって、それは誰の目にも触れないように処分する。そして一方、急いで作った第二の偽造遺書は、一度のバイアスをかけて人々に発見させた。

――なにを変えたのだろう？

第一と第二の偽造遺書の違いはなんなのか？

致命的な失策が、第一の偽造遺書にはあった……。あるいは、第二の偽造遺書によって効果が何倍にも高められるなにか……など。次の問題は、犯人はなぜそれに気づいたのか、だ。なにか契機があったはずだ。

――それは、〝列棺の室〟で発見された脅迫状ではないのか？

そういう気がしてならない。

不意を突くようなあの出現によって、意外な局面が転がりだしたのだ。老衰と思われていた死に犯罪の疑いが生じ、警察への通報、辺りの探索など、誰もが慌ただしく動かざるを得なくなった。したがって犯人も、突然の新局面に合わせた変更を余儀なくされた――。

だとすると、脅迫状と偽造遺書の作成者は別人なのだ。

それとも、それは考えすぎか。全体の計画者が、たまたまふと、修正すべき点に気がついただけか……。

最期の部屋を見回っている時、若月医師もいたので美希風は尋ねてみた。遺体との対面時の様子だ。遺族からは、半ばうつぶせの状態で見つけたと聞いたが、若月医師が見た時にはきちんと仰向けになっていた。徐々に弱っていって筋肉量も少ない体ではまだ強く死後硬直は発現しておらず、姿勢を整えられたということだ。

今振り返ってみても、窒息死にしろ毒殺にしろ、異変は特に感じられなかったと、医師は憮然《ぶぜん》と口にした。

名乗り出た者の中で最初に朱海の死に気づいたのは、翠。日課どおりで、六時頃のことだ。すでに少し前からキッチンにいた酒田チカに異変を知らせ、二人で部屋に戻る。二人で遺体の姿勢を整えてから、男たちをそれぞれ呼びに行った。このような流れであったことは皆の口から確認されている。

「封筒が置かれていたとされる棚から見つかった粉末以外に、毒らしき物は発見されていないのかな？　怪しい道具とか」

エリザベスは当然のような顔をして紺藤刑事に問いを放っている。

「ええ、今のところは……」言い淀《よど》んだ紺藤だが、ちらりと法子に目をやると、この先輩の手前、手抜かりのない捜査であることを伝えようとしたようだ。「徹底して調べていますよ。食洗機が逆に毒を噴射する装置に変えられていないかとまで疑って調べました」

「朱海さんは入れ歯ですか？」

今度は美希風がそう訊いた。

「いえ。差し歯はありますが、入れ歯はなしです。光深さんも毒を盛られていた可能性が出てきましたから、あの方の歯磨きセットなどもすべて調べます」

母屋のキッチンやダイニングはもう使用してもいいが、怪しさが濃厚な〝マナーハウス〟エリアのキッチンやダイニング、朱海の部屋などは立入禁止にし、明日また精査するということだった。

夕食を食べた談話室からは、千理愛を伴って途中で法子は抜けていたが、それ以降に起こった事態や話は、今はもう彼女も聞き知っている。

トイレから出て来た千理愛はパジャマ姿で、大人たちの顔を見回してから、「作戦会議？」と興味を示した。

「会議は必要ないさ」法子は娘の頭に手を置いた。「この紺藤くんがいれば、どんな悪も一撃で倒せるからな」

さっきとは逆の内容で刑事にプレッシャーをかけている。娘を安心させるためにはこれも必要だろう。

「なーに、まかせておいてよ、千理愛ちゃん。しっかり見回るから。犯人も、絶対見つけるよ」

美希風は、千理愛の顔を見て思い出したことを口にした。

「七夕の日のことは聞いていますか、紺藤刑事？」

これは伝わっていなかったようだ。奥のギャラリーで千理愛が遭遇した、朱海の気になる様子。『もうこんなことはやめなさい！』などと声を荒らげ、罪を問い、諌《いさ》めていたという。

「午後二時半頃だったそうです」美希風は言った。「その時刻の関係者たちの所在を調べるのも手でしょうかね」

「相手が脅迫者であるなら、アリバイで篩《ふるい》にかけられるってことですね」

「電話を通してだったかもしれないので、慎重さを要しますけど」

「電話じゃ、あんな叫び方になるわけないよ」

パジャマの袖《そで》を引っ張りながら、千理愛は少し唇を尖《とが》らせた。あの場で誰かに叫んでいたという感触に自信があるのだろう。

「相手の姿も見ていない、声も聞いていないんだね」紺藤刑事が確認を取る。「黒い気配を感じたのかな？」

〝白《アスプロス》〟や〝黒《マヴロス》〟と呼ばれるもののことは、紺藤刑事も知っているようだ。

「あれは気配じゃないから。その人を直接見ていないと現われないの」

エリザベスの好奇心が働いたようだ。

「鏡ではどうなのだね？　自分自身の色は視《み》えるのかな？」

「自分のは判らないのよ。そういうものでしょ？」

――そういうもの、なのかもしれない。

「光深氏は、堂々たる〝黒《マヴロス》〟かい？」

「光深おじいちゃんは、間違いなく〝白《アスプロス》〟よ」

「ほう。一筋縄ではいかないね」

「犯人が発する黒い気が見える能力なら、刑事として僕もほしいな」

「特殊能力に頼るなよ」

紺藤刑事をやり込め、千理愛の手を取ってその場を離れようとした法子だが、一度足を止めた。

「ヒ素と鉛の入手先はどう？　つかめそう？」

「まあこの情報も、当人からいくらでも具体的に聞けるでしょうからお答えしますが、累さんの会社は化学的な素材をずいぶん扱っていますので、ヒ素もあるそうです。鉛もあるといえばありますが、これは、どこからでも入手できますのでね。鉛筆の芯や、釣りで使う古い錘《おもり》」

「最後に一つ」

美希風は、紺藤刑事に尋ねた。

「排水パイプで見つかった紙切れは、どの程度の細かさだったのでしょう？」

「かなり細かかったですよ。そうですねえ……」紺藤は、指先に目をやった。「人差し指の爪ぐらいの大きさかな」

「中指も薬指も同じような大きさだな」

法子が茶々を入れる横で、千理愛も手を広げて見ている。

紺藤刑事は微笑んだ。

「千理愛ちゃんの爪ほどには小さくなかったよ」

「だが」法子の声は引き締まっていた。「そこまで細かくちぎるのは、意外なほど大変だぞ。根気が必要で、時間もかかる。犯人の懸命さが伝わるってもんだな」

法子も美希風と同じく、処分しようとした犯人の本気度を感じ取ったらしい。

美希風が、できれば明日、安堂夏摘の当時の足取りをたどりつつ遺体発見場所も見てみたいと希望すると、法子が案内してくれることになった。

「今度の件が、あの事件の突破口になるといいですけどね……」

紺藤刑事は唇を嚙み締めるように呟いてから、張り番の役に回った。

3

ボストンバッグをさげた美希風とエリザベスは、階段をのぼった。

「ヒ素と鉛か……」記憶をたどるようにエリザベスが言う。「ある論文を思い出したな」

「なんです？」

「ヒ素と鉛は、蛍光X線分析法を行なえばスペクトルが重なるんだそうだ」

「えっ？　それって、鑑定ミスも有り得るってことですか？」

「そうではない」エリザベスは、はっきりと首を横に振った。「そんなことは起きないさ。スペクトル分析で検出しているわけではないからな。たまたまそんな関連もあったなと、思い出しただけだ」

「すると、犯人が鉛を選んだのは、入手のしやすさが第一の理由と考えていいですかね」

「だろう。紺藤刑事も言ったとおりだ。自然界にもあまりにも普通に存在しているから、我々の体は微量の鉛は排出できている。とはいえ、汚染の蓄積連鎖には気をつけなければならないというところだな。無論、工業製品でも鉛の利用頻度は高い。ハンダ、防さび塗料、鉛入りのガソリンというのもあったな。オーソドックスな銃弾も、有名なところだ」

「犯人はヒ素を入手し、これと複合させるための毒物として手頃な物を、と選択した。鉛中毒の症状は、貧血や神経系の障害ですか？」

「頭痛、胃腸障害。そして、歩行の協調障害、脱力、感覚の消失などだな」

「歩行の障害……」

「光深氏が車椅子に乗っているのは、鉛中毒とは関係ないだろう。相当以前からの機能障害のようだからな。そこは身体機能の低下として始まった経年的な衰弱だ」

「解毒は可能なんですね？」

「無論だ。毒素が判れば対応できる。ヒ素にも鉛にも、効果的な治療方法が確立している。……ある意味、朱海さんは自らの死で、光深氏の命を救ったと言えるかもしれないな」

彼女の死が改めて心に染みてくるような沈黙が生じた。

それから二人は、じゃあ明日、会おう、と言葉を交わした。

○

ベッドの千理愛はブランケットにくるまり、天井を見あげていた。

どうして大人には、あれが視《み》えないんだろう？

でも、それも仕方ないか。

人には見えないものが見えたり、不思議な世界と特殊な交流ができた子供でも、その能力をずっと持ち続けている人はほとんどいない。大人になるにしたがってその力は消えていくもののようだ。

光深おじいちゃんは話を合わせてくれているけれど、「中学生にもなれば落ち着くだろう」と言っていたのを聞いたことがある。

来年は中学生だ。住む世界がとても変化し、なにかを知る代わりにこの力は消えてゆくのだろうか。

そうなのかもしれない……。

最初に視えたのは、小学校に入学してしばらくしてからだった。

担任の、男の先生だ。保護者からは人気のある先生だった。でもじわじわと、千理愛は、その先生は感じがよくないと思うようになっていった。

今から思い返しても、自分はけっこうませていたようだ。今では〝外面《そとづら》〟という言葉を知っているけれど、あの頃は感覚的に、あの先生の表と裏の違いを感じ取っていたようだった。知識や経験的な知恵を誇っているようなところがあった、小学生を相手に。自分は道徳的な人間だから手本にしなさいと明らかに思っていて、それが謙虚そうに装う枠からはみ出して見えていた。

その先生の肉体の枠からはみ出して、背中や肩から、黒いモヤモヤとした煙のようなものが視えるようになった。感心させる言葉が決まって満足している時。みんなが褒めそやすようにして取り囲んでいる時……。でも子供ながらも慎重に、それをすぐには口に出さなかった。自分でも、これは不気味で不自然すぎると思っていたのもあるが、言ってはいけないのではないかと本能的なブレーキがかかっていた。試しにそっと級友に言ってみたこともあるけれど、やっぱり、「そんなのマンガだけだよ」と返されて、誰にも視えていないことは判った。

でもそのうち、夏摘にそれが視えた時の感動と驚きは忘れない。しかも、黒とはまったく違う色！　素敵で頑張り屋の身内で、優しいおねえさんにふさわしいオーラ。どんな時でもほとんど白く、綺麗《きれい》な色をしていた。

だからこれは、当人や家族に話してみた。わくわくと話さずにはいられなかった。お母さんやお父さんは微妙に微笑みながら、「家族以外には言わないほうがいい」と忠告めいて言った。光深おじいちゃんは、「先祖にはそれに似た力を持つ者もいたらしいぞ」と教えてくれた。夏摘当人はどう受け止めればいいのか判らなそうで、少し照れていたけれど、この話題はずっと楽しそうに聞いてくれた。

そしてそれから少し遅れて、光矢大伯父の体からも、それが滲み出すように視えるようになった。黒く淀んだもの……。

それから徐々に、何人かの大人に……。白であり、黒であり、時には入り乱れて。高いお金を取るお坊さんに、ふっと黒いものが視えたり……。

でも、子供を相手にした時にはそれが視えたことはなかった。友達の本性を知りたいと思っても、視えた例《ため》しがない。

なんの役に立つのだろう、これは？

変な時に口走らないか気にしなければならず、窮屈だ。

紺藤刑事が言ったみたいに、悪い人がいたらパッと判ると便利で、役に立つと思う。

そうよ。そうだ。
神様。夏摘さんや朱海おばあちゃんを殺した人を教えて。
黒く視せてください。
白い騎士が現われるのでもいい。お願いします。

第六章　行方を絶つ前と後

1

明けて月曜。七月二十九日。

今日も暑くなりそうな空の下、安堂法子《のりこ》は車を適度に飛ばしていた。後部座席には、美希風とエリザベス。右側に座る美希風は、窓からの日射《ひざ》しを強く感じていた。

全員が無事に朝を迎え、光深《みつふか》以外は食事を摂《と》った後、翠《みどり》の車で彼は外食と診察に向かった。

朱海《あけみ》の遺体は午前中に戻されるということだったが、葬儀が滞りなく終わるのは午後になってからだろう。朱海が自然死と思われていた時の予定では、光矢《みつや》は午後には東京に戻るはずだった。だが現状では、そうもいかない。他にも何人か、仕事の調整をするための電話に時間を取られる者が多かった。千理愛《ちりあ》は夏休みに入っている。

約束どおり、夏摘《なつみ》事件の足跡を追うべく、光矢のセルシオを揺っさらった法子が案内役になっている。

「あんな千理愛は初めて見たなぁ」

娘のことを口に出す法子の目元は緩んでいる。民家も疎《まば》らな田舎の景色の中、ハンドリングは軽快だった。

「あんな、って？」美希風が訊いた。

「あなたに、可愛いって言われた時よ」

髪形だった。とても凝っていて、エレガントだった。母親が手をかけたのだろう。細かく編まれた髪が左右で何本も、横を流れて後ろで玉になっていた。弔いの儀式に備えての、格式もある優美な装いといったところだろう。

一目見て、あの時美希風は本音を口走ったのだ。

「真っ赤になってたよなぁ」法子は笑う。

エリザベスもある意味、からかうような、罠《わな》を楽しむような、邪《よこしま》な笑みを浮かべていた。

「美希風くん。お前は、あの年齢の女には手管《てくだ》を使えるのだな」

「どうして変質者扱いになるんですか！」

「逮捕しちゃうぞ」と、さらに笑う法子。「あっ、すでに、逮捕権はなかったか」

エリザベスが真面目に言う。

「日本でも、現行犯には市民でも逮捕権があるのではなかったか？」

「私人逮捕はできますね」

「気をつけたまえ、美希風くん」

「あのですね……」

「真面目な話」法子の柔らかな表情は、母親のものだった。「あの手の言葉に、子供時代とは違う敏感さを味わう時季よねえ。少し早いか」

「いや」エリザベスは予見するように、「一生忘れられないのは確かだろう」

美希風としてはカメラのシャッターも押したくなったほどだが、千理愛があまりにも恥ずかしがっていたからそれは遠慮していた。

「いやあ、とにかく、千理愛ちゃんもみんなも、無事でよかったですよ」

巧《たく》みさの欠片《かけら》もない強引さで美希風は話を変えたが、二人の女は、女武士の情けか、その点はスルーして話題を進めた。

「お二人とも、安眠できたのだね？」ホスト役の一員として気づかったかのような法子の一言だ。

「問題なく」エリザベスが、軽い口調で応じる。「エアコンが高性能すぎる多機能で、まごついたが、三十分で自動的に切れるようにセットできたはずだ。その前に、もう寝入っていたがね」

「私も」と、美希風。「怪しい気配など感じることなく、朝までゆっくり」

「うん。紺藤平吉《こんどうへいきち》くんによると、異変はまったくなかったそうだな」

夜間、翠と光矢がトイレに行っただけで、他にはなんの動きもなかったそうだ。

この報告の時、紺藤刑事は、「先輩のアリバイは確定していますからね」との知らせも併《あわ》せて伝えた。担当刑事に朝になって電話をし、改めて確認を取ったという。二日前から明らかに遠方にいた法子のこととはいえ、警察は裏を取ったそうだ。

昨日は、県北部の大町市を十四時すぎに出て、途中、自力で帰ると言った助手であり友人である女性を、それでも諏訪《すわ》市の自宅まで送り届けている。十四時までは、短い昼食以外はずっと仕事で、何十人という証人がいる。

脅迫状や偽造遺書を動かす画策、防犯カメラの破壊などは彼女にはまったく不可能というアリバイが最終確認されたわけだ。

その折、美希風は、葬儀社の人たちが無関係であるかを明らかにできれば捜査の基礎固めになるでしょうね、と提言してみたが、これも警察はすでに洗っていたのだった。結果を先に言えば、二人の男は共に、完全に白だった。

チーフの岸《きし》は、四十三歳。隣の岐阜県中津川《なかつがわ》市に在住。八年前から当葬儀社で働いているが、生活圏などは安堂家とまったく重ならない。去年の夏摘の葬儀も取り仕切ったが、それ以外のつながりはなにも見つからず。四年前の夏摘の失踪時にもごく普通に生活しており、接点を想像することもできなかった。十日前に長女が誕生したばかりで、幸せそうにばたばたしている。

もう一人は西《にし》と言い、三年前までは徳島県に住んでおり、製麺《せいめん》会社勤務という仕事でも安堂グループとはまったく関連がない。去年からこの葬儀社で勤め始め、今春、プラン企画の部署から現場に回った。金の出入りや行動に不審な点がないか洗っても、どこにも怪しげな点はなかった。岸とグルでない限り、アリバイも成立する。

さらに名前を出せば、若月純夫《わかつきすみお》医師にもアリバイはあった。防犯カメラが壊された時間帯などはずっと、医院で医療活動に就《つ》いていた。

「アリバイ調べはほぼ済んで、容疑者を絞る役には立っているはずだな」そうした言葉の内容とは裏腹に、エリザベスの表情は明るくはない。「だが、決め手にはなかなかならないか」

「容疑者が非常に限られているのは、夏摘事件の時も同じだった」悔しげな目をした法子の声も沈んでいる。「それなのに、犯人を割り出せなかった」

三人は、夏摘が姿を消した朝と同じルートを移動している。つまりそれは、彼女の出勤コースだ。四年前の十二月七日。安堂夏摘は七時前にいつもどおり家を出て、車で四十分かかるJR駅へと向かったのは間違いない。

「アリバイもそうだが、同時に検討したいのは動機だな」エリザベスは推論を進めるうえで前を向く。

「朱海さんの生命保険や遺言の件は確認が取れたのですね、法子さん？」美希風は訊いた。

「保険の証書に目を通したし、それぞれの保険会社の担当者からの返事は、さっき夫がスマホで知らせてくれた。祖母は、四社の保険会社と契約していたんだ。人のいいところがあるというか、社会活動の中で義理が生じて、祖母は四社の保険に入ったわけさ。そのうちの三社は自殺でも保険金はおり、総額は一億五千万ほど。事故死、病死、犯罪被害による死と認定されれば二億だ。そのどれもが、受取人は夫の光深。でもね……」

法子は肩を軽く揺すった。

「あえてこう言わせてもらうけど——たかだか一億や二億のために、祖父が祖母を殺すなんてことは、根本から有り得ない。考えるまでもないことだ」

「だろうね」エリザベスも疑問の余地なく認めている。

美希風も同感で、「遺言状も作成されていないのでしたね？」と話を進めた。

「それも、顧問弁護士から回答済み。念のために、祖父が遺族として質《ただ》したんだけどね。祖母の社会奉仕活動で問題が生じた時、助言を得ていた、祖母が雇っていた弁護士だよ。内容はともかく、遺言状を受託されているかどうかまでは口を閉ざさないと明言したそうだ。そのうえで、『私は受け取っていないし、朱海夫人は遺言状は作成していないでしょう』という返事だったって」

「昨夜お尋ねした時の気配では、朱海さんの遺言状というものを光深さんは度外視しているようでしたね」

「昔からあの人は、そんなものは作るなと、祖母に言っていた。いらぬ混乱を招くから、と。自分の裁量が届かなくなるのも嫌だったのだろうな。それでも祖母は一度、喜寿《きじゅ》を迎えた年に遺言状を作ったんだ。財産というより、もっぱら、自分が作りあげた福祉団体の行く末を案じてね。組織の運営費が涸れないようにしておきたかったんだ。でも、これに気づいた祖父と大もめになった。家庭争議は危うく、家裁扱いにまでなりかけたよ。これで祖母もあきらめたってわけ。あれからは、わたしたちに口頭で言い続けていたね。活動を見守って、できるだけ力を貸してやってほしいって。酒田チカのこともよく面倒みてあげて、とも言われたね」

エリザベスは半ば考え込みながら、

「だとすると、安堂家の巨額の金が目立って動くはずもないな。そこを狙った動機は、特に発生しようもない」

「そう。むしろ……」ハンドルをしっかりと握り直した法子は、相当に真面目な顔色だ。

「なにか恐ろしいほどの動きが起こるとしたら、これからだろう」

――まさに。

美希風も、懸念をひやりと感じる。

安堂光深の連れ合いが亡くなったのだ。光深に万一のことがあれば、各企業の代表権や株式、その他の莫大な私財が、息子たちに向かって大きく動き始める。

際限のない欲望の前に、人間の理性は哀れだ。情けない脆《もろ》さが犯罪を生む。

聖常生《せいじょうせい》なる主、我らを……。

「ふと思ったのだが……」エリザベスは思案がちに、「流しにちぎって捨てられていた紙というのが、朱海夫人が書いていた遺言状ということはないか？」

「それは僕も昨夜、考えてみましたが、違うでしょうね」

「そうか？」

「遺言状というのはまず、自筆が望まれます」

「ああ……。捨てられていたのは、タイプ打ちされた文章だったな」

法子の知識も借りて、美希風は、日本において認められている遺言状の形式を三つ伝えた。

自筆証書遺言。

公正証書遺言。

秘密証書遺言。

「法子さん。朱海さんは文字がまったく書けないわけではないですよね？」

「満足できる、きれいな文字は書けないというだけだ。遺言状のような、重要な証書は自らの手で書くさ。時間はいくらかけても、丁寧に書けばいい。文字は乱れるだろうが、まさにその筆致が、その時の安堂朱海の自筆であるという証明になる」

その先は美希風が続けた。

「自筆以外ですと、公正証書遺言か秘密証書遺言ですね。公正証書遺言は口述。秘密証書遺言は、本文はワープロでも他人が書いたものでもいいようですが、署名押印は必要です。そしてどちらも、作成には公証人が必要ですし、家庭裁判所や公証役場もかかわります。にもかかわらず、安堂朱海夫人の死亡はもう公示されているのに、今日になっても、公証人からも弁護士からも連絡はない。そのような遺言状は存在していないからです」

「それにだね、遺言状があったのならさすがに、亡くなる二、三日前にはわたしたちに伝えていなければおかしい。誰一人聞いていないなんて。一人にだけではなく、何人かに公表して事後を頼まなければおかしいよ。酒田さんの言葉を信じるなら、祖母は写真や封筒の処分は頼んだけれど、遺言状などにはまったく触れていない」

酒田チカが処分したのは、朱海と青沼《あおぬま》誠一郎《せいいちろう》との思い出の品であったことは、今朝みんなに知らされていた。光深は無言だった。「意外だな」との感想は光矢。「身仕舞いだな……」そう呟いたのは滉二だ。

「判った」エリザベスはきっぱりと言った。「決定事項を確認しておこう。安堂朱海は毒を呑まされて死亡。したがって遺書など書くはずもなく、発見された遺書は、科学的鑑定においても偽造が立証されている。朱海の遺言状もなし」

ゆっくりとハンドルを切りつつ、法子は片手で髪の毛を掻いた。

「流しで発見された紙片から、科学的な手掛かりは得られるかな。細かすぎて、無理か」

○

県警鑑識課主任の手には、証拠袋に入った脅迫状があった。安堂家の〝列棺の室〟で発見された物だ。右上が破られているが、それも一緒に入っている。昨日遅く文章で報告した内容を、口頭で詳しく伝えてきたところだ。

数分前、

「一般的なロウソクの蠟《ろう》なんだな？」

鳴沢警部がそう言って説明を求めたのは、脅迫状の裏面で発見された、固形化された染みについてだった。直径一センチ少々で、白に近い灰色。位置的には右上にある。汚れた地下通路に落ちていた物で、紙自体が灰色であるため、さほど目立たなかった。

「蠟が滴《したた》ったものではないな」鳴沢警部は、自分の目でそれを確認していた。「こすりつけたようにも見える。そう見ていいかな、主任？」

「それはなんとも。少なくとも、指紋の形跡はありませんね」

「ロウソク以外の蠟である可能性は？」

「可能性ならあるでしょう。言えるのは、蜜蠟《みつろう》ではなく、特徴的な香料なども混入していない、一般的なロウソクの成分に最も近いということです」

鳴沢警部は、少しむずかしそうな顔になり、

「集会ホールには確かにロウソクが飾られているが、現場からの報告では、蠟が溶けることなどないと、関係者全員が口にしているらしい。火を点けないのだそうだからな。〝列棺の室〟や地下通路にも、ロウソクはまったくない」

どう考えればいい？　と問われているような間《ま》があったが、科学的に答えられる範疇《はんちゅう》を超えているので黙っていた。

「どれぐらい前に付着したのかな？　それは分析できたか？」

「完全に乾き切った様子から、相応の時間経過が窺えます。しかし、数日以上前であろうと言えるだけで、これは、タイプ打ちされたインクと同じですね」

「現場からロウソクの欠片《かけら》を持ってこさせるから、成分が一致するかどうかは調べてもらおう」

あまり手掛かりになっていないと感じている様子の鳴沢警部は、他の希望を探りたいのだろう、

「流しで見つかった紙片のほうはどうだ？」と、論じる点を切り替えた。「なにか、その後の発見は？」

「台所汚れが付着していて、有意的な要素を選《よ》り分けるのが困難な鑑定素材ですね、あれは。ただはっきりしているのは、あの紙は特殊な色づけなどされていない、ごく一般的なプリン

ト用紙だということです」

いや判った、という鳴沢警部の言葉で役割を終え、主任は鑑識課ラボに戻って来た。脅迫状にはもう少し検査を加えてみようと思っている。被害者が毒殺されたと判明したからだ。毒物かなにか、微細な異物が検出できるかもしれない。

最初にルミノール検査をしてみようと思ったのは、基本的な手順を踏もうという半ば無意識の選択だった。血痕らしき染みが見えていたわけでもなく、検査結果になにかを期待する気持ちなどまったくなかった。しかし、部下とルミノール試薬を吹きかけて紫外線を当てたところ、思わぬ反応が現われた。

意表を突かれ、目を見張った。

いや、鳥肌が立った。

部下も、「なんです、これ?」と息を詰めている。

試薬に反応して血液成分が青白く浮かびあがったが、このようなものは見たことがなかった。鑑識歴三十五年の経験の中でも初めて知る感覚だ。

なにを示唆するのだろう……?

不気味に……、不思議に……。

脅迫状の中で、二行めの、ヒツギという三文字だけが、青白い発光に包まれている。

エリザベスは何気なくスマートフォンの画面を見てしまい、隣の席から美希風が声をかけてきた。

「なにか、情報確認ですか？」

「いやこれは、個人的な書き込みページだ。酒田さんから、健康レシピを教わったのさ」

「健康レシピ？」

と、運転席の法子が食いついてくる。女性陣にとっては定番の話題の一つなのかもしれない。

「日本や中国の食事は、やはり、健康志向だろう。ずっと興味があったのでね」

酒田チカに声をかけたのは、朝食の後片付けを手伝い、二人切りになった時だった。シンクに並び、エリザベスは受け取った食器を水切りラックに置いた。

老衰が進んでいる者の食事を管理するのも大変だと思うが、メニューを参考にしたいのだ、と教えを請うた。

お二人とも、ビタミン欠乏を補う野菜をうまく使った品目が必要で、主食はお粥《かゆ》にもしま

2

した、と酒田は教えてくれた。お粥がどういうものなのか訊いた後、

「うちでは、米はあまり使わないからな。おかずのほうの工夫はないか？」

「ああ、そうですね……」

弱く笑いながら、酒田は蛇口を閉めた。

それから、酢を使えば血糖値の上昇を抑えられるとか、豆腐、味噌などの大豆加工食品も有効だといったレシピが伝えられ、エリザベスはスマホも活用して用語確認をし、書き取っていった。

一通り終わり、感謝したところで、酒田は少しぼんやりと言った。

「でも、光深さんにお食事を出すことも、ここで調理することも、もうないかもしれません」

「ん？」

「解雇を言い渡されそうですよね。封筒を捨てたりして口をつぐんでいたこと、光深さんはご不快でしょうし、毒を仕込んだ犯人と疑われていては……」

「犯人なのかい？」

「違います。でも日頃から、光深さんの信任を得られてはいませんでした。もう大奥様がいなくなられましたし、わたしの首を切る口実が充分あるのですから」

「翠さんや法子さんは味方だろう？　易々《やすやす》と首は切らせないと思うが」

首を横に振りながら、酒田は調理用テーブルの椅子に腰を沈める。

「かばってくれるでしょうけれど、ご意見は通らないでしょう」

エリザベスも、斜め前の席に座った。

「そうかね？」

「光深さんが対等に耳を傾ける女性は、朱海夫人だけです……だけでした。翠さんも法子さんも、光深さんに対してはっきりものをおっしゃる方《かた》ですが、光深さんは聞き流すだけです。ご家庭でも企業グループでも、光深さんのご意向は絶対です。わたしの処遇について光深さんが決めれば、光矢さんたちも特に反対はしないでしょうし……。

あっ、申し訳ありません。お客様に関係のない身の上のことで、お耳を汚して」

「言いたくもなるだろう。この家は、あなたにとってオウンホーム同然だろうからな。安堂家の人間は家族でもあった」

「ええ、本当に。自宅やマイホームと言うのはおこがましいですけれど」酒田チカの表情がほぐれた。「使用人であることは常にわきまえたつもりですが、ええ、本当に……。朱海大奥様は、見合いの世話までしてくださいました。千理愛さんは生まれた時から知っていますしね。めでたかったです。ご家族は、どなたも皆とても喜んで、華やかな時間でした」

「光深氏も人並みに喜んだのかい？」

「もちろんです。あら、もっとも、滉二さんがおっしゃるには、孫が生まれた時より何倍も

な？」

「孫……。累。夏摘。拓矢だね。光深氏の情のかけ方には、厳しく見える特殊さがあるのか

嬉《うれ》しそうだということでしたけど」

実際のところ、エリザベスは、光深の態度は度がすぎているし、専横の気質が根深すぎる

と感じている。

「おっしゃるとおりですね。期待の大きさが裏返しに見えているところがあるのではないで

しょうか。気を回し、手を貸すこともちろんあります。累さんが免許証の実技試験に落ち

た時など、敷地にちょっとした技能テスト用コースを作りましたから」

「スケール感が常人離れしているな」

「拓矢さんに建設会社を始めさせた時は、最初の仕事にこの家の点検工事を任《まか》せて、実績作

りと腕磨きをさせましたね。……その会社も、拓矢さんが自ら招いたのかもしれない不幸な

事態でつぶしてしまうことになったのは残念です。この先何年か、お顔を見られなくなるで

しょうし……。去年、拓矢さんは心臓のご病気も見つかったのですよ。あんなことになった

夏摘さんも本当に……」

言葉に詰まった酒田相手に、エリザベスは話の内容を少し変えた。ややデリカシーに欠け

る内容かもしれないが。

「朱海夫人があなたに、なにがしかのまとまった金銭的な手当を残してくれているというこ

とは、やはりないのかな？」

「それはないとはっきり決めて、それはこちらでも望むところでした。朱海大奥様がお亡くなりになった折に、退職金のようなものをいただくというのは、あまりにもドライな雇用関係のようで、なにか感覚に馴染みませんでした。……ああ、ですけど、本音を言えば、このままここで働かせていただけることを前提とした気持ちでしたけれどね……」

でもいいのです、と酒田チカは続けた。

「朱海大奥様や安堂家の方々と、わたしたち母子《おやこ》のような者が、家族同然に過ごさせていただけたことだけで充分です。大奥様はわたしたちだけではなく、今までずっと、ファミリー感覚の親身さで大勢の困窮者を助けています」朱海のそうした活動を思い出すだけで、酒田の気持ちは和《なご》むらしかった。「世界中に、助けられた家族がいます。もう団体活動の一線からは退いていますけど、それでも今年でしたら、難民保護活動を通して知り合った黒人少年トニーくんなども、我が子同然の眼差しで見ていましたよ。わたしも、そうした大勢の朱海夫人チルドレンの一人であることを誇りにします」

かなり縁が薄いが、南美希風もチルドレンの一人であろうかとエリザベスが思ったところで、ダイニングから翠が顔を出した。

喪服代わりの服をお貸ししましょうか？　と気を利かせてくれる。

酒田チカに礼を言って、エリザベスは翠の後に従った。

「サイズは同じぐらいですものね」

そんなことを話しつつ、翠の部屋に案内された。

「今の季節のでしたら、こちらです」

ウォークインクローゼットをあけられた時には仰天した。自動で点灯されたその中にさがっている衣服の数に圧倒される。ざっと見えるだけでも八十着はあるだろうか。まだ奥にもありそうだ。

後ろの壁にも同じ造りのウォークインクローゼットがあるのに気がつく。そちらには、冬用の服が仕舞われているのだろう。

平然とした様子は当然であろうが、翠という女に初めて、エリザベスは普通とは違う感触を覚えた。安堂家の中では、翠は、実に真っ当な女性を代表する存在だと感じていた。だがその相手に、いささか大げさに言えば、得体の知れなさを味わってしまった。

無論、自慢など一切していない。いや、むしろそうした俗で一般的な情感がこぼれ出ていれば、常識的な受け止め方で済んでいた話だろう。しかし、この贅沢《ぜいたく》な蒐集箱《しゅうしゅうばこ》同然のクローゼットを、六十一歳の翠は、何事でもないこととして等閑視《とうかんし》している。

富裕な生活に慣れてしまえば、これぐらいのことは問題でもないのかもしれない。

「お気に召すデザインがなければ、遠慮せずそうおっしゃってください」

黒い服は十数着あるか。どれもシックさを基調にしているので、デザインに世代的な差もほとんど生まれていない。

エリザベスは一着選ばせてもらい、試着してから部屋を出た。その服を着て、故人を見送るセレモニーに臨むことになる。その時、多くの謎は解かれずに残っているのだろうか。

「参考になるレシピはあった？」

運転席の法子が関心を寄せる。

「とろみ、というのがあったな」スマホ画面で、エリザベスは記憶を確認した。「かたくり粉というのを使うのだな。とろみをつけると味の薄さをカバーできるので、減塩に役立てられる。それに、食が細い時にも喉を通りやすくなる」

「確かに」

エリザベスがスマホをバッグに仕舞うと、美希風が話題を動機へと戻した。

「夏摘さん殺害の動機もはっきりしないのですよね。単純な生命保険金目当てというのも真っ先に除外できそうです」

「そう。ごく平均的な契約だったね。結婚した時に、夫婦を互いに受取人にして入ったんだ。金額も千五百万円ほどのものだった」

「愛憎、痴情のもつれも見当違い」

「愛する夫を三ヶ月ほど前に喪《うしな》ったばかりだ。本当に愛し合っていて、等《ひとし》さんを頼りにしていた。そりゃあもう、等さんが亡くなった後の夏摘さんの落ち込みぶりは深くて、見ていられないほどだった。彼は好感の持てる男だったからね、誰もが悲嘆に暮れたよ。中でも祖母が。あれから体調が優れなくなっていったけど、ショックが尾を引いたのは間違いないだろう」

「青沼誠一郎の孫ですものね」美希風は、慮《おもんぱか》った。「自分の孫にもなってくれたと喜んだ矢先に、若くして……」

「憔悴《しょうすい》はどんどん深まり、死の淵まで行った祖母は、かろうじて退院した。その時の体験から、祖母は今回は自宅で、と意思表示したんだ」

窓の外には少し前まで、牛の姿が見えたりリンゴ畑が続いたりしていたが、そろそろ、スーパー、パチンコ店、タイヤ販売店などが目につく住宅街になってきている。

「ストーカーの影もなかった」美希風は記憶を追う。「そもそも、外部犯行説は否定せざるを得ない。タイプ打ちされた犯行声明文が、肉親以外には滅多に手にできない筒に入れられて発見されている」

法子が説明した。

その筒を我が家では、ギリシア語で柱を意味するコロナスと呼んでいる、と。法子が命名したという。

「その〝コロナス〟を、誰が持ち出したのか、判っていないのですか？」

「不明だ」法子は頷いた。「いつの間にかなくなっていた。集会ホールの祭壇に置かれていたのだけど、拝む対象ってことでもなかったからね。目立たず、横にされて置かれていた。あって当たり前すぎて、意識しなくなっていたな。夏摘さんが行方知れずだとなった次の日、祖父が紛失に気がついた。みんな、身辺に注意を払ったり、記憶をさらったりしたからね」

「その筒は、今はどうなっています？」

「まだ警察が保管している」

未解決事件の証拠品であるからだろう。

「彼女が死ぬことで利益を得たのは誰なのだ？」エリザベスが口にした。「それが動機の基本だろう」

「……特にいないんだよねえ」法子は、当時もさんざん考えたという顔だ。「あえて言えば、彼女がある程度仕切っていた会社をわたしの夫が引き継いで社長になった。それぐらいだろう」

「累さんかあ……」と、美希風。

「一般的に見れば、地位を得て収入もアップしたわけだから、利益だろう？」

「そうだとは思います。が、ぴんとくるものではありませんね。お二人が権力争いをしていたわけではないでしょう。どういう経緯で累さんが社長に？」

「夏摘さんの存命時から、累は、〝安堂グループ・インダストリー〟の株持ちの役員だった。

夏摘さんが亡くなった時に、代わって副社長になり、当時の社長がかなり高齢だったから、程なく退職してその後釜に累が座ったのさ。これも、やや強引な祖父の采配だったね」

「夏摘さんのポストを、累さんが後ろ暗いことをして奪ったとは思えませんね。すでに充分裕福だったでしょうし、社長になれなければ自尊心が許さないというタイプでもないはず」

「社長を任せられて、むしろしんどそうだったよ。今でもそうだけど。夏摘の苦労が骨身に染みるって、よく言ってる」

当時の捜査でも、累は慎重に調べられたのだろう。それは美希風にも簡単に想像できる。そして結果として、重要容疑者にもならなかったわけだ。

「明確な動機があるはずです」その確信が美希風にはあった。「殺し方と遺棄の仕方が残酷ですからね。刺殺です。撲殺死体が放置されているだけなら、瞬間的な感情のもつれで鈍器を振り回してしまったということもあるでしょう。しかし夏摘さんは、凶器の刃物と犯行声明文と一緒に葬られている」

考え込みながら、エリザベスが口をひらく。

「……犯行声明文の一節だが、こういう一文があったはずだな。

まずは墓地への先導者。贄《にえ》の歩み。

これは、先導させるための生贄《いけにえ》ということで、本来の標的とは違うという意味にもならないか？　この死には後が続く、という予告だ」

法子が唸《うな》るように言う。

「実際、祖母が殺された。……いや、そうなると、この犯人は夏摘さんには明確な殺意はなく、形式を整える生贄として彼女の命を捧げたということにならないか？」

「布石としての殺人だな」エリザベスの口調は、やるせなさそうだ。「しかし、そんなことで人を殺せるか……」

できるとすれば——と、美希風は、胸の奥で立ち止まるようにして考える。その殺人者の中にあるのは、変質した信仰だろう。

黄色信号で止まった彼らの車を、赤いＳＵＶが追い越していった。

美希風は、少し身を乗り出す。

「等さんは交通事故で亡くなったのですよね？　どのような事故だったのでしょう？」

「う……ん、原因ははっきりとしなかったが、居眠り運転と結論するしかなかったな」

「その曖昧《あいまい》さ」エリザベスが目を光らせる。「日本語の慣用句では、奥歯に物が挟まったような、と言うのではないか？」

「そのとおりだね」

そう苦笑する法子に、美希風は探るような口調で、

「ブレーキを踏んだ形跡がないということですね。路面にタイヤ痕はなかった。雨の日ですか？」

「いや、路面状況はよかった。のんびりと走行できる道路だ。時速四十キロ制限のところを五十キロほどで走っていたようだ。ブレーキを踏まずに路肩を外れ、岩肌に激突した。監視カメラは近くになく、映像の記録は残っていない。ただ、遠方からではあるけど、互いに関係はない別々の目撃者が二人いて、単独事故であることを証言している。アクシデントとしての事故である以外に変わったことは見ていない。解剖結果によると、ドライバーに病変はなく、薬物も検出されず。等さんは本当に、慎重な運転をする人だった」

「その状況で居眠り運転以外の原因となると……自殺、ですね」

車がゆっくりとスタートする。

「捜査上の観点から言えばそうだが、それはないと見て間違いないよ、南さん。自殺の動機など、等さんにはなかった。新婚同然の夏摘さんとの仲は良く、仕事は充実、健康問題もない。……ただ、まあ、ノイローゼで一瞬気が迷った可能性はゼロではないとの見方もあった」

「ノイローゼ……。なにが原因の？」

「想像でしかないよ」軽く肩をすくめる感じで、法子はハンドルから片手を浮かせてパッとひらいた。「仕事に忙殺されていたってことだね。彼は〝安堂グループ・インダストリー〟に入社し、すぐに高いポストが与えられ、夏摘さんの右腕として働いていた。縁故採用のようにして急に上司ができたことを面白くなく思う幹部もいたろうし、楽ではなかったろうけど、等さんはそれらも撥《は》ね返そうと働きづめだった。真面目なだけに、自分に負担をかけすぎたのかもしれない。うちの旦那や、等さんの部下が、今のような考えも頭に浮かんだと言っていた」

「なるほど」

「でもね、南さん。仕事からくる心身の疲労というなら、居眠り運転と見るのがずっと自然だよ。そもそも、自殺者の心情を察するなんて無理なことだ。統計では、自殺者の動機不明は最低でも二十数パーセント。若い世代では六十パーセントが不明とされているぐらいだからね。ああ、こんな論点を持ち出したけど、自殺も有り得そうだと言っているわけではないからね」

法子は、口調を一段としっかりしたものに改めた。

「どこまでいっても想像だということを言っている。仮定を弄《もてあそ》んでいても仕方がないさ。実感として、等さんが自殺なんてするはずがない。自殺の兆候なんか、誰一人感じていなかったしね。捜査結果も、居眠りなどで意識がなかったための事故となった。無数の事故事例を踏まえた検証、そして世間的な常識からしても、異論は出ないね」

しかしここで、しばらく黙って聞いていたエリザベスが、ふと、

「事故という結論なのだな」と言った。「しかし、服役している拓矢の罪は、バイクに工作して交通事故に見せかけようとした殺人未遂ではなかったか？　等さんの車にも細工したと

いうことはないかな？」

法子からは、咄嗟に声が出てこなかった。

○

刑務官の笛が鳴り、刑務作業は次の手順に移る。安堂拓矢は五十枚のプリント用紙を受け取り、横並びで設けられている印刷機の前に戻った。

流れ作業なので、集中力はさしていらない。だから、拓矢の頭の中では様々な思考が飛び交っていた。荒々しく苛立ちながらも、他人を貶《おとし》める優越感と、都合のいい展望が見せる甘美とを、彼の意識は無秩序に撫で回している。

昨日、単独房に夕食を運んで来た刑務官が、祖母朱海の死亡を伝えてきた。病死と思われていたが自殺かもしれないとも囁いた。

八十も超えているババアが自殺などするものか、と拓矢はあざ笑った。

女というものは判らない、確かに。社会がどうのよりも、自分の巣を極端に溺愛し、身勝手で強制的な抑圧であろうと暴力であろうと、傾注されればそれを自分への依存だと錯覚して悦《よろこ》ぶ生き物のはずだ。だが朱海は、広く社会一般にお節介を焼き続けた。人道などと褒めそやす者もいたが、あれもまあ、家庭的な鬱憤を発散する、自分自身の行為に依存する自己愛だったのだろう。

　この刑務所にも高齢者が目立つことを意識した拓矢は、祖父母が爺婆《じじばば》になるよりもっと早くに、若い者へ――この自分に資産や権勢を明け渡すべきだったのだと、また改めて思った。若い頃から、もう何千回めになるだろう。忌々《いまいま》しくて奥歯を噛む。

　早くから自分にふさわしい力を備えていれば、輿塚《こしづか》のような増長者は近寄ることもできなかったろうし、吹き飛ばすのに鼻息もいらなかったはずだ。法律と闘うアクロバットは必要なかったであろう。口の軽い協力者を引き込んだのは痛恨のミスだったが、勝敗を分けたのは、ただの運だ。成功した金満家であれば、運さえ揉み手をして謁見《えつけん》を願い出る。この私が早くそうならないのはおかしいのだ。

　運だ。去年は凶の運気だった。特にあの時期は。捜査が迫ってきた時、意識を失って倒れた。重い狭心症の発作だったのだが、警察の連中は、追及を弱めようとする詐病だと疑った。奴らもすぐに信じざるを得なくなったが、とにかくすべてが最悪だった。

　今も、医務課から心臓の薬を出してもらっている。だがもちろん、自分はまだまだこれから活力をもって、権力闘争を縦横無尽に進めなければならない。そのためには邪魔なものが多すぎる。会社の頂上争いでも、年寄りが何人もで意思決定権を愛人のように囲っている。無能で無策な錘《おもり》のようだ。つまらぬ規制、カビの生えた職業倫理、相続権で前に立つ父親でさえ……。

邪魔の最たるものが、今のこの収監状態ではあるが。だがこれも、自分で選んだことだ。起訴され裁判が進む間、検事も判事も、いまいましい祖父の光深そっくりに見えて仕方がなかった。次のステップに早く進むべきだったのだ。

拓矢は、自分がプリントしている物に視線を向けた。典型的な面接票だ。つまらんが、手作りの一筆箋をまかせられるよりはましだった。

思い出して苦笑が漏れる。自分のような者が、官庁指定の事務用紙をせっせと印刷していた時もある。

そして拓矢は、刑務官が耳打ちしてきた今朝の話を思い出す。

今回も、夏摘事件に続いて脅迫的な声明文が出されているらしい。すると、朱海の死は他殺なのか……。

こと犯罪に関する限り、吹聴《ふいちょう》する精神が理解できない。その成功は、目立たずに味わうものだろう。吹聴など、言うまでもなく愚策だ。

だが、それも承知の、隠れた冷静な意味があるのか。夏摘の時の気取ったあの文面は浮かれたものではなく、陰湿なまでの計算なのか……。

ふん。

ともあれ、自由に策謀を巡らし、四年越しで人の運命を弄んでいられるとはうらやましい。

3

車で正味四十分。

ＪＲ駅の駐車場に車を入れながら、法子は三十秒ほど前のエリザベスの問いにようやく答えた。

「工作の余地はないよ、キッドリッジさん」

口調には迷いがなかった。

「拓矢にしろ誰にしろ、車への細工はしていない。その辺は、交通課が慎重に、徹底的に調べて結論を出したから。メーカーも協力してくれたけど、車のトラブルはなく、異常も見いだせなかった。余計な異物も一切なしだ」

停《と》めた車から三人がおりてから、法子は言い足した。

「バイク事故を装った殺人未遂と意外と結びつけていなかったのは、等さんの件が事故として完全に記憶されていたからだな、きっと。それほど、機械的工作の余地はない事例だった。それに、拓矢には、等さんを殺害する動機はない。等さんが死んでも、拓矢はほとんど平然としたものだったし、利害関係は発生せず、生活や言動になにも変化は起きなかった。……まあ、動機に関しては、さっきから言っているとおり、等さんに対する殺意など、誰も持ち得ないよ」

さらに、法子は駄目を押すように言う。

「ねじれた事象もないよ。等さんが、他の人の車を借りて運転していたといったようなことだけど」

「今の、法子さんやわたしたちのようなものだな」

エリザベスの静かな苦笑に、法子は似た表情で応える。

「まさにね。だがあの時の等さんは、自分の車をいつもどおり運転していただけだ。残念な事故でしかなかったんだ、あれは」

美希風は、頭の中で死の構図をまとめていた。

安堂家でのここ数年の死者たちは、殺意を向けられることとは無縁のようだ。

誰もが、殺されるような理由は持っていないという。

安堂等。

安堂夏摘。

安堂朱海。

等に関しては、交通事故であることは間違いないようだから対象外としても……。

三十歳になったばかりだった未亡人は、人の気持ちを荒立てるような人柄ではなかったようだ。経済的な損得の核でもなかった。にもかかわらず惨殺された。

家族から批判めいた評価も出てこない八十三歳の女性篤志家は、毒殺されなければならなかったのか……？

そこにある謎の、得体の知れなさに触れた気がして、冷気のようなものを覚えた美希風だったが、頭を夏摘事件へと切り替えた。

「この駅まで、夏摘さんが無事に到着したのは間違いないのですよね、法子さん。ただ、列車に乗ったかどうかは確認できない」

「そう」

法子はタバコに火を点けた。

「こんな小さな駅だが、監視カメラが建物内に一台ある。待合室とその入口を撮っている。当日朝、夏摘さんが入って来た姿が映っていた」

ほぼ白い色で統一されている駅舎。郵便ポストの脇に入口がある。

美希風とエリザベスが簡単に中を見回し、監視カメラを確認している間、法子は外で待っていた。

「夏摘さんの遺体発見場所は、今来た道の途中にあるんですね？」

外へ戻ってから美希風は法子に確認した。

「北へしばらく入って行くことになる。今では集合住宅地だ。地理的に考えれば、この近辺で拉致された可能性もあるな。というのも……」

法子はタバコを挟んでいる右手の指を、駅舎の左端に向けた。

「木の柵があるけれど、間隔が広い。その気になれば大人も通り抜けられる。のどかなものさ。こんな具合だから、カメラに映らずに駅に出入りもできる」

「ホームへ出てから、犯人に引き戻された可能性はあるわけですね」

「仮定でしかないがね。定時の列車に乗ったのかもしれない。途中には無人駅もある。目的の豊橋駅に着いたのかもしれないが、そこではもう人の姿を追うのは困難だ。夏摘さんの姿は見つけられなかった。会社へ向かうバスに乗ったのかどうかも未確認。会社に到着していないのは間違いない。社内の監視カメラに映っていないからね」

「会社内にトラブルはないのですね？」

「問題はなにも浮上せず。そもそも、朝っぱらから人を拉致するような凶事が発生する要素が、どこからも見つからなかったんだよね」

凶事という言葉が連想させたのかもしれない、

「拓矢にはアリバイがあるのだったな」とエリザベスが言いだす。「前の晩から、ごたごたと第三者を巻き込んだ」

「拓矢らしい粗暴な騒動だった。父親共々《ともども》病院送りだ。まったくバカな話さ。本来だったらあの朝、二人は羽田《はねだ》空港に向かうはずだったんだ。紙の製造が森林伐採に悪影響を与えていないかを話し合う多国籍委員会のメンバーが来日してね。二人もこれに加わり、屋久島《やくしま》など、世界自然遺産を巡りながら数日間にわたって議論を深めていくというツアーだったんだ。素晴らしい機会だったのに、おじゃんさ。警察沙汰もそうだけど、光矢伯父は顔中が腫《は》れていたんだからね。治療に専念するしかない」

法子は一度、タバコを吹かし、

「今回はまあ、拓矢がいないだけでも助かる面があるな。暴力的な連鎖などへの警戒がかなり減るし、推理から、一つの有害な要素を消せる」

「檻《おり》の中だからな」エリザベスが、そう表現した。

「身内のこととはいえ、棺桶のように密閉しておいてほしいね。葬儀のほうの棺が墓地に安置されるまで……できれば、夏摘の事件が解決するまでね。神よ御照覧《ごしょうらん》あれ！　彼に御慈悲を」

「彼は心臓の病気なんだね？」エリザベスは、思い出したといった口調だ。

「そうそう。逮捕される直前に発覚した。狭心症の発作で倒れたんだ。……それを踏まえると、彼にとっての刑務所を社会的な棺桶と喩《たと》えるのはきつかったかな」

美希風が訊いた。

「夏摘さんが、拓矢さんから暴力を振るわれることはなかったのですよね？」

「わたしの知る限り、それはない。……どちらかといえば、光矢伯父が娘に対して厳しかったな。気が合わないのかなんなのか。父親ハラスメントっぽくさえあった」

「そういえば……」美希風は気になって尋ねた。「暴行騒動以降、光矢さんの拓矢さんへの態度はどうでした？　ある人によると、光矢さんは蛇のような執念も持っているらしいのですが」

「うん。そうした性情は否定できない。殴り倒されるなんて光矢伯父にとっても初めてだったろうし、憤怒《ふんぬ》はすごかったと思う。意識を回復した祖母が時間をかけて取りなして訴えも取り消させたけど、あのままではなにが起こっていたか判らないね。それでもしばらくは、いつかなにかが爆発しそうでひやひやしたのを覚えている。親子関係は冷えたままといえるだろうね。ただ、失踪前夜に限れば……」

法子は記憶に集中する眼差しになり、一呼吸あけた。

「あの親子の騒動と夏摘さんに接点はない。彼女が祖父を連れて帰宅したのが八時頃。その頃には、光矢も拓矢も、わたしが車に乗せて病院へ向かっていた。酒田さんは、けんかで乱れた奥のギャラリーや廊下の後始末をして、千理愛の相手をしてくれていた。帰宅した夏摘さんは祖父を部屋まで送ってから自分の部屋へ。そして八時四十分頃にわたしが電話した」

「その時、奇妙な様子は夏摘さんになかったのですね？」

「もちろんだ。入院沙汰と聞いて絶句はしていたがね。呆れ返りはしたが、冷静で、最後は普段どおりの調子だった。その後九時頃《あと》に、彼女は、千理愛と酒田さんがいたダイニングに行っているが、酒田さんの証言も同じだ。いつもどおりの様子だったってね。ホットミルクを飲み、千理愛を部屋まで送って寝かせ、それから就寝だな」

「翌朝も、平穏なものだった」今までの情報を反芻するように美希風は呟いた。

「そう。真夜中に帰って来ていたわたしとも一緒に食卓を囲んだ。いつもどおり、トーストと目玉焼きにサラダ、スムージーの朝食を食べていた。わたしは仕事で少し先に家を出たが、千理愛と酒田さんで夏摘さんを見送った。二人の話では、もちろん、祖母の容態が山場だったから心配して沈みがちではあったけど、特になにかを警戒したり気にしたりしている様子はなかったらしい。そして……」

タバコを唇でくゆらせたまま、法子は視線を自分たちが乗ってきた黒い車体に向けた。

「その同じ場所に、夏摘さんは車を停めたんだ。……持ち主は、二度と戻って来ることはなかった」

三人は次に、安堂夏摘の遺体発見場所へ出向くことになっている。

4

そこまで通じている道はなかったが、凹凸は少なく、雑草も背が低く、歩きにくいということはなかった。左手には背の高さほどのフェンスが巡らされている。そちらの奥にある広場で遊ぶ子供たちの姿が小さく見え、声もかすかに聞こえてくる。

そちらは五階建てのアパートが並ぶ住宅地。

こちらの右側に広がるのは、人の手など入っていないのであろう林だった。

「ここだよ」

法子は足を止め、買っておいた花束をそっと地面に置いた。

三人は目を閉じ、手を合わせた。

目をあけると美希風は、辺りを見回した。

西に当たる奥からのびてくるフェンスは数メートル手前で左へと直角に曲がり、そこからまた東へとつながっていく。フェンスの向こうは、遊具もある広い公園である。

「そこに少し段差があるだろう。その手前に、頭をあっちに向けて横たわっていたんだ」

法子は左右に腕を動かしていた。

やや急な斜面になっている。奥のほうが高い地形だ。そちらに体の右側を向け、地面の下、安堂夏摘の遺体は仰向けになっていた。頭部が北を向くことになる。

発見日は、去年の八月五日。

法子が口をひらく。

「サイフやスマートフォンの類いはなし。凶器はややごついナイフで、キャンプやバーベキューなどで使われることが多いらしい。出所《でどころ》はつかめなかった。そのナイフが、心臓部にかなり深く刺さっていた。……半ば白骨化していたから、刺さったといえる状態で発見されたわけではないが、肋骨に残った刃物の傷などからして、その凶器による致命的な刺し傷で死亡したのは間違いない。他にも何ヶ所か刺されていたことが推測された」

「ご遺体には、消石灰がかけられていたのだね？」訳語で消石灰の勉強を済ませているエリザベスがそう尋ねていた。

「遺体のすぐ上の土も含めて、全体的にばらまかれた感じだった。その上からさらに土をかぶせている。腐敗臭を防ぐといっても遺体の臭気をなくすほどの効果はないらしいが、それでも多少なりとも異臭を抑えられれば、野生動物に掘り返されるおそれも減るということだろう」

「なるほど」美希風の見るところ、法子は元刑事らしく動揺の色は見せずに話している。

「シープスキンのコートに保護されるようにして、衣服は残っているほうだった。右腕のセーターとコートの袖口に血痕があった。コートの袖には切りつけられた跡も」

「防御創《ぼうぎょそう》か」

エリザベスの見立てに法子は頷く。

「十中八九。手が傷つき、血が袖口に流れ込んだ。致命傷の場所以外にも、胸部には二ヶ所、セーターには裂けた穴があった。そして広く血痕。コートのボタンは留めていなかったから、セーター越しに刺されたということだな」

そのようにして死なければならない苦痛と恐怖、そして無念さはいかほどのものか――。

うにすら感じた。

美希風の心を突く痛みは、悲憤のような震えも持った。瞬間、殺人を憎悪する念が滾《たぎ》ったよ

当時はさらに寂しかったであろうこのような場所に遺棄されるとは……。

「ちょうど、造成地の際《きわ》で遺体は発見されたのですか？」

張り巡らされたフェンスを見ながら美希風は口にした。

「いや。細かく言えば、一つ二つ事情がある。まず、当初の予定より敷地面積が削られたりした。計画された五年前よりは物価上昇などが推定値を超えたりするのはよくあることだろう。経営が苦しくなってついてこられなくなった業者もあった。あれこれあって工事開始も半年遅れた。でもそれはともかく、ここは最終決定された敷地内だったから造成が開始された」

「それで遺体は発見された」

「そうなったら、その場所をニュータウンに組み込むのもどうかという気持ちも生じる。どうせ真ん中なら仕方がないが、端のほうだった。それで、敷地のラインを少しずらしたのさ。安堂家も出資者だったしね。でも、無理を言う必要もなく、総意として配慮してくれたよ。おかげでこうして弔いの場は残った」

双方にとって、いい歩み寄りだったろうと美希風は感じた。

「言われてみれば、そう考えるほうが自然でしたね」

「それでも全体の変更はむずかしくもあるから、この一角を避《よ》けるような形でフェンスは巡らされた。ここに死体があったことを知っている住人への心理的な対策として、そっちには木を茂らせて視界を遮ってあるだろう」

そのうち記憶は薄れ、知る者もいなくなっていくに違いない。

集合住宅の戸数分の生活を思いながら美希風がそんな感慨を持ったところで、法子のスマートフォンに着信があった。

「旦那からだ」

告げて二、三言《こと》やり取りすると、スマホを仕舞った法子はひっそりとした口調になった。

「祖母の遺体が戻って来たそうだ」

エリザベスが言う。

「ようやく、弔いの儀を開始できるか」

「……できても、気持ちが落ち着かないのはあの時と同じだな。夏摘さんの葬儀さ。犯人の姿を捉え切れていない」

捜査を一歩でも前進させたいとの思いで、三人はまた少し言葉を交わす。

まず美希風が、

「夏摘さん殺害の時刻を絞れないから、アリバイ調べがほとんど役に立たないのが残念か……」と口に出した。

「長く監禁されてはいなかったはずだというのが捜査本部の見方だった。鑑定できる限りにおいては、縛られたり、拘束されていた痕跡はなく、薬物も検出されず。行方を絶った当日には殺害されていたと見るのが妥当だ」

「では、その日の関係者たちの所在は？」エリザベスが尋ねた。

「千理愛は開校記念日で学校が休みだったから、祖父や酒田さんと一緒に安堂邸にいた。わたしはもちろん、飯田署で勤務中。旦那は午後から休みを取っていて、病院の祖母の様子を見てから三時近くに千理愛のもとに到着。バトンタッチするようにして、酒田さんは買い物に出た。祖父は当時から在宅で指揮を執ることが多くてね、あの日も家にいたはずだ。翌日は、長野市内まで会議に出向いたけど」

後は……と、法子は記憶を淩《さら》う。

「父と母は、当時は浜松《はままつ》に住んでいた。ただ、父は六日からもう、文化事業への協力で青森市に行っていた。そして七日の夕刻からフェリーで北海道へ。二日ほどの滞在になるね。母は、家にいて日常生活を送っていた。とまあ、このような感じだ」

エリザベスは、「若月医師は？」と、さらに知ろうとする。

「……いや、あの人のアリバイは、当時特に調べられなかったはずだよ。祖父母の主治医ではあったけど、夏摘さんとはほとんど接点はない。容疑者の範囲には入らなかったね。それに、祖母が末期的だったから電話でちょくちょく話したりはして、それで判るけど、若月さんが医者として通常の勤務をしていたことは間違いないだろう。……まあ、理由をこしらえれば、奥さんに内緒で夜出歩いたりはできるだろうけどね。でも、朝に、拉致などの犯罪行為をするのはまったく無理だ」

美希風は思案を加える。

「犯人が実力行使で通勤途中の夏摘さんを拉致したとも限りませんけどね。なんらかの理由を設けて、夏摘さん自身に姿を消してもらうこともできなくはない」

「そして、後で合流するのか？」考えながらエリザベスは口にした。「実力行使はその時に行なわれた」

「だとしても」今度は法子が推測を加える。「合流まで何時間もかけるなんてのはないだろう。会社のトップクラスが、その責務を放棄して連絡を絶ち続けるなんて考えられない。少なくとも、真面目な夏摘さんの性格を考慮すればね」

そう考えれば、仮に複数犯だったとしても、実行犯の一人には七日の午前中のアリバイがないことになるのではないだろうか。そのような結論めいた推測を胸に三人が歩き始めると、法子のスマートフォンにまた着信があった。

累からで、その内容を法子は二人に伝える。

「祖父が帰宅したって知らせだよ。その少し前に、酒田さんも事情聴取から帰されて来たようだけど」

「早めに終わったようですし、酒田さんは疑いを深められることもなかったのでしょうね」

「同感だね、南さん。後ろ暗い面がある人じゃないよ、状況が不利なだけだ。特別掘りさげた追及は受けなかったそうだ。当人の弁だがね。行動制限も受けていない。

祖父の検査結果、毒物の鑑定はこれから出されるそうだ。……さすがに疲労が蓄積しているんだろう、部屋で横になっているらしい。毒はもう呑まされていないと安心していいんだろうなぁ」

半ば疑問形であったが、美希風にしろエリザベスにしろ、安全を確約する言葉は安易には口に出せなかった。


三人が安堂邸に戻った時には、重要な様々な情報が集まってきていた。

まず、毒物に関して。封筒が置かれていたとされる棚から発見された白い粉末はヒ素と確定した。そして、その出所は、〝安堂グループ・インダストリー〟ではなかった。安堂邸の物置倉庫だった。捜査員がこの奥から、殺鼠剤《さつそざい》を発見し、その成分と一致した。長年放置されていた物品の山に埋もれていたが、殺鼠剤の保管場所とそこへのルートは汚れが除かれており、ここ一、二ヶ月の間に何者かが接近したのは明らかだった。

朱海夫人の体内に残留していた微量の鉛成分から、元の鉛毒を特定するのは困難である。物置倉庫からは、鉛の含有量が多い塗料や、さび止めされた塗膜片などが見つかっているが、どれから採取された鉛が使用されたのかを突き止めることはできない。無論、物置倉庫以外から手に入れた鉛であることも充分考えられる。

母屋、〝マナーハウス〟エリアのどちらのキッチン、ダイニング等からも、毒殺手段を窺わせる物品や痕跡は発見されなかった。いや、それどころか、各人の私室も強制的に捜査されたが、その手の手掛かりは発見されなかったという。美希風とエリザベスの手荷物も同様だ。

光深、朱海夫妻が常用していた薬は、どれも正規の物で、それを包んでいたシートにもどこにも、毒物は微量もなかった。若月純夫医師や音無《おとなし》看護師長のアリバイは確認された。

防犯カメラの記録映像については、加工の跡はまったくないというのが専門家の鑑定だ。侵入者の姿は映っておらず、これは足跡等の痕跡が皆無であることと完全に一致している。

壊された防犯カメラの鑑識結果は、美希風の見立てを科学的な事実で裏付けていた。花壇に使われていた園芸用ポールで防犯カメラを二度殴りつけたとするものだ。ポールの傷とカメラの傷は完全に一致している。カメラには、わずかに土も付着していた。これは無論、庭のもので、地中にあったポールの先端から飛んだと推定される。ポールを引き抜いた犯人は、そのまま、土で汚れているほうを先端にしてカメラを叩き壊したのだ。指紋の発見はなし。周辺に足跡類も皆無。

次は、タイプライターの印字に関して。奥のギャラリーにある問題のタイプライターと同じフォントを打てるタイプライターは、東京のタイプライター協会の資料館に一台保管されているが、ここ数日はもちろん、ここ何年も、使用した者はおらず、貸し出しもしていないという。邸内、敷地内から、使用済みのインクリボンは見つかっていない。

ただ、脅迫状に関しては、新発見の報告が待っていた。

第七章　棺の前で…

1

「血痕!?」

その知らせに美希風は、冷やした健康緑茶の入ったグラスを持つ手を止めた。

〝列棺の室〟で発見された脅迫状から、血痕が検出されたというのだ。

この瞬間、美希風は鋭い視線を翠《みどり》に向けてしまい、相手を一瞬気詰まりにさせるほど驚かせてしまった。

「あっ、すみません、つい……」

「……いえ」翠は、絆創膏の巻かれた右手の人差し指をあげる。「これは、昨日の午前中に喪服の用意をしている時、クリーニングのタグを留めていたピンに引っかかってしまったのですよ」

「判りました。警察は、誰の血痕か特定するために、法子《のりこ》さんも調べるのですね」

彼女は別室に連れて行かれていた。

飲み物を用意してくれた酒田チカはキッチンにさがっており、ダイニングにいるのは、美希風とエリザベス、そして翠だけだった。

「DNAを検出できそうなので、それを調べるそうです。うちの者は、義父《ちち》の光深《みつふか》も含め、成人は全員の採取が終わっています。もちろん、酒田さんも」

美希風とエリザベスがグラスに口をつけている間に、翠はもう一つの発見についても語った。脅迫状の裏面に、ごく薄く、蠟が付着していたという。右側のやや上のほうに。

滴《したた》ったものだとしても、その後でこすれたような形跡で残っていたらしい。

「蠟が垂れていた机などの上に、脅迫状は載せられたということか?」

想定としては、エリザベスが口にしたこの見方が最も自然だろう。

それは認めながらも、この邸内でそうした状況があったとは思えないと、翠が否定的な事情を説明した。ロウソクがセットされているのは集会ホールだけである。しかし、火は点けられていないのだ。最後に点《とも》されたのは二ヶ月も前。千理愛《ちりあ》が友達を招いてピアノを弾いた時だという。これはさすがに事件とは関係しないだろう。

検出された蠟の成分は、集会ホールに飾られているロウソクのものと一致したらしい。予備のロウソクは、集会ホールの祭壇の抽斗《ひきだし》と光深の居室にあるが、警察がどちらを調べても問題はなにもなかった。

「いつ、どのような状況で、脅迫状に蠟が付着したのか。新たな謎が生まれたわけですね。ただ、解き明かす意味が大きいのかどうか……」

美希風は意識するともなく、かなりの勢いでグラスの中身を飲み干していた。そして、少し強い動作でグラスをテーブルに置いた。

「血痕のほうも奇妙な話ですね。あの脅迫状は写真で見ましたけど、血痕を思わせる染みなんてなかった。それとも、それらしい染みが裏にあったのですか、翠さん？」

「それらしいものはなにも。少し汚れているかなと感じる程度でした。蠟にも気がつきませんでしたけど……」

「染みに類するものがあれば警察だって真っ先に鑑定しているでしょうから、血痕発見の報告がこんなに遅くなるはずがない」

「確かにそうだな」エリザベスも、ふと考える目になる。

「視認できないほど細かな血液が点在していたと？　いや、それもありそうにない……。翠さん、この辺の詳細は聞いていないのですか？」

「これは捜査上の秘密で、絶対に部外秘らしいのです。紺藤《こんどう》さんも教えてくれません」

「そうですか」

「ただ、シンクで流されかけていた紙のほうを調べた結果は教えてもらっています。紙そのものは、どこでも市販されている一般的なもののようです」

ごく小さな二つの紙片から見つかったタイプの印字は、字形もインクも、奥のギャラリーにある〝ドラブレイト〟式のものに間違いなかったということだ。一つの文字は〝セ〟であろうと思われるが、もう一つは不明。拇印はあまりにも部分的なので誰の指紋かは特定困難だが、インクは、偽造遺書に捺《お》されていた安堂朱海《あけみ》のものと一致している。まず、彼女の拇印が捺されていたと見ていいようだ。

「やはり、もう一通の偽造遺書なのだろうな」

と見解を述べたエリザベスに、腰をあげながら翠が声をかけた。

「キッドリッジさん。では、着替えにまいりましょうか」


集会ホールには、悲しみを慰撫《いぶ》するような柔らかな音楽が、ひっそりと流れていた。

後四十分ほどで、十一時四十五分からの納棺の儀は始まるが、これは短時間で済むようだ。自殺の疑いに続いて殺人の発覚という事情では、一般会葬者を招くわけにもいかなかった。家族のみでというアナウンスは早くに出してある。ただ、特に親しい何組かは参列することになっていると、美希風は聞いていた。例えば、故人と長く福祉活動をしてきた戦友ともいえる老夫婦。例えば、光深の遠縁に当たり、東京の事業部で光矢《みつや》の腹心として働いている老婦人など。

家族の中では、体調が優れない光深の姿はまだなかった。

三人の刑事の姿は見られる。鳴沢、大藤、紺藤だ。言うまでもなく、捜査陣を代表して弔意を示しつつも、犯人の尻尾《しっぽ》が見えないかと目を光らせる役割だ。

葬儀社の二人、岸と西もいる。

納棺の儀が済めばすぐに、棺は、裏の敷地にある墓所に埋葬される。故人には防腐処置は施されておらず、自然に還《かえ》るのみだ。

祭壇の前には棺が置かれ、すでに、左側に頭を向けた安堂朱海の遺体が安置されていた。棺を囲んで供えられている花は白を基調にし、数も相当に多く、壮麗とさえ言えそうな様相だった。

セレモニーホールと言える広さと、見あげる高い天井。祭壇正面の壁の上にはギリシア十字架。

入口近くの横の壁には大型ディスプレイが設置され、安堂家が制作を依頼した式次第の案内映像が流れている。ギリシア正教の正式な十字の切り方を女性モデルが示しているが、「会葬者の皆さんは、仏式で両手を合わせていただくだけでもけっこうです」と告げている。

やがて、宗教的な高位者を弔うギリシア正教での葬礼の紹介映像も流れだした。白い祭服を着て式を厳かに進める司祭の姿。棺を担いで十字行を行なう黒服の修道士たち。こうした映像を、喪服に着替えた法子が間近で見詰めており、その顔には、懐旧か陶酔のような情が満ち溢《あふ》れている。

同じく黒い服に着替えたエリザベス・キッドリッジが入って来たのは、すぐに美希風の目に留まった。

喪服としての装いが似合っているという言い方もふさわしくないだろうから、美希風は、

「サイズもちょうどいいですね。自然です」と言っておいた。

彼女と一緒に、美希風は改めて、棺の中の朱海と対面した。

「やはり、かなりやせているな」

「そうですね……」

しかし死化粧も表情も、穏やかに整えられている。着せられているのは、やや古いモードながら、控えめな銀色も感じられる白いドレスだ。生活を共にしてきた黒い手袋を下に敷いて、両手を胸の前で組み合わせている。節《ふし》が目立ち、変形が見られもし、それはやはり痛ましかった。だから指輪は外せず、意外と質素な結婚指輪と、右手薬指にある瑪瑙《めのう》の指輪が遺体と運命を共にする。棺の中に他におさめられているのは、二点。まず一点は、国際的な福祉団体から名誉会員に選出された時に贈呈された品だ。ごく小さな、本であり手帳だった。会員憲章や心得などが記され、覚え書きとしても使える。相当に使い込まれていて、この品もまた、故人の一部であったことを示しているようだった。もう一点は、千理愛が朱海のために折っていた折り鶴だ。

大型ディスプレイには、故人の生前の姿も映し出され始めた。これは恒例で、安堂家自前のものだ。滉二《こうじ》が最終調整したというのがこれであるらしい。

門の外で野良猫《のら》に声をかけているとカメラに気づき、いささか照れた笑いを浮かべる朱海。

多少若い頃の映像では、海辺にいて、大勢の子供たちや引率の者たちと砂遊びをしている……。声はほとんど入らず、演出を凝らす音楽が静かに流れ、効果的だった。

振り返ってそれを見ていたエリザベスは、続いてふと、ホール内を見回すように首を巡らせた。

そして、不思議そうに口に出した。

「なぜだろうな、予感がする。謎の闇は、ここでいくらか晴らされるのではないか」

「ほう……」

「真相究明への進展がもたらされる気がするが……」

「実は私も、同じようなものを感じます」

なぜなのかは、もちろん判らなかった。感覚にすぎないのだから、錯覚であるのが普通かもしれない。

理由がわずかにでもあるとすれば、新たな疑問も含みつつも、捜査情報のかなりの部分が集まってきていることだろうか。美希風の中では、ある有効な仮定が確かに見えつつもある。

ただの錯覚だとすれば、それは、ここの荘厳な空気がもたらしたものなのかもしれない。

宗教的な雰囲気が、善と終末と祈りのイメージを喚起する。被害者にして被葬者が、なにかを導かないか……。死者の無念に報いたいという思いが、知らず、集中力や希望的な観測に影響しているのかもしれない。

〝マナーハウス〟エリアのキッチンなどを見せてもらえれば役立つ情報がさらに増えるだろうかと意識しつつも、美希風はここでできることに的を絞って動いた。今一度、細部の情報確認に歩いたのだ。昨日の各人の行動を改めて細かく問い、時間関係もすり合わせた。

この時、美希風が法子の近くにいたタイミングで、いかにも弔問の場にふさわしい静かな気配で紺藤刑事が寄って来た。それで、そして、七夕の日の関係者たちのアリバイを耳打ちした。

七月七日は日曜日だった。累《るい》と法子夫妻は千理愛を伴ってここを訪れていた。滉二と翠夫妻も在宅していた。酒田チカも同様だ。したがって彼らは（千理愛自身を除いて）、奥奥のギャラリーで安堂朱海と対峙《たいじ》していることが可能である。問題の十四時三十分頃に、奥のギャラリーではない他の場所にいたと立証できる者はいなかったからだ。法子もそれを認めた。

光矢《みつや》は東京にいたことが確認されている。電話やオンライン会話でない限り、彼は朱海が懇願と諫《いさ》めの言葉をぶつけていた相手ではないことになる。

紺藤刑事に礼を言った後、法子は独り言めいて漏らした。

「酒田さんが毒殺犯でないならば……」

ここで法子は美希風に目を向けた。

「みんな気づいているのかな。酒田さんが犯人でないならば、一ヶ月にもわたって祖母に毒を与え続けられるのは、同居している次男夫婦……わたしの義父母になる」

「滉二さんと翠さんですね。法子さん一家は、週末にたまに遊びに来るだけ。光矢さんは大抵東京にいる。毒の持続的な投与は不可能だ」

「そう……」

「しかし滉二さん夫妻にしろ、毒を盛り続ける手段が不明ですね。想像できない。朱海さんは光深さんと同じ食事をしていたと見ていい。すると犯人は、神経症的なまでに口に入れる物に気を配っていた光深さんの裏をかいたことにもなる。いったい、どうやって？　いえ、誰が犯人にしろ、という意味ですが」

「祖母も、その祖父の自衛意識によって同じぐらい守られていたはず……」

法子は、その先の言葉を呑み込んだのかもしれない。光深にしか朱海を狙えないはずではないか、と。

もう十分ほどで納棺の儀が始まるという時、車椅子に乗った光深が現われた。家族以外の参列者が近寄り、体調を心配し、お悔やみも伝える。

老当主の本能的な自尊の意識だろう、姿勢や表情はかろうじて保たれている。しかし顔色が悪いのは隠しようもなく、電動車椅子をやっと扱える程度の体力だと窺えた。

この時、紺藤刑事がスマートフォンに注意を向けたことに美希風は気がついた。紺藤刑事は、他の二人の刑事と言葉を交わし始める。三人は光深に歩み寄ると、真ん中に立っていた大藤刑事が言った。

「光深さん。血液の検査結果です。奥様と同じく、ヒ素と鉛が検出されました」

低くざわつく気配も起こったが、当の光深はほとんど動じず、大藤刑事はそのまま続けた。

「症状が進行することはもうないでしょうが、中和する治療を受けられるのがよろしいかと」

「……判った。妻の弔いが済めば対処しよう。しかし、君たちの役目は医療の助言なのか？毒殺犯を捕まえることなのか？　どちらがより完全なる安全なのかね」

意外と眼光は鋭い皮肉めいた指摘には、鳴沢警部が応えた。

「任務は遂行中です」

「車椅子より歩みが遅くないか？」

「慎重な足取りが必要だと、ご存じのはず」

「スマートな拷問でもしてみたらどうだ」光矢の呟く気配や目つきは、本気のようにしか見えなかった。「そうしなければ歩調も速まらないのだろう」

苛立ちを抑え、自分のみの思考に凝り固まっているような目をしている滉二も、

「辛抱強く毒を盛り続けた犯人の歩調に合わせているわけではないでしょうにね。早く捜査

で追い抜いてもらいたいものです」

光深が、壁際で控えている酒田チカの前に移動していた。

「証言を訂正する気は、まだないのか？」今ではさすがに声量がないが、それでも、人を追い詰めるような迫力がある。

身を硬くしてうつむく酒田はすっかり青ざめている。「わたしは、なにも──」

「私たち夫婦に大それたことをしていた、と充分推認できただけでも、相応に生きづらくなるのは覚悟しておくべきだな」

今日加わった男性参列者の一人が、法子に囁きかけた。

「朱海さんが捨てさせた封筒に毒が入っていたと聞いたが、自ら誤って呑んでしまったということは考えられないのだね？　自殺というのは考えられないしねえ。あの朱海さんが自殺なんて罪を犯すとは考えられないし、第一、老いて人生の幕がおりようとしているのは察していたはずだ。そんな時期に自殺なんて有り得ない」

「長期間にわたって毒を摂取していたようですから、誤飲とも考えにくいですね。とにかく、不確かなことが多いのです。確かに、棚からはヒ素が検出されました。しかしですね、封筒の中に白い粉があったと言っているのは酒田チカさんだけなのです。そして実際に白い粉末があったのだとしても、それがヒ素だったとは確かめられない」

「ああ、そうだね」

「仮に、その粉末がヒ素だったとしても、真の毒殺犯が容疑を拡散させるために、封筒に入れておいたのかもしれませんしね」

「なるほど。そのほうが腑に落ちるな。誰かがなぁ……」

そんな話が終わるとほぼ同時に、葬儀社の人間が、そろそろご着席を、と告げた。

○

背中まで響くような奇妙な重い痛みは、どうにも消えなかった。トイレの個室に長く座っているが良くならないのだから、胃腸の問題ではないのだろうと、安堂拓矢《たくや》は思うしかなかった。

個室を出ると、刑務官が出入り口のドアを半分ひらいて、こちらを監視しているのに気がついた。長いな、と警戒しているのだろう。具合が悪いと訴えて許可を得た行動だった。

手を洗い終えたその時――。

窓に急速に影が迫ったと見えた瞬間、ガラスが割れそうなほどの衝撃が広がった。鳥が衝突したのだ。

馬鹿な奴だ――そう思った刹那《せつな》、心臓が跳ねた。不覚にもこんなことぐらいでそんなに驚いたのかと自分を疑ったが、やはりこの心筋の反応は、驚愕《きょうがく》からくるものではなかった。

灼熱《しゃくねつ》の衝撃が胸内をカッと貫く。瞬間的に、まずい！　と覚《さと》る。この痛みは、かつて経験したどのようなものとも違った。肉体が、危機感に燃える。

赤く焼けるような全身の苦痛で身を折った時、意識が暗くなった。

崩れゆく視界が最後の光景を捉え、思いを千々《ちぢ》に飛ばす。

2

集会ホールでは、その時を迎えていた。

電子香炉で香が焚《た》かれ、大型ディスプレイから流れているのは、永眠者の魂の安息を願う祈禱文《きとうぶん》の朗誦《ろうしょう》だ。

納棺の儀が進む中、美希風は息を潜めるようにして座っていた。

――自分は無能だ。閃《ひらめ》きはなにもない。

暗示にでもかけるかのように、美希風は自分の知覚に厚い覆いをまとわせてみている。

しかし実際は、一つか二つ……、犯罪の真相がもうじき明らかになるのではないかとの見通しを持っている。

どの事態も、ホワイダニット――動機が鍵なのだ。特異な、なぜ……。だからこそ、読みにくい。

しかしそれでも光明が――との予感があるから、秘めた内面では張り詰めるものがある。

緊張と興奮と不安の狭間《はざま》で、鼓動が熱くなっていた。

ドクドクと脈打つ心臓。肉体の稼動によるものではなく、心理面と直結していることがはっきりと判る反応だ。こうした鼓動の熱さを感じることは絶えてなかった。

それが今、手放したくない遠い記憶のような拍動として息づいている。

恩人の一人と感じる老女の葬儀の終幕で。

もう一人の恩人である執刀医。その娘がいる私的聖堂で。

手放したくはないが、今は、悲しみにすべてを預けるほうを優先しなければならない。

エリザベスがなにか声をかけてきたが、上の空の返事をしただけだった。

葬儀を進める厳かな声が聞こえる。

「皆様。故人とのお別れは、心残りなく終えられたでしょうか。……では、お棺を閉めさせていただきます」

三十分ほど前のことを、美希風の記憶は反芻していた。

話に食い違いがないか、それぞれに訊いて回っている時だった。法子と翠が並び、棺の中を見おろすように立っていた。

法子の声は控えめだったが、それでも耳に届いた。

「ちょっとしたものなんでしょう？」

「もちろん。葬儀社の人が、脱がせる時に気づいたらしいわよ」

驚かせないように、美希風は静かに声をかけた。

「なにに気がついたのですか？」

二人が振り向き、翠が教えてくれる。

「いえ、昨日の話ですよ。亡くなった部屋で、葬儀社の人が遺体の身繕いを始めて、脱がせた手袋に小さなほつれがあるのに気づいたのです」

遺体の手の下にある手袋に美希風は目をやった。

「かなり薄手の手袋ですね」

「そうですね。でも、薄いですけれど、とても柔軟で高級なセーム手袋ですよ。簡単に破れたりすることはありませんでした。とても指に馴染み、はめたり外したりもしやすく、義母《はは》には使いやすかったはずです」

手袋の指先を見ようとしている法子に翠は言った。

「見えないわよ、法子。指先じゃなくて、指の腹のほうだから」

「あっ、そうなの」

法子がちょっと驚いている。美希風にあったイメージも、指先の小さな穴というものだった。しかし翠の説明によると、左手薬指の、手の平側だ。

「わたしも二時間ほど前に、千理愛に教えてもらったのよ」翠は、困ったものだ、という顔をする。「累も知ってたらしいけど、まったく、男っていうのはねえ……」

「でも、朱海おばあちゃんとこうして一緒に葬ってやるのは正解だと思う。目立たない所に破れがあるぐらいならね」

「わたしたちもそう思ったわけなの。義母《はは》の生活を長く知っている、飾り気のない体の一部と思えたから。これが最後の一組で、新しいのはないし。義父《ちち》も賛成してくれたわ」

美希風は葬儀社の男たちの姿を見つけ、二人から離れた。

横に寄って尋ねてみると、岸が丁寧に答えてくれた。

「はい、そうでした。お着替えの時に、気づきました。破れとも言えない、ほんの些細なものですよ。ほつれと言いますか、ごく小さな裂け目ですね。その時近くにおられた、光矢様、そして累様とお嬢様にそれを確認していただきました」

自分たちが傷つけたのではないと知らせておく必要もあったのだろう。

「その後は、脇の机に置かせていただきました。手袋は、それだけ日常的に使い込まれている、故人を偲《しの》べるお品ということで、ご遺体に戻されるのではないかとも考えました」

そのとおりになったわけで、遺族ならだいたいの者がそう考えるだろう。

このことに意味があるのかどうかは、まったく判らなかった。ただ、どんな情報もないがしろにできないと感じているだけだ。

礼を言って、美希風はその場を離れた。思考と行動のポイントを絞れないまま足を動かし、棺のそばに法子とエリザベスがいたので近付いた。

「法子さん。手袋、見ていいですかね？」

美希風は断りを入れた。

「え？　いいんじゃない」

気兼ねしつつ遺体に触れ、左手の黒い手袋をそっと引き出した。

そして目を凝らす。「ふ……ん」。確かに、ほつれであり、切れ目である。

ここへ、いかにも弔問の場にふさわしい静かな気配で紺藤刑事が寄って来て、七夕の日の関係者たちのアリバイを耳打ちし始めた。


朗誦は終わり、今、棺の蓋が閉じる。

少しきつそうだったが、ぎこちなさは感じさせずに棺の蓋がぴたりとかぶせられた。

そこには死があり、永遠の静寂と停止がある。

生者の側にも動きはない。静かに見送る会葬者たち……。

人知れず美希風の内面だけは波立ち、一刻一刻緊迫感を高めている。肺に取り入れる空気が乱れる。

翠と千理愛の話を思い出していた。一年前、安堂夏摘《なつみ》の棺が埋葬されようとしている時のこと。奇妙に不穏な空気を感じていたという。あの時は誰もが、惨殺された身内の納棺に初めて臨んでいたのだから、複雑な感情に揺れ動いていたのはある程度当然であったろう。しかし今回の、曰《いわ》く言いがたく掻き乱される思いは、南美希風の内側だけにあった。犯人にも、独自の思いが去来しているだろう。苛立ちがあるはずだ。安堂朱海の遺体がこのまま地の底に葬られるのは、彼の敗北なのだろうか……。

無言のうちの、見えざる闘争は始まっている。

美希風は、千理愛のあの表現を思い返していた。一年前の埋葬時の雰囲気を伝えるものだ。息が詰まるような気配。導火線に火が点いているのに、声を出せないような感じ。見事なまでにそれだった。間違いなくそう表わせる気持ちの震えを、今、美希風は味わっている。

儀式は最終段階だ。葬儀進行役の案内のまま、喪主代理の光矢が進み出る。

棺の上に、一輪の白ユリが添えられた。

かすかに流れるたおやかな音楽は、沈痛な無言の時間を強調し、永久《とわ》の別れのフィナーレを意識させた。

すすり泣きが聞こえる。

酒田チカのようだ。

「お運びさせていただきます」

他に動きはない。

待っている。

南美希風は待っていた。起こるのか、起こらないのかを。

いよいよ、葬儀社の二人が棺の頭部と反対側とに回った。

力の抜けている表情とは裏腹に、美希風の鼓動は最大限に高まっていた。告げて、論じなければならないか。ここを逃せばその機会は永遠に失われる。だから――

とんだ大恥をかくかもしれない――それどころか、大きな罪を犯す恐れすら感じる。だが、自分の推理を信じれば進むべき一本道は決まっているのかもしれない。それは細すぎる道で、両側の深い谷間からは目を逸らせたくなってしまう。しかも、道の先に待つものは、晴れやかな光景ではないだろう。かかわることなどせず、逃げてもいいではないか。それなのになぜ……。

棺が持ちあげられ、運び出されようとしている。

覚悟も半ばに、美希風の腰はゆっくりとあがった。

「すみません。棺を戻してくれませんか」

かすかなかすれが、声にあった。

大声は出せるものではなかったが、静謐なホールの中では、それは嫌でも耳目を引く響きを伴った。

誰もが唖然としている。エリザベスでさえ、同行しているその青年の正気を疑うかのような顔色だった。

「一度、戻していただけませんか」

見たこともないものに出くわしたかのような目をしている葬儀社の男たちから、刑事たちへと、美希風は視線を巡らせた。

「刑事さん。事件に関係することなのです。調べることが残っています」

そう聞いても、弔う儀式の流れを妨げられたことへの反応を残す者のほうが多かった。光深は不快そうに顔をしかめている。光矢は、訳《わけ》の判らない口出しをする部外者に、迷惑そうな、咎《とが》める視線を向けている。

「警部」美希風は、真正面から目を向けた。「捜査にとって重要な物が棺の中にあります。今調べれば短時間で済みますが、後日にすれば大変な手続きを取ってお墓を暴かなければならなくなります。時間がかかれば、証拠品が損なわれる危険も増します」

鳴沢警部の表情はなにも変わらなかった。ただ、一歩、二歩と足を進め始める。

「君たち。すまないが、棺を一旦《いったん》戻してくれ」

大きな手振りも加えて彼はそう命じた。

それから、遺族たちの理解を得ようと軽く身を屈《かが》める。

「このような時にすみませんな。ご無礼、謝罪いたします。しかし、殺人事件の捜査を遺漏なきものにするために必要ですから。光深さん──」

　光矢が言葉を挟んだ。

「その青年が遺漏に気づいたとでもいうのかね？　どんな意見かも判らんのに？」

「どんな意見にしろ、このタイミングで発言するのは軽い気持ちでできることではないはずです。よほど期するものがあると思いませんか、光矢さん。耳を傾ける値《あたい》はあるかもしれない。それにこの青年の着眼は、こちらの法子さんや紺藤刑事の話によれば、侮《あなど》れないもののようですしね」

「光矢。引っ込んでいろ」光深が息子の発言を封じた。「警部は私に話しかけていたのだ」

「ええ、光深さん。奥様を殺した者の断罪につながる一助かもしれないのです。ぜひ、ご協力を」

　まかせる、と言うように光深は頷いた。

　他の者も驚きから覚め、事態の意味に理解が追いついたかのようにざわめきだした。

　エリザベスも立ちあがり、美希風の横にいた。

「手掛かり……？」

「調べてみないと、まだなんとも……」

　蓋の外された棺を、臨検用の白手袋をした三人の刑事が囲む。

　美希風を招き寄せ、「なにを調べるというんだ？」と、鳴沢警部が問うた。

「指輪です。右手の薬指の指輪ですが、その前に、皆さんに確認しておきたいこともあるのですが」

鳴沢警部の許可をもらい、美希風は、遺族に視線を巡らせた。

「右手のこの瑪瑙の指輪ですが、故人はいつからしているのでしょうか？」

記憶を探る顔が並び、答えたのは累だった。

「もうそろそろ一年ほどになるんじゃないかと思いますよ」

それを女性たちが認め、翠が代表する。

「それぐらいにはなりますね。母は二、三の指輪を交換していましたが、関節の変形が進んで、その指輪はもう外れなくなりましたから」

礼を述べた美希風に、鳴沢警部は急《せ》くように尋ねる。

「指輪のなにを調べると？」

「空洞がないかどうかです。そうした、簡単な仕掛けですね」

誰も反応できない、無言の四秒が流れる。

鳴沢警部はやや渋面になり、口調に失意を滲ませた。

「勘違いしていないか、南さん。見なさい。この指輪は、中世にあったような、ロケット代わりやら印章やらの細工物ではない。宝石が台座に固定されているだけだ」

「宝石内部が刳《く》り貫《ぬ》かれているとしたら？」

警部が返事に窮した隙を突くように、すぐ後ろに来ていた法子が疑問を口にした。

「毒を隠せる場所を指輪に探しているみたいだけど、祖母は毒を盛られた被害者だろう？」

「被害者は、光深氏と朱海夫人の二人です」

「ん？　……そうだが、それが？」

濃いブルーの瑪瑙はよく見ると、崩れた波紋のような縞模様が周辺部にあった。目を凝らしてそれをいじっていた紺藤刑事が、「あっ」と声をあげる。

「動いた！　外れましたよ、警部！」

ざわつきながらも、場の空気は集中力を見せた。皆が棺を覗き込もうとしている。

紺藤刑事は歓喜と驚きの表情であり、意外な発見を凝視する鳴沢と大藤は眉間に皺を刻む。

「これは……」鳴沢警部が呟いた。

瑪瑙が、斜め上に持ちあがっている。紺藤刑事の話によると、こうだ。石は、左右二本ずつの爪で留められていた。その左側の二本が下部でつながっているらしく、揃って外側に倒れた。これによって押さえのなくなった石の、そちら側を浮かせることができたのだ。

千理愛が最前列へ出て覗き込もうとしており、累が止めている。

体をひねり倒して指輪に目を近付けている紺藤刑事が、さらに声をあげた。

「石の底に空洞があります。縁《へり》が不定形だ。はあ！　そうか！　石の表面の、波の輪みたいな模様に似せてあるんですよ。じっくり宝石を見ても、模様に紛れて空洞があるなんて見えない」

「巧妙な細工ですね」美希風の口からも、思わず感想がこぼれた。

感心しつつ、胸中には無論、安堵もある。まだ第一段階の安堵だが。

口々に説明を求める声があがるが、それをまとめたのが鳴沢警部だ。

「南さん。興味深い発見だ。この凝った指輪の空洞に、混合毒が隠されていたというのだな？　これが、事件全体の流れにどう組み込まれるのかを聞かせてもらおう」

「まず……。こうした指輪を朱海さんが作らせたのか、アンティーク品の中から見つけたのかは判りませんが、この仕掛けがあったので、朱海さんはある手段を採《と》ったのだと推測できます」

「ある手段……」

エリザベスも言った。「朱海さんが、毒を使ったと言うつもりなのか？　しかしこんな細工を使って自分で少しずつ毒を呑むなど、有り得ないだろう」

「食事が関係するのかね？」長い髭を震わせた滉二が、青白い顔で尋ねる。

「食事の場が特異だったから、この方法になり、こうした結末になったのではないでしょうか」

ここで、光深の乗る電動車椅子が進み出た。

「食事と、指輪の毒？　その指輪に思いがけぬ細工があったとしても、実際は役に立たんぞ。

妻は常に手袋をしていたのだ。食事の時もな。指輪も常に、手袋の下ということになる」

もっともだと受け取る空気が流れる中、美希風は応じる。

「そこで、手袋です。亡くなった時していた左の手袋には、ごく小さなほつれがあったのです」

「なに？」

納棺の儀が始まる前に美希風とその点を話していた女性たちの顔に、ハッとするような色が浮かぶ。あれがどう関係するのか知りたがっている顔だ。

「薬指の腹のほうに――」

美希風の言葉を、紺藤刑事のちょっとした叫びが遮った。

「警部！　縁の内側に、白い粉末があるようです」

彼は指輪にスマートフォンを接近させて、さらに観察していたのだ。ズーム機能で拡大している。

鳴沢警部は素早く移動し、画面を注視した。美希風も見せてもらったが、それは確かに、ごく微量の白い粒子に見える。鉛色の粒子までは捉えられない。

やはり毒が……という囁きが交わされる。

「微量すぎる。鑑識に採取してもらうべきだな。呼んでくれ」

「はい、警部」

指輪をそっと元に戻してから、スマホを通話用に切り替えた紺藤刑事はその場を離れた。

「左手の手袋がなんだというのだ?」

大藤刑事が美希風にその点を質《ただ》す。朱海の手の下にある黒い手袋が視線を集めている。

「鳴沢警部。手に取って確認してください。光深さん。疑問へのお答えはもうすぐ始めます」

遺体に敬意を払いつつ、鳴沢警部は手袋を持ちあげていた。

「それの、薬指の手の平側を見てください。第二関節あたりにほつれがありますね?」

「ああ……。小さな穴があいている。裂け目というか……」

「しかしさらによく見ると、それは破れ目ではなく、手当が施してあるので、ボタンホールの印象にも近い隙間ではないでしょうか」

「ん……?」穴を近付け、メガネを調整し、鳴沢警部は観察している。「まあ、縫ってはいないが、ほつれたままでもないいな」

「ちょっと見せてください」

見あげるようにして願い出る法子の目の前に、鳴沢警部は手袋を差し出した。他の女性たちも、興味深そうに顔を寄せている。つま先立ちしている千理愛もそうだ。

「これって……」

彼女たちの見立てによると、こうだ。裁縫用の接着剤。針と糸を使わずに布を留める。これがどうかは判らないが、アイロン不要のものもあるという。その接着剤を穴の周辺に塗り、ほつれて穴が広がらないようにしてあるということだ。

「翠さん。酒田さん。お尋ねします」美希風は二人に顔を向けた。「朱海さんの手袋が破れたりしてきた時、普段はどうしていました？」

「どうもこうも、もちろん新しいのと交換していましたよ。穴を縫い閉じたりはしませんでした」翠は躊躇なく応じた。「見栄えのよくない物を使う理由はありませんから。義母《はは》も、そこは倹約したりしませんでした」

同意してしっかり頷いた酒田は、

「傷んだり汚れたりした時は、いつもそうでした」と続けてから、ためらいがちに、「あのぅ、手芸……裁縫用の接着剤は、朱海大奥様から渡された、一月《ひとつき》以上前の買い物リストにあったと思います」

「鑑識はすぐに駆けつけてくれます」と、鳴沢警部に報告していた紺藤刑事が、美希風に向き直った。「つまりこれって、どういうことです？」

「もう一つ確認させてください」美希風は言い、相手に頼んだ。「紺藤刑事。夫人の左手の手袋を、夫人のご遺体の右手にはめてみてくれませんか？」

滅多にあることではないやや奇妙な依頼が、場の空気を数秒、戸惑いで停滞させた。

「柔軟な素材の高級なセーム手袋だそうです」美希風は、そう解説を加える。「左右逆ではめてもさほど違和感はなく、動きもほとんど妨げられないのではないでしょうか」

女性たちの表情がまた揺らいだ。極端な仮定に思えつつ、充分可能そうだという感触も得ている、そんな様子である。そして、「だとしたらなにが起こるというのか？」と、訝《いぶか》る色も。

「俺たちの白手袋よりずっと柔軟そうだな」

感想を口にする大藤刑事の横で、紺藤刑事は遺族たちに目顔で了承を取り、鳴沢警部の指示を待って動き始めた。美希風に言われたとおりに、手袋をはめていく。もちろん、逆の手にはめるという通常とは違う使い方なのだが、作業はさほどむずかしそうではなく、遺体の右手はすぐに黒い手袋で覆われた。

――奇妙な風格があるな。

片手を黒い手袋で包んで横たわる安堂朱海を見詰め、美希風は瞬間、そのような感想を持った。半分とはいえ、貴婦人の装いと見える。死に慌てず、慎ましいまでの歩調でそこへ赴《おもむ》いたかのようだ。黒い手で、忌《い》みの空気を自らそっと抑え込んでいる。同時に、周りに満ちる悲嘆をなだめてもいるようだった。

それでいて一方、この黒い手袋は、彼女の日常の風景としていつも傍らにあり続けた。彼女のもう一つの手であり、思いの表層でもあったかもしれない。

「よくフィットしていますね。すると、このようなことが考えられます」

美希風の次の発言を待つように生じていた間《ま》の後、彼は告げた。

「左手の薬指の、手の平側に穴のある手袋を右手にはめれば、穴は薬指の手の甲の側になります。このとおり、瑪瑙の指輪部分に。……そこでお尋ねしたいのですが、光深さん。ご覧になって、簡単に不自然さに気づくでしょうか？」

戸惑いがちながら、電動車椅子は棺に最接近した。黒く薄い手袋を、光深はじっと見詰めている。

穴は広がっておらず、瑪瑙の色は覗いていない。模様などまったくない手袋で、美希風の見るところ、目を凝らせば親指の付け根の縫製がやや奇妙に映る程度だ。

「簡単には気づかないな」しわがれた声で答える光深の目は美希風に向けられて、先行きを探り、問い詰めるような光を宿している。「言われて観察すれば、違和感も目に留まるが。……それがどうだというのだ？　これはいったい……」

「今のお答えからすると、朱海夫人が食事の度に手袋を逆にはめていても、光深さんは気づかなかったであろうし、たぶん、酒田さんも同様だろうということです」

美希風は、一つ大きく呼吸した。口に出せる推理が、ようやく一つの形になった。

「つまり、食事の度に毒を盛っていたのは、朱海さん自身だということです」

3

ホールには二つの空気が混在した。沈黙に凝り固まった空間と、投げつけるような言葉が交錯する場と。

困惑を振り払いたがっている疑問の声がある。嘲《あざけ》りや怒りが混じった否定的な声もある。

「ばかばかしいにも程がある」光矢の声が強く響いた。「自分で毒を？　安楽死するための麻酔薬でもあるまいし。この一、二週間、母の容態は悪く、日に日に弱っていた。当人が一番それを知っていたはずだ。そのうえで、毒を追加するかね？」

「まして、命を自ら閉じるなどという不敬を……」そこまで口にしてから、滉二は、迷って思案する口調になった。「まあ、母は、信仰者と言えるほどの宗教心はなかったほうだろうけど……」

最後に残ったのはエリザベスの声だった。

「まずは、手袋の件に集中しようじゃないか、皆さん。美希風くん。手袋に、朱海さんが意図的にその穴を作っていたということだな？」

安堂朱海への謝罪の思いも懐《いだ》きつつ、美希風は言葉にした。

「先ほどの酒田さんからの情報をそのまま使わせてもらうとして、一ヶ月以上前に朱海さんが裁縫用の接着剤を入手した。しかし女性陣のさっきの話から推測しても、朱海さんがその接着剤を目立って利用していたという痕跡はない。そして、その入手時期は、朱海夫人と光深氏のお二人が毒を盛られ始めた時期と一致する。強調しておきますが、毒を盛られていたのはお二人です。……この計画のために、朱海夫人は、手袋に細工を施したのです」

「利用するその時まで、毒を仕込んだ指輪を隠すために……か？」胸の内で確認しようとするような累の声だ。

「心理的に言えば――ああ、心理的に言えば、二重の意味でそうだったのでしょうね。まず、先ほど光深さんが言及なさったとおりの心理作用。毒による死が明らかになった時、さらにそれが調べられるようになった時、常に手袋の下にある指輪や指は、推理と考察の死角に入ります。毒を仕込める指輪などという突飛な発想は、浮かびようもないでしょう。もう一つの役目は、朱海さん側の心理にあったのかもしれません。自分の罪を、できるだけ目にしたくないという思いです。抜くこともできない指輪。その死の道具を、日頃は隠しておきたい……」

「それはそうだろうな」

エリザベスが物思わしげに言う。

同意する頷きが幾つかあり、切なげな者がいれば、眉間に皺を刻んでいる者もいる。

しかし、朱海犯人説をまだ受け入れがたく思っている者も明らかに見受けられた。

「朱海さんは、両用の手袋をし続けていたことになります」

納得が得られるか、美希風は話し続ける。

「日頃はもちろん、普通にはめています。そして、毒を投入できそうな時……恐らくは大抵食事の時には、手袋を逆にはめた。こうした方法を選択したのも、ある意味必然だったでしょう。手袋が最後の一組だったということもあります。朱海さんは自分の終末を覚《さと》り、わざわざ新しい物を求めなかった」

「やはり、最後の身仕舞い……」滉二が呟く。

「理由はもう一つあったはずです。日常使いの手袋と、細工された手袋の二組を所持した場合、日頃は身から離して置いておく細工した手袋が、身の回りの世話をする酒田さんや翠さんに見つかる危険があるという理由です。両用の手袋であれば、人の目を避けたい証拠の品が、常に自分の手の中にあります。そして、必要な時にその場で、短時間で機能を発揮させられる」

「機能……。こうやって……」

言いつつ紺藤刑事は、遺体の右手に指を寄せていた。細工された穴が広げられ、瑪瑙の指輪が露わになった。

鳴沢警部が、じっと考え込むように言う。

「隠し空洞のあるその指輪を、必要な時にベールから出したか」

美希風は少し口調を変えた。

「――と、思わせようとした真犯人がいる、とは考えられないでしょうか？」

「なにっ!?」

鳴沢警部だけではない。「えっ？」「はあ？」といった真意を問うような声が重なって発せられる。

「嘘なの？」

と口を尖らせる千理愛。

「いやいや、大丈夫。嘘じゃないよ」

手を振って相手を制してから、美希風は大人たちにも目を向けた。

「朱海夫人犯人説は……容易には受け入れがたかったという意味合いもありますが、これからのすべての推理の起点になりますから、慎重に判断する必要があるのです。検討の結果、今述べたような、根底から覆すような偽装を施した犯人はいないと確信できました。ですので、故人の名誉と尊厳にかかわる推測を話させてもらったのです」

一気に乱れた感情の場が、徐々に冷静さを取り戻してゆく。

「偽装というのはこういう意味か？」大藤刑事は、多少不機嫌そうに見える。「手袋を細工し、朱海夫人に罪を着せようとした、と」

「はい。それをした犯人がいたとしたら、手順は次のようなものでしょう。この二日ほど、朱海さんはほとんど意識も戻りませんでしたから、こうなってから犯人は暗躍する。指輪にあった白い粉末をヒ素と仮定して話します。指輪の秘密を犯人は知っており、少量の毒をそこに仕込んでおく。次は手袋への細工ですが、細かなことを言えば、これはなかなか厄介なはずです。時間がかかるからです。夫人から手袋を外し、作業できる場へ持って行く。切れ目を入れ、接着剤で加工し、それが完全に乾くのを待つ。こうした時間、夫人の手には手袋がないのですからね。ただ、根本的に論じるのはこうした点ではありません。もっと決定的な事実があります」

「それは？　と訊いてやるよ」エリザベスだった。

軽く礼をし、美希風は言った。

「今仮定したような偽装工作は、慎重さと大胆さが常に必要な、手数のかかる行動で、しかも大きなリスクを伴っています。そうまでして行なうのは、絶対に必要な策であるからです。そして当然ですが、偽装というその策も、対象者に届けなければなんの意味もありません。見つけさせて、そこで初めて効果を発揮するのです。この場合の対象者とは、安堂家の最終意思決定者である光深氏か、捜査陣です。しかし、証拠物件はすべて、埋葬されるところでした。人の目も手も届かない所に葬られようとしていたのです。薄い手袋などの証拠は程なく傷んで朽ちてしまいます。それを止めようとした人がいたでしょうか？」

深い静寂は、各々の吟味の時間を交えて、疑念や不審を呑み込んでいくようだった。

「指輪や手袋などを偽装して仕込んだ裏の真犯人がいるならば、昨日からの長い時間、その仕込みをごく自然に我々に意識づける機会は数え切れないほどありました。そもそもの最初からしてそうです。こちらの葬儀社のお二方が、気づいた時に三人ほどにほつれのことを知らせましたが、この〝発見〟が強調されることはまったくありませんでした。脅迫状が発見された時も同様です。異変がないか調べてみようと皆さんが動いた時、これこそ打ってつけで、手袋の細工に気づいたふりをして周知させるには絶好の機会です。そしてそれは捜査陣に届く」

「まさにそうだな……」エリザベスが、じっくり考え込むようにして言う。「その時を逃すはずがない。さらに見れば、毒殺だと判明した時でもいい。あるいは、酒田さんが、捨てるように言われた封筒に白い粉を見たと口にした時。この時などは流れで、朱海さんの自殺ではないかとの推測も話に出たのだ。『そういえば！』と、手袋の異変を持ち出すには最高のタイミングではないか」

「警察の聴取を受けている最中もそうですよね」美希風は、例を続けた。「執拗に問われるうちに、思い出したふりをすることができる。ところが、仮定されているこの裏の真犯人は、ことごとく機会を逃し、無視さえしているようで、そして最後の最後までなにもしようとしなかったのです。棺はもう、運び出されるだけになっているのに」

「そういうことか……！」改めて納得した面持ちで、鳴沢警部は呟いていた。

「瑪瑙の指輪のことをほのめかした人さえ皆無のはずです。ただ、最後の最後に検討を加えなければならない人物がいます。私自身ですけどね」

再び、問い直すような顔が並び、発言者である美希風に向けられた。

「偽装された証拠を、裏の真犯人に代わって私が明かしたことにならないか、との自問です。その犯人によって私は、発見者の役を割り振られたのではないか？　誘導されたのではないか？　しかしこれも否定させていただきたいですね。私のそれなりの経験からしましても、毒殺用指輪の推定に至る手掛かりはどれも、乱数のように、秩序立たずに出現したものだと確信できます。複数の情報からの接触のされ方には、作為などまったく見当たらないということです。複数の人間の無意識すら支配でき、因果関係を左右できる悪魔的な存在でもいない限り、起こせないことだと理解しています」

――安堂光深ならば、その人知のロジックでこの世の公理にどの程度触れているつもりなのか、と問うであろうか。

声を出したのは、法子だ。

「わたしも、その情報を仲介した一人だと思うが、振り返ってみて、南さんの確信に賛同するな。手袋をおさめた棺が目の前にあったから、たまたまそこに情報が集まってきたのだ。間違いないよ、南さん。毒殺指輪の真相は、あなただけの内部で光を放った独自の聖なる閃きだ」

「慎重さは判る」大藤刑事が言った。「だがまあ、普通に考えてもそうだろう。あんたが偽の手掛かりに光を当ててくれるのを裏の真犯人って奴が画策していた、って？　そんなことはない、ってことは判るな。自分の生命線を、あんた一人にぎりぎりまで懸ける殺人者なんているか？　言ってるのはそういうことだろう？」

「そうです。一人二人の人間にコントロールできる事態ではないということを土台としたうえで。それでもなお、私は念を入れました」

「ほう？」

鳴沢と大藤、二人の刑事がそう声を出した。同じ声を出しそうな顔は、他に幾つもある。

「〝発見者の役〟としてはまったく期待できないふりをしていたのですよ。緊迫感や興奮は奥深く秘め、表面上はあくまでもぼんやりとしていました」

――自分は無能だ。閃きはなにもない。

半分苦笑したエリザベスの唇が、「確かにそう見えたな」と動いた。

「裏の真犯人がいたとすれば、私は、悲しみに暮れるだけの、期待薄の駒に見えたでしょう。そしてこれは――ここにいる刑事さんたちも含めて恐縮ですが――他の皆さん全員にも言えることでした。事態を動かす推理や提案を持っているように見える方は一人もいなかったはずです。にもかかわらず、犯人はなんのアクションも起こさなかったのです」

「細心の注意を払って作り出した細工が消えてしまうのに……か」思い詰めるように光深が

言った。「手掛かりに裏がないのだから、もう、必然的に、朱海が……？」

「ええ……」

そう答える美希風を、千理愛は、曽《ひい》おばあちゃんが罪を犯したって言うの？　と、信じたくない思いを込めるようににらんでいた。

「では遺漏がないように、ダメを押しておきましょう。毒殺事件の全体像は、その先で検討することにして」

「どうぞ」と、なぜかエリザベスが主導する。

「最後の確認点。最後までなにもアクションを起こさなかったのは、裏の真犯人がこの場にいなかったからでしょうか？　昨日からの長い間も、この邸内にいなかったのか？　その場合の最有力容疑者は、看護師長の音無《おとなし》さんでしょうかね。あの方は、意識のない朱海さんに長く付き添っておられた。指輪や手袋への細工は楽だったでしょう」

翠などは、心底驚いたといった顔で目を丸くした。言われてみれば、と、驚きあるいは納得する多くの顔――。

「しかし部外者の彼女には、物置倉庫の奥からヒ素を見つけ出すことなどはまったく困難です。では、共犯関係でしょうか？　細工は、音無さん。邸内の犯人は、ヒ素や鉛毒の入手など。しかしこの場合も、犯人の一人がこの邸内にいるのは今と同様です。その重要な役目が、凝った偽装手掛かりで捜査陣を操ること。しかし、それを行なった者はいないのです」

美希風は、幾ばくかの心の重さを覚えつつ、吐息を押し出すかのように言った。

「まとめますと、この毒殺指輪を用いた犯人は、真の証拠を墓場まで持っていこうとしているか、一連の流れをまったく止められない状況にいるか、のどちらかです。そのどちらにしろ、当てはまるのは、安堂朱海さんだけですね」

4

嫋嫋《じょうじょう》と流れている葬送の音楽ですら耳に障《さわ》るほど、静寂は深かった。

「そうかもしれないが……しかし……」

光矢は珍しく、動揺を処理することに戸惑っている様子だった。

誰もがそうだった。論理の先にあるものを問いたくなるだろう。

それは、動機だ。そして、事態の歪み。安堂朱海は毒殺計画を実行していたが、命を落としたのは彼女だけだ。

「しかしなぜ……？」

美希風は、そう口を切った。

「なぜ朱海夫人は、このようなことを始めたのか？　具体的にはなにをし、なにを意図したのか？

くどいほど話させていただきましたが、棺の中の証拠は疑い得ない事実としましょう。したがって、毒の使用者は朱海夫人です。そうなりますと翻《ひるがえ》って、酒田チカさんの証言も信じていいことになると思います。朱海夫人は、手袋で巧妙にカバーしながら、細工のある指輪で毒を利用し続けたが、その毒は封筒に保管してあったというそれだけのことです」

酒田チカの表情には、目に見えて安堵と感謝の色が染み渡った。久しぶりに体を軽く感じたかのように息をした。しかしその直後に、迷いつつ悲しむような色がその表情に差した。朱海夫人が本当に毒殺計画を……と、その事実に胸を痛め、巻き込まれた身として表情が曇らざるを得ないようだった。

彼女の周りには、曇った表情どころか、完全には猜疑を晴らさない顔がまだ幾つかあった。

「そもそも、封筒に関する酒田さんの供述は、ご自身を最悪の状況に追い込むものでした。信じてもらえず疑いをかけられ、生活の場と仕事を両方一度に失う危機をもたらすものです。そのような偽証をするとしたら、失う危険のあるものよりもずっと大きな利益が約束されている時だけでしょう。主犯は朱海夫人なのですから、仮定においては酒田さんは共犯です。協力させられた。しかし、朱海夫人の遺言状はなさそうですし、今のところ酒田さんにもたらされる大きな利益というものは見えません。仮にこの先で姿を現わすのかもしれませんが、動機としてはもう一つのタイプもありますね。共感や忠誠です。利益はなく、理解もできないのだが、大恩ある人の最後の望みだから従うというもの。しかし、どちらの動機にしろおかしな点があります」

　エリザベスが思いついたように言う。

「酒田さんがした封筒の話は、朱海夫人を不利にするものだろう」

「そんなことを、当人が求めて指示するはずがないな」

と、勢いよく累が続いたが、美希風は、ゆっくりと言葉を選びつつ、

「一度不利にするような複雑な計画だったとしてもおかしいのです。朱海夫人が酒田さんに偽の情報を出させるなら、毒物の実物を渡せばいいからです。簡単なことで、効果的です」

表情に、あっ、という思いを浮かべる者、「ああ……」と、徐々に納得の声を漏らす者。

言葉に出したのは法子だ。

「酒田さんに言わせるだけなんて、中途半端すぎるわけだ」

「ええ。話を信じない人は多く、酒田さんをただただ苦境に追いやるだけでした。物証を出したとしても酒田さんの仕込みではないかと疑う人は出るでしょうが、それを予見に含みつつも、いえ、充分含めるからこそ、最低でも物証を出さなければならないのです。そうしなければ、なにも形にならず、すべては曖昧なままです」

　大藤刑事が言葉を挟んだ。

「酒田さんが朱海夫人に従ったにしても、ただ申し立てろというのでは不安だろう。頷けまい。毒がちゃんと見つかるようにしてくださいと、それぐらいは要求する。最低の自衛もし

ないほどおめでたくはないだろう」

「棚から見つかったごく微量のヒ素というのも物証でしょうし、芸が細かいですが、いずれにしろ共犯者を差し出しているわけです。それならば封筒に絡《から》めて毒を発見させれば、それだけで、効果は具体性を持つし共犯の安全性も確実に高まるのに、それをしていない。わざわざ封筒を持ち出すような偽証をさせるのなら、日時を計画に組み込み、分別ゴミの集積場に残っている封筒から毒を発見させればいいのです。他の偽装事案ではそうしているのに。ゴミ箱から発見された偽装遺書などまさにそうです。酒田さんがした話が偽証であるなら、犯人のこうした行動原理から外れているのです」

美希風は、聞き手の顔を見回した。

「今の話の最後の部分で、疑問を感じた方もおられるかもしれませんね。朱海夫人が亡くなってから、偽装遺書の画策で動き回った者がいる。それは何者で、どう解釈すればいいのか。それはまた局面を変えて、後ほど話したいと思います」

「いや、その前に、ちょっと待ってくれ」

鳴沢警部の思案顔は、眉間に皺を寄せている。

「当初は、朱海夫人は老衰による自然死として平穏に葬られるはずだった。ところがここで、脅迫状や遺書らしきものが発見されて事件性が出てきた。我々警察も本腰を入れ始めたわけだ。それで共犯者の酒田チカとしては、急遽、自ら保身策を練らねばならず、勝手な作り話を始めた可能性はないか？」

「いえ、その場合、酒田さんはなにもする必要がありませんよ。黙っていても、警察は自ら棚のヒ素を見つけるでしょう。見つけられなかったならば、それから策を動かせばいい。思い出の写真に封筒といった凝った作り話を捏造《ねつぞう》し、自分から取り調べられる中央に進み出て、容疑者になり、裏切りの虚言者扱いされて苦しむのは完全に理に反しています」

それはそうか、といった頷きを見せ、鳴沢警部は重たい顔つきで納得している。

美希風は、最初に戻って結論づけた。

「どの角度から追求しても、酒田チカさんは嘘を言っていないというのが自然な帰結なのです。朱海夫人に捨てるように指示された封筒があり、それは白い粉末入りだった。そして恐らくそれが、ヒ素か混合毒であるのも間違いがないでしょう」

嘘をついていると疑われている者のためにも、これは言わなければならなかった。

しかしここから先は……。

「警部。光深さん」美希風は、やや懇願調になった。「これ以上は、千理愛さんなどに聞かせる話ではないと思います。明らかに無関係な会葬者の方々も、どうでしょう……」

光深は目を閉じたまま黙り込んでいるが、それは容認の姿勢だろう。鳴沢警部が人払いに動いた。渋りながらも、まだ呆然《ぼうぜん》とした様子も残す千理愛は説得されて出て行った。退出する会葬者たちが、少女にちゃんと付き添っている。光矢は葬儀社の二人も出て行かせ、これには美希風も反対はしなかった。

棺のあるホールにいるのは、美希風とエリザベスの他、光深、光矢、滉二、翠、累、法子、酒田チカ、後は三人の刑事たちだった。多かれ少なかれ美希風に視線が向く位置取りで、全員が着席していた。

そして、場がこうして整ってしまった以上、美希風は話さなければならないということだ。

時の翁《おきな》か、裁定の翁か。長い間《あいだ》閉じていた目をあけて、光深は、しわがれて軋《きし》む声を出した。質《ただ》した内容は二つだ。

「君はずっと、こう言い続けているわけだな、南さん。妻は毒殺計画の実行犯であり、その標的は私だったと。恐らく食事の時に？　しかし、あれの指は細かな作業には向かなくなっていた。時間に追われない裁縫事ならまだしも、小さな指輪の細工を動かして咄嗟に繊細な投入行為をするなど、私の目を逃れてやり続けることなどできるか？」

あまりに的確な問いは、美希風の口を自然にひらかせた。

「光深さんを狙った殺人かと問われれば、それを否定はできませんが、不自然さが残りますね。朱海夫人も毒を摂取していたし、なにより、命を落としたのがあの方自身です。では、自殺なのか？　しかしこれも何度も論じてきたとおり、不自然なのです」

「では、なにが自然なのだ？」光矢の語調はやや強かった。

「殺人ではなく、自殺でもなく……、いえ、殺人であり自殺でもある、これは心中《しんじゅう》事件なのでしょう」

続く、「もちろん、心中未遂事件ですが」という言葉は、何人の聞き手がしっかりと捉えたろうか。心中事件という指摘、解釈は、瞬時に呑み込めるものではないようだった。

「何度か触れられているが……」滉二が考え込みながら言った。「父さんと母さんは、同じ毒を呑んでいたんだ……。呑ませ続け、自らも呑み続けた」

累は、「光深じいちゃんにその意思がなかったのなら、無理心中ってこと？」

こもごもにあがった声が錯綜した場を、鳴沢警部の声が制した。

「捜査会議でも、心中説が出なかったわけではないのです。しかし……、いや、それが形になるのか、まあ皆さん、聞いてみましょう」

今度は的確な進行が、美希風の口をひらかせた。

「朱海夫人がこのような思いに突き動かされたのは、自身の寿命を覚ったからではないでしょうか。それが始まりだと思えてなりません。それ以外に有り得ません。そして朱海夫人は当然、自分が死んだ後のことを熟考したのです。恐らくは主に、自分が生涯を捧げてきた社会貢献活動のことを。様々な団体。やりくりしてもらうための寄付。その活動に海外でも活躍する人々。形になっていると信じたい無数の救い……。しかし、自分亡き後、それらが光深氏によって一掃されてしまうのはほぼ間違いなかった。生前、自分の活動や団体を自分の死後も法的に保護することは、朱海夫人にはどうしてもできませんでした。そのような資産の使い方を、光深氏が認めていなかったからです。いわば、夫婦としての目こぼしと、対外イメージでマイナスではないからという理由で趣味のように認められていただけなのです。……でもそれは……だからこそ、自分という個人が死ねば瓦解してしまう分身であることを、朱海夫人は見通せていたでしょう」

こうした見通しは常識であるかのように、奥のギャラリーで光矢も語っていた。

「しかし、こうした内面の分析はすべて想像です」美希風には確信が持てない論点なのだ。

「これから話すことは、どうしてもそうなってしまいます。誰にも確信など持てません。想像を巡らすことを、故人にも皆さんにも謝罪しておきます……」

「当人が死亡してしまえば殺意にしてもそうでしょうし、自殺や心中の動機を他人が詳《つまび》らかにするのが困難なのは判ります」そう擁護気味に言ったのは、エリザベスでも法子でもなく、翠だった。「仕方のないことです。納得するか、しないか、それぞれが心で問うてみるべきなのです。目を閉ざすことなく」

声には、想像でしかないと消極的になるのではなく、むしろ、自分の目も厳しく覚まそうとしているかのように張り詰めるものがあった。

続いたのはエリザベスだ。

「解剖検案の遺体の中に分け入れば証拠となる事象に出合えるが、人の心に分け入ってもそれは困難だと承知している。しかしこの想像は容易だろう」エリザベスはチラリと、酒田チカに目をやった。「朱海夫人は本当の家族に等しい思いで苦境にある家族を救ってきたはずだ。救いたかった子供たちは本当の子供同然だった。世界中に広がる何千という子供たちだ。今救えつつある子供たちもいる」

「そうですね……」

美希風も想像を巡らせた。

「紛争地帯から救い出せそうな人々がいる。そこへのびていた支援の手が消されてしまわないか。飢餓から救えそうな子の数が激減してしまわないか……。そのような不作為の非道を夫がしてしまうことが、朱海夫人は許せなかったのではないでしょうか。強権を振るい続けるトップがいなくなればまだ、自分が残す支援活動への賛同が通りやすくなり、命脈が保たれる可能性が増えるのではないか……」

もちろん、と、美希風は続けた。

「血を分けた子供や孫のことも心を占めたでしょう。朱海夫人は自覚していたはずです。自分がこの家庭の安全弁だ、と。老当主となんとか対等に意見を交わして家庭内のバランスを保っているのが自分だ、と。その自分が、夫より先に死んだら、遺産相続を巡ってこの家庭はどうなるか。ただ一つの玉座を襲えば、全財産と権勢が直系に流れていく。安堂家ではすでに夏摘さんが殺害されており、今では予告的な脅迫状も姿を見せた。朱海夫人が現実的な懸念を懐いていたとしても不思議はありませんね。夫の死後も自分がいなければ、血の闘争が出現する恐れがあるのではないか、と……」

誰も声を発せなかった。

「……もっと昔からの、積年の思いも関係していたかもしれません。これは本当に、想像がすぎるかもしれませんが。青沼誠一郎さんの件です。朱海夫人が思い出の品を捨て切れずにいたという事実からしても、軽視できないと思うのですが、どうでしょう？ 結婚当初、朱海さんと光深さんとの家庭生活が順調に進むのと反比例するように、青沼家の家督は傾いていったそうですね。朱海さんは、あちらの生活の幸不幸からも目が離せずにいた。そして、誠一郎さんたちの苦境を知る。そこには、なにかしてあげられなかったのかと悔いが生じる事情がなかったでしょうか」

思いのほかすぐに、翠が声を発した。背筋を立て、顎を引き、視線は真っ直ぐにのびている。

「たった一度、義母《はは》がふと漏らした話があります。青沼誠一郎さんご一家の家業が危機に瀕した時、義父《ちち》に頼んだそうです。多少手を貸すか、それが駄目でも助言などをしてあげてくれないか、と。なにもしてくれなかったそうです。そうですねえ……悔いるように責めるように、辛そうにそう呟いていました。でもその後は、その件はおくびにも出しませんでしたけれど」

たった一度吐露《とろ》しただけで、その思いが消えていったわけではもちろんないだろう。奥に秘めさせたからこそ、長く尾を引いたのかもしれない。

「言うまでもなくそれは……」美希風は、言葉を探しつつ、「根に持つ恨みなどという強い念ではなかったろうと臆測します。もっと激しく辛い思いは暮らしの中で幾つも起こり続け、青沼さんとその家族に覚えた若い頃の痛切な思いは、徐々に摩滅していく。ところが、もう一度、青沼誠一郎さんの面影が朱海夫人の胸に広がる時がやってきた」

「等《ひとし》さんだ」法子が言った。

「ええ。気性が誠一郎さんによく似た彼。奇跡のようにして、彼が、ファミリーとなってくれる縁が生まれた。孫娘と彼で、今度は幸せな未来を築いてほしかったでしょう。それは信じられたし、そうした未来以外は考えられなかった。ところが……」

紺藤刑事は沈痛な面持ちだ。

「等さんは、交通事故で他界してしまうんですよね……」

「朱海夫人は、健康を害するほどのショックを受けたようです。そしてここで、事故の原因を想起します。まず居眠り運転に間違いないようですが、ノイローゼによる半ば自殺ではないかとの見方をする人もいたほどでした。つまり、等さんはそれほど不安定に見えた。朦朧《もうろう》とした様子にも感じられるほど消耗していた。なにによって？　仕事面のことがほとんどのようですね。慣れない職場で愛する奥さんをサポートしようと懸命だったそうですが、どんどん追い詰められていた。その事態を最終的に招いていたのは誰なのでしょう？」

なかなか言いづらいことが続く。

「同居までして目を光らせている光深氏だと……少なくとも朱海夫人には思えていたのではないでしょうか。要望高い叱責や過重な労働が、精神的な圧迫になっているのを何度となく目にしていたとしたら。……慎重な等さんが車の運転中に睡魔に襲われた。もしかしたら、ブレーキを踏まずに自分から……。そこまで等さんは追い詰められていた。間接的に死に追いやられたも同然ではないか」

いつもいつも——。安堂朱海の中で、そんな悲憤がわき立たなかったか。気の迷いともいえたかもしれないが、二つの無念の思いが相乗的に結びついた。

「誰が、青沼家の男の幸福を断ち切っているのか……。そのような、運命すら責めたい悲痛さが朱海夫人の心を苛《さいな》んだ。いつもいつも、わたしの目の前で、目の届くところで彼らの未来を奪うのは誰なのか。自分が悲運の結び目になっているのかもしれないとの自責もあったでしょうが、手をくだしているも同然の存在を許しがたくなってきた……。こうした思い、動機がなければ、青沼誠一郎さんからの封筒に毒を保管するようなことはしなかったでしょう」

思えば確かに、という表情が見られた。法子は「ああ……」と呻《うめ》くように言って、小刻みに頷いた。翠は両目を閉じた。

光深は無表情だったが、眉間に皺《しわ》が刻まれている。

「身内の誰かが夏摘さんを殺害しているという事実も、朱海夫人の暗い絶望を培い続けたのかもしれません。それに、私たちは入手できる範囲から想像するだけですから、もっと決定的な動機もあったのかもしれません。しかし総体的に見て、どの理由も明確な殺意と呼べるほどではないともいえます。少なくとも、凶器を振るったり振り回したりする狂気のような激情とは思えない。元々それは、朱海夫人の性情や行動様式と相容《あいい》れないものでしょう。……ただ、朱海夫人にはあの指輪があり、そして毒も入手できたのです」

「不幸な幸運だったな」エリザベスが、潜めた声で言った。

「ごく少量の毒は使える。長期的な計画になるから、食事を利用するしかない。ここで、ずいぶん前におっしゃられた光深氏の質問にお答えします。光深氏の目を盗みながらの細かな細工など、朱海夫人にはむずかしかったはずだという問いかけです。夫人にすれば、毎回成功する必要はなかったのです。まず、光深氏の視界を自然に遮ることができる機会があれば行動に出ることになりますね。むずかしい時には無理することはないのです。うまく手元を隠せれば、指輪を操作して毒を投じる。指が器用に動かず、指輪がひらかなければそれで仕方がない。毒をこぼしてしまっても仕方がない。そうして何回かに一回は食事に毒を入れられた。しかしここから先にも大きな分岐点がありましたね」

光矢が太い声で言った。

「最終的にどの皿を選ぶかは、父が決定していたのだ」

「はい、そうです。毒を仕込んだ食事――皿が、光深氏の手元に行くとは限らない。自分の前に回ってくる可能性も半々です」

「ちょっと待って」慌てたように法子が言葉を挟んだ。「そんな、半々……って」

翠の疑問も口を突いて出てきた。

「義母《はは》は、食事をほとんど残さず食べていたわ。毒入りを避けるようなことは……」

「そんなことを続ければ不自然ですからね」

「自然にしていたら、毒入りを食べることになってしまう」

「それでいいのです」

「いいって――」

「朱海夫人の意図が無理心中であるのをお忘れですか？　秘めた殺意。自死という裁き。そして心中。そのどれが結果となるのか、神の裁定にまかせてあるのですよ」

5

「より正確に言えば……」

そう口にして、今一度美希風はまとめた。

「朱海夫人の計画は、夫が先に死ぬかどうかを死神にまかせた無理心中事件ということです。物置倉庫で毒物を発見したために、現実の計画になったのでしょう。どうやったのか、致死にも至る毒の有効性も確認したはずです。ただ、毒を相手に一気に投入して悶《もだ》え苦しむ姿を晒《さら》させる、また自分もそうするというのは望むものではありませんでした。望むのは、老衰を疑われずに、二人が共に逝《い》くことでした」

「それは確率が低すぎて、まず起こり得ないがな」大藤刑事が、唇を曲げながら言う。

「ええ……。もちろんすべて承知して、朱海夫人は自分が先に死ぬのも仕方がないと覚悟していたでしょう。罪を犯している者への当然の神罰だ、と。……それにしても、毒を入れた皿が自分の前に回ってきた時には、どのような思いを嚙み締めていたのか……」

想像もできないと誰もが絶句したかのように、弔問の場には沈黙が生じた。

「朱海夫人はもちろん、自分の罪に怯えていたとも想像します」

それは、美希風の希望的な感傷が言わせているのではなかった。こうした局面でも、彼は根拠のないことを表明はできなかった。

「夫人は、毒を封筒に入れていましたが――。ああ、ここであの方の行動を確認しておきます。毒を物置倉庫で発見しましたが、体力もなくなってきている体で、何度もその奥まった場所まで足を運ぶというのは合理的ではなく、現実的でもありません。ですから、毒をまとめて身近な場所に置いておくというのは当然の処置なのです。その場所として封筒を選んだのは、青沼誠一郎さんとの命運から端を発した遺恨が胸から消えなかったからだろうと先ほど推測を述べましたが、もう少し踏み込めば、それほど一面的なことだったとも思えなくなるのです。気持ちのいい青年だったらしい青沼誠一郎が、朱海夫人の行為や計画を喜ぶでしょうか？　朱海夫人は躊躇なく、毒殺計画にその封筒を選び、小道具として使い続けられたでしょうか？」

「神罰も覚悟していたならば……」そこでエリザベスは、思い至った顔になった。「もしかして、それは鏡だったのかもしれないな。自分の行為を問い、罪を照らす、十字架《クロス》であり、イコンだ」

「イコンとは恐れ多いですが……」滉二は微妙な表情で十字を切った。「母の宗教心もようやく顔を出したといったところでしょうか。ああ……しかし罪深い」両手を握り合わせる滉二の目は熱っぽい。「そうでしょう？　自ら命を絶ち、夫も巻き添えにしようとは」

言葉をかぶせるように美希風は言った。

「迷って問い続けていたと思いますね、朱海夫人は。封筒に象徴させるものから、計画を進める覚悟の後押しをもらいながら、同時に、止めてくれる託宣も待っていたのではないでしょうか。いいのでしょうか？　と問い続けていた。キッドリッジさんが今、鏡という言葉を出されましたが、朱海夫人が自分自身を最大限に責め立てて問い詰めていたのであろう場面が、実は目撃されています。正確には、声を聞いた人がいるだけですが。七月七日のことです」

　まだ耳に入れていない者もいるかもしれなかったので、美希風は、七夕の日の千理愛の目撃談を皆に改めて伝えた。

「朱海夫人には珍しいほどの怒鳴り声。『もうこんなことはやめなさい！　やめるの！』。そして、『いつまでも罪を続けるなんて……』。想像でありながら、私は確信しています。青沼誠一郎さんの写真も密かに置かれていたあのギャラリーで、朱海夫人は自分の行為におののき、自分を罵倒し、引き止めようとしていたのでしょう。その〝相手〟は、想像力豊かで感性の鋭い少女が人の気配と感じるほどに明確な、朱海夫人の前で対面していたあの方自身だったのだと思います」

　しばらく言葉が失われ、光矢がまず言った。

「想像だと言われれば、異論の出しようもないな」

「私は、衝撃も受けつつ納得です」

　紺藤刑事が物思わしげに言うと、累も呟いた。

「すんなりくるなぁ」

　何人かの頷きの後、

「さて……」

と、美希風はまとめに向けて論を進めた。

「後は、自分が先に死ぬことを覚った朱海夫人の行動をなぞるだけです。体が自由にならず、意思も燃え尽きようとしていた朱海夫人は、青沼誠一郎との思い出の品の処分は酒田チカさんに頼んだ。封筒の中の毒物は、酒田さんの目に触れずに塵《ちり》となることも充分に有り得たのです。それを朱海夫人は期待できたでしょう。仮に、酒田さんが目にして気に留め、さらに仮定として誰かにそれを告げて事実が広まったとしても、朱海夫人はそれも致し方ないと受け入れていたと思います」

「それも神の裁量だな」

唇を結んでうつむく酒田の横で、エリザベスがそう言っていた。

「はい。もう一つ、処分の対象は手袋だったでしょうね。しかしこれはそのままにしたのです。それが最も自然だから。この手袋が最後の一組だそうですから、新しいのに替えてくれとは要求できない。捨てるなど、自分のトレードマークである愛用の品をここへきて消してしまうのは、かえって不自然に目立ってしまう。いつもどおりそっとしておけば、問題なく墓へ持って行けると考えたのです」

法子の声は、どこか少し呆れているかのようだった。「ほつれなど見つからなかったかもしれないからな。見つかったとしても、空洞指輪の真相まで至る人間などいないと、普通は思うよ」

エリザベスが、変に強く頷いている。

視野の隅にそれを捉えながらも、美希風はなるべく気にせず、
「朱海夫人は、自分の犯行の形跡を必死に消そうとはしていません。もちろん、望んだ最高の形は、老衰による自然死としてつつがなく葬られることでした。しかし万が一、毒による死亡だと発覚した時は……。身内の誰かが毒殺犯として疑われるか。服毒自殺と推測されるか。……朱海夫人も人間ですから、もちろん、自分の罪深い姿はできれば隠し続けたいと望むでしょう。ですから、事件性など浮かばず、なんの問題もなく終わっているかもしれないのに、自らわざわざ告白めいたこともできない。そうした葛藤の中で、夫への殺意が露見してしまっても、それは仕方がないとの諦観《ていかん》も持つ。黒でもなく、白でもなく。殺意であり、自死の念であり……。無理心中を図った者への審判がどう下るのかは、神罰の秤《はかり》にまかせていたのではないでしょうか」

人々の無意識の視線とでも呼ぶべきものが、棺の中で無言の存在感を放っている老女に集まっているかのようだった。

美希風は気がついた。光深の肉眼での視線が鋭く向けられてきている。抑え切れず乱れている感情の波が、瞬間、美希風の周りで渦巻いたようでもあった。しかしそれはすぐに、理性に躾《しつけ》られた犬も同然に退いていった。

プライドが長年にわたって作りあげてきた仮面は、皺深《しわぶか》く青白い顔の皮膚と一体だった。美希風にとっても無論、辛い結論だった。

当初、安堂朱海は自殺したかもしれないと聞き、そんなことをする人ではないだろうと感じた疑問から、事情をいろいろと聞かせてもらった。殺されたのかもしれないとの解剖結果が出た時は、殺意を向けられる人ではないだろうとの思いで真相を知ろうとした。

しかしその両方が……。安堂朱海は、自ら殺意を秘めることができ、自殺も行なえる者だったのだ。

「南さんの推理は、事実と見ていいはず」

声があがった。滉二だった。

「動かしがたい真実だ。だとすればただちに、葬儀は正しい姿に改めなければなりませんよ」

問い返すような顔もあり、大きく腕を振る身振りを滉二は見せた。

「すぐに気づかないのかい？　母は自殺したんだよ。家伝の棺に入る資格をなくしたんだ。使っては駄目なんだよ！　ああ、まったく！　危ないところだったじゃないか。聖なる棺が穢《けが》されるところだった。いや、すでに禁忌に触れてしまっている。母とはいえ、許しがたいことだ。夫を毒殺しようとした？　自殺？　罪が二つ重なっている。いや、経緯はともかく、母が自殺の形になったのは間違いない」

今や腰を浮かせている滉二の、熱弁とも聞こえる発言は止まらない。

「そうでしょう、お父さん？　この棺は、〝列棺の室〟に戻して保管しなければ。そうだろう、光矢兄さん？　なにも間違いはないはずだ。早く神聖な形にしなければ。母に入ってもらう棺は、葬儀社に手配してもらいましょう」

息もつかせぬ勢いが、皆に怪訝《けげん》の念を懐かせて奇妙な沈黙が生じた。

この時、鳴沢警部のスマートフォンに着信があり、意表を突く大きな知らせをもたらした。

「これは……」

気持ちを整理するように視線を左右に揺らし、スマホを仕舞うと鳴沢警部は告げた。

「刑事課長からでした。長野刑務所から通達があったのです。光深さん、皆さん」

警部の厳粛な表情に、視線が集まった。

「残念なお知らせです。施設内で、安堂拓矢さんが亡くなられました。病死にまず間違いないそうです。心臓発作と見られています」

どよっと揺れる空気の中を、悲鳴にも似た鋭く息を吐く気配も飛び交った。

「拓矢が――」

男も女も、等しくその言葉を吐いた。

「死んだ？」「本当に？」「なんてこと……！」

問いかけでもあるそうした声に、鳴沢警部は死亡時刻を告げることでまとめて応えた。

美希風にとっても無論予想外のことで、気持ちも思考も空回りするだけだった。かろうじて考えたのは、その男の死が今回の事件に、軽重、いかなる影響を与えるのだろうか、ということだった。

あるいは、なにも影響はないのか。

「検死が進行中のはずで、書面すべて整いましたら、ご遺族のもとへも通知が届くはずです」

鳴沢警部の言葉が終わるか終わらないかのうちに、滉二の声が興奮気味に響いた。

「うちで葬儀を出すんだろうね？　葬儀をあげなきゃならない。ああ……。重罪犯だ。罪深いが……しかし、儀式から排除はできない」

「まあ当然、密葬で送ることになるだろうが……」戸惑いがちの光矢は、目元を翳《かげ》らせている。「続けざまの忌《い》み事《ごと》とは……」

激しく思い悩むかのように、滉二は、顔をきつくしかめ、頭を抱えている。

「なんてことなんだ……！　あいつが入るなら……」

「あなた？」

訝《いぶか》しむ翠の声も届いていないようだった。

「また、一つしか……」

度を越した熱意と惑乱を感じさせる言葉がようやく途切れると、また、奇妙な沈黙が辺りを支配した。

そこで言葉を発したのは、南美希風だ。

「それが動機ですね、滉二さん」

第八章　偽造遺書の告白

1

何度めかになる、空気が凝り固まったような沈黙が訪れた。

発言内容よりも、その沈黙の深さを肌で感じて我に返ったかのようになった滉二《こうじ》が、美希風に目をやり、それから左右を見回そうとした。しかしその仕草自体もまずいと感じたのか、硬い表情で居住まいを正した。

なんと言ったのですか？　と聞き返そうとしているらしい表情を見せたが、声に出したのは紺藤《こんどう》刑事だ。

「動機といいますと、なんの……？」

「遺書を偽造し、朱海《あけみ》夫人の死を自殺に見せかけようとした動機です」

聞き手様々に感情を覗かせる中、法子《のりこ》が言った。

「……見せかける、と言ったが、実際に自殺だが……」

「結果としてそうなったということです。滉二さんは、母親は自然死したものと思っていたのです。彼女の無理心中計画など知りませんでした。見抜いていれば、遺書の偽造などしなくて済んだでしょう」

鳴沢警部と光深《みつふか》は、厳《いか》めしさの程度こそ違え、「聞かせてもらおう」という様子を示していた。大藤刑事は、滉二の表情と動きを凝視している。

なにを言いだしたの？　と問いたげに、戸惑いと疑念と不安を見せる翠《みどり》の様子には目をつぶり、美希風は話を本筋に進めた。

「ゴミ箱から発見された、ちぎられていた遺書は、鑑識結果も踏まえた警察の判断のとおり、偽造されたものに間違いないでしょう。これは確定です。そして、遺書を偽造するということは、その狙いは、朱海夫人の死を自殺に見せかけたいからに他ならないでしょう。自殺だとどうなるのか？　大富豪の夫人が亡くなったにしては、珍しく、財産の移動がほぼないようですが、自殺を偽装する動機はいろいろと想像できてしまう。しかしそれを、つい先程の滉二さんの言動から一つに絞り込むことができます。問題は棺なのですよ。家族を殺《あや》めた者や自殺者は、安堂家伝来の〝伝家の宝棺〟に入る資格を失う。朱海夫人に、棺に入ってほしくなかったのです、滉二さんは」

自分の胸の内でも納得度を測《はか》りながら、美希風は次の言葉を口に出した。

「将来……、いつの日か、自分が聖なる棺に入れるように」

滉二は短く、乾いた笑い声をあげた。枯れ葉が地面を転がっているような声だった。

美希風がちょうど目をやったタイミングで、法子も視線を向けてきていた。

「そういうことか。さっきの極端な反応も……」理解できたという顔になっている。「なるほど。わたしも、棺に入れる身だったら、気を揉んで、都合がいいことが起きないかとあれこれ手を考えたかもしれない。なにしろ、ここにあるのも含めて、棺は残り二つしかない」

「ええ」と、美希風は受けた。「私が動機の点を指摘させてもらう直前、滉二さんはこうおっしゃってましたね。『また、一つしか……』と。これは、拓矢さんの死によって棺がまた一つしかなくなるということでしょう？　他の意味がありますか？」

滉二は、表情を殺すようにして、目を半ば閉じている。長い髪や髭は、一筋も動くことはなかった。

「いろいろ策を講じたのも水泡に帰し、式は埋葬まですべて終わってしまいそうでした」

黙する相手の心理も探って美希風は、

「ですから滉二さんは、内心ほぞを嚙んでいたでしょう。苛立ちと失望は最高潮だった。ところがここへきて、局面は大転換。朱海夫人の死は、異例の形とはいえ自殺らしいと推定できるようになってきたのです。それで、滉二さんの情動は一気に高揚した。気持ちを厚く押しつぶしていた絶望感が急に取り払われたための反動です。私はその辺、話しながらコントロールもしていました。滉二さんは時々、『自殺なんだな!』と気持ちを解放し、満足そうな物言いをしそうになっていましたが、私は話すペースを保ってそれを抑えさせてもらっていました。ですから余計、自殺で間違いがないとの納得が広がった時に、滉二さんは安堵の息を一気に吐き出してしまったのです。

拓矢さんの訃報まで入ってくるのはもちろん予想外でしたが、この知らせも滉二さんの精神の乱高下を誘って、その方《かた》の内面を剝《む》き出しにする作用を果たしましたね。残りの棺を二つにできたと安堵した次の瞬間に、また一つが遺体で塞がれることになってしまい、動揺が生じたのです」

美希風は、皆の記憶にも訴えかけた。

「恐らく、〝列棺の室〟で脅迫状が見つかった直後からそうだったと思いますが、私が承知している限りでも、滉二さんはずっと、ことあるごと朱海夫人の自殺説を唱えていましたね。服毒が判明した時。酒田さんが封筒の告白をした時。常に、一同の見方を自殺説に誘導しようとしていたのです。これは、遺書を偽造した人の精神性と同じですよ。しかし……」

自ら逆接の接続詞を挟んで、美希風は次の論点へとつなげた。

「朱海夫人の件を語らせてもらった時と同じで、動機というのは確定不可能の領域です。当人でなければ想像するしかない。泉下《せんか》へ流れる船としての棺に、滉二さんの死生観がどれほど執着しているのか。来世という魂の行く末に期待する宗教観は、どれほど深く強いのか。

これらは推測を重ねても仕方がありません。同じく、精神性の一致などを言い立てても、確かな論拠とはならないでしょう。そこで、物的な要素からたどれる論理で皆さんに問いたいです」

「そうしようじゃないか」

エリザベスが言った。

「まず検討するのは、細かくちぎって流しに捨てられていた紙についてです。タイプライターの印字と拇印のごくごく一部が発見されましたし、これは偽造遺書と呼ばせてもらっていいと思います。もう一枚の偽造遺書です。これを犯人は廃棄し、もう一枚の完成形のほうを、ゴミ箱で見つけさせたのです」

美希風はここで、破棄されたその文章が遺言状の類いではないことを、先般のとおり、遺言状の形式を説明して伝えた。

「またその文章は、朱海夫人の罪の告白文とも考えられません。理由はほぼ同じで、そのような大事な文章は手書きしたはずだからです。満足な形にならないとはいえ、朱海夫人は文字を書けたのですから。タイプライターと拇印で書式すべてを整えるというのは、それしか手立てのなかった者がすることです。タイプ打ちは、遺書として最初から不自然さを残すものでした。本文はまだしも、自筆署名ぐらいはするべきだったでしょうが、それもできなかったから拇印にしたのです。つまり犯人の行動はこうでしょうね。

朱海夫人が命を落としそうなのは間違いなくなってきた。そして、その死を自殺に見せかけたい犯人は遺書を偽造することにした。朱海夫人が寝ている部屋へ家人が長時間行かないことがはっきりしている時間帯か、深夜の時間帯に、意識のない夫人に犯人はこっそりと近付く。そして、所定の用紙に拇印を採《と》ったのです。二枚の偽造遺書は、タイプ打ちと拇印という同じ体裁――作られ方ですから、同一人物が作った物ではないと見るのはまったく不自然でしょう」

「そりゃあね」当たり前だと軽くいなすほどの調子で法子が同意を示す。

大藤刑事も同じような様子で、口調は苦々しくさえ感じられた。

「同じタイミングでまったく同じことを欲して実行する。そんな人間を二人も登場させないでくれ」

美希風は、軽く苦笑した。

「そうですね。度を越えた慎重さと感じる枝葉があったら、切ってください。と言ってすぐに恐縮ですが、流しに捨てられていた偽造遺書は、犯人が本気で抹消したがっていたものなのかどうかは細かく検証したいと思います。あの紙も、ゴミ箱の中の偽造遺書と同じく、捨てたように見せかけて発見させたがっていたという裏の意図がないことを確認するためです。朱海夫人の時における偽の手掛かりの排除推理と同じく、犯人の意図の確認はこれからの推理の起点になるので、慎重さが必要なのです」

問を置かない光矢《みつや》の発言は、言葉を挟む形になった。

「犯人は本気で処分したがっていたという話になるのだろう、南さん？　どう考えたってそれが自然だ。すると次の疑問が生まれる。紙を完全に消したいのなら、なぜ燃やさない？確実で簡単だ。それをしない、できないということは、つまり……」光矢は奇妙な冷笑を浮かべていて、それは強いて言えば決闘を面白がっている表情とも見えた。「犯人は火を使えない人間だということになる」

累《るい》が、ははあ、という声に続け、

「葬儀の日、火を使うことは安堂家では禁忌だが、かまわずに火を使っている人間はいる。光矢伯父さん、そう、それと、私の妻ね。今の想定だと、この二人は無実だとなる。いえ、言わせてもらえば、私だって、必要だったら火は使いますよ」

「でしょうね」美希風は言った。「手元にライターやマッチといった火種がなかったとしても——母屋の調理場はガスではなく電化されていますしね——この集会ホールに暖炉もある。先ほど確認しましたが、点火機能も備わっています。さらに、灰も紛らせておける。にもかかわらず、犯人は焼却という手段を採らなかった。他の手段は、ちぎって窓から捨てるでしょうか？　昨日は風も強くはなく、そんなやり方をしても、捜査する側は簡単にその紙片を見つけ、集めてしまうでしょう。となれば、飲み込んだり庭の土に埋めたりするより、こまかくちぎって水に流す処分方法を選ぶのが普通でしょう」

　エリザベスが言う。

「それで、火を使えないのは誰か、という問いが生まれるわけだな」

「どなたでしょう？」美希風はそれを口にする。「滉二さんは間違いなく使えないのでしょうね。安堂家正教の信徒と言えそうな方ですから」

使える！　などとは言い出さず、滉二は顔を背けるように横を向いただけだ。

「他にはどなたでしょう？」

「私も、使わないな」

　感情も窺わせないほど冷静に、淡々と申告したのは光深だ。

「わたしも、極力使わないでしょうけれど……」

　そう言ったのは翠である。ただ言外には、事情によっては使うことも厭《いと》わないという言い分が滲む。

「酒田さんは、使うでしょう？」

　美希風にそう問われた家政婦は、身を硬くしつつ頷き、遅れて、「はい」と声にした。

「安堂家の宗教にまでは馴染んでいないようですからね。さて、こうして容疑者を絞っていけるわけです」

「しかし――だろう？」

光矢はまだ、やや不敵な笑みを口の端《は》に覗かせており、

「そうやって無実の者に罪を着せようとしている策略ではない、と言い切れるかどうか。つまり、火を簡単に使える私が犯人で、父さんや弟に疑いを向ける計画だということも有り得る。そこは曖昧にできないということだね、南さん？」

「おっしゃるとおりです、光矢さん。ですのでここで、排水口《はいすいこう》から発見された紙片は、見つかることを意図して仕込まれた偽装手掛かりでないことを立証しなければなりません」

「そんなことができる……？」累は、疑わしげだというより、不安そうな面持ちだ。「犯人の意図を推定するだなんて」

「やってみましょう」

2

美希風はまず、事情を細かく知らない聞き手がいるかもしれないので、問題の紙片がどれほど細かくちぎられていたかを伝えた。爪の大きさほどの細かさだ。

「紙をちぎる、と簡単に言いますが、そこまで細かくするのは容易ではありません。少なくとも、これもやっておくか、という程度のサイドメニュー的な工作でやれることではなく、やることでもありません。余裕のある状況ではなかったことも、この見方を補強します。余

裕のない状況というのは、警察がやって来るからです」

これも単純で基本的なことだが、思い返してもらうために、美希風は間をあけた。

「脅迫状が発見された後です。警察が呼ばれることになったのは全員が知っています。しかも、光深氏は県警捜査一課にも話を持っていき、そちらも一部は動きそうだった。と同時に、その強引で異例な要求によって警察が来るまでには時間がかかることも予想されました。犯人が動くのに最適なのは、この時間帯しかないでしょう」

「そうだな」と、エリザベス。「証拠を捨てるにしろ、偽の仕込みをするにせよ、警察到着前にするのが筋だ。警察が来てから怪しげな行動に出るような莫迦《ばか》げたことは避けるのが常識だ」

「しかも脅迫状が発見されたあの時は、辺りを調べてみようということで、各人が散ることになりました。絶好の機会なのです。ただ、好機なのですが時間が少ない。警察の到着に怯えながら、この犯人は紙を細かくちぎり続けた。本気だからですよ。絶対に必要だったからです。確実に捨てようとしていたか、偽装工作として絶対に必要だったからです」

「どっちなのかは、まだ判断がつかないのじゃないか？」大藤刑事が疑問を差し挟む。

「ここで、犯人は偽装工作をしようとしたと仮定して話を進めます。間隙を突くようにして懸命に作りあげた偽の手掛かりですが、当然これも、最終意思決定者か捜査陣に届かなければなんの意味もありません。朱海夫人の時にもあえて指摘させてもらっていた常識ですね。

しかしこの犯人は、それをやったでしょうか？　偽の手掛かりが消え去らないように保ち、発見への筋道を匂わせる。していませんね。この犯人は、仕込みを維持しようともしていないのです。排水口に紙片を仕込んだ後、流しの水をどんどん使わせているのですから」

一つ息をつき、美希風は、皆の記憶を改めるように続けた。

「午後は、ご近所の婦人会の方々も来ていたのですよね。この女性たちが来ることは皆に知らされていました。婦人が集まれば、なにかと水道は使うのではないですか？　葬儀だけに使う食器などを出して洗う、といったこともする必要があるでしょう」

翠も酒田チカも、まったくそのとおりだという顔をしている。

「こうしたことを、誰かが止めたでしょうか？　水仕事をセーブしようとした人など誰もいません。調理場は、誰からも、なんの制約も受けず、通常どおり排水を続けていたのです。仮に、婦人会の方々が帰られた後で、犯人は紙片を仕込んだとしましょうか。警察到着前の仕込みがどうしても間に合わず、一度警察が引きあげた後に行動したという可能性もゼロではありませんから。しかしこの後には、夕食の準備が始まる。そうでしたよね、皆さん？　翠さん、酒田さん？」

二人はしっかりと頷きを返した。

「水道水はどんどん使われ、排水パイプの中の微細な物質は洗い流され続けるわけです。犯人はこれも放置している。先ほどの納棺の儀が始まる前の時間で、私はこの辺も確認しておきました。酒田さんに伺ったところ、夕食の準備を始めて、先に食事をさせることになった千理愛《ちりあ》さんがダイニングに来るまでの一連の時間帯に、キッチンへ来た人物は一人もいないそうです。となると、偽の手掛かりを仕込めたかどうかを検証しなければならない最後の人物は、酒田チカさんになりますね」

これを聞いた瞬間、酒田は跳ねあがりそうになった。目を丸くし、緊迫感に満ちた顔になる。

大丈夫です、落ち着くようにという手振りを当人に送り、美希風は、

「遺漏があってはなりませんから、あくまでも念のためです。酒田さんは流しの状態をある程度コントロールできる立場にいますから、仕込み犯の容疑は薄くはないといえます。そして夕食時、警察がそろそろ来るタイミングでしたね。防犯カメラが壊されていることを知らされましたし、彼らには朱海夫人の解剖結果を知らせる役目もありましたから。このことは誰もが承知していました。この条件ならば、千理愛さんと一緒に食事をした後で、排水口に偽装手掛かりを仕込むことも、酒田さんならば計画し、実行できたかもしれません。しかし……」

一番固唾《かたず》を呑んだのは、酒田チカだったかもしれない。

「昨日、それは無理でした。酒田さんと千理愛さんは一、い、一緒に後片付けをし、終わると一、い、一緒にダ、ダ、ダイニングへ戻ったと聞いていましたので、先ほど、その点も千理愛さんに確認を取りまし

た。並んで皿洗いをしていたのは間違いないそうです。彼女の目を盗んで、酒田さんが、ゴミ受け皿を外して紙片を投げ入れるなど、まったく無理なのです。続いて、一緒にダイニングへ戻ったのも確かだそうです。つまり酒田さんは、自分だけが一、二分残り、偽装の仕込みをする、ということもまたしていないのです。二人はそのままおしゃべりを始め、やがて、私やキッドリッジさんが顔を出し、他の家族の方も合流、そのうち警察も押し寄せて来てそのまま捜査が始まりました」

安心させるように、法子が言った。

「つまり、千理愛と共犯でない限り、酒田さんには、偽装証拠を排水口に仕込む機会などないということだな」

「そうです」

酒田が、「千理愛さんがそんな……」と、軽く憤慨したようにクレームを入れる。自分のことよりそっちが気に障ったらしい。

「まあ一応、うちの娘は信じられるだろう」法子は、さらっと言った。

少女は疑われる対象にないという、当然ともいえる全体の空気に曇りがないことを確認してから、美希風は話を詰めた。

「酒田チカさんがもし犯人なら、あの時はこうすればよかったのです。千理愛さんが一緒に皿洗いをしたいと言い出しても、断ればいい。『お嬢さんは、そのようなことをしなくていいのです』と言って止める。これは、この家庭ではごく自然なことでしょう。なんの不審も買いません。そうするだけで、人の目などまったく気にせず仕込みができますよね。しかし、酒田チカさんはその機会すら自らつぶしている。もう確定です。酒田さんは、偽造遺書を作ってそれで偽装の仕込みをした犯人ではないのです」

ようやく最後の力が抜けたかのように、酒田チカは幾分頭をさげた。

「さて、もう少しで結論です」

美希風も、知らず体に入っていた力を抜くようにした。しかし気を緩めることなどできるはずもなく、張り詰める緊張感が胸の内を圧していた。

「酒田チカさんは無実ですから、その証言も信じられ、ますます確定的に事態は振り返られます。つまり、排水口の紙片発見時からどの時点まで遡《さかのぼ》っても、仕込みを守ろうとして排水量を気にしたような人など、一人もいないのです」

エリザベスが、満足そうな笑みを浮かべつつ言った。

「労力《リソース》とリスクに大きなものがあったはずなのに、犯人はそれをまったく回収しようとしていないわけだな。その点に、意図も行動もなにもない。言い換えれば、そのような動機を持つ犯人などいないということだ」

「これも、もはや確定ですね」

美希風に続けて、眉間に浅く皺を刻む大藤刑事が、

「言われてみるとはっきりするが、当然といえば当然のことだな。水の量はコントロールできず、何枚の紙片が残るのかも不明。こんな不確定なことをやり続けてフェイク物証を残そうなどと、立案するはずもない。昨日のシンクであれば、細かな紙片などすっかり流される量の水が使われると考えるほうが自然だ」

「まったくそのとおりですね」礼でもするように軽く頭をさげてから、美希風は言った。「つまり、この犯人は本気だったのです。偽造遺書の一枚を消し去ることに。必死に細かく引きちぎり、急いで排水口に捨てた。これからどんどん使われるであろう水がすべてを流し去ってくれることを期待していたのです」

光矢がふっと、言葉を吐いた。

「なるほど。本当に、犯人の意図が確定したな」

累が、両手をこすり合わせながら言う。

「犯人にとっては不運だったわけですね。排水パイプの内側に張りついて、幾つかの紙片が残っていた。そしてそれを、抜かりなく警察が発見した」

「犯人の不運は、こちらの幸運として活かし切らなければな」

エリザベスのこの表明に続けて、光矢は、

「活かすための重要な手掛かりが、これではっきりしたわけだ」と胸を反らせる。「偽造遺書を燃やせばいい私と法子は、容疑者から外れる。残るのは……」

「僕だって、そんな事情なら火を使うよ」

累が身振りも大きくそう主張すると、翠も慎重な口振りで続く。

「そこで線引きしようとしても、曖昧になるだけではありませんか？」夫が特に疑われる理由とはならないはずだとの思いから出た言葉だろう。「火を使えないようにプログラムされている機械ではないのですから。使う気になれば使える。そのように、なんとでも言い抜けられます」

「もう一つ尋ねたいな」

そう口に出したのは鳴沢警部だ。

「犯人はなぜ、一枚の偽造遺書は破棄したのだ？　新たに二枚めを作る、どのような理由があったのだろうな。そこまでは、まだ推測不可能か……」

美希風は、「いえ」と応じた。

「ほぼ推測はつくと思います。それに、偽造遺書の作成犯の正体は、次の段階で絞り込むことになります。防犯カメラを壊したという行為によって」

「流しに破棄された偽造遺書のほうは、第一の偽造遺書と呼びましょう」

そこから美希風は話し始めた。

「そちらが一枚めであり、ゴミ箱から発見されたほうが次に作成された二枚めであることはまず間違いないはずです。インクリボンに残っていた文字は、二枚めの文章のものだからです。インクリボンを複雑に入れ替えたりしなければ、あのタイプライターで最後に打たれたのが第二の偽造遺書になります。こうした実情に沿って、一枚めと二枚めの順序は決定事項としていいでしょうか？」

そこまで吟味していなかった者たちは少々驚いた顔をしたが、すぐに同意の空気が座を占めた。

3

「そこで、鳴沢警部の疑問です。犯人が慌てて偽造遺書を作り替えた意図はなんなのか。契機となったのは、脅迫状が〝列棺の室〟で発見されたことに間違いないと、私は思います。あれこそが事態を突然揺るがせ、関係者たちの行動を大きく変化させましたね。葬儀の準備もストップし、警察の介入まで招いてしまった。そして、あの脅迫状の文面は、自殺を偽装しようとしていた犯人から見れば、無視できないものでした。天佑《てんゆう》とさえ感じたでしょう」

どうして？　と問う複数の視線に美希風は応えた。

「端《はな》から、朱海夫人の自殺説には無理がありましたよね。自分の命がもう消えると覚っていたであろう老女が、なぜ自らその命を縮めなければならないのか。偽造遺書を作った犯人にとっても、自殺の動機には苦労したでしょう。そして恐らく、説得力のある動機など作り出せなかったのです。結局、病苦に追い詰められた心情を綴《つづ》るしかなかったはずなのです。もう一日も苦しみたくないといったような」

「でも、追い詰められるほどの病苦はなかったですからね」累が言う。「体調が優れずに大変そうだったけど、苦痛などはちゃんと緩和ケアされていた」

「改めて言うまでもないけど」と、法子も発言する。「今さら病苦で、神の道にあえて背く選択をするというのも変な話なのさ」

「はい。それでも犯人にすれば、病苦を誇張するしか手がなかったでしょう。例えば、四年前に、朱海夫人は死の淵《ふち》から奇跡的に回復していますね。この事実を利用し、またあの時のように寿命がのび、しかも中途半端に寝たきりになって苦しむのは耐えられないから、ここで完全に幕を引く……といった内容を捏造するわけです。または、幻覚に襲われたのかと精神状態を疑うような、首尾一貫しない内容にする。まあこれも、日頃の朱海夫人の様子とは食い違いが目立つでしょう。しかしそれぐらいしか動機は創造できず、犯人はそれでなんとか説得力を持たせるしかなかった。第一の偽造遺書の文面は、そうしたもののはずですよ。

——ところがここで、脅迫状が出現したのです」

「天佑か……」言いさしてから、光矢はふと思い当たったように、「なるほど。あの脅迫状の文面には、『罪に怯えよ』とか……。大きな罪が鉈《なた》を振りおろしてきたわけだ」

「そうです。脅迫状は夏摘さん殺害事件を甦《よみがえ》らせたのです。そこには罪業《ざいごう》があり、懺悔《ざんげ》も生まれ得《う》る。これは自殺の動機になる！　と、偽造遺書の作成犯は飛びついたのですよ。朱海夫人が重い罪を背負っていたことにすればいい。もちろん、当時病床にあって意識のなかった朱海夫人は夏摘さん殺害の実行犯にはなり得ませんから、その死に責任があると思い詰めていたとすればいい。罪ある自分は今のままでも神の許《もと》へは行けない。脅迫者に屈辱的に屈するよりも、自ら潔く裁きをくだすことにする。この動機でしたらまだ、朱海夫人のあの病態でも成立しそうです」

「犯人の行動を最初からおさらいすると……」

確認を取っておきたいという口振りの紺藤刑事だ。

「遺書の偽造犯は、朱海夫人が自然に亡くなるのを待っていたのですね。機会があればそれを自殺に見せかけたいというスタンスかな。偽の遺書を作る程度で、大それた自殺偽装の行動に出るほどの積極性はない？　そのう、朱海夫人にカミソリを持たせて手首を切るといったような……」

「そうです、そうです。暴力性のある犯罪行為など、この犯人はやる気はないのです。むやみに刑法的な重罪を招くだけですからね。偽造遺書も、使う機会があるかもしれないからと、期待をかけつつ書かれたものでしょう。朱海夫人の死の前後で、状況によって自殺を強調できるようであれば採《と》る手段などを、何パターンも想定していたでしょうけれどね。そして実際は、朱海夫人は半ばうつぶせで発見された。これは窒息による自殺という可能性を否定できないだろうと見た犯人は、準備しておいた偽造遺書を活用できることを喜んだでしょう」

ただし、と、美希風は、眉間をやや曇らせた。

「このことは検討すべきかと思いました。犯人は夜中に、朱海夫人が亡くなっているのに気がついたのではないか。そしてその時に、姿勢をうつぶせに変えた」

「採り得る手段か……」

エリザベスが呟いた。

身じろいだ滉二は、額に皺を寄せて、不快そうであり、不安げでもあった。

そんな次男に、光深が暗い視線を向けている。

「ただ、これはなかったろうと判断しました」

「ほう、どうして？」

美希風の見解に、エリザベスがすぐに問い返す。

「もしそうした機会があったのなら、その場に遺書も置かれているはずだからです。誰はばかることなく、布団の上にでもどこにでも、遺書をそれらしく置くことができたはずなのです。しかし、それがされていない。つまり、犯人は昨日の朝になって、朱海夫人の死の状況を初めて知ったのです」

エリザベスが受けて言う。

「犯人にとってはうまい具合に、自殺も否定し切れない死に方だった。後は、どこでどうやって遺書を――偽物の遺書を発見させるかの問題だ」

「計画はあったのでしょうが、それが実効性を発揮する前に脅迫状が見つかった」

「千載一遇《せんざいいちぐう》だ」声は低めながら、法子が勢いよく言う。「まさに、乗っかるべき好機だった」

「ただその場合は、第一の偽造遺書は処分対象になります。急いで処分され、時間に追われながら第二の偽造遺書が作られた。そしてそれは、ゴミ箱から発見される。暗躍している脅迫者か、あるいはそれに怯える者が、それぞれの動機に従って見つけた遺書を破り捨てたというのは無理のない読み筋になります。

第二の偽造遺書が、脅迫状の影響を受けたと見る若干の傍証はあります。紙の質ですね。第一の偽造遺書は、ごく普通の用紙に印字されたものでした。ところが新たなそれは、安堂家の弔事用オリジナル用紙でしたね。これは脅迫状と同じです。偽造遺書作成犯は、なるほど、と指導を受けた気になったかもしれません。あの用紙であれば、体裁としてグレードがあがり、特別感と遺書らしさが増す。また当然、脅迫状、ひいては脅迫者と朱海夫人との関連性が強調される。ごく自然に、事態は同一視されるのです。

これまでの論証から自明のことですが、ここではっきりさせておきましょう。脅迫状の送り主と、偽造遺書作成犯は別人だということを。ですから作成犯は、朱海夫人の死を含む事態全体を、脅迫事件寄りにできるという利点も感じていたはずです。脅迫者が疑われ、追及されていけば、自分は容疑の網から外れていく。いろいろな面で、第二の偽造遺書の文面は重要でした。……違うでしょうか、滉二さん？」

滉二は一瞬、表情のない頑《かたく》なさを強めようとした。しかし即座にそれを改め、思索で応じるという顔になった。

「あなたの論拠に従えばそうなるね。脅迫者と、偽造遺書を作った犯人は別人。そして……、私はそのどちらでもない。この事実を論破できるのですか？」

緊張の糸が張られたかのような数秒の沈黙の後《のち》、むしろ鷹揚に口をひらいたのは鳴沢警部だ。

「その点は、破壊された防犯カメラを巡って論ぜられるということかな、南さん？」

「はい。もたもたした歩みでしたが、そこまでたどり着けそうです」

ここで美希風は、防犯カメラ事件の詳細を再確認した。

十一時四十六分の出来事。録画映像や撮影器材への工作の余地はない。防犯カメラ周辺の地面は、広くが密集した小花によって埋め尽くされた軟らかな土で、靴跡などは一切なく、誰も足を踏み入れていないことは論を俟《ま》たない。唯一の足場である庭石から、引き抜いたガーデン用ポールを用いて二度殴りつけてカメラを破壊した。これらも、傷跡やわずかな土の痕跡から鑑識的に立証されている事実である。

「鑑識的な情報が、なかなか細かいようだな」

鳴沢警部の声には、いささかの皮肉な響きがある。

これには紺藤刑事が首をすくめていたが、ごく自然に声を発したのはエリザベスだった。

「情報源はわたしだ。盗み聞きは、淑女のたしなみなのさ」

鳴沢警部は紳士的に苦笑した。

それ以上間《ま》を作らないように、美希風は、皆の興味を引き寄せるであろう言葉につなげる。

「あの破壊こそ、時間に急かされながら偽造遺書作成犯が取った行動なのは疑い得ないでしょう。朱海夫人の毒死事件のほうは完結し、こちらの事件は独立しています。したがって、作成犯はただただ、奥のギャラリーにある〝ドラブレイト〟式タイプライターを目指したと見て問題ありません」

「二枚めの遺書を急いで偽造するために」と、法子。

「はい。しかしそうであるならば、どうして防犯カメラを破壊する必要があるでしょう?」

美希風はここで、光矢も交えて昨日早々に語った推論をまとめて披露した。あの時間帯、奥のギャラリーや集会ホールのある北東の一角に行くことにはなんの不自然さもなかったことをまず伝える。脅迫状が発見されて、他に怪しいものがないか見て回ることになっていた。

また、葬儀のためにしておくことを思いついたとの理由を作り、集会ホールへ行くのも容易だろう。実際、行く先を皆に告げてから光矢が奥のギャラリーに様子を見に行っている。酒田チカは、封筒のことを黙っているべきかという迷いの中、集会ホールの祭壇に出向いている。

　つまり犯人は、それらの人々の中に紛れ込めるということだ。仮に、あの時間帯のタイプライターが捜査の焦点になっても、複数の容疑者がいて誰とも特定できないということになる。犯人はそれを充分に予測し、期待できた。

「ですから犯人は、あの廊下を普通に歩けばいいだけなのです」

　美希風はそう告げる。

「理由はなんとでもつけられます。集会ホールに足を運んだことにすればいい。その実、奥のギャラリーのタイプライターを使って偽造遺書を作った。そしてその場から、また歩いて戻ればいい。紙一枚でしたら、どうとでも隠せますからね。Ａ４サイズを二つ折りにした大きさです。犯人はこの後で朱海夫人の拇印を捺《お》しますが、その後で紙を二つ折りにしています。奥のギャラリーから隠して運ぶ時もそうしなかったということは考えられません。二つ折りにしたＡ４サイズの紙でしたら、服の下に隠してなんの問題もなく運べるでしょう。なにしろ弔いの日でしたから、Ｔシャツ一枚でいた人はいません。軽装でも上着があれば、隠し持つには充分です。さらに言えば、犯人はこの偽造遺書を破いて捨てる計画だったでしょうから、多少しわくちゃになっていてもかまわないのです」

「完璧だな」法子が評する。「偽の遺書を隠したまま、犯人は何食わぬ顔をして廊下を歩けたはずだ。そんな姿は防犯カメラに映っていてもかまわないはず」

「ただ、こういう慎重な反論も出ました。それでもとにかく、その時間帯に行き来した姿を記録に残したくない小心な犯人だったのではないか、と。しかし、小心な犯人が、庭に出て防犯カメラを壊すような挙に出るでしょうか？」

「なるほど！　そっちのほうがよほど危険だ」この論拠には、累は嬉しそうなほどで、「本末転倒の行為ですよね。歩いている映像のほうは、どうやったって有罪の証拠にはならない。でも一方、防犯カメラを壊している姿なんて、見られたら一発でアウトだ」

「そうなのです。そしてさらに、もっと基本的なことも言えるのです。犯人はそもそも、あの時間帯のタイプライターが注目されるなどと思っていないはずなのですよ。犯人の計画では、遺書とされるものは、まだ意識のあった朱海夫人が二、三日前にタイプしたものです。また、偽造と見破られることを恐れたとしても、偽造した時間帯まで絞られるはずはないものでした。あの遺書らしきものが作られたのは昨日の朝方以降だろうと推定されたのも、警察の科学的捜査の結果です。この推定でもまだずいぶんと幅がありますね。犯人はさらに、第一の偽造遺書は完全に消し去れるものと思っていました。したがって、遺書らしきものに一番めも二番めもなく、新しく作り直す時間帯などは推理の視野に入ってくることもないはずのものなのです。ところが……」

一度息を休め、美希風は結論づけた。

「この犯人は、防犯カメラを壊すことによって、時間帯どころか正確な時刻まで自ら特定させてしまった。幅広い時間帯の中で、北東のエリアとは普通どおり行き来していればいいだけなのに、その安全圏から自ら踏み出してしまった。……どれほどのものと引き換えにしたのでしょうか」

「厳密に考えてみると、異様な事態だな」大藤刑事には珍しく、率直な感慨が漏れたようだった。「よほどの事情があったことになる」

累は、薄ら寒いものまで感じているかのように、眉をひそめている。「そこまでして……。犯人は、カメラに映したくないどんな姿をしていたんだ」

美希風は、滉二に視線を向けた。

「こういうことではないでしょうか、滉二さん。カメラに映ってしまうと、あなたは分裂してしまうことになるのですよ」

4

発せられたその一言は、呆気に取られたような戸惑いを場に広げたので、美希風はすぐに、

「アリバイに関係することなのです」

と、要点を口にしておいた。そして、前提も確認し合っておく必要があることに気がつく。

「あの防犯カメラのアングルなど覚えていない方もいるでしょうからお伝えしますが、あの防犯カメラに映らずに奥のギャラリーへ行くことはできません。窓は、集会ホールにはなく、奥のギャラリーに一つあるだけ。東に面しています。この窓の外にはすぐそばまで池が迫っており、出入りは簡単ではありませんし、なにより、窓の外は防犯カメラが映せる角度にあります。敷地を回り込んで窓から入るのも無理なのですから、ガラス張りの廊下を渡るしかないのです」

そのとおりだ、との反応を返す顔が並ぶ。頷く者、同意して先を促す者……。

そうした中、滉二はじっと身を縮めている。

口をひらいたのは光深だ。

「滉二はあの時間、自分の書斎にいて、葬儀の時に流すビデオを修正していたことになっている」一言一言《ひとことひとこと》息を継ぐ老当主の骨張った指は、車椅子の肘掛けを握っていた。「アリバイとは、そのことだな?」

「そうです、光深さん。それではまず、皆さんのアリバイを検討しておきましょう。光深さんと累さんの場合からいきましょうか。お二人は談話室にいて、通夜が中止になることを、何人もの方に電話などで知らせていたのでしたね。鳴沢警部、この通信履歴には不審な点がありましたか？」

「まったくないな。かけたほう、かけられたほうの記録に矛盾はない。光深氏は、談話室の固定電話を使っている。お二人は十一時五十五分近くまで、ほとんど間をあけずに、次々と連絡を取っているな。複数の相手から確認を取ったが、光深、累、両氏と親交が深い人たちで、当人に間違いなかったことを確信している。会話もごく自然だ」

「そして、四十五分には法子さんから、累さんに電話が入っているのですね」

「それも間違いがない。五、六分ほど会話しているな」

「つまり、こういうことだろう」大藤刑事は美希風の顔を見ている。「直前に入った電話に違和感なく応答しながら、防犯カメラを壊したり、廊下をこっそり進んでタイプライターを打ったりできるはずがない。だがここまで疑う必要はない話だな。捜査本部でも決定している。仮に光深氏と累さん、法子さんの三人が共犯であったとしても、最低でも、この時間帯での両氏のアリバイだけは確かだ。複数の人間たちと通話していて、動かしようもない」

「そうですよね。お二人のアリバイは成立です。もちろん、遠隔地にいる法子さんも対象外です。残りは五人。次に翠さんを見てみますが、アリバイはないと言えるでしょう」

そう指摘されて、翠は一瞬、身を硬くした。しかし、上品に手を組み合わせたまま落ち着きを保っている。

「翠さんは、朱海夫人の私室などを調べに行っていました。五十分すぎに、光深氏から指示を受け、〝列棺の室〟への人の出入りが記録されているかもしれない部分の映像をコピーしに、ハードディスクのある部屋へ向かうことになります。誰にも姿を見られていませんし、光深氏からの電話もどこで受けたか不明です。婦人会の代表とも通話していますが、これも同様。確たるアリバイはなさそうです」

「そうですね……」

「次は、酒田チカさん。書斎にいた滉二さんにコーヒーを運んでいますが、この時、滉二さんと顔を見合わせて会話しているのですか？」

「……いえ」

「入口近くの小さな机にいつもどおりコーヒーを置き、礼の言葉をかけられただけですね？」

「そうです」

「姿を見られていないとはいえ、この一瞬はアリバイがあると言えるかもしれません。しかしこれ以外は、所在の証明はできませんね？」

「はい……」

「私はどうなんだ？」と、光矢は自分から言い出した。「まあ、奥のギャラリーから引き返してからは、〝列棺の室〟も見直してこようかとして引き返したりで、所在不明と言えるだろうがね。しかしだ、防犯カメラが壊された時には奥のギャラリーにいたのだから、私が犯人でないのは確かだな。奥のギャラリーから抜け出すことが不可能なのは、すでに明らかなのだし」

　即座に疑義を呈したのは滉二だった。

「生身ではなく、機械仕掛けで防犯カメラを壊したとすればどうかな」

「機械……？」

　イメージできないらしく眉間に皺を寄せる光矢に代わり、美希風が受けた。

「物理的な機械工作で防犯カメラを壊すわけですね。ポールなどは囮《おとり》だ、と」

「兄さんなり誰なりが、自分のアリバイを作るために、離れていても壊せる細工をしておいたということも有り得るだろう」

「その機械的な細工を、犯人は遠隔操作したのですね？」

「いや……、時間がきたら動くなどの細工も可能だろう」

「流動的な事態の中では、自分の都合のいい時にリモートスイッチを押すやり方のほうが適切ではないでしょうか」

「そうかもしれないな……」

「とにかく犯人は、カメラに映らないように、細工を施したのですね？　しかし、カメラを壊すほどの力を発揮する機械仕掛けとなりますと、大きさも必要になります。防犯カメラの周辺にこのような物を取り付けたら、目立ってしょうがないでしょうね。何分も保《も》たずに見つかってしまうと思いますよ。しかも恐らく、作動した後でまた駆けつけ、取り外して始末しなければ、痕跡を消すこともできないのでは？　効果とのアンバランスを考えても、まったく現実的ではない手段ではないでしょうか」

「ドローンを操作したなんてのも問題外ですよ」そう言い出したのは紺藤刑事だ。「そのような物は誰も持っていませんし、見つかってもいない。防犯カメラに残った傷にもそのような様子は皆無。防犯カメラは、あの場にあったポールで叩かれたのです」

「当然だ」大藤刑事は苛立たしげだった。「機械まで使ってそんなことをするなんて、ばかばかしい。あの防犯カメラは、あの場にいた生身の人間が急な要請に駆られて破壊したことに疑問の余地はない」

　美希風は少し待ってみたが、異論はもはや、どの表情の片鱗《へんりん》にも出なかった。

「これで、光矢さんにもアリバイは成立したことになります。ですので防犯カメラに映されるはずもないわけですが、仮にアリバイ不成立でも問題はないのです。翠さんも酒田さんも、これは同じです。なぜなら、アリバイが不成立ならばどこにいてもいいわけで、防犯カメラに映ってもなんの問題もないからです。大きな問題が生じるのは、アリバイがあることになっている人物ですね」

　酒田チカなどは、アリバイがないから容疑者から除外されるのだと聞いてホッとした様子だったが、首はひねっている。

「あることになっている……？」エリザベスは繰り返すうちに理解したようだった。「なるほど。疑わしいアリバイか。つまり、アリバイを偽装した者がいれば……」

紺藤刑事が声を高めた。「他の場所にいたと証明されているはずなのに防犯カメラに映ったら、つじつまがまったく合わないことになる」

「分裂……か」法子が呟いていた。

「残りの二人が、それに当てはまると思います。千理愛さんと滉二さんです」美希風は言った。「千理愛さんは一人で、SNSに文章をアップしていました。警察は、記入時刻を確認したのかもしれませんが、なにか工作の余地はあるかもしれません。ですが、少女をまともに疑って論じ立てるよりも、最後に残った大人である滉二さんのケースを分析してみるのはどうでしょう」

誰も言葉は発せず、それが話を先へと進めた。

「では。まず、翠さんの供述から。滉二さんの書斎の外を二度通り、編集されていたらしいビデオの音を漏れ聞いている。このビデオというのは、先程までここで流されていた、故人のプライベート映像のことですよね？　しかしあれのどこにも、大きな音など使われていませんでしたよ。当然といえば当然です。葬儀用なのですから。物静かな会話はありましたが、後は哀調のある音楽だけ。滉二さん、部屋の外まで届く物音はどうやって生じたのですか?」

「……耳を澄ませる必要があったからだよ。細部だ。細かな確認だ。音に歪《ひず》みがないか、小さな声が聞き取れるか、ボリュームをあげてのチェックも必要だった」

「翠さんが外の廊下を通った時、たまたま、二度ともその作業をしていたと?」

「そうなんだろう」滉二はどこか不機嫌そうだ。「そういう偶然もあるだろう」

「そうですか。でしたら、次の証言者に移りましょう。酒田チカさんです。当初の聞き取りに彼女は、部屋に入ってすぐの場所にコーヒーを置いた時、滉二さんはちょうど窓をあけたと言っていました。しかし姿は見ていないと、先ほど話されていましたね。それなのに窓をあけたのが判ったということは、窓をあける音を耳にしたのではないですか?」

「いや――」

即座に反応したのは滉二だったが、その言葉は、発せられたのと同じほどの性急さで掻き消えていった。

酒田が慎重な口振りで答えた。

「……窓は確かにあけられたと思います。音もしましたし、風が入ってきて、少し見えているレースカーテンが揺れたり、書き物机の上の紙がパラパラ動いたりしましたから」

「あなたはこう言っていましたね、酒田さん。『ちょうど、滉二さんが一度窓をあけられたところでした』と。この、『一度』というのはどういう意味でしょう？　あなたはもう一度、滉二さんの書斎を訪ねたのですか？」

首を横に振った酒田は、記憶を探る様子になり、

「……ああ、それはこういうことです。コーヒーをお運びしてキッチンへ戻った後、集会ホールへ行く前にわたしは自分の部屋へ行って座り込んでいたのです。脅迫状が出てきたりして、白い粉の入っていた封筒のことを話すべきだろうかと思い悩んだからです。一、二分考え込んでいる時、何気なく窓の外を見ていました。わたしの部屋の窓からは、滉二さんの書斎の窓が見えます。そういえばその時、どの窓も閉まっていたのです」

「ほう」と短く声を発したのは鳴沢警部だ。

酒田は、言葉不足を補うように、

「一度は窓をあけたのに、と思っていたので、『一度窓をあけられたところ』などと言ったのだと思います。二度めがあったという意味ではなくて……」

正確ではなくていけなかったでしょうか、と不安そうな目になっていたが、鳴沢警部はこれにかまわなかった。

「滉二さん」と、鋭く問いかけていた。「あなたはせっかくあけた窓を、またすぐ閉じたのですか？」

捜査官の本能が、ここぞという追及ポイントを嗅ぎ取ったようだ。

滉二は尊大な仕草で腕を組む。

「閉じれば怪しいとでも？　窓を短時間で閉めてはいけないのですか？　思ったより風が強かったのですよ」

「昨日のあの時間帯、風が……？」

不思議そうに記憶をたぐっている累を、滉二は一瞬にらみつけた。

「エアコンを使ったほうがいいと思い直したからではありませんか、滉二さん？」

美希風はそう尋ねる。

「エアコン？」

「使わなかったのですか？」

答えまでには間があいた。こんな単純な問いになぜ間があくのか、美希風と滉二以外には判らなかったろう。

「クーラーを使うほどではなかったね」

――滉二さんは打つ手を誤った。

先ほどの短い会話で、美希風はすでに有益な感触を得ていた。滉二が機械仕掛けの案を持ち出した時だ。美希風はあえて、遠隔操作やリモートといった言葉を出してみたが、滉二はその方向を突き詰めるのに消極的だった。

「そうですか」美希風は静かに切り込んだ。「このお宅のエアコンは、かなり高性能ですね。

スマートフォンを介した遠隔操作ができるでしょう？」

　たちどころに滉二の顔色が変わり、美希風は確信を得ることができた。

「酒田さんは、滉二さんからの礼の言葉を聞いた。窓をあける音を聞いた。室内の空気が動くのを見て、感じた。これらは、もう一台のスマホかスピーカーといった音を発する端末と、エアコンがあれば演出できるでしょう」

　幾つもの顔が、ハッと色を変えた。その指摘に意識の焦点を結ぶ目。半ばひらく口。見えそうになっている真相から顔を背けるようにしている者も……。

　エリザベスは先を言いたくなったようだ。

「彼はスマホを持って他の場所にいることができるわけだ。書斎に酒田チカが入ったタイミングで、端末を経由して言葉を投げかけ、窓をあける音も流す。と同時に、エアコンを――そうだ、強風にセットしておいたエアコンを作動させた」

　ここで、背後から屈み込むようにして大藤刑事が声をかける。

「滉二さん。エアコン操作のアプリ、あなたのスマホに入っているのでしょうな？」

「……ああ、入れてあるよ。あのエアコンが設置された時からずっとね」

「では、アプリを使って書斎のエアコンを最後に操作したのはいつです？」

　また、答えにまごついた。

「いつ……とは、はっきり覚えていないな。今日は書斎を使っていないが」

「昨日の十一時四十分から十分間ぐらいの間に、そのアプリは使っていない？」

「そうだな。そのはずですよ」

「それでは、スマホを見せてください。あのアプリには、使用時刻が記録されます。チェックしてみればいい」

「――――」

「さあ」大藤刑事は太い腕を差し出している。「どうしました、滉二さん？」

「スマートフォンを押収するにも令状がいるだろう」

「押収とは！　そんな大げさな話ではないはずですがね」さすがに、追い詰めていく手際は堂に入っている。「無実であればそれを簡単に証明できるチャンスなのですから、喜んで差し出してくれるでしょうしね」

それでも動かない夫に目をやる翠の血色は悪かった。

顎の筋肉を震わせて髭を揺らせる滉二を、光深が凝視する。

「滉二。お前は……」

緊迫の空気が押し固まりそうだったので、美希風は息を吸って言った。

「まだ、先を話す必要がありますか？」

美希風としては、滉二に問いかけたつもりだったが、彼は言葉を返さなかった。

5

口をひらいたのは、累だ。

「判ったつもりですが……」有罪が定まりつつあるのが父であってみれば、容易に納得していいのかどうか、自身を牽制しているようでもあった。「一からちゃんと、推理の筋道は通るのですか……？」

「はい、プロセスは込み入った感じになりましたが、滉二さんが取ったと思われる行動はシンプルです」

他の者たちの視線や気配も、まとめての説明を求めていた。

「偽造した遺書を用意していたのと同じく、滉二さんはアリバイも用意していたのです。朱海夫人を自殺に見せかける細工ができる好機があれば、アリバイを確保しておいて、その時間帯に動くつもりだったからです。もちろん、凝ったアリバイ工作ではなく、すでに概要を推論したとおり簡単なものです。ビデオに急ぎの修正が必要になったと告げ、書斎へ入る。そして、作業をしている人間がいるかのように音を流し続ける。音が届く近くの部屋が奥さんの居室なのでしょう？　ですから、翠さんがその部屋にいる時に実行するのがベストです。

音を混入させたくないから書斎には入らないように言っておき、招くのは酒田さんです。彼女相手に、もう明かされていると見ていいエアコン利用の一幕を演出するわけですね」

滉二はまだ認めるような様子を見せず、美希風としては少なからず気が重たかった。

さらに推論を推し進めていくうちに、どちらかの結末が訪れるのを期待する。安堂滉二が投了するか、刑事たちが、詰み、と判断するか。

「ここで一つ、残っていた大きな疑問を持ち出します。第一の偽造遺書を処分したがっていた犯人は、なぜ、トイレでそれを流さなかったのでしょうか？　完全な個室ですから、人の目を気にせずゆっくり確実に行動できますし、紙片が一片残らず流れ去ったことも確認できたでしょう」

「言われてみればそうだな」エリザベスが軽く目を見開き、耳に髪を掻きあげた。「気づかなかったとはうかつだった」

「私ならそうしたろうな」

光矢が思案がちに言い、美希風は、

「そうでしょうね」と、話を流れに乗せた。「光矢さんは、奥のギャラリーから〝列棺の室〟へ向かう裏口まで移動していますから、ルート近くにトイレはあります。〝マナーハウス〟エリアから防犯カメラのハードディスクのある部屋へのルートも同様。これは翠さんの行動範囲です。光深さんと累さんのいた談話室もトイレに近い。千理愛さんのいた来客用のギャラリーもそう」

「消去場所には、誰でもトイレを利用しそうだな」とエリザベス。

「そうですし、それは同時に、その一角の〝人口密度〟が高いということです。このケースでも、アリバイ工作が足を引っ張ったといえるでしょうか。滉二さんの書斎にいるはずの人間が、そんな場所にのこのこと出向いて、姿を見られることは絶対に避けなければならないのです。滉二さんの行動範囲は、書斎や、そこから奥のギャラリーへ向かう廊下などで、これは屋敷の西側に集中しています。トイレの一角とは反対ですね。そして西側区画に、滉二さんは安全圏を作ることができていたのです。酒田さんを書斎に呼び出しているからです。ダイニングやキッチンは無人であり、だから流しに第一の偽造遺書を捨てたのですよ」

大藤刑事は、口笛でも吹くかのように唇を窄《すぼ》めた。が、出てきた言葉は、「簡単な理詰めで、常識的なトイレを選択しなかった理由が洗い出せたってことか」と、そっけない口調のものだった。

「裏付けられるものですねぇ」累は、玩味《がんみ》するように呟いていた。

滉二が動揺を見せ始めているように、美希風には感じられた。汗ばんでいたし、拳《こぶし》を握って口元に押しつけている。

美希風は残り少ない話を再開させた。

「滉二さんは奥のギャラリーへ向かおうとしました。でもここで気がついたのです。防犯カメラがあったということに。そして、そこに残る映像の意味に。アリバイトリックは動き始めていて止めようがありません。〝書斎にいる自分〟を酒田さんに確認させるところだったでしょうからね。仕事の物音も流し続けている。二者択一になりました。廊下を普通に歩いて行けば、アリバイ工作が裏目に出て首を絞められることになる。映像を残さないようにするためには、カメラを壊すという注意を引きつけることをしなければならない。王手飛車取りを仕掛けられたようなものです」

自分で気がついているのかどうか、滉二が立ちあがっていた。まるで今、あの時の廊下に立っているかのようだ。歯を食いしばり、眉間を歪めて出方を決めようとしている。手元にポールがあれば、防犯カメラに殴りかかりそうだった。

周りの人間も身構えていた。前の席にいた累は、半ば後ろを振り返って不安げな視線を注ぐ。両隣の翠と法子は息を詰めている。

刑事たちはいよいよ、容疑者確保に即座に身を躍らせるための緊張感を漂わせ始めた。彼らの呼吸を測り、滉二の様子に細心の注意を払いながら、美希風はゆっくりと言葉を進めた。

「アリバイが偽物だったなどと明かすことはできません。理由が立ちませんからね。ですから滉二さんは、防犯カメラを壊すしかなかった。そうしてから廊下を進み、恐らく、集会ホールに入って光矢さんをやりすごしたのでしょう。光矢さんが去ってから、滉二さんは奥のギャラリーのタイプライターとオリジナル用紙で新たな遺書を偽造した」

滉二に動きはなく、刑事たちも、美希風の話を止めようとはしなかった。

「人目を避けながら、滉二さんは自分の書斎に戻りました。そして、作り物の物音がまだ流されていたならばこれを消す。アリバイ工作の終了です。これから、朱海夫人のご遺体がある部屋へ向かいますから、姿を万が一見られても矛盾が生じないようにです。インクパッドも持っていた。拇印を採取するのは二度めですし、手袋はすでに脱がされている。偽造遺書に素早く拇印を捺すことができ、部屋を出る。酒田さんはまだ集会ホールにいたはずですから、滉二さんは、無人のダイニングのゴミ箱に、ちぎった偽造遺書を捨てたのです」

滉二に息もつかせないタイミングで、大藤刑事が質《ただ》していた。

「なにか言うことはないのですかね？」

高身長の鳴沢警部は顔を近付ける。

「反証はありますか、滉二さん？　反論は？」

「反証？」滉二はいきなり両腕を振った。声が高まっていく。「そもそもそっちにも、まともな物証すらないじゃないか！　スマホアプリの記録？　ああ、エアコンは操作したかもしれないな。意識していなかったが、使ったのかもしれない」

鳴沢警部が丁寧に反論する。

「部屋にいるのに遠隔操作を？」

顔を紅潮させた滉二に、大藤刑事がさらにこう言った。

「使用時刻の記録が残るというのは、私の勘違いだったかもしれませんワ」

途端に自制をなくし、滉二は怒鳴り始める。

「私がこんな——私を恣意《しい》的な標的にしただけだろう。アリバイがあることになっている者は、私だけだと？　いや……、草の根も暴くようにして私を洗い出したつもりかもしれないが、千理愛もそうだったことを漏らしていないか？　ＳＮＳへのアップなど、当人でなくてもできる。いかにもデジタル的な工作はできそうだ」

「滉二さん」美希風は、静かに、低く言った。「千理愛さんには、防犯カメラを壊したりできませんよ」

「……えっ？」

「唯一の足場である庭石から、身長百七十センチ少々の私が、あのポールを目いっぱいのばしてちょうど防犯カメラに届くのです。千理愛さんの体形では絶対に無理です」

「——」

続く光深の声はくぐもるようだったが、ホールを重く支配する。

「見苦しいぞ、滉二。孫娘まで盾にするとは」

滉二の全身から、みるみる力が抜けていった。

大藤刑事が肩に手を置いても、もはや抵抗はない。

投了にして詰み、だった。

6

香《こう》は尽きていた。

かすかに聞こえる葬送の曲だけが、まだエンドレスで続いている。

大藤と紺藤の両刑事に挟まれ、安堂滉二は連行されようとしていた。鑑識課員が間もなく到着するので、鳴沢警部はまだ少し残るようだ。

「あなた……」

足も動かせない翠の声は、実年齢を感じさせると同時に、幾層もの感情が絞り出されていて、美希風の胸に迫って目を閉じさせた。

滉二は応えず、重い足取りを続けていた。

目をあけ、美希風は、

「滉二さん」と呼びかけた。「細かなことですが、伺っておきたいことがあります」

滉二の足が止まった。二人の刑事もそれに合わせた。

「タイプライターのインクリボンに残っていたのは、第二の偽造遺書の文面だけでしたね。あれは意図的なものではなく、そうなってしまったものでしょうか？」

滉二は、幾分かは振り返っていた。

「状況的に、たまたまそうなったのですよ。最初の遺書をタイプしたのが六日前。リボンは終わりかけていましたし、文章の痕跡は残さないほうがなにかと得策かと思い、そのリボンは処分したのです。新しいリボンを入れ、それは誰も使わず、二番めの偽造遺書だけが打ち込まれることになった」

「脅迫状の文面が残っていたかどうかは、判りませんか？」

「判らないね。リボンを引っ張り出して、残っている文字をいちいち目に留めたりするはずないでしょう」

ここですっかり振り返った滉二は、恐怖を覚えたかのように頰の肉を強張らせた。

「脅迫状を書いたのは私ではないからね！　あなたが推理したとおり、私はあずかり知らないことだ。死を匂わせる脅迫なんて……」

滉二は青ざめた。

「だ、だからもちろん、夏摘の殺害にも私はまったく関与していない！　翠。私はそんな罪は犯していないんだ。信じてくれ」

妻からはすぐに目を逸らし、滉二は光深に懇願の表情を向けた。

「父さん。私は遺書を偽造しただけだ。大した罪じゃない。棺に入る資格は有しているよね？」

老当主は肘掛けの上の指先を少しだけ振りあげて、出て行けという身振りにした。

安堂滉二は悄然《しょうぜん》と、集会ホールを去った。

「実際、大した罪じゃないなあ」

翠のそばまで来ていた光矢が、そう言っている。

滉二の逮捕理由は、有印私文書偽造と公務執行妨害の罪だ。

「彼のしようとしたことは、結局こういうことだろう」美希風の横で、エリザベスが総括するように言う。「遺書を登場させて、朱海さんの死を自殺と見せかけたかった」

「自殺の疑いを生じさせればよかったのでしょうね」美希風は頷いた。「後は巧妙に、強硬に主張して、朱海夫人に家伝の棺を使わせなければいい。自殺となれば外聞をはばかり、事態は内々で済まされたはず。ところが脅迫状が出現して警察沙汰になってしまった。しかも服毒死と判明して捜査一課までが本腰を入れ始める。滉二さんの計画は元々、警察の捜査に抗するほどの堅牢さを持っていないのです」

すかさず、光矢が美希風に、皮肉な視線を飛ばした。

「あなたは、堅牢ではないその計画を暴いただけだ」

「そうですね、今のところ」

ここで翠が、不安を静めるかのように、「そうよ、大きな罪ではない……」と口の中で言いながら出口へと向かい始めた。

「南さん」

鳴沢警部が、語りかけるように言った。

「あなたは、滉二の言った言葉を信じているのかな？　彼が、脅迫者でも夏摘殺害犯でもないと思うのかね？　罪を認めて自供に転じた人間は、なにもかもすっかり明かす……とは限らないものだ。観念したように見えて、少しでも罪を軽くしようとしてあがき、平気で嘘をつく。そんな者は何十人となく見てきた。人間はほとんど、潔さなど持たない、醜い生き物だ」

「そうなのでしょうね。不確かなのでしょう。ですから私はただ、論理的に信じられる面を見るだけです。どう分析しても、今まで話してきた推論は変わらないと思います。朱海夫人の服毒による結果としての自殺も、脅迫状も、滉二さんにとっては不意打ちだったのです。だからこそ計画修復に慌てなければならなくなり、ボロを出した。滉二さんは脅迫状にも無関係で、よって夏摘さん殺害犯でもないだろうと、私は見ます。両者の犯罪の性質が違いすぎますし」

「まあな」鳴沢警部は、がっしりした顎をさすった。「それは認めざるを得ないな」

そう言い終えたところへ、鑑識官が二人到着し、鳴沢は指示に向かった。

追って呼び止め、美希風は小声で話しかけた。

「第一と第二の脅迫状は、体裁が違いますよね。タイプライターの機種と紙が違う。別々の人間が作ったとも考えていますか？」

「考えてはいるが、同一犯であったとしても不思議ではない。なぜなら、模倣犯や便乗犯にしてはやり方が中途半端だからだ。そんな奴がいるなら、少しでも第一の脅迫状に似せた物を作るだろう。しかしそれをしていない。この家にも一般的なプリント用紙はいくらでもあるのにな。つまり、あえてああしてあるとも推定できるわけで、その点、真犯人にはなんらかの事情があったか、意図があるということになるだろうさ」

「そうですね……」

元の場所に戻ると光矢が、皮肉な口調をさらに増して、

「今度長々と推理を話すのは、殺害犯の正体を暴く時にしてほしいな」と、美希風に言う。「だがまあ、それは期待しすぎだということも判っている。何年も未解決だった。当時の細かな情報など入手し切れないだろうしな」

「実際どうなのだ？」エリザベスが美希風に訊く。「ここ二、三日中に現われた謎は大方が解けた。夏摘殺害事件と直接関係しない犯罪は本筋から取り払われた形だ。殺害事件だけを集中的に見やすくなったのではないか？」

すっきりと肯定できないことが、美希風は残念だった。

「それがどうにも、光明は見えませんね。滉二さんは殺害に関しては無実だと私は信じています。つまり容疑者が一人減ったわけです。にもかかわらず、推理の網を縮めたという感触

はない。容疑者が減っているのに不可解さはそのままという感じで、逆に凝縮された範囲の中で謎が濃度を増している。……それに、忘れないでください。朱海夫人の死には、脅迫者は関係していなかったと思われます。すると、〝第二の死〟とはなんでしょう？　まさか、拓矢さんの病死を予知していたわけではないでしょうしね」

「おいおい、美希風くん。第二の死、続く第三の死は、これから起こるというのじゃあるまいね？」

「他の可能性もまだまだ残っていますが、一段落したと油断するのはよくないのではないでしょうか」

光矢は強い口調だった。

「我々を脅すような殺人者の正体が判ったら、すぐに教えてくれ。叩きつぶす役は私がする」

第九章　脅迫状の告白

1

昼食もどうにか終わり、美希風は、エリザベスと並んで集会ホールに座っていた。光深《みつふか》がまた床《とこ》に就《つ》いたこともあり、朱海《あけみ》夫人に使うはずだった家伝のギリシア意匠の棺を拓矢《たくや》に回すべきであるかどうかといったことや、いずれにしろ新しい棺を葬儀社に頼むことになるだろうといったような相談事は、時間をかけて話が進んでいた。

遥か昔の船の部材で作られた棺には、今はまだ安堂朱海が横たわっている。

エリザベスが、おや、というような目を入口に向けた。

美希風も目をやると、紺藤《こんどう》刑事が入って来たところだった。

「お見せできる物を持って来ました」美希風たち二人のほうに真っ直ぐ向かって来て、彼は、手にしている紙のような物を揺らして見せた。「手掛かりです」

気持ちをプラス方向にざわつかせながら美希風は立ちあがり、笑顔の紺藤刑事と向かい合った。

——手掛かり？

「脅迫状に血液反応が現われた時の写真の、複写です」

ぴしっとした透明なビニール袋に、その紙は入っている。サイズはB5ほどである。

「証拠じゃないので必要ないんですけど、一応、証拠保全袋に入れてきました。あまり大っぴらにはしていませんが、もちろん、鳴沢警部が許可しています」

受け取って一目見るなり、美希風は驚きの声が口を突くのを止められなかった。

「なんですか、これ⁉」

あまりにかすかな変異で、すぐには、なにか判らないほどだった。

隣で覗き込むエリザベスも、「文字の周りの、このことか？」と、それにようやく気がついた。

「それです」

紺藤刑事も認めたその箇所は、横書き本文の二行め、最初の三文字だった。

ヒツギ、と打たれたカタカナ。その文字の周辺がごくわずかな範囲で、青白く光っているのだった。文字のインクの色そのものも、発光成分によってごくごく微妙に変わっているようだ。

「血液反応が出たというのは、これですか……」

滴《しずく》の形で血痕が残っているイメージとは、やはりまるっきり違った。まったく予想外の痕跡だ。

「なるほど」美希風は、冷静な観察眼に切り替えようと努める。「染みには見えないから、血液検査項目の順位は低いでしょうね」

紺藤刑事は頷き、

「肉眼では、その文字だけインクの量が少し多いか、ちょっと滲んだだけとしか見えませんよね。血痕はすっかり黒くなっていますから」

「でも、どういうことです、これ？　どうしてこうなっているんです？」

思わず性急な問いを発する美希風に、肩をすくめつつ紺藤刑事は苦笑した。

「どうして、と言われても困ります。我々も知りたいところですよ」

「ヒツギという文字を犯人が強調したくてこんなことをした……などということは到底考えられませんね。回りくどすぎて、確実性がまったくない。……かといって、偶然こんなことが起こるとも……」

エリザベスが紺藤刑事に訊いた。

「少しは有望な説はないのかい、捜査本部の面々が考え出した」

「実は、それほど推論を闘わせてはいないのです。なぜかって、その血液が誰のものかはっきりすれば、そこに具体的な追及の道筋ができますからね。推測も行動も、その後でいい」

それもそうだな、とエリザベスが応じた後、紺藤刑事は、安堂滉二《こうじ》の取り調べの様子を伝えてくれた。抜け殻のように抵抗なく、罪を語っているということだった。朱海夫人の空洞指輪から採取された粉末は、やはり今まで発見されたものと同質のヒ素であったという。

話し終えた紺藤刑事のスマートフォンに着信があり、彼は少し離れてそれに応じた。捜査本部からの知らせのようだった。

通話を終え、二人のほうに振り返った顔には、当惑の色が広がっていた。

「どうしました？」美希風は、思わず訊く。

「……その血痕と、関係者のサンプルをＤＮＡ鑑定した結果を知らせてきたのです。まさか、ですよ。誰とも一致しなかったそうです。遅れて出した、安堂法子《のりこ》先輩のとも一致しません」

沈黙が続き、

「どういうことでしょう……？」紺藤刑事が力なく呟いた。

それでも続く静寂の中、なぜかふと、美希風の脳裏には千理愛《ちりあ》の面影が浮かんだ。昼食の席で、少女はほとんど口をひらかなかった。目が赤かった。

愛する曽祖母《そうそぼ》が、人を殺す行為を続けたあげく自らの死を招いたという受け入れがたい事実が、改めて少女の胸をつぶしもしただろう……。その後には、祖父の逮捕が続いた。謎めいた事態は、日常感覚からどこか遠くて非現実的な出来事であったかもしれないが、今ではそれが、完全にフィクションの殻を破った過酷な現実となって彼女を襲っている。

そろそろ自分は、この邸宅を去るべき時だろうと美希風は感じていた。弔いの儀が終わればまさにそのタイミングだ。

ただ、去りがたくも感じていた。それは、安堂夏摘《なつみ》殺害事件の真相の陽炎《かげろう》のようなものが、遠くに見えつつあるような気がしているからだ。

言うまでもなく、人の世の謎がすべて解けるわけではない。自分の目の前にある謎にしても、もちろんそうだ。

だから、進展なく未解決となった事件の傍らを通りすぎることになっても応分のことであり、気に病むことではないといえるだろう。

ただ……。

もう少しでなにかが見えそうだという展望――糸のような細い直観でしかないものでも、それに触れてしまっている以上、背を向けることにはためらいが生じる。

その背中に、のうのうとしている殺人者は冷笑を浴びせるだろう。

まして、第二第三の凶行が発生し、人の命が絶たれたりした時、満足に自分を慰撫する言葉など思いつけるだろうか……。

――無類に奇怪でもある、この血痕。

この情報がさらに、真相をたぐり寄せるようなかすかな手応えを美希風に与える。

「全員ということですが……」美希風は、確認を取るように紺藤刑事に声をかけた。「千理愛さんからは採取しなかったのですよね？」

「そうです。子供相手に人権侵害のおそれもありますから。彼女はまあ、要請すれば喜んで受けそうですけどね。ですからもちろん、最近怪我をしなかったかどうかは、念入りに訊きましたよ。心当たりはないそうです」

紺藤刑事は付け加えた。

「後は、当然といえば当然ですが、故人である朱海夫人からも採取していません。——あっ、報告の中にあったのに忘れてました。性別決定の染色体はＸＹだったそうです。これって、男ってことですよね？」

「そうなる」と、エリザベス。

数秒後、美希風は声を発した。

「紺藤刑事。安堂拓矢さんの血液を鑑定してみてください」

「えっ⁉」

美希風は真っ直ぐに、紺藤刑事に視線を向けるだけだった。

「わ、判りました」

紺藤刑事はスマートフォンを取り出した。

裏庭の北東側からつながる、安堂家の墓所。美希風はひとり、デジタル一眼レフカメラを構えていた。

2

最初にこの場所に来たのは、十数分前。外を歩きながら考えをまとめている時だ。薄く雲が出ていて、午後の日射しは——暑いながらも——色彩の微妙な柔らかさを見せていた。その日射しが、墓所と、そのすぐ奥の林にムードのある陰影を与えていたのだ。

屋敷に戻った美希風は、安堂家の人たちから撮影許可をもらい、カメラを手に引き返して来たのだった。するとさらに、光の加減は演出の効果を増していた。

靄《もや》が出ているわけではないのに、幾つもの枝の隙間から差す光がベールを織りなすようだった。日射しが強まった時にはスポットライトを思わせる瞬間もあり、その効果が最も得られるポイントに移動して美希風はシャッターを切った。

林といっても、墓所の裏のものは広い敷地ではなく、重なる木々の向こうには隣接する教会墓地の十字架型の墓標が見えもする。

安堂朱海は、一般的な既製の棺で葬られることになった。それが葬儀社から運ばれて来ることになっている。刑務所内での安堂拓矢の病死は正式に通知されてきて、諸般の手続きと遺体引き取りのために、光矢《みつや》が出向いている。

その光矢についてのエリザベスの人物評を、美希風は思い返した。

光矢が酒田チカに謝罪しているのを、通りがかってたまたま耳にしたらしい。これは〝淑女のたしなみ〟とは本当に関係なく、通りがかってたまたま耳にしたという。ほとんど感情を伴わない短い言葉であったらしいが、封筒の件で疑い続けて責めてしまっていたことを謝っていたという。あれだけ、人間は生得的に階層分けされていると信じ切っている男には、これはなかなかできないことだろう。自尊心がかなり邪魔をしたはずだ。それができるということで、エリザベスは、光矢を多少は見直したようだった。思えば、表明のされ方がねじ曲がっているけれど、彼は時々気をつかったような態度を見せていたと、エリザベスは例をあげた。

滉二が連行される時もそうだったのだと思うよ。美希風くん、君に対して皮肉を言ったようだったが、あれは翠《みどり》にかけた言葉だったのだろうな。「大した罪ではない」というやつだ。弟の妻の不安を、少しでも軽くしようとしたのだと思う。

いや、君が言葉を発したタイミングもなかなか当を得ていたよ、と、エリザベスは物わかりのいい指導者のように微笑したものだ。あの時滉二は、妻の声にも背を向けたまま立ち去りかけていたからな。君が彼から答えを誘い、口をほぐしたから、最後に少しは、夫婦も面と向き合うことができた。

もう一つエリザベスがあげた例は、前夜の夕食前のことだった。警察の捜査が入って調理場が使えないとなった時、通夜の食事をキャンセルした仕出し屋から取ってやれと真っ先に言ったのが彼だ。当然ともいえる配慮であり判断だが、すぐにそういう風に頭が回っていたのは確かだ。それに、大きいのはあれだ、と、エリザベスは最後に付け加えた。

安堂家正教では復活祭の前に断食をしていたが、それを今でもやっているのは——滉二でさえやっていないのに——光矢だけだという。ダイエットにいいなどと軽口にしていたが、彼なりに、先祖を敬う気持ちの一つとして本気で取り組んでいるのではないだろうか。

根は悪い男ではないのかもしれない。ただ……と、エリザベスの表情はにわかに引き締まった。だからといって安堂光矢が危険な男であることには変わりがない。偏った根強い選民思想があり、反撃意識の強い執念深い蛇だというのだから。

邸宅を背にしてのアングルだと、安堂家の幾つもの墓は横から見ることになる。目の詰まった芝生が敷き詰められ、西洋式の石碑がゆったりと並ぶ。墓誌の彫られたプレートともいえる墓石を横から撮影しても、墓地らしさはあまり出ない。だからといって墓石を正面方向から写すと、故人にして個人の事情に触れすぎる。

そこで、木々そのものと光のベールの重なり合いの先にある、教会墓地の十字架墓石も写し込むと、墓地としての奥行きが画像上に出た。望遠レンズも使い、十字架型の墓石の大小も活かしていく。演出上現われるのは、光の靄が霞《かす》ませる林の中で、風化にまどろむような声なき墓石たちだ。

エリザベスは、滉二の動機についても語っていた。家伝の棺に対して過剰にこもっていってしまった、彼の思いについてだ。無論、彼自身の言葉によるものではなく、妻の翠が推測として口にしたものだった。

翠は昼食の席に顔を出さなかった。それで法子が様子を見に行ったのだが、この時に、言われてもいないのにエリザベスも一緒について行ったのだ。美希風にしてみると、これはこれでちょっと厚かましい顔出しにも思えるが、女同士、垣根の取っ払いやすさがあるのだろうか。割と普通に、三人は顔を合わせたようだ。

ここ三、四年、滉二はひどく疲れた様子を見せることが多くなったと、翠は打ち明けたそうだ。彼は元々、商才がないと自己評価していて、その分努力を重ねるタイプだったが、年々増す重責で疲れ果ててきていた。「楽になりたい……」とこぼすこともあった。どこにいても父親の圧政を感じていた。ほとほと、違う生き方ができる場所に行きたくなっていたのかもしれない。老後よりなにより、もっと先に約束されている確実な桃源郷がなければ、押しつぶされそうだという意識下の恐れ。その反動のような、拝む対象。

ある時、滉二はこう言っていたらしい。「十字軍が通りかかれば、俺はついて行くだろうな」と。当時の、鄙《ひな》びた地方にいる力ない庶民を仮想していたようだ。貧しく暮らし、先の見通しなどなにもない。口が減れば家族も喜ぶだろう。聖地奪回という目もくらむような大義名分。参加すれば神の御許《みもと》に近付けるという。ついて行かない理由があるだろうか？

　富める者であるはずの安堂滉二は、安堂家の棺に入ってから、聖地への行軍を夢見たかったのかもしれない。

　──そういえば。

　墓地を意味する英語のセメタリー。その語源を美希風は思い出していた。ギリシア語の〈眠る場所〉……だったはず。

　青沼誠一郎《あおぬませいいちろう》の子孫である等《ひとし》も、ここに眠っている。山田家の遺族と合意して、ここへ葬られることになったという。その墓の足元、右手のほうにあるのが、妻・夏摘の墓だ。

　等の墓の手前には四角く穴が掘られて、朱海の棺を待っている。

　……エリザベスは、美希風の心中も敏感に察したようで、こんな声もかけてきた。

　君が、彼女の罪の貌《かお》を暴いたことなど気にするな。暴かれたらまずいことを持っている側が問題なのだ。そもそも、企《くわだ》てのすべてを墓の中まで持って行ければ、それで彼女が本当に安らげたのかは疑わしい。明かされて、ほっとしているかもしれないな。

　罪を暴くことでしか見えてこない、その人物最後の葛藤というものもあるだろう。それが、知っておくべき価値を持っている時もある。例えようもなく哀切であったとしても。黒と同時に白を知る。そんなもの悲しい均衡や矛盾が人の世にはある。

……恩を仇で返され……か？　そんな感じ方をする人物ならば、君に忌々《いまいま》しさも覚えるかもしれないが、安堂朱海はそんな小者ではあるまい。自分に都合のいい恩を売るために、世界中の〝家族〟や〝子供〟を救ってきたはずがない。見返りを求める手助けでない以上、〝子供たち〟がどう育とうと自由なのだ。その中から、安堂朱海の非を問い、仮面を剝がす者が出ることこそ、彼女が無私と無償の育成活動をしてきたことの証になっているのさ。

そういう子供を生み出せたことを誇るだろう。

だから、美希風くん。むしろ、赤の他人ではなく身内として、罪の揺らぎを見せた安堂朱海を見送ってやれよ。

美希風は、ファインダーから目を離した。

身内の感覚までは無理にしても、カメラマンとして昔なじみが眠る墓所を見詰めている……というぐらいの気持はわいてきているようだった。

美希風は、今の陽光の演出を高める撮影方法をさらに探った。色調を落としてみるのはどうだろう。露出補正をマイナス5にすると、夜景にも思えるトーンの光景が生まれる。

ほとんどモノクロームの、粒子が粗めの世界で、夜にはないはずの陽光の襞《ひだ》が幾つかの墓石を朧《おぼろ》に包んでいる。

ここにあるのは、昼も夜も超越した眠りだ。

3

いよいよ、安堂朱海の遺体は別の棺に移されようとしていた。その作業が音もなく進められている集会ホールの片隅で、席を見つけた美希風は、複写された脅迫状に視線を据えている。どういう意味なのか、裏には蠟の染みがあったという脅迫状……。

美希風は、今は紙面の表に集中し、一つの妥当な感触を得ていた。

――そこは偶然なのだろう。

三つの文字が示している内容だ。ヒツギ＝棺の意味は無関係ではないかと、美希風は推理の的を絞っていた。要は、二行めの冒頭に、血液がなんらかの影響を与えたということだ。

この血液が誰のものか、先ほど知らせがもたらされていた。

紺藤刑事からの伝言をスマートフォンで受けた法子が教えてくれた。その内容に、知らせる法子も当惑していた。

安堂拓矢の血液だったのだ。

どういうことなのか、法子も食いつくようにして知りたがったが、その時ちょうど、葬儀社から棺が届き、話す機会は奪われていた。

誰の血液か判明したことは、美希風に確かな一歩を与えていた。

しかしそれでも――。

安堂夏摘殺害事件は、未《いま》だに難攻不落だった。間違いなく内部犯である。そして、なんらかの道筋が見えつつあるような気もしているのだ。それにもかかわらず、真相へはどうしても進めない。

美希風は、容疑者リストが不完全なのではないかとも懐疑した。それ故《ゆえ》、当時邸内に入ることが当然のようになっていた、長期間の仕事をしていた業者などがいないのかと確認を取ったりもした。こうしたことは当時の捜査本部も徹底して洗っており、該当する者は一人も浮かびあがっていない。美希風は、紺藤平吉《へいきち》刑事の動向にさえ目を向けたほどだ。事件発生当時、彼はまだ他の署にいて、安堂家とのかかわりもできていなかった。他、夏摘の会社の者、また仕事関係者で、身内同然の接触を持っていた者もいない。

つまり、最大限に見積もっても、容疑者は以下の者たちだけなのだ。

光深。朱海。光矢。滉二。翠。拓矢。累《るい》。法子。千理愛。酒田チカ。

酒田の母親、そして光矢の妻もすでに他界していた。若月純夫《わかつきすみお》医師も除外していいだろう。

――十人。

この中で、夏摘の拉致・殺害・遺棄の犯人では絶対ないのは、朱海である。当時七歳の千理愛も論外だ。今日、滉二もリストから外れたとしていいだろう。彼は、当時のアリバイも完璧だった。青森からフェリーに乗るところで、二日間は北海道を離れていない。

他にも、動かしがたいアリバイを有する者はいる。その中の一人が拓矢だ。父親との遺恨にもなる傷害事件を起こして警察に留め置かれて、しばらくは治療の過程も含めて司法の監視下にあった。

——誰が犯人なのか。

拉致はいつ、どのようにして……？　犯行声明である脅迫状を出すほどの動機が、夏摘の周辺にあるのか？　あれは序章にすぎないのか？

ホールの脇へと移されていく安堂家の棺を、法子と一緒に見ているエリザベスの声が聞こえた。

「〝伝家の宝棺〟も、しめやかに、順当に扱われたかったろうな。最近使われるのは、犯罪がらみの混乱が生じている時が多いし」

美希風の視界の隅に、千理愛の姿が映っていた。高い天井へ顔を向け、ゆっくりと見回している。曽祖母の霊が、棺を替えられて迷っていないか心配しているのだろうか。千里眼の山猫リュンクスが、なにか漂う気配を感じて、その相手を探しているようでもある。

集中力を事件の分析に戻す時、美希風は、ある大きな一つの仮説を持ち込んでみた。手の中にあるのは写しだが、脅迫状の実相を想像してみるに、それは時と関係するように思えたからだ。文意は、凍らせた時を動かしている。そして恐らく不可解な血痕も、予測がつき始めた蠟の染みの意味も、時の停止と関係している。だから仮説にそれを持ち込み、時を入れ替えてみたのだ。

――うっ⁉

その途端に、堰止《せきと》められていたものが動きだした。情報と推理と想像が大きくうねり始めて、踏み留まる足場を探さなければならないほどの、それは目眩《めまい》に感じられた。中心に見据えるのは、棺の動きと復讐心《ふくしゅうしん》だ。

美希風の集中は増した。

――すると、これは単独犯だ。

それが事件の様相を決定している。

――そのはずだが、そうだとしたら、一人でよくここまで……‼

犯罪者に……犯罪計画に感嘆してしまう。

狙われている者。狙うであろう者。

――三人には確実なアリバイがある。……だからか。

太い推理の急流は、ここまでは激しく順調に流れてきた。だが、決定的に大きな水門がすぐ先にある。スタート時の仮説において、それはイメージだけで乗り越えていたものだ。具象化できなければ、すべてが瓦解する。

――問題はここだ。肝心の……。そんなことができるのか？

懸命に知力を振るい、美希風は青ざめてさえいた。

そして数秒後、見えた解答にさらに青ざめた。

――いや、信じられないが……しかし……。

人の気配を感じて美希風は顔をあげた。

累だった。

なにか他のことで声をかけようとしていたのだろうが、美希風の顔色を見て心配そうになった。

「どうかしましたか？　大丈夫ですか？」

「……ええ。考え事をしていて、ちょっと……」

「……事件のこと？」

夏摘さんの事件ですと答えて、美希風は、累こそ力を借りるべき相手だと気がついた。

立ちあがっていた。

「累さん」

美希風の気配に、累は息を止めそうになっている。

「なんでしょう？」

「解決につながる重大な仮説を思いついたのです。しかし突拍子もないものでしてね。物証が必要です。それで、こうしたことは可能でしょうか？」

美希風が問う内容に、累はごくビジネスライクに応じた。

「物によっては検出できますよ」

「でしたら……」

依頼の詳細に、手順としては受け入れつつも、累は不思議そうになった。

「あの場で採取して調べるのですね？　でもそれが――」

「お願いできますか？　どれぐらいむずかしいのです？」

「うちのラボの日常業務ですよ。簡単にできます」

「あっ、それと、当時の在庫記録や廃棄伝票なども調べてみてくれませんか」

動きかけていた足を止めた累は、心底恐ろしいものを見詰めるような目を美希風に向けた。

「南さん。あなた……なにを考えているんです？」

だが、答えは待たずに、

「いえ、けっこう。判りました。急がせてやってみます」

「もう一つ。データや資料の公明性はあったほうがいいと思います。過程それぞれに、警察に立ち会ってもらうのが一番です。紺藤刑事に声をかけてみてはどうでしょう」

累はしっかりと頷き返した。

「判りました」

4

四時半をすぎる頃、安堂朱海の埋葬は終わった。平坦ではなかった彼女の人生を象徴するかのように、通夜から埋葬までの間にもなにかと翻弄された亡骸《なきがら》が、地の底にようやく安置された。

彼女の社会奉仕活動の恩恵を受けた数多《あまた》の者たちの代表としては僭越《せんえつ》だったが、美希風は感謝の言葉を送りつつ、見送った。

彼女が犯した毒殺未遂事件の被害者である光深は、そうした罪もわだかまりも忘れたかのような――忘れていいのかどうかは別にして――淡々とした表情で老妻に別れを告げた。

帰宅する会葬者の見送りなども済み、ざわめいていた空気も集会ホールから退《ひ》いていきつつある。

「さて」

エリザベスが歩み寄って来ていた。

「血痕が拓矢のものだと鑑定できたことで、はっきりしたことがあるのじゃないかね、美希風くん？　ただならぬ表情をしている時もあったし、推理に進展があったのでは？」

そろそろそっちの話にじっくり時間を使ってもいいだろう、と、タイミングを計っていたのは明らかだった。待ちわびたという顔をしている。

そばには他に、法子も立っていた。

その彼女も、考え込みつつ好奇の色が露《あら》わだ。

「拓矢の血とは驚いたし、意味が測りがたい。その脅迫状を彼が書いてわたしたちの目の前に出したとは考えられないし、その紙が刑務所まで行ってきたはずもないだろう」

美希風の手にはまだ、証拠保全袋に入った脅迫状の写しがある。埋葬の儀の間、与えられている部屋のボストンバッグに仕舞っておき、先ほどまた持ち出してきたものだ。

「それと、南さん。旦那が奇妙に緊張した顔でなにかしている。あなたが指示してさせている、捜査上の協力なのかな?」

「そのとおりです、法子さん。指示ではなく、お願いしてみたのですが。その結果が出てから、おいとまさせてもらうことになるでしょう。空振りにしろ、皆さんにお伝えすることができるにしろ……」

辞する時期に同意するように、エリザベスが頷いた。

「この不思議な血痕は……」問われている点を、美希風は初手《しょて》から話し始めた。「正確には紙の問題ではなく、印字のほうに関係しているでしょうね。タイプ文字が血液と関係しているのです。つまり、奥のギャラリーのあのタイプライターと、拓矢さんとの接点を——、おやっ、鳴沢警部がいらっしゃいました」

大きな体が戸口に現われていた。一渡《ひとわた》り顔ぶれを眺め、美希風たちのほうへ足を運んで来る。

「拓矢さんの遺体がそろそろ到着するようだからね」

訪《おとな》った理由を説明するように言う。光矢から一報が入っており、確かにもうじき、遺体は到着するだろう。

「紺藤巡査部長も、おっつけ来るはずだ」

鳴沢警部は物問いたげな視線を美希風に投げ、苦笑いを浮かべている。

「南さん。彼は急に、奇妙な方針の捜査を始めたようでね。他にも上司がいるのか、著しく急に発想力が増したかだな」

「行動を許可なさったのですね」合いの手のように美希風は訊いておく。

「止めるのは、害になりそうな勢いだったのでね。安堂拓矢の血液も照合してみてはどうかと提案した時もそうだった」

「上司に恵まれているな、彼は」と、エリザベス。

「先輩には恵まれていたでしょう」法子に向けた目を、鳴沢警部は美希風の手元に移した。

「脅迫状に、まだ検討を？」

「お手配、ありがとうございました。これは大きな一歩になりましたよ」

四人は改めて、脅迫状の全体像を見直し、文字を拾った。

レターヘッドとして、センターにギリシア十字が刷られている、本来はA４の用紙。その両サイドと下のほうがカットされ、サイズは小さくなっている。レターヘッドのすぐ下から、横書き五行の本文がカナで打たれている。

滾る憎悪。凍らせた時を動かす。
棺に凍えて眠るのは一人にあらず。
すみやかな二つめの死に踊らされ、
もはや留まらぬ罪に怯えよ。
聖勇毅《せいゆうき》は我らを憐《あわ》れめ。

「大きな一歩とは、これが書かれた時期が絞れたということかな？」

鳴沢警部がそう口にした時は、葬儀社の岸らと話していた翠も寄って来ていた。

「時期が絞れたのですか？」その翠がすぐに尋ねていた。「何日前とか？」

「何日ってことはないはずだろう、義母《かあ》さん」法子が説明する。「最近作られた脅迫状に、拓矢の血痕が関係するわけがない」

ここで翠は初めて、血痕が、ヒツギという文字を浮かびあがらせているように見えると、写しを見せてもらって知った。目を疑っていたが、美希風が、文字の意味は無関係で、血痕のある箇所を検討すべきなのです、と伝えた。

「ということで……」鳴沢警部は、女性二人の間で視線を動かした。「これは、何年も昔に書かれたものと考えるしかありません。そうだろう、南さん？」

「そうですね。それも、運命のあの日です」

「ああ」

言って、鳴沢警部は、なかなか理解し切れずにいる面々に、聞き返した。

「拓矢さんが、奥のギャラリーを訪れることは滅多にないのでしょう？」

安堂家の女性二人は揃って頷き、翠が言った。

「この家にもそれほど来ませんし、奥のギャラリーは興味の対象ではないという様子で、足は運びませんでした」

「最後に訪れたのはいつでしょう？」

「……それこそ、もう何年も行っていないはずです。記憶にないほどですね」

「でしたら、はっきりしているのは、あの時ですね。夏摘さんが拉致殺害される前日です。しかも、血が関係している。拓矢さんと父親の光矢さんは、流血沙汰のけんかをしましたからね」

ああ……と、一応腑《ふ》に落ちた様子ながら、翠は疑問も残して眉をひそめている。

「でしたら、見つかったあの脅迫状は、そんな昔に作られたものなのですか？　血も、それほど古いものだと……？」

　この疑問に対しては、エリザベスが答えていた。

「血液反応というのは、時間経過が長いほど強く反応することは珍しくないのだ」

「そうなのですか……」

「成分分析そのものも、カレンダーをめくるように順次遡《さかのぼ》れるわけではない。一定時間がすぎている、とは鑑定できるがね。それも環境次第だ」

「そう」と、鳴沢警部は頷く。「正確な経過年月を鑑定するのはむずかしかったのです。汚れた地下の通路にしばらく接触していたというのも、無視できない条件でした」

「そうした環境条件になるように、犯人は計画していたのです」

　美希風も言うと、

「待ってください、警部、南さん」と法子が言葉を挟んだ。「そもそも、この紙はうちのオリジナルのもので、五日——いや、六日前に金庫から出したもののはず。それ以前には脅迫状を作り出せないでしょう」

「ですけど、法子さん」と応じたのは美希風だ。「この弔事用のオリジナル用紙は、このご家庭でずっと使われてきているものですよね。事情を教えてくれる時に、翠さんがこうおっしゃってました。『保管してある物を、今回も準備し始めていました』と。前回出して、また仕舞った。前回とはいつか？　夏摘さんの葬儀の時がそうでしょうね。そして、その前は？　その人の死を望むわけではないが、覚悟もし、葬儀の準備は陰で進めなければならない。四年前、朱海夫人が危篤状態にあった時もそうでしょう？　あの時、弔事用のオリジナル用紙は金庫の外に出されていたはずです」

「ああ……、確かに。確かにそうだった……」

「つまり、あの時にこの脅迫状は作れたのです」

「しかしどういうことだ、それは？」考え込みながら、エリザベスが問う。「犯人は四年前に脅迫状を作り、それは利用せずに保管したというのか？　第二の犯行を実行できるタイミングに合わせる必要はあったのだろうが、必要になってから作ればいいではないか。いや、オリジナル用紙を入手できる時期でないと作れないから、か……？」

「犯人は、保管したのか、なにをしたのか」美希風が語を継いだ。「それを示唆するのが、脅迫状の裏から検出された蠟の痕跡ですね」

おっ？　と言わんばかりに、鳴沢警部が目を見開いた。

女性たちも口々に、あの意味が判ったのかと美希風に問いかけた。

「あれも手掛かりになったか」鳴沢警部は、眼光でも問いかけるかのような真剣な面持ちだ。

「どういう解釈が成り立ったのかな？」

「解釈が正解かどうかは、物証で確かめられるかもしれません」美希風は答えた。「棺の裏に、それがあれば……」

調べるには最適のタイミングであったといえるだろう。棺の中は空《から》で動かしやすく、刑事が立ち会っているのだから。

美希風が、裏板に蠟が付着しているかもしれないと発言したことで、その棺は再び捜査上の注目を集めていた。

「脅迫状の裏にあったのと同じような蠟が、この底面にもあるというのだな？」

鳴沢警部の確認に、美希風は慎重に応じた。

「一つか二つ、最低ですと一つだけの蠟でしょうから、裏板からも落ちているかもしれません。残っていれば……」

よし、と声を出した鳴沢警部と一緒に、棺の横に立っていた美希風は一方を持ちあげた。少しずつ高く傾け、裏が見えるようにする。その場の全員が覗き込むようにして、最初に声をあげたのはエリザベスだった。

「あっ、それじゃないのか」

指差された場所に、小さな蠟の染みがあった。「ああ！」「本当に……」と、発見されたことへの感嘆と驚きが囁きとなって交わされた。

ほぼ丸く、こすりつけられたような蠟は、棺の裏のちょうど中央辺りにあった。

「警部」美希風は片手で、脅迫状の写しの裏を鳴沢警部に見せた。「この右上のほうに、蠟の染みはあったのですよね？」

そうだ、との確認を受けて、美希風は、その写しの裏を棺の底に近付けた。

「でしたらもう一ヶ所は、点対称の位置、左下になるでしょうね」

そのように合わせると、脅迫状はまさに、棺の底の真ん中に位置することになった。

「つまり」美希風は言う。「このようにして、脅迫状は底板に蠟付けされていたのですよ」

鳴沢警部は新発見の物証を凝視し、しばらく唸《うな》っていた。それからいささか不意に、「採取しよう」と指揮する口調で言った。

美希風が一人で棺を支え、鳴沢警部は自分のスマートフォンで写真撮影を始めた。

こうした間にも、エリザベスが訊いてくる。

「蠟付け？」

「犯人は、溶かした蠟を脅迫状の裏の二ヶ所にこすりつけ、すぐにここへ張りつけたのですよ。安置されていた棺はやがて運び出されることになり、脅迫状は剝がれて落ちたのですが、蠟は、一方は脅迫状に、一方は棺の裏に残ったのです」

手袋をはめた鳴沢警部は、ポケットから小さな証拠保全袋を取り出した。そこへ、剝がして落とすようにした蠟を入れた。

見ていた全員が息を止めていたような時間が終わり、美希風が棺を元どおりにすると、間《かん》髪《はつ》を容《い》れずエリザベスが次の問いを発した。

「なぜ、蠟なんだ？　どうして接着剤を使わない？」

「あからさまだからでしょうね。接着剤を使えば、接着させていたことを明かすだけです。手の内を明白にしてしまう。それともう一つ、大きな意味は、蠟の接着力が強くないということです」

「強くない……。接着剤に比べればそうだろうが……？」接着力が弱いことが求められるのか、と、エリザベスは不可解そうだ。

「剝がれ落ちてくれなければ困るからです。犯人が計画していたのは、こういうものではないでしょうか」

美希風はいよいよ、そこへ話を進めた。

「犯人は、時限装置を仕掛けたのですよ。やがて棺が動かされるまで、その底で脅迫状は眠りにつきます。地下室のそんな場所では、紫外線等の影響など皆無ですし、外気に触れているとも言えない。脅迫状は〝鮮度〟を保つのです。顕著な時間経過を示さない。そしてそれは、棺の移動と共に動き始める。揺らされ、振動が加わり、空気が流れる。ただ、通常のA4サイズでは、弱い接着力ですとすぐに剝がれ落ちてしまうのではないでしょうか。棺を動かし始めた皆さんの前に落ちて目に留まれば、苦労の甲斐もないのです。計画の効果がない。移動中のどこかで落下することで——儀式的に前方を見たまま行列は動いていますから——人の目に触れない可能性が格段に増え、誰がどうやったのか不明だという状況も生まれます」

「……まさにそうだったな」回想するように法子が呟いていた。

「ですから、犯人は紙を切って軽くしたのです」

「それがあったか……」細部の再調整をするかのように、鳴沢警部が小声で口にしていた。

「確かに、そこにつながる……」

「犯人は予備実験ぐらいしたのでしょう。中途半端な糊《のり》をつけるのは、最大で二ヶ所。それでいて、接着しっ放しではなく、一定の時間経過後に落ちる条件は、と探ったのだと思います。これはつまり、アリバイトリックです。この仕込みが作動すれば、脅迫状が出現する時、犯人はどれほど遠くに離れていてもかまわないのですから」

「ほう……」法子が、探るような目の色になっていた。

「アリバイ工作として、心理的に細工がきいているのは、棺の蓋に挟まっていた脅迫状の一部ですかね。挟まってちぎれたという感じでした」

「そういえば、あれは……？」

聞き返す翠の声はか細いほどで、反応したのはエリザベスだった。

「まさか、あれも……。何日か、何週間か前から仕込まれていたのか？」

応えていながら、いささか啞然としている。

「そうだと思いますよ」美希風は、頷いてみせた。「作った脅迫状の隅をあえて破り、蓋に挟んでおく。蓋も、次の葬儀が執り行なわれるまで誰も動かしませんからね。そして、葬儀の準備と共に動かされ、発見されたそれは、その場への犯人の〝同時性〟を生む。棺の蓋が動かされたその時、そこで犯人が動いていたような印象を作り出すということです。しかも、脅迫状の裏に蠟が残っていれば、点火されているかどうかはともかく、ロウソクが並ぶ集会ホールと印象が一致する。犯人は少しでも、集会ホールでの〝動き〟を演出したかったのではないでしょうか」

細部の効果を吟味する目をした鳴沢警部が、小刻みに頷いていた。

美希風は付け加えた。

「もう一つの意味は、棺の裏などに脅迫状が貼られていたという連想が働くのを少しでも邪魔するためでしょうね。欠片《かけら》が他の場所に存在することによって立体的な見方が成立させられて、裏面といったようなそれこそ一面的な連想が単純すぎると思わされてしまう。余計なことを考えさせられる、ということですね。……巧《たく》みに、人の心理を突いてくる犯人です。

全体的に見て、犯人の基本的な考えはこうでしょう。脅迫状がいつ作成されたかということは、曖昧なままであればいいのです。古い物だと鑑定されたとしても、誰がいつ作成したかが特定されなければそれでいい。今回、恐らくそれを特定できるのは、犯人にとっても不測の事態である、拓矢さんの血痕という付帯条件が加わったからです。それがなければ無理でした」

わずかな間の後、翠が思案がちに、

「その……血痕の付着というところが、まだよく判らないのですが……。拓矢さんの血が、どうしてそのように現われるのでしょう？　あの日の、けんかによる血なのですね？」

これには鳴沢警部が答えた。

「あの時の暴力沙汰は、集会ホール前の廊下で起こったようですが、争いの場はホールの中や、奥のギャラリーの中にも移動したでしょう」

「現に」と、美希風が言葉を足した。「法子さんが教えてくれましたよ。酒田さんは奥のギャラリーの中の後始末もした、と」

翠の顔色は、少し青白い。

「タイプライターにも血が飛んでいたのですね？　拓矢さんの血が……」

「ただそれは、酒田さんも見逃した。見逃して当然の場所に飛んでいたのです」

「しかし、どこに？」エリザベスは、やや厳しくも見える顔をして、美希風の手の中にある脅迫状の写しを指差した。「ど、どこに血痕があれば、そんな現象が起こると言うんだ？」

この先は未検討で謎のままであるらしい鳴沢警部には、今ここでこの先も明かしてしまっていいのかと、刑事としての自制の警戒感がわいてきた様子でもある。

その警部に、美希風は尋ねた。

「警部さんは、手動式タイプライターの印字の構造は承知なさっていますか？」

「簡単なことはな。移動するインクリボンを、文字が刻印されているヘッドが打つのだろう」

「そうです。インクリボンは左方向へと移動します。印字する紙とわずかに離れているそのリボンは、極端に表現すれば左右に張り渡されている格好になっています。そのリボンの中央より右側、紙に面している側に、安堂拓矢さんの血痕が付着したのですよ。三文字分に相当する面積でね」

聞いている者たちは言葉をしばらく失った。

イメージが追いつかず、理解が追いつかず、それらがまとまったとしても、脳裏に描かれる図はなかなか意想外なものだった。

「その下のメカ部分にも血は滴《したた》ったでしょうが、関係するのはインクリボンの所だけ、ということです。そしてもちろん、血が飛んだ時にはまだ、紙はセットされていませんよ」

美希風のこの補足説明の合間にも、混乱気味に幾つかの声が飛び出してくる。

「インクと血痕が同時に、セットされた紙に転写されたということか？」とエリザベスが確認の問いを発すれば、法子も、「待って。その場合、文章の最初の三文字だけに影響が出るでしょう」と、疑問含みの見解を示す。

「そのとおりだ」

半ば叫ぶように同意する鳴沢警部は、写しを乱暴につかみそうになっていた。それをこらえ、文字の並びを指差す。

「血が滲む三文字は、二行めにあるんだぞ。今の説明には合致しない」

「私の推理も、それでしばらく停滞したんです」認めてから美希風は、「でもこの文面をよく見れば、ごく普通に説明がつくことに気づきました。この脅迫状は修正されているのですよ。文章を追加したのです。一行めをね」

間《ま》を埋める言葉が返ってこなかったので、美希風は説明を続けた。

「最初に打たれた文章の冒頭は、二行めなのですよ。『ヒツギ』から始まっていたのです。それが最初の文字で、だから、インクリボンに落ちた血液も転写されたのです。犯人は残りの文章も打ち、しばらくしてから文章の不足に気がついた。それで、一行めを追加したのです」

エリザベスはどこかぼんやりとした顔で、

「文章の追記……。確かに、普通にやることだな。それが行なわれたと、血痕が示唆しているのか……」

「ただ、こうも――」鳴沢警部は、ふと声に出し、それから少し慌てた身振りを見せた。

「いや、すまない……、細かなことだが、思いついてしまったのでね」

「どうぞ」

「最初の一行だけ、先に打たれていたとも考えられるだろう。二行め以降を再開するまでは間があき、その間に流血騒ぎがあった」

「それは不自然すぎますよ、警部。見てください、一行めを。レターヘッドのすぐ下に打たれているでしょう？　間隔が狭く、上に詰まっていて、その点に注意してみれば不格好なのが判ります。少ない文字数をゆったりと打つのに、こんなことをする人がいるでしょうか。ところが、その一行めを消し去ってみれば、二行め以降の本文とのバランスがいいのは一目瞭然です」

「ああ……」

翠がすっきりした顔で、「後から隙間に一行めを差し入れたので、窮屈になったのですね」

「はい。紙がカットされて定型ではなくなっているので、違和感が意外と薄くなってしまいますけれどね。鳴沢警部、夏摘さんの遺体と共に発見された一枚めの脅迫状は、普通に余白があけられているはずですよ。平均的な人の感覚と同じように、この犯人もそのように打つことが確かめられるはずです」

判った、という顔になる鳴沢警部の横で、法子は顔をしかめるほどの集中力を見せていた。

「拓矢たちのけんか沙汰の後で、脅迫状が作成されたのは間違いないみたいだね。あの騒動が終わった時刻は……」記憶を正確に呼び出そうとする必死さのように——実際、正確さは必要で欠かせないのだが、彼女はこめかみに指を立てている。「午後六時二十分。その頃には終わっていた」

エリザベスが言う。

「紙に散った血痕はすぐに繊維に染み込み、他に転写されにくくなるが、インクリボンの素材はそうではない」

「ええ」と、美希風。「イメージとしては、テープレコーダーのテープですよね。ビニールやセルロイドの印象です。血痕は表面に留まる」

続けたのは鳴沢警部だ。

「かといって、数時間も経てばさすがに、空気中にある血液はすっかり凝固してしまう。液体の性質を保っているのはせいぜい一、二時間後ぐらいまでだろう」

「六時二十分から一、二時間のうちに、脅迫状の二行め以降の本文は書き始められた」

法子が口にした推定には、美希風がこう加える。

「一行めを追記したのは、八時四十五分ぐらいからの十五分間ですね」

先ほど以上に深い静寂が訪れた。

今度ばかりは、理解の色の兆《きざ》しさえ浮かべる顔は一つもなく、急《せ》きすぎた美希風は言葉を切っていた。

そんな細かな時刻を、遠隔視でもしたのか？　判るはずのないことを口走る男から、法子や翠は若干視線を逸らした。正気を疑うというより、その男を見ると魔法に侵されるのではないかと恐れるかのようでもあった。

文面に時刻でも書いてあるのかと疑うように凝視していた鳴沢警部が、視線を美希風に移した。

「南さん、あんた……。真犯人の当たりもついているのかい？」

「……はい」

最終章　大いなる不在

1

あの後に美希風が話せたのは、「追記した時刻が判るのか？」とエリザベスに問われ、「その修正をした犯人の意図から類推したものです」と答えた一言だけだった。安堂拓矢《たくや》の遺体が運び込まれて来たからだ。

手配を済ませて同行して来た光矢《みつや》は労《ねぎら》われた。

三、四時間前までは朱海《あけみ》の遺体がおさまっていた――新たな物証をもたらした棺に、入れ替わって拓矢が横たわる。

今夜の通夜から明日の埋葬にかけて、密葬で執り行なわれることが決まっている。

邸内にいた家族らも全員、集会ホールに集まって来ていた。

光深《みつふか》。累《るい》。千理愛《ちりあ》。酒田チカ。

法子《のりこ》が、亡骸《なきがら》となった男の顔を覗き込んでいる。

「拓矢……。こんな顔だったか」

美希風はもちろん、その男の風貌を初めて見る。肉付きがいいわけではないが、たくましい自然活動家を思わせるような顔立ちで、生前、エネルギッシュな立ち振る舞いが似合っていたなら、派手に活躍するスポーツ選手に似た雰囲気があったかもしれない。頬がこけているのは、収監生活のためか、病の影響か。薄いまぶたを通して、眼球がゴロッと大きく感じられる。

苦々しげな光深の思いが、低い声となってこぼれた。

「刑務所から帰還とはな。刑期満了どころか、なんのけじめもない」

他の誰とも違うはずの感慨が、美希風の中にはあった。

真犯人の計画においては、この拓矢の存在が大きかったのだ。

――その彼と、この棺がここに……。

残すのは一つだけとなった、ギリシア意匠のこの棺。これもまた、重要な要素となって犯罪計画を決めたのだ。その両者が今この時、奇《く》しくも揃って目の前にある。

――そういえば、この棺は〝船〟。

それぞれ違う河をくだった棺と遺体が、海に出て一体となり、罪過の幕を引いて錨《いかり》をおろそうとしているのか。そのようにも思わせる様相だ。これは犯人も予想だにしなかったろう。

真剣な表情で歩み寄って来た累が、無言で一つ頷いた。依頼しておいた調査に満足な結果が出たという報告を受けたのだろう。

美希風の推定が裏付けられたということだ。恐ろしいほど綿密な計画者の正体は、ほぼ確定した。

遺体とのそれぞれの対面も済んだ空気になったこともあり、累は囁くように告げてくる。

「私にはまだ完全に理解できていないと思います。あれで犯人を追及できるのですか？　犯人が判るのですか？　まさか――」

これを耳ざとく、光矢が聞きつけ、体を向けてきた。

「犯人が判る？　なにか調べていたのか？」

美希風をチラリと見てから累は応じた。

「うちの会社で力を貸せることがあってね、伯父さん」

ここからは、次々と人が集まって来た。

まず鳴沢警部が、慎重な口振りながら、「うちの若いのが証拠の入手をしている最中のはずですよ」と明かし、電動車椅子の上では光深が身を乗り出す。「夏摘の事件だな？　重要容疑者ぐらい浮かんだのか？」

「ついさっきまで、〝列棺の室〟で見つかった脅迫状を巡る推理が話されていたの」

法子が輝きのある目で一同を見回した。発見された蠟が推定させるトリックを伝えると、引き続き、

「これ以外にも南さんは相当のことを突き止めている。血痕からいろいろなことが見いだされて……」

それから美希風を見やり、

「犯人も突き止めたって、言ったよね？」

場がざわつくのは止められなかった。それは知らされるべきだ、との思いは多く、呟きや動作が雑然と生まれた。ただ、光矢は懐疑的で、「信用できる推理なのか？」と口にする。しかし他の者は、解明への当然の希望を覗かせた。今教えて！という強い目の光をしているのは千理愛だが、これも多かれ少なかれ、皆に共通していた。

両手を握り合わせた翠《みどり》が、目を伏せつつ言う。「殺人者が何食わぬ顔で死者を弔うのを許すというのは、やはりどうかと……」

光深は、容赦のない裁定者のように全員を質《ただ》す。

「自ら罪を明かす者はいないのか？　身を処すべきとは、まだ思わぬか？」

自白する気配はどこにもなく、数秒経ってから、累が意気込んだ。

「とにかく、脅迫状の血痕を巡る推理ってのを聞き逃したままではいられないよ。その先に真相があるんでしょう？」

これが合意となり、光深は葬儀社の二人に声をかけた。

「こういった事情も生じたのでね、拓矢の葬儀の打ち合わせは、今しばらく待ってもらおう」

「もちろんかまいません」岸は、姿勢よく頭をさげた。「最もよい形でお送りしましょう」

「昨日から、なにかとすまんな。……酒田、応接間にお通しして、お茶でも差しあげなさい」

「はい」

三人が退出すると、集会ホールは一瞬静まった。

耳を傾ける者たちと向き合う席に、美希風は着いていた。棺からはやや離れ、グランドピアノを背にしている。ただ一人――鳴沢警部だけが立ち、皆を背後から監視するように目を光らせている。

美希風はまず、不可解な拓矢の血痕の様子を改めて全員に伝えた。そして、そのようなことが起こり得《う》る状況と、その日時の割り出しも語って聞かせた。二行め以降の本文がタイプ打ちされたのは、二〇一五年の十二月六日、午後六時二十分から一、二時間のうちなのだ、と。

途中、肉体的な不快を思い出したかのように口元を歪めた光矢だが、インクリボンと血の滴《しずく》に始まる論理の筋道には、異論なく感嘆しているようだった。累も幾分息を詰め、千理愛の座っている隣の椅子の肘掛けを握っている。

酒田チカが戻って来ていた。戸口の所に立っている。両手を体の前で合わせ、神妙な様子で話を待っていた。

「ここで仮説を立てさせてください」美希風は言った。「全体像を推し量っていくうえで必要なのです」

信じがたい話を信じてもらうには、揺るぎなく段階を踏まえて納得してもらうしかないだろう。自供に匹敵する思考的な確証を持って、物証を待つしかない。逆に言えば、物だけでは真相を明かせない。

「犯人の姿の、仮説かね?」疲労を振り払うようにして光深が問う。

「犯人像は、報復する者であり、破壊者です。この先、遠慮なく言わせてもらわなければなりませんが、光深さんがメインターゲットであり、その当主を頂点とした安堂家の支配体制を崩壊させようとしているのが犯人です。仮説というのは……、朱海夫人の死に関することです。四年前の十二月。朱海夫人は死の床にありました。そこからの復活は奇跡的なものだったと、どなたも思ったのですよね。もしそこで、奇跡が起こらなかったとしたら? これが仮説です。四年前のあの時、安堂朱海さんが亡くなっていたとしたら」

犯人の標的について語られた時には身じろぎが起こっていたが、仮説の内容を聞いた後には皆が静止していた。

「ある方が言っていました。あの頃と今の事態は、合わせ鏡かリフレインのようだ、と。事態が再起動しているかのようだ、と。どちらの時も、病床にある朱海夫人が死に瀕していました。そして四年前には、夏摘さんが姿を消した。皆が心を砕き、犯罪も懸念しなければならなかった。そして、今回。脅迫状が出現したことで犯罪性が立ち現われ、安堂家は混乱に陥った。そう、相似形なのです。そこで、朱海夫人の死が、四年前にこそ起こっていたら、と仮定してみるのです」

誰からも、声はなかった。

仮説と言われればそれまでだが、そこから、言い知れないほど黒々として大きな現実が飛び出してきそうだと、一人残らず予感しているかのようだった。

「朱海夫人がこの一族をまとめていたと、誰もが認めるでしょう」

美希風は言った。

「女当主としての、力ある良識の鑑《かがみ》であり、家族間の鎹《かすがい》だった。その存在が、あの時点で消えていたのです。そういう仮定です。残されるのは、暴力的で衝動的、あるいは自分の攻撃性を正当化もしてしまえる特権的意識と狡猾性、そういった強烈な自意識と行動原理を持つ男たちの、欲動が渦巻いていく環境です」

法子もはっきり口に出していた。朱海が亡くなり、これからの安堂家こそ大変だ、と。その状態が四年前に、すでに始まっていたとしたら……。

「配偶者がいませんから、光深さんがほぼ独占している桁外れの財力は、光深さんが亡くなれば子供たちへと堰《せき》を切って流れます。……正直申して、次の世代にとって光深さんは、長きにわたる頭上の仇敵《きゅうてき》ともなっていたのではないでしょうか。その敵と対峙《たいじ》し、出し抜こうとし、闘争的に感情を歪め、じりじりと、欲望に熱くなったエゴとストレスは増していく、そんな一年、二年がすぎます。一方で、夏摘さんの消息は知れないまま、これも一年、二年とすぎ、不安と疑心暗鬼が溜まってきている。あらゆる面で爆発が起こりそうになっている家族間の緊張は一触即発の状態で、そんな時——三年めに、夏摘さんの他殺体が発見されるのです。そして、彼女の葬儀が行なわれる時に……」

膝の上に載せておいた脅迫状の写しを、美希風は持ちあげた。

「この脅迫状は出現するはずだった」

瞬きをする顔が幾つかあった。すぐには頭がついていかない内容になったといえる。

と同時に、推理は重要な局面を迎えたのだと、誰もが察しているようだった。

どの目も真剣で、推論の大きな動きについていこうとしている。

2

美希風は自分でも、話の順序を頭の中で整理した。

「皆さんには、夏摘さんの遺体が発見された無残なあの一日を思い出してもらわなければならないでしょう……。巻物を模した、〝コロナス〟と呼ばれる筒に入れられた第一の脅迫状と共に、夏摘さんの遺体は発見されました。当然ながら、脅迫状の作成者と殺害犯は同一人物と見ることに疑念が生じる余地はないでしょう」

「その先の事態から鑑《かんが》みても、疑いようもなく自明だな」エリザベスが言って先を促す。

「文面はこのようなものでした」美希風は、記憶を正確に浚《さら》った。


地の底より暗く天を覆うもの。

まずは墓地への先導者。贄《にえ》の歩み。

聖天主は我らを憐れめ。


「そして第二の脅迫状は……。いえ、ここで、棺の動きを確認したほうがいいですね。等《ひとし》さんの事故死を起点にして考えましょう。等さんの葬儀は、安堂家家伝の棺とは関係しませんが、区切りの基点にするという意味です。あの方の死後、家伝の棺は三つ残っていました。使われる順番は、戒律の如《ごと》く決められています。そして、第二の脅迫状は、二番めの棺の裏にセットされていたのです——そう、その頃からすでに。現実に起こっていた実際の流れはこうなります。残り三つのうちの、最初の棺を使うことになったのが夏摘さんです。そして二番めが昨日、朱海夫人のために使われた。この時に第二の脅迫状は出現したのです。では、四年前に朱海夫人が亡くなっていたとしたら？

一つめの棺は朱海夫人に使われた。では、第二の脅迫状が仕込まれている二つめの棺が使われるのは？　夏摘さんの葬儀ですね。第二の脅迫状は、そこで出現するはずだったのです。それが、どれほどの影響を及ぼすでしょうか？」

去年のことです、と、美希風は皆の想像を喚起するために語った。

「とうとう、夏摘さんの無残な他殺体が発見されてしまっていた。犯人はその行為を誇るかのような異常性も感じさせる。しかも身近な所にいる。近親者は皆、取り調べも受けて、苛立ちと不安と不快が頂点に達している。そうした数日の後《のち》——葬儀の場で第二の脅迫状も突きつけられるのです。文面は、さらにおぞましく調子づき、予言的で、連続殺人の恐怖を巻き起こす」

美希風は、文面を今一度皆に見せた。

滾る憎悪。凍らせた時を動かす。
棺に凍えて眠るのは一人にあらず。
すみやかな二つめの死に踊らされ、
もはや留まらぬ罪に怯えよ。
聖勇毅は我らを憐れめ。

「この、〝すみやかな二つめの死〟というのは、予告です。夏摘さんの死に続く第二の殺人に怯えよ、という通告です。しかしこれは同時に、殺意を誘発する起爆剤なのです。さらに、次の殺人者に利用させる偽装の種であり、誘い水でもあります」

理解をあきらめて解き明かされるのを待つ者がいる一方、奇妙さに刺激されて問いを発する者もいる。

法子は心底不可解そうだ。「怯えを利用する……ではなく、利用させる偽装だって？」

「次の……？　誘いかける？」累は耳を澄ませるように、首を前方にのばしている。「誰に？」

「複数の男たちにです」

答えた美希風は、尻込みしないように自らを追い込む勢いで続ける。

「三人の名前をあげさせていただきましょう。光矢さん、滉二《こうじ》さん、拓矢さんです。改めてはっきりさせておきますが、様々な思惑が濃密に交錯して軋轢《あつれき》と緊張感が頂点に達していたこの時、安堂拓矢さんはいたのです。手の込んだ殺人計画を実際に実行できる男。敵を排除することに抑制がきかず、暴力的に沸騰もするし、冷酷に破滅のプランも練れる男。故人には失礼ながら、〝黒《マヴロス》〟の宿命的な因子を徹底的に体現するような存在ですね」

美希風は、今ここで、安堂拓矢が棺の中で身を起こすような気がした。

「そうした男性が、横にいるのかもしれない殺人者の嘲弄《ちょうろう》を感じている。好きにはさせないと歯噛みしている。光矢さんも、思考や感情の基本としては同じでしょう。犯人は、滉二さんの〝伝家の宝棺〟への固執も敏感に察知していた。滉二さんは凶悪な暴挙に出るタイプではないけれど、次々と減っていく棺を目の前にしてなにかの偽計《ぎけい》を施す可能性があった」

「まさに今回の葬儀で、それをやったのだな」と、恐ろしい催眠術でも分析するような目をして、エリザベスが言っていた。

「真犯人の読みどおり、か」累もじっくりと口にしたが、簡単にはすべてを信じられないようでもあった。「手の平の上で誘導されていた……?」

「滉二さんの行なう偽計もまた、一家の間に不審と混乱と猜疑を招くでしょう。凶事を招くための一手として大きい。ですが、基本となる大きな誘導のエサが、第二の脅迫状です。ここで第二の殺人が起これば、その犯人は脅迫状の送り主でしょう——誰でもそう思う。それは翻《ひるがえ》ってみれば、自分の殺人の罪を脅迫状の送り主に転嫁する大きなチャンスということです。光矢さん、滉二さん、拓矢さんの三人は、夏摘さん殺しの犯人ではありません。無実です。だからこそ、偽装の種に誘惑される。三人はそれぞれ、こう考えるということです。自分は夏摘殺しでは潔白だ。警察や関係者が、第二の殺人も夏摘殺しの犯人の仕業だと信じる限り、自分は第二の殺人の容疑者にもなり得ない、と。

ただし、夏摘さん殺しの犯人ではないと自分が知っているだけでは駄目ですね。警察もそう信じる絶対的な根拠が必要です。それがアリバイです。夏摘さん殺しの時、お三人には鉄壁のアリバイがありました。滉二さんは青森にいて、そこから北海道に渡り仕事をこなしていたのです」

「光矢伯父と拓矢は、例の、一時は警察沙汰になった流血騒動でアリバイができた、と」

法子のこの見解は、「いいえ」と否定して、美希風は、

「それは、結果としてそうなっただけですね。そうでなくてもアリバイは鉄壁だったはずです。その警察沙汰で予定が変更になりましたが、七日の朝早くからお二人は羽田空港に出向いて外国の方々とも合流し、世界自然遺産を巡りながら研究旅行に出るはずでした。数日間の予定で。つまり、安堂夏摘さんの失踪は、三人のアリバイが鉄壁の時期だから行なわれたのです」

光矢が初めて、動揺めいた色で表情を歪めた。殺人者にそこまで自分の死命を操られていたということが意識に迫ったのか、ナイフの刃先をそこに感じたかのように、喉元をさすっ

た。

しかし次の瞬間には、刃先のような光を瞳に閃《ひらめ》かせて、敵を探すような視線を周囲に巡らせた。

その視線と目を合わせる形になったのは累だが、彼はただ、胸中の思いを、

「アリバイがあるからこそ……」

と呟きにして漏らしただけで、美希風はそれに続けた。

「客観的な事実としても夏摘殺しの犯人でない以上、次の殺人も同一犯と見られている限り、自分は嫌疑から外れることになる——三人全員か、何人かは、そう思い至るように計画されているのです。それが、二通の脅迫状が発揮する最大の意味です。当然ながら、タイプ打ちなどの体裁も文面も同一犯であることを明確にしている。そして、一から二へと連続性も意識させる引用。これによって、これから行なおうとしている殺人の罪も夏摘殺しの犯人にかぶせられる、と打算が働く」

「第二の殺人を犯すならば今だと、お膳立てされたのだな」というエリザベスの表現は的確だった。

「三まで続くのかどうかは、犯人はどう転んでもかまわなかったのでしょう」

「私の排除に動かせるお膳立てだな」一言ごとに息を継ぐ光深は、宙を見据えている。「で

「それが犯人の理想だったんだろう」推察を深めている様子の光矢は、半ば無意識に露骨な
言葉を吐いている。
光深が加害者となってしまうケースも犯人は想定していたのではないかと、美希風の頭は
思い描いていた。拓矢を筆頭にした、子供たちからの突きあげの激しさに恐怖を感じ、老当
主の箍《たが》が外れて過剰な反撃に出てしまうケース。そこまでいかずとも、正当防衛が取り返し
のつかない結果を生むこともあるだろう。
美希風は、動機に関してまとめてみた。
「最悪、人の命が奪われ、逮捕される者も出て、安堂家の支配体制は崩壊する。これこそが、
真犯人の計画の、壮大な全体像ではないでしょうか」
そしてここから先が肝心で、語る者に覚悟を求める。真犯人の実像に、急速に迫るからだ。
「しかしこうして全体像を見通しますと、大きな疑問も同時に浮かんできます。用意周到に
張り巡らされた計画が、不発のまま放置されている点です。棺に入るであろう順番は、神の
みぞ知る寿命に支配されていますから、絶対の予測などはできません。人はただ、確率と可
能性を考慮したプランを立案できるだけです。仮に四年前に朱海夫人が亡くなっていたとし
て、三年後に夏摘さんの遺体が発見されるまで、他の直系家族が亡くなるおそれはあるでし
ょうか？　皆さんそれぞれ頑健でした。拓矢さんの心臓の病変が見つかったのは、去年ぐら

いでしたね？　光深さんの身には老いが迫っていたとはいえ、死神を寄せつける雰囲気ではなく、なにより、お亡くなりになっても家伝の棺は使われません」

「そうだ。でも、それなのに……」

言いかけてやめた累を、「なんだね？」と、エリザベスが促した。

「南さんがちょっと前に言った、不発のまま放置されているって点です。犯人の計画の大きな前提、四年前の祖母の死が、そもそも起きていないじゃないですか。根底から狂ってしまっているのに、なんの修正もしていないんじゃ……？」

今さらながら思い至ったというように、光矢は目を見開いていた。

「そういえば……な」法子もうつむき加減で考え込んだ。

「まさにその点です」

美希風の声には、力とリズムが自然に加わった。

「この真犯人は、一切なんの修正もしていません。棺の裏の脅迫状を貼り替えようともしていない。充分に再起動できる全プランが放棄されてしまっている。この点も——そう、朱海夫人の事件と相似形なのです。最後の最後まで、犯人には動きのなかったあの事件、結末。夏摘さんの事件もまったく同じなのです。当初からの計画は一ミリも動いていない。つまり、主犯は事態の動きにまったく参加できず、誰も一切の修正をしていないのですから、共犯もまたいないのです」

「確かに同じだ」と、納得口調の法子。「単独犯……」

「単独犯だとまで絞っても、このままでは、この事件はなお難攻不落です。なぜなら……、光矢さんが時々口にされる言葉を使わせてもらうなら、容疑者におけるカテゴリーエラーを起こしているからです」

後ろのほうから声がした。鳴沢警部のものだ。

「枠から漏らしている容疑者がいると言っているのか？」捜査官としてのプライドを込めるように、太い声は容認しがたいという響きを発している。「そんなはずはないぞ、南さん。容疑者リストに遺漏はなく、すべての容疑者を調べ尽くした」

「そうだ」同意するように言ったのは光矢だった。「むずかしいことじゃない。私は夏摘殺しの犯人ではないし、南さんの話を信じるなら――いや、アリバイが確定しているのだから間違いなく、拓矢も滉二も犯人ではないだろう。ますます枠は縮まっている。しかも、先ほどの血痕の推理によれば、犯人は、六日の午後六時半頃から二時間ほどの間に奥のギャラリーのタイプを使っていたのだから、その時間帯にこの家にいた者だ」

光矢は記憶を追って口にした。

「酒田チカ、光深、千理愛……」

「三人。いや、実質大人の二人……」

というエリザベスの言葉を挟んで、光矢が声を張った。

「その二人を徹底して調べればいいということだろう？　たった二人になった。これでもエラーがあると言うのか？」

「生じています。この真犯人の条件、朱海夫人が奇跡的に回復したという事実にまったく対応できていないという前提を見落としているからです」

「なに？　いや……」

「殺された者や死亡している者を、容疑者から外してしまっています」

「おい。それは――」

「私たちはすでに経験しているはずです。朱海夫人の事件で教訓を得ているはず。すでに棺の中に入っている者でも犯人たり得る、と。安堂夏摘さんの心臓にナイフを突き立て、その遺体に消石灰をかぶせて土の下に遺棄したのは、安堂夏摘さん自身ですよ」

3

幾種類かの静寂が吹き乱れた、とでもいえようか。

声を呑み込みながらも、動揺や批判といった身振り、表情を示す者たちが居並ぶ。

光矢は美希風に指を突きつけた――が、言葉には詰まった。

容認を拒むように、翠は頭《かぶり》を振っている。

表情をやや険しくした法子は、ひらきかけた口を途中で閉じた。

千理愛は、自分が耳にした話がなにかの間違いか確かめるように、左右の大人たちを見回した。

骨張った二本の指をそげた頰に当てて美希風に顔を向ける光深は、鋭い半眼だった。「単独犯、と言ったぞ？」

「はい……。夏摘さんは、独力ですべてをやり通したのです」

「そんな莫迦な……」エリザベスでも、そう言わざるを得なかった。

そうした反応の中、美希風は、持論を進めるしかなく、

「つまり、安堂夏摘さんは自殺なさったということです。あの方の心理や環境を思い量るに、自殺説は大筋で否定し切れないものと思いますが、いかがでしょう？　仕事の重圧はかなりのもので、疲弊し、さらなる高度な要求を言い募られて、私的にも当主たちから厳しい扱いを受けていた。心身共に、相当容赦なく追い詰められていたのではないでしょうか」

ふっと表情を硬くした千理愛の目が揺らいだ。

いじめ——そんな言葉も使っていたのは彼女だ。父親ハラスメントという言葉を発したのは法子である。

「押しつぶされそうだった彼女を救ったのが、結婚相手の等さんだったでしょうね。辛苦を

半分背負ってくれて、安らぎもくれた、まさに救い主だった。……ところがあろうことか、等さんは早々《はやばや》と亡くなってしまう。しかも、その亡くなり方――。慎重だった彼が居眠り運転するほど疲れ果てたのはなぜか。ノイローゼを疑う声まで出たのです。彼は死ぬほどまでに追い詰められたのだと夏摘さんが感じたのは、朱海夫人と同様だったのではないでしょうか。いえ、妻だったのですから、何倍も痛烈な悲嘆だったのは確かでしょう。悔し涙が噴き出し、この世を恨んだ……。いえ、もっと具体的に、恨みの対象が生まれたのではないでしょうか。年来の鬱積が憎悪ともなって」

少しだけ顔を横へ向けている光深は無表情だった。

拓矢が生きてここにいたならば、どのような言動を見せたろうか。

「罪の意識と後悔もあったかもしれません。半分は自分の身代わりになったようなものだ、と。この思いもまた、頼みとしていた夫を喪った夏摘さんの心を完全に砕いてしまった。そういうことはないでしょうか？　こうした振り返り方をすれば、等さんの死後三ヶ月ほどでの夏摘さんの死は、後追い自殺と見ることが充分可能となります。このような見方を根底から度外視させるのは、夏摘さんの亡くなり方がああだったからです。殺人の被害者でしか有り得ない。しかしその、他殺という最後の様相さえ削除できれば、一連の流れは自殺を思わせませんか？」

待ちたまえ、と制する手振りを見せて、光矢は、

「様相を削除する、などと簡単に言うが、最後の様相こそが絶対的な事実ではないのかね？　捜査も推理も、それに立脚して当然だ。揺らぎようはない」

「そ、それに……」遠慮し、戸惑うように翠が言葉を挟んだ。「南さんのお話は仮説から始まっていました。その仮説の立て方が間違っていたと、スタートそのものを改めることもできるのでは？　自らを殺して埋めるなどという不可能なことを最終問題としてしまうより、出だしが誤っていたとするほうがより自然なのではないか、という意味ですけど……」

「素晴らしく論理的です。ですので、どちらのロジックが正しいのか、この最終問題に白黒つけるためには物証が必要だと考えます。それはどうやら、入手できそうなのですよ」

そう聞かされれば一同は口を閉ざすしかなく、累だけはハッとなり、調べあげたことの具体的な意味が見えてきたという表情だった。

光矢が言う。

「仮説に誤りはなく、他殺体の遺棄に見えるという最後の様相に至るまで、不都合なく話が通る、と言うのだな？　通るのなら、夏摘犯人説の詳細、聞かせてもらいたいものだな」

美希風は、頷きを返した。

「動機に関してはもう……」

そこでふと、浮かんだ思いが美希風の語りの調子を変えさせた。

「そうですねえ、動機に関しても、夏摘さんの事件と朱海夫人の事件は合わせ鏡だったといえるのかもしれませんね。夏摘さんもまた、自殺であり他殺、をやろうとしていたのですから。夏摘さんは、血なまぐさい暴力を振るえる人ではなかった。だから……あえて強調して言えば、復讐計画はある意味でより残酷になった。安堂家の統治者たちに殺し合いをさせようというのですから」

千理愛が感情的になって立ちあがろうとしたが、隣の累が止めた。

美希風は感情を抑え、

「抑止力であった朱海夫人亡き後、殺人者の幻を作り出して一族間の疑心暗鬼を高め、事件捜査の渦中に脅迫状を出現させて第二の犯行を誘う。夏摘さんは自分の死を撒き餌《まえ》にして、〝黒《マヴロス》〟の因子をより多く発芽させようとしたと言えます。そのために、すでに言いましたとおり、光矢さん、拓矢さん、滉二さん、少なくともこの三人のアリバイが二、三日にわたって成立する時を逃せなかったのです」

「だから……」エリザベスが言い添えるように、「朱海夫人の死亡を確認はできなかった」

「はい。もう亡くなるのは間違いないものとして計画をスタートさせたのです。失踪する前夜、夏摘さんは、病院で光深さんを車で拾って自宅へ帰った。午後八時すぎです。家にいた者とほとんど言葉を交わさず、自分の部屋へ行ったのでしょうが、程なく奥のギャラリーへ向かいました。もちろん、脅迫状を書きあげるためです。一枚めはすでに書き終えられており、血痕からの推理どおり、この時は二枚めがタイプ打ちされたのです。どこか遠方にでもある、都合よく利用できたタイプライターで書かれたのでしょう一枚めの脅迫状には、一般的な用紙が使われていましたね。でも、二枚めに使われたのは安堂家オリジナルの用紙でした。脅迫状は肝心な布石ですから、きちんと用意しておきたかったでしょうが、オリジナル用紙は六日のこの日にならなければ手に入らなかったのでしょう」

「そうだ。紙も違った」エリザベスが、意識し直したように言う。「違いは、意図的なものなのだな？」

「間違いなくそうだと思います。二枚めがオリジナル用紙なのは、脅迫状の体裁として重みを出す効果と、同時性ですね。葬儀が開始されてオリジナル用紙も金庫から出されているその場に犯人がいる、と感じさせる印象操作です。では、一枚めはどうしてそうしなかったのか？　それは、同一犯説にわずかな疑いを残すためだと思いますね。夏摘さんの計画が機能して殺人が発生した場合、夏摘さん事件の時にアリバイがある者が容疑者として完全に簡単に除外されるなら、その殺人者はさして苦しまないでしょう。厳しく取り調べも受けて、追及される身にはなってほしかった。そのための布石です。一枚めと二枚めは、なぜ使われたタイプも紙も違うのか？　もしかすると、模倣犯か便乗犯ではないか。つまり、同一犯ではないにおいもわずかに残すということです。都合よく捉える殺人計画者にとっては、あの脅迫状は、同一犯であると確定させる道標《みちしるべ》であり、捜査側にとっては疑いを差し挟ませる若干の違和感なのです。そこから突き崩せば、殺人犯に手錠を掛けられるかもしれません。黒であり白である、両面をにらんだ心理的な布石です。用意周到。細心の計画者だと思いますね……」

美希風がもやもやと感じていた、手掛かりの陽炎《かげろう》のようにも思えたものの一つがこれだった。所々に、別人のような手触りが感じられることだ。当初は、刺殺と毒殺という殺害手段の大きな違いに注目していたが、朱海と滉二の計画が暴かれた後も、なにか少し、計画者が手触りをあえてずらしているのではないかと——脅迫状の紙のサイズの違いも含めて、そう思えることが残っていた。もう一つの、感触としての手掛かりは、二つの事件の相似性だった。朱海夫人が死の床にいる時に犯罪が進行しているらしいという類似。しかし両者には大きなずれもある。そのずれは、なにかを意味しないのか……。

しかし思えば、夏摘の計画の大きな誤算を生んだのは、朱海と拓矢だろう。朱海は四年前、死なかったのだ。そして、二枚めの脅迫状が出現した今現在、最高の危険因子といえる拓矢はその場にいなかった。

その二人が、一つの棺を分け合うようにして、時もおかずに続けてその中に横たわるとは——。

美希風は、安堂夏摘の計画への感嘆を奥に秘めつつ、

「脅迫状をタイプライターの印字で書きあげたのも、普通のことのようでいて用意周到な点

でしょう。基本はもちろん、筆跡不明とすることですが、〝ドラブレイト〟式タイプライターを使ったのは家族内部に緊張感をもたらすこと、さらに、第三の脅迫状などを誰でも作りやすくするためですね。タイプを打てば真似られるのですから。そしてもう一つ、水性のインクとは違うということです。棺の裏の脅迫状がどこで落下するかは、夏摘さんにも確たる推定はできなかったでしょう。恐らく、外で落ちると予測していたのではないですかね。風が吹いていれば間違いなく剝がれ落ちそうです。しかし、地面は濡れていることもありますね。棺が動かされているのは、雨の最中かもしれない。そのような場面で滲んでしまうインクでは文面を残せませんからね。タイプのインクなら問題ありません」

聞いて、法子があっという顔になった。

「〝列棺の室〟を出て外を移動する姿はカメラに捉えられるけど、それも計画のうちなのかな？　運ぶのはまず間違いなく、光矢、拓矢、滉二の三人になる。彼らは――犯人ではないのだから当然怪しい身動きはしないはずで、それがさらに無実感を強める。それに意を強くして、脅迫者に罪を着せようとする犯行が加速する」

「興味深いですが、それは成立しませんよ、法子さん。このお屋敷の防犯カメラはどれも、夏摘さんが存命の時分には設置されていません」

「あっ、そうだ……。計画に入れようがないな」

「脅迫状の出現に関しては、誰にもアリバイが成立しないはずと計算していたのでしょう。

葬儀のいつもの段取りですと、長ければ翌日にならなければ脅迫状は発見されなかったはずですから。それだけの時間があれば、誰にでも置くことができる、となったはずです。それに夏摘さんは、棺から剝がれ落ちる脅迫状がカメラに映される心配をする必要もありませんでした。……どこまで話しましたっけ？　ああ、二枚めの脅迫状をタイプ打ちしているところまででしたね」

一呼吸入れて、美希風は続けた。

「けんか騒動によって血痕がインクリボンに付着していることなどまるで気づかず、夏摘さんは文面を打ちました。ここで、法子さんから電話が入ったのです。八時四十分頃のことです。親子で暴力沙汰になったことと、その原因などが話されました。夏摘さんは絶句していたそうですが、それは、計画に齟齬《そご》が生じるかどうか、頭の中がめまぐるしく働いていたせいでもあるでしょう。法的に訴えることもしそうだというのですから、警察等の監視対象になり、親子二人のアリバイはなくならないと、夏摘さんは踏んだのですね。また、これ以外にも、彼女を絶句させたポイントがありました。恐らく、ですが。言い争いの原因です。それは、大きな企画のシーズンのずれというワードを含んでいました。これが夏摘さんの思考を刺激したのです。脅迫状の二行めは、このような内容です。〝棺に凍えて眠るのは一人にあらず〟。そしてここで、夏摘さんは自分を、分譲団地建設予定地に葬ったことを想起してください。あのプロジェクトには安堂家も出資していましたし、計画の先行きもしっかりと耳に入れることができたでしょう」

もちろんそうだ、と応えるかのように、光矢や累が頷いている。

「建設プランによると、夏摘さんが姿を消した三年後の三月から団地の建築が始まるはずなのです。夏摘さんはこの時期に、自分の遺体は発見されると計画していました。三月から建物を建築するということは、周辺の宅地開発はその幾分か前。季節はまさに冬ということですね。遺体は〝凍えた眠り〟から目覚めるのです。いえ、それは、覚めるはず、に過ぎないということに、夏摘さんは法子さんからの電話を聞くうちに明瞭に意識したのでしょう。大プロジェクトの予定だって狂う。三年も先のことは決めつけないほうがいい。宅地開発とはまったく別の理由で遺体が発見される可能性もあるのですからね」

「山菜を採《と》りに入った人が見つけるとか」

そう言った累に、法子も続けた。

「そして実際、建設計画は半年もずれ込んだ」

「はい、夏場での発見になりました。〝棺に凍えて眠る〟という表現は抽象的なものでもありますから、夏摘さんも当初はさほど意識していなかったのでしょうが、季節感がまったく違えばさすがに変に目立つかもしれないと危惧し始めたのでしょう。回避できる危険ならそうするべきで、夏摘さんは一番簡単な修正方法を採ったのです。なにも、すべてを握りつぶし、文案を練り直す必要はありません。一行の追加。〝滾る憎悪。凍らせた時を動かす〟。これによって、以降の文意もすっかり抽象的な意味へと変えたのです。

恐らく、法子さんからの電話を受けている時、あの脅迫状はタイプライターに挟まったままだったのではありませんかね。打ちあげた文書を眺めている時にでも電話があったのでしょう。時期のずれという論点から大騒動になったと耳にするうちに、修正が必要だと思うようになったと考えられます。まだタイプライターにセットされたままだったから、紙を移動させて一行追加すればいいとも思いやすかった」

「あの電話の時に……」

法子は、タイプライターにセットされている脅迫状が眼前にあるかのように、視線の焦点を漠然とした前方に結んでいた。その時の夏摘の姿が、今にも再生されてそこで重なるかのようでもあった。

それを敏感に察したかのように、累は、

「姿が思い浮かぶ気がするが、心の奥にしかないはずの犯人の意図が明らかになるっていうのにも一驚《いっきょう》だ……。第一の偽造遺書を犯人は本気で流し去ろうとしていたと推定した時と同じだな……」

夏摘イコール犯人と思える者がどれほどの割合になっているのか。

間もなくであろう完全な決着に向けて、美希風はさらに神経を研ぎ澄ませた。

「法子さんとの電話を終えた八時四十五分ぐらいから、夏摘さんは最初の一行を練り、書き加えた。そして紙のサイズを小さくカットした脅迫状を人目につかないようにし、インクリボンを処分する。これらの作業は十五分ほどで終了です。九時にはダイニングに行って千理愛さんや酒田さんと話し始めるのですから。流血騒動を詳しく知っておきたかったでしょうし、日頃と変わらない様子を演出するためにホットミルクを飲んだりして過ごします。千理愛さんを部屋へ送り、酒田さんが自室へ引きあげるのを確かめ、皆が寝静まってから、夏摘さんは脅迫状を手に〝列棺の室〟へ忍んで行った。そこで蠟を溶かし、脅迫状を棺の裏へ密着させたのです。言うまでもありませんが、〝列棺の室〟は女人禁制になっているとはいえ、結界が張られているわけではありませんからね。棺の状態や環境の下調べで、夏摘さんは何度も足を運んでいたでしょう。……ああそうか、もしかすると、彼女の実験では、脅迫状の裏に蠟が残ることはなかったのかもしれませんね。全部、棺の裏板に付着したままだった。しかし、実験と、彼女の計画では三年――実際には四年にもなった時間との差が違いを生んだのかもしれません。

さて後は――いよいよ最後の計画段階、翌朝になってからの行動です。第一の脅迫状を入れた〝コロナス〟を隠し持った夏摘さんは、平静を装って家を出ました。駅で監視カメラに姿を映してから、身を隠して引き返す。行き着く場所は、彼女の遺体が発見されたあの場所です。……記憶が薄れている方もおられるかもしれないので、あの場所の地形を説明しましょうか」

遺体が横たわっていた場所のすぐ後ろは、やや急斜面で盛りあがっている地形でした、と美希風は思い出しながら口にする。遺体は頭を右に向けて、仰向け。

「スコップなどの道具を予め目立たぬように用意しておいた夏摘さんは、自らそのように穴を掘ったのです」

美希風がそこまで言ったところで、エリザベスが声をあげた。

「おっ、来たようだぞ」

美希風は戸口のほうへ目を向けた。廊下にいた酒田チカが顔を横へ向けている。そちらから、やや息を切らせて紺藤《こんどう》刑事の姿が現われた。手に、何枚もの紙を持っている。

鳴沢警部も、部下のほうへ顔を向けていた。

「では」

美希風は言った。

「紺藤刑事が息を整える間、不可能ではないかとのご意見が多かった最後の局面を解説してみます」

4

紺藤刑事の到着でやや乱れた一同の集中力が戻るのを待って、美希風は話を再開させた。

「夏摘さんは、掘り出した土を、計画的にある一ヶ所に集めたはずです。盛りあがっている斜面に沿って崩れ落ちそうな状態に積み、それを一枚のボードで堰き止める形にしたのです。ただこの前に、消石灰の工作もやっていますね。ボードの上にまず、消石灰を撒《ま》いたのです。その上に、丁寧に土をかぶせていった。ちょっとした土砂を、斜めにしたボードで押さえているわけです。累さん、このボード一枚の大きさはどれほどですか？」

名前が出て、えっ？　と一瞬だけ反応にまごついた累は、すぐに、記憶を探り、表現を選び出した。

「一畳――畳一枚より少し大きいぐらいですね」

紺藤刑事は鳴沢警部の横に立っていた。手にしている紙面を見せ、二人は当然ながら、険しいほどに真剣な目の色だった。

「その大きさのボードを一本の支柱で支えていますが、バタンと閉じれば、地面に掘られた穴に蓋がされる状態です。ここまでの手順を終えると、夏摘さんはスコップなどの道具を遠くで処分します。もちろん、サイフやスマホ類も」

ここから先はなかなか過酷なシーンで、特に千理愛を前にしてはあまり話したくはないことだった。だが……今回は避けるべきではないと、美希風は自分に言い聞かせる。

どの顔も、肌が青白く見えるほど張り詰めている。

「その後、夏摘さんは自分の衣服と体を傷つけたはずです。凶器のナイフを使って。シープスキンのコートは土の中でも耐久性を発揮しそうで、その下の衣服も発見時にはある程度保たれていると予測したのでしょう。コートにナイフを走らせ、服に穴をあけ、争いがあった痕跡を作り出します。さらに、腕か腹部などを実際に傷つけたと思います。血液が必要ですから。また、遺体が完全に白骨化していない場合、致命傷以外の傷口もあったほうがもっともらしいでしょうからね。……痛みに耐えながら、夏摘さんは、コートや服に血を付着させていく。そして、最後の行動です……」

意識せずとも、美希風は息を継いでいた。

「掘ってある穴に入り込み、仰向けになります。……右手で、ナイフを心臓部にあてがう。そして左手で、ボードを支えている柱――これが、七十センチほどの長さのある円筒、〝コロナス〟だったはずです――この支柱を取り外すと、土砂の重さを受けているボードがナイフを体に押し込む、と同時に、穴を塞ぐボードの上は雪崩《なだれ》落ちる土で埋まります」

静まり返る中、「累さん」と声をかけながら、美希風は二人の刑事に体を向けた。

「このボードの材質を証明する残留物が見つかったのですよね？」

「……え、ええ」少し時間をかけて口を動かせるようになった累が、返答をする。「微小プラスチックが発見されたという報告がきていました」

ここで紺藤刑事が一枚の紙を振って見せた。

「その報告書がこれです」

立ちあがった累が近寄って行き、続くように、エリザベスと法子も立ちあがった。美希風も文章が読める位置に移動する。

「これがそうでしょう？」紺藤刑事が指差す部分を、「そうです」と、累が確認して頷く。

全員が集まって二人の刑事を囲むようになったところで、累が説明しだした。

「夏摘さんの遺体発見場所の土壌を採取したのです、南さんに言われましてね。三ヶ所のうち、特に二ヶ所からは、数百単位という多くの微細プラスチックが発見されました。そしてその成分は、〝安堂グループ・インダストリー〟で扱っている、農業や林業用の部分生分解《せいぶんかい》性《せい》プラスチックのボードのものと一致しました」

「それはつまり？」エリザベスが鋭く尋ねる。

紺藤刑事は報告書のコピーも用意しており、安堂家の者も回し見ることができるように、車椅子の光深に渡していた。

「完全生分解性プラスチックは、微生物などによって水や二酸化炭素などに分解し、自然環境に完全に溶け込みます。これに、目に見えないほどの微細なプラスチックを混合させたのが、部分生分解性プラスチックです。硬度やコストの関係で作られますが、我が社で扱うボードは、かつても今も、部分生分解性プラスチック製なんです」

「ああ……」光矢が、多少ぼんやりした記憶を追うように、「完全生分解性プラスチック製は、レジ袋や漁網類などだな……」

鳴沢警部が、次の書面を指し示していた。

「そして当時の——事件の一月《ひとつき》前の入荷記録がこれだな？　数字に食い違いがある……」

累が、そして光矢も覗き込むようにしてそれを確かめていた。製造部署から出荷したボードの数は十二枚で、資材部での入荷記録ではそれが十枚となっている。確認印は、当時の資材管理副社長、安堂夏摘のものだった。

一ダースと十。それぞれ不自然さを感じさせない数である。二枚を抜き取ったのは、強度で二枚必要だったのか、実験用か……。

美希風は尋ねた。

「累さん。その部分生分解性プラスチックのボードが、土の中で完全に分解されて見えなくなる年月は？」

「およそ二年です。無論、環境によって誤差は出ますが」

「ですので、夏摘さんは、自分の遺体が三年後に発見されるようにしたのです。土の中での自殺後、ボードが分解されるにしたがって、土が遺体の周りを埋めていきます。最終的には、冬の凍結や数多くの雨などによって地表も均《なら》される。

夏摘さんにすれば、建設予定地の中にある遺体発見場所は、しばらくすれば造成されてしまってなんの痕跡も残らないと見ていたのでしょう。ところがここでも計画変更が起こり、宅地が縮小されて埋葬場所は敷地の縁になった。そのため、慰霊の地として残った——残ってしまったということでしょうね」

慰霊とも違う、気持ちがさまようような悲しみがわだかまる中……、

「そうか、すると……」光深の口から出てきたのは、あまり力のない、嗄《か》れる寸前のような声だった。「夏摘は自殺者だ。本来、安堂の棺に入るべきではなかった」

「それも一つの動機だったかもしれません」美希風は言った。「自殺を他殺に見せかける動機。そんなことをしても神は欺《あざむ》けませんが……あっ、いや、もしかするとそれも復讐だったのかもしれませんね。自殺者の自分が、聖なる棺を乗っ取る、という。それに……、夏摘さんは、〝船〟である棺で、夫の等さんを迎えに行くつもりだったとも思えます。死の順番が変わったことで、墓地の場所も入れ替わったことを思い返してください。今、夏摘さんは等さんの足元のほうに埋葬されています。しかし、四年前に朱海さんが亡くなっていたら、朱海さんはその場所に埋葬されていたのです。そして、等さんの横に、夏摘さんが葬られることになる。並んでね。〝船〟の傍らに夫を乗せて、一緒に来世へ漕《こ》ぎ出すことも夢見ていたのかもしれません」

翠が涙を見せていた。

鳴沢警部たちは捜査本部への帰投、そして、光矢たちは次の葬儀の手配のためと、人々がそれぞれに動き始めていた。

急速に散った緊迫感が空気の密度さえ希薄にしたようなホールの片隅で、美希風は灰も同然に佇《たたず》んでいた。

5

静寂が淀み、寄って来る千理愛の決然とした足音も聞こえそうだった。

目の前で立ち止まり、鋭い視線を突きつけてくる千理愛……。

丁寧に結われた髪に、白い肌を引き立てる喪服。唇は震えがちで、にらみつける目は涙を滲ませている。

「信じない」懸命に、そう告げる。「夏摘ちゃんは〝白《アスプロス》〟だもの。とても綺麗な白が見えていた」

曽祖母に続き、あなたは大事な彼女まで悪人にするのか、と責めずにはいられないのだ。

もし、〝白《アスプロス》〟や〝黒《マヴロス》〟であえて分けなければならないとしたら、安堂夏摘は高度な詐術を弄せる不言《ふげん》型の天才で、潜在的な〝黒《マヴロス》〟になるのではないか。綿密で長期的な、複数の人の命を——命運を左右する犯罪計画を練りあげて遂行した。人柄とはまた別の意味で、光深や光矢をも操れるスケールを有する黒幕感も見て取れる。

「いつも優しくて、白くふわふわの、見える気配が立ちのぼっていたの……」

それを確信している千理愛に、少し身を屈めて、美希風は視線を合わせた。だが、機先を制するように少女がすぐに言い足した。

「それは君だけが見た気になっている思い込みだ、なんて言わないで！」

「言わないよ」

しっかりと、丁寧に応え、それから美希風の表情は徐々に自嘲めいたものになっていった。

「いろいろ話してきたおじさんの推理を聞いて、この人はなんでも理詰めだと判ったろう？だから、視覚化されている気《き》の問題も、こういう風に分析するのさ。色の意味は、誰かが決めた絶対的なものだろうか、と。千理愛さんは、白は善良さを意味するのだと、神様に教えられたのかい？」

「え……、でも」

「あなたに見えるものが、隠されている人の本性を示しているとしても、黒が正義であり、白が悪なのかもしれない。それを否定できるかな？」

少女の血色が、すーっと変わり、愕然となって口元から力がなくなった。

そのまま間が生じたので、美希風はゆっくりと言い添えていく。

「千理愛さんは、相手を嫌な人だと感じた時の印象で、黒の気を負のイメージと決めてしまっていったのかもしれない。でも、もっと根深いところの本性を伝えているものだとしたら？　これははっきり言っておくけれど、僕は、夏摘さんの人格が暗黒だったなどとは思えない。でも……、確かに、強い悪の要素はあったのだろうね。多かれ少なかれ、人はみんなそうだ。それでもし、夏摘さんにいつも白く見えるほどの悪の本質があったとしても、彼女はそれを見事に封じ込んでいたんだよ。負けなかったんだ。誰に訊いても、夏摘さんは穏やかで、気持ちのいい人だった。それが実相で、それも実態だ。人のことを思いやれる、すごく強い人だった。ただ……」

残念な局面も語らなければならない。

「家族やこの世を支配するものに等さんを殺されたように感じ、夏摘さんの理性は朽《く》ち果ててしまった。でも、この時期のことを千理愛さんは言っていたね。夏摘さんの気は、灰色っぽくなったり、紛れ込んだ黒い色に乱されがちになったって。この色調こそ、夏摘さんの良心の色だったんじゃないかな」

「――――」

「自分の命を絶って未来の人命を翻弄するという計画が頭から離れなくなった夏摘さんは、でもその暴挙を必死に止めようともしていた。理性が引き止めようとしていたんじゃないかな。黒い理性だ」

まさに、白と黒の闘いで、これもまた、朱海の事件と姿は重なる。朱海も、自身の悪心《あくしん》を面罵していたのだ。

「もっと根本的なことを言えばね、千理愛さん。あなたに見える黒と白が、善と悪を表わしているとも限らないよね。その人の生命力の象徴なのかもしれないし、残りの寿命を示しているのかもしれない。……誰にも判らないんだよ。見えているつもりでも、判らないんだ」

千理愛はうつむき加減だった。しばらくは、言葉も出てきそうになかった。夏摘の思い出を守って抗議しようとしていたけれど、足元からすべてひっくり返されては、見直すべきことが多すぎるだろう。

美希風は、彼女の肩に軽く触れた。

「あなたには見えていたのかもしれないよ、夏摘さんの、罪の縁《ふち》を巡る内面の葛藤が。そしてたぶん、彼女が最後まで良心で闘い続けたことが大事なんじゃないかと思う。そこが重要だ」

千理愛は顔をあげ、掬《すく》いあげるように美希風を見た。

「結局、夏摘さんの計画は誰の命も奪わなかったろう？　必死の抵抗が、奇跡を引き寄せたからかもしれない。朱海さんは、死の淵から甦《よみがえ》ったからね。夏摘さんの計画が成就しないように、味方してくれるものがあった……と、思えなくもないよ」

そう言って美希風は、腰をのばした。

いつの間にか戻って来ていたらしい累と法子が、離れた場所から二人を見詰めていた。

エピローグ

南美希風とエリザベス・キッドリッジは、安堂家が用意してくれたハイヤーで邸宅を後にしていた。

車窓を流れる黄昏《たそがれ》の景色は、そろそろ夜に呑み込まれようとしている。

エリザベスのアッシュブロンドの髪は、車内の乏しい明かりのもとでは鋼鉄のような艶《つや》を見せ、ダッシュボードの計器の様々な色の光は、はしばみ色の瞳の中でも明滅している。

「明日になれば、あの家の棺が一つ減るな」

彼女が言った。

そうですね、と、美希風は芸のない返事ができるだけだ。

光深はまた体を休める必要があったので見送りには出てこなかったが、法子を通して言葉を伝えてくれた。

私の想像を超えるものは滅多にないが、それと晩年に出合えたことは僥倖《ぎょうこう》だった。我が家の犯罪者たちは小知と妄信をもってこの老身の晩節を穢《けが》してくれる結果になったが、南さん、あなたには感謝を述べておこう。

昨日、二人を出迎える形になった翠は、見送りにも顔を揃えていた。千理愛は見送りには出て来なかった。

「拓矢さんの葬儀が終わったら、翠さんは滉二さんの面会に行くみたいですね」

今度は美希風から話題を出した。

「夏摘事件の真相を知ったらどう思うかね、彼は。彼は朱海夫人の死を自殺に見せかけようとして躍起になっていたが、すでに、自殺を他殺として成立させていた者がいた。しかも、その死者が残した計略にまんまと踊らされたようなものだからな」

幾ばくかの間をあけて、エリザベスは思案がちに、

「しかし不思議なものだ……。おかしな信仰や目論《もくろ》みを投影されすぎたから、棺のほうも得体の知れない影響力を持ったかのようでもある。人間が――生者も死者も振り回された感が否《いな》めない。死者が一度で眠りにつかない……」

なあ、と言いかけ、エリザベスは、「いや、違うな」と適切な言葉を思い出そうとする。

「ちょっと……だ、ちょっと美希風くん。拓矢はもう、大人しく埋葬されるだけだよな？　なにもしないと思うか？」

耳にした運転手が、驚いた気配だ。

寝台の上で、光深は目をひらいた。

天井が覆いかぶさってくるような恐怖を感じた。妻の殺意の深さに、意識が改めて触れたからでもある。

子供の頃から口に入れる物に神経質になり、いつしか生活スタイルも支配されていた。自分で認めていた以上にそれは、原因さえはっきりとつかめない強迫症同然のものであったのだろう。だが、漠然と中毒などを警戒する気持ちなどは及びもつかない恐怖が、今は顔や胸に触れてくるかのようだ。

妻が……あの妻が、毎日毎食、毒を盛り続けていたのだ。あの笑顔で、話の調子を合わせながら、献立の説明をしながら、毎回、毎回——。

妻の心にそれほどの深淵《しんえん》を穿《うが》ったのは、この自分なのか……。

夏摘の心にもまた……。

隠れていた精神的な疾患があったのかもしれないが、とも思う。彼女らは結局、強者になれなかった者たちなのだ。

光深はゆっくりと身を起こした。

寝台を離れようとして、無論、脚の動きには注意を払う。歩行の協調障害とは長い付き合いだ。ところが突然、視野が暗くなった。貧血にも慣れている。だから頭部も慎重に動かしていたのだが、予想外の脳貧血のようで、なにもかもが脱力するしかない。体が前にのめる――寝台から落ちようとしている。記憶を頼りに、椅子の背につかまって体を支えようとするかのような勢いで、だがもはや、腕の感覚は消失していた。まったく動いてくれない。体重をそこに集中する。細い首が椅子の背の突起に衝突する。気管がつぶれ、動脈が塞がれた。

どれほどの時間も経たず――

貧血とは比べものにならない漆黒《しっこく》の闇が、命を不帰の底へと引きずり込んでいく。

○

思いが千々《ちぢ》に飛び――

命が尽きる瞬間、巷間《こうかん》伝わるように、人生のあらゆる場面が走馬灯のように脳内を巡るのならば、安堂拓矢はなにを眼前に再生したろうか。

未必《みひつ》の故意とも呼べる計画を施した時のことであったかもしれない。

手洗い場にいて崩れ落ちていく時、網膜は最後に、洗面台の下を映し出したからだ。結露の水滴を浮かべたパイプ。赤さび。

配管作業をしたあの時だ――。

拓矢はまだ若く、それだけに、我欲や上昇しようとする欲望は滾《たぎ》るようで、自制はいっそうききにくかった。さほど興味もない不動産や建築部門の重荷を祖父に押しつけられ、それを拒み切るだけの力がまだ備わっていない。手始めに、安堂の家の配管工事をこなしてみろという命令。

水道管の全面点検を無言で行なっている時。使われているのが旧式すぎる鉛管《えんかん》であることが判明した。内部の腐食が特に、最高度に達しようとしていた。安全基準を満たす品に交換していきながら、ある発想が忍び寄り、彼に暗いほくそ笑みを与えた。鉛中毒。長期にわたる毒の投与――。

母屋の部分は新しく替え、その先は、書面上でごまかし、何人かに目をつぶらせ、鉛管のままにした。まさにその一角は、当主が君臨する奥座敷だった。あの我慢ならない光深を、この先ずっと蝕《むしば》んでいくことだろう！　祖母も巻き込まれるが、それもいい。邪魔な世代は早く退くのが筋だ。

トイレの床に倒れ込みつつ、拓矢の何百分の一秒かの感情は、自己満足と疑念とを瞬時に交錯させた。

鉛攻撃は効いていたのか？　あいつの脚が動かなくなってきたのは、鉛の蓄積のせいなのか？　それとももう、時間が経ちすぎていて……？

ローマ帝国が衰退した原因の一つが、鉛を使っていた水道管のせいだともいう。同じく、オリンポスの帝国の古き神も滅びればよかったものを！　実際は、ローマに水道管から鉛害が広まったと見るのは根拠が薄いらしい。当時の水道管の内側にはカルシウム炭酸塩が分厚く沈着していく傾向があり、鉛を覆ってしまっていただろうからだ。日本の上水道は清潔極まりない軟水なので、そのような化学的な膜を張ることはない。だが逆に、限界まで鉛イオン化が進行してしまえば、その後は、鉛を溶かすというよりはただ濯《すす》ぎ続けるだけのようなもので、今ではもう、鉛も検出されないのかもしれない。それでも――。

焼ける胸を押さえつつ、拓矢は自分の奸計《かんけい》を惜しむような夢想をする。

血管の中の大きな血栓が、ある時剝がれて流れ、重大な閉塞をもたらすように――

効果を思い描いて酔う拓矢の唇は、最期に、期待の笑みに似た震えをかすめさせた。

大きな鉛の破片が剝がれて水道水に影響し、激しく突発的な中毒性をもたらすこともあるかもしれない。悪の種は、往生際も悪いのだ。

心臓が燃え尽きる男の命は、凍える地の底へと引きずり込まれるように……。

美希風は、彼女の実感ではあろうけれど、空想的ともいえるエリザベスの問いに答えた。

「もし、拓矢さんが、朱海さんや夏摘さんに続いて、殺人に匹敵する罪を犯せるのなら、私たちが死を巡って闘っていたのは三人とも死者だった、というとんでもないことになりますよ。でも、法子さんの言葉を借りれば、拓矢さんは、彼にとっては社会的な棺桶ともいえる刑務所に入っていました」

「ああ。そう表現していたな」

「長く閉じ込められたままそこで亡くなり、今では偽りなく棺に身を横たえている。言ってしまえば、あの人は二重の棺に入っているようなもの。さすがになにも為せないし、もうなにも引き起こせないでしょう」

しかし——と、不意に美希風は思った。

それは漠然とした信仰にすぎないと、安堂光深ならば言うであろうか、と。

解説

辻《つじ》 真先《まさき》
（作　家）

柄刀さんの『3000年の密室』をはじめて読んだときは驚いた。まさに〝奇想〟であった。その後につづけて読んだ「奇蹟審問官アーサー」シリーズにせよ、「三月宇佐見のお茶の会」シリーズにせよ、連打されるアイデアに翻弄《ほんろう》され尽くした。質量ともに圧倒的な『密室キングダム』が高校を卒業してすぐに書かれた最初の長編ミステリを元にしていると聞いて、この作家の初心はここにあって、その後のトリッキーな推理小説群はその志向をいっそう洗練させ、重畳化《ちょうじょうか》したものと思うにいたった。演出された不可能興味の合理的解決。ディクスン・カー世界の柄刀的敷衍《ふえん》である。

——と、ぼくなりに推断していたのだが、違った。的外《まとはず》れな観測だったというより、この作家が目指すミステリ宇宙は、もっと広くて深いものであった。

すでに天地龍之介《あまちりゅうのすけ》を主役に据えたシリーズでは、奇想をコアに置きながら探偵役をめぐる生活が書きこまれ、トリック解明に並行してリアリティ溢れる現実が進行してゆく。ここでまたぼくは、失敬きわまりない予想をたてた。

自分の人生を時間と共に歩みつづけるのは誰もがおなじだけれど、「自分」が作家であり一定以上の歳月をかけて作品を世に問うてきたのなら、おのずと生きてきた足跡が作品に刻まれ残されてゆくだろう。奇想でスタートした推理作家の描く宇宙が、少しずつ写実的世界に軸足を移してゆくのも、当然ではあるまいか。

エイ、もって回った言葉はやめよう（ごめんなさい柄刀さん）。空高く飛翔をつづける翼に疲れを覚えた作家が、現実の地べたに軸足をおこうと試みはじめたのではないか。正直にいってそんな気分で望見していた。もちろんそれは同業者のぼく自身が痛感していることであった。

もうムリだ、これ以上とても飛べない——尾羽《おは》うち枯らしてヘナヘナと不時着するわが姿を、一度も想像したことのない作家なんているのだろうか。そんなことを考えているぼくだから、柄刀一の作風の変化も当然と思ったのだが——情けないことにまたしても、読み違いを演じていた。

カーの卵からクイーンが誕生するという奇跡。

海外のミステリに絶望的なまでに暗いぼくだが、いくらなんでもエラリー・クイーンくらい知っている。一九三二年（たまたまぼくの誕生年なのです）にバーナビー・ロスの別名義まで動員して刊行した四冊の長編すべてがミステリ史上に輝く傑作ぞろいであったことも知っている。その一作が『ギリシア棺の秘密』（『謎』と題した訳書もある）だということも、読者のみなさんなら先刻ご承知だろう。国名シリーズの傑作であり、クイーンの生涯を通しての代表作のひとつである。それを敢えて題名に据えた作者の意気込みも想像できるというものだ。「エジプト十字架」を皮切りに国名シリーズを向こうに回した作品を、柄刀はいくつも発表しているが、一冊まるごと捧げて書いているのは「ギリシア」だけであったと記憶する。その点からも作者がもてるミステリ脳を傾けたことがわかる。国名をなぞってはいるが、内容はパロディどころかクイーン以上に推理を精細に究めようと、苦心の彫琢《ちょうたく》を試しているのが本作だ。

物語を編むのは企業家として著名な安堂《あんどう》の一族で、遠祖は戦国時代末期の日本に漂着したギリシア人と伝えられる。望郷の念に駆られて遥《はるか》なふるさとを恋したであろうし、心の片隅に故国の信仰を残したい、そう願ったのも当然であったが、海外への扉をとざしたこの国にあっては、叶えられぬ悲願でしかなかった。地底に隠されたささやかな泉を発見した一族は、泉から故郷に導く水路を幻視して、現世にのこる難破船の残材をもとに、ギリシアの意匠に飾られた棺を作り出していた。アカンサスの葉模様に飾られた棺こそ、安堂家代々の霊が座乗するふるさとと行きの船なのだ。この舞台装置をめぐる語らいが、物語冒頭の牽引力となる。ドラマに骨がらみとなってミステリの核をなす棺は、みごとにギリシア的で読者の興趣《きょうしゅ》をかきたてる。これは暗鬱な日本的土俗が舞台の横溝《よこみぞ》ミステリではない。エーゲ海の陽光を仄《ほの》めかす伝承の下に造り出された〝ギリシア棺〟。次に乗り込む者は当主安堂光深《みつふか》の妻朱海《あけみ》である。だが納める棺に遺漏《いろう》があって出直したとき、なんとも解釈のつかぬ怪異が惹起《じやつき》する。なにもなかったはずの通路に、一枚の紙が落ちていたのだ。そこに記されていた意味ありげな文章。

「滾《たぎ》る憎悪。凍らせた時を動かす」——にはじまる宗教的な文言であった。

なにを意味しているのか。そもそもこの脅迫状らしい紙は、誰が、いつ、どんな方法で、無人の地下通路に残したというのか？

ここまでがフックとでも名付けたい読者を誘い込む道具立てだが、実はラスト近くまで屹《きつ》立《りつ》してみんなを悩ます謎でもある。といって本作が探偵役を出し惜しみしているわけではない。謎を解明する南美希風《みなみみきかぜ》はプロローグの一行目から登場して、読者はなんのストレスもなく物語に没入できる。病身で線の細い印象だが推理にたけたフリーカメラマンだ。作中では来日したアメリカの法医学者エリザベス・キッドリッジの世話役をつとめている。検死官でもある彼女はワトスン役として有能で、美希風とコンビを組む形で柄刀作品に登場している。二人ともに朱海夫人に縁があり今回の事件に関わることとなった。だから読者は美希風たちについてゆけば、おのずと物語の風土、人物関係、過去の事件等々を知ることができるのだ。——と、そこまでお膳立てができていながら、事件の様相は難解を究める。

殺人が起きました、容疑者が出揃いました、みんなアリバイがありました。——といった単純な作品なら、ははあ、アリバイ破りの話かと読者も具体的に目を光らせればいいが、本作はそんな一筋縄でゆくミステリではない。開巻劈頭《へきとう》でその死を紹介された安堂朱海ですら、自然死なのか他殺なのかまさか自殺ではあるまいなと、読者は白黒定かならぬ情報の海で溺れそうになる。そんな曖昧《あいまい》さの陰で揺曳《ようえい》するのが安堂一族にまつわる伝承だ。偶然の事故か呪いの発現か。探偵役が真相を突き止めようにも、妨げるのが時間の壁だったりしては無力だ。

そう、時間の壁。

脅迫状の文意を咀嚼《そしやく》すれば、四年前に行方しれずとなった若い未亡人夏摘《なつみ》が、最初の犠牲者であったかもしれない。彼女は一年前に白骨死体となって発見されたのだが、一切が未解明のままだ。ミステリの読者としては古手のぼくは、先行していた事件の存在を知ってやや鼻白《はなじろ》んだ。いま進行中の事件だって雲を摑む有り様なのに、事件は四年前にスタートしていたって？　冗談じゃない！　そんな気分にさせられてしまった。

なんだって夏摘は殺されたのか。容疑者は皆無だというのに、被害者の死体は現実に白骨化しているのだ。冗談でもタイムマシンは使えない。国名シリーズを看板に掲げたからにはクイーンに倣《なら》って、論理を積み上げて解決せねばならない。警察組織に頼れぬ一個人の南美希風は、推理脳だけを駆使して時間を遡及《そきゆう》、今の事件に直結する必要がある。コレってもう無理ゲーじゃないか。本気でそう思いたくなった。

ミステリの論理的解決シーンを、ぼくは詰将棋にたとえることが多い。盤面に散った駒が伏線だ。思いがけない局面でその駒が活用されて勝敗を一挙に決する。そんな痛快さがロジックによるドンデン返しに一脈通ずると思ったからだが、将棋は二次元の戦いだ。そこへ時間というもうひとつの次元が導入されては、そんなたとえが通じるだろうか。自分が奉じてきたミステリ観をひっくり返された気分で、終盤はただもう口を開け放して読んでいた。そしてある意味で安心した。

時間軸が加わったからといって、推理と論理と思考で真相に辿りつく柄刀手法に変わりなかったからだ。だがその一方で、突き放された気分ではある。それだけ南美希風の探偵術に圧倒されたというべきか。ぼくもミステリ作家である以上、同業のみなさんが演ずるあの手この手をパクッてやりたいと、貪欲《どんよく》な目を光らせているつもりだ。

だがこの作品で、美希風がエリザベスたちを相手に脅迫状の謎に肉薄する、まこと微細なこだわりを積み重ねるシーンには、降参した。ぼくが付け焼き刃でパクれるレベルではなかったのだ。美希風の推理は少しも大仰《おおぎよう》なところがない。淡々と穏やかに、だが対象を見据えてゆるまない。派手な演出を敢えて避けているから、読者によってはかったるく思うだろう。そんな、勿体《もつたい》ない！　それでは名人芸が台無しではないか。柄刀一が国名シリーズを謳《うた》って演ずるロジックの饗宴《きようえん》を、読者のあなたにはぜひ味わい尽くしていただきたい。それが解説者の熱望するところなのだ。

参考・引用文献
・アリソン・マシューズ・デーヴィッド
『死を招くファッション　服飾とテクノロジーの危険な関係』（安部恵子訳／化学同人）
※この作品はフィクションであり、実在の人物・団体・事件とは一切関係がありません。

二〇二一年二月　光文社刊

光文社文庫

或《あ》るギリシア棺《ひつぎ》の謎《なぞ》

著　者　柄《つか》刀《とう》　一《はじめ》

2024年2月20日　初版1刷発行

発行者　三　宅　貴　久
印　刷　KPSプロダクツ
製　本　ナショナル製本

発行所　株式会社　光　文　社
〒112-8011　東京都文京区音羽1-16-6
電話 (03)5395-8147　編　集　部
8116　書籍販売部
8125　業　務　部

ISBN978-4-334-10208-1　Printed in Japan

組版　萩原印刷